ANNE HOLT

Bortom sanningen

EN HANNE WILHELMSEN-ROMAN

ÖVERSATT AV MAJ SJÖWALL

pirat
FÖRLAGET

AV SAMMA FÖRFATTARE

Blind gudinna 1995
Saliga äro de som törsta… 1995
Demonens död 1996
Mea culpa 1998
I lejonets gap, med Berit Reiss-Andersen 1998
Död joker 2000
Utan eko, med Berit Reiss-Andersen 2001
Det som tillhör mig, 2002

ISBN 91-642-0120-1
© Anne Holt 2003
Originalets titel: Sannheten bortenfor
Utgiven av Piratförlaget
Omslag: Johannes Molin/Ateljén
Omslagsbild: Martin Skoog/Megapix
Tryckt i Danmark hos Nørhaven Paperback A/S 2004

TORSDAG 19 DECEMBER

DET VAR EN gammal hund. Höfterna var stela, förstörda av förkalkningar. Sjukdomen hade gett djuret ett hyenaktigt utseende med kraftigt bröst och överdimensionerat nackparti som sluttade brant mot en mager gump. Svansen krökte sig om testiklarna.

Det skabbiga djuret kom och gick. Ingen kunde minnas när det först dök upp. Det hörde på något vis ihop med omgivningen, en obehaglighet som inte gick att undvika, som spårvagnsgnissel, felparkerade bilar och osandade trottoarer. Man fick ha sina förhållningsregler. Hålla källardörrar stängda och låsta. Ta in katten till natten. Sätta locket ordentligt på soptunnorna på bakgården. Det hände att folk klagade för miljöförvaltningen när matrester och annat skräp låg strödda vid cykelställen tre morgnar i rad. De fick sällan svar och det gjordes aldrig något för att fånga djuret.

Om någon hade funderat över hur djuret egentligen levde skulle det ha slagit dem att den rörde sig runt i stadsdelen efter ett mönster, i otakt med almanackan och därför svårt att upptäcka. Om någon hade brytt sig hade de insett att hunden aldrig var långt borta, att den sällan strövade utanför ett område som bara bestod av femton, sexton kvarter.

Så hade han levt i nästan åtta år.

Han kände sitt revir och undvek andra djur så gott han kunde. Han gick i bågar kring knähundar i färggranna nylonkoppel och hade för länge sedan insett att raskatterna med bjällra om halsen var en frestelse han gjorde bäst i att motstå. Han var en herrelös bastard på Oslos finaste västkant och förstod att ligga lågt.

Blidvädret var över. En bitande decemberkyla hade gjort asfalten glashal. I luften fanns en aning om snö. Hundens klor krafsade mot blankisen och han drog bakbenet efter sig. Längs vänstra skinkan lyste en rispa i skenet från gatlyktan, leverfärgad i den smutsiga pälsen och fläckad av gult var. Han hade rivit sig på en spik kvällen innan på jakt efter ett ställe att sova på.

Fastigheten låg tillbakadraget från gatan. En stenlagd gångväg delade trädgården framför huset. Vått dött gräs och en blomrabatt täckt med presenning var omgärdat av en svartmålad kätting i knähöjd. På var sida om entrén stod en julgran, prydd med ljusslingor.

Det var hundens andra försök att komma in under kvällens lopp. Som regel fanns det en väg. Olåsta dörrar var självfallet det enklaste. Ett hopp, ett slag med tassen på klinkan. Om dörren gick utåt eller inåt spelade för det mesta ingen roll, olåsta dörrar var en smal sak. Men sällsynta. Vanligtvis måste han leta efter källarfönster på glänt, lösa brädor kring väggar som skulle repareras, springor under murkna källartrappor. Ingångar som alla hade glömt utom han. De fanns inte överallt och ibland var springorna lagade, källarluckorna låsta och väggarna igenmurade. Täta och ogenomträngliga. Då gick han vidare. Det kunde ta några timmar att hitta ett ställe för natten.

I det här huset fanns det en ingång. Han kände till den, den var lätt men fick inte missbrukas. Han sov aldrig på samma ställe mer än en natt. Under kvällens första försök hade det kommit någon. Sådant hände. Då avlägsnade han sig alltid, snabbt. Gick ett par kvarter eller tre. La sig under en buske, bakom ett cykelställ, dold för alla som inte såg så noga efter. Sedan försökte han igen. Ett bra hål var värt ett par försök.

Kylan hade blivit värre under den senaste timmen. Snön var

verklig nu, torra lätta flingor som färgade trottoarerna vita. Han skakade och mat hade han inte fått i sig på över ett dygn.

Nu var det tyst i huset.

Ljusen lockade och skrämde.

Ljus var möjligheten att bli sedd. Det var hotfullt. Men ljus var också värme. Blodet dunkade smärtsamt i det inflammerade såret. Tvekande klev han över det låga kättingräcket. Han gnydde när han lyfte bakbenet. Hans hål, vägen in i boden där det låg en gammal sovsäck slängd i ett hörn, fanns på baksidan av huset, mellan källartrappan och två cyklar som aldrig användes.

Men ytterdörren stod på glänt.

Ytterdörrar var farliga. Han kunde bli instängd. Men ett varmt ljus lockade honom. Trappuppgångar var bättre än källare. Högst upp, dit människor sällan kom och där ingen bodde, var det varmt.

Med sänkt huvud närmade han sig stentrappan. Han blev stående stilla med framtassen lyft innan han långsamt gick in i ljuskäglan. Ingenting rörde sig någonstans, det hördes inga oroande ljud, bara det avlägsna trygga bruset av stad.

Han var inne.

Det fanns en öppen dörr till.

Det luktade mat och det var alldeles tyst.

Vittringen av mat var intensiv och han tvekade inte längre. Snabbt haltade han in i lägenheten men tvärstannade i tamburen. Han morrade dovt och visade tänder mot mannen på golvet. Ingenting hände. Hunden närmade sig, nyfiken nu, mer nyfiken än ängslig. Varsamt stack han nosen närmare den orörliga kroppen. Han slickade prövande i sig lite av blodet runt mannens huvud. Tungan blev ivrigare, den tvättade golvet, rengjorde mannens kind från stelnad substans, borrade sig in i hålet alldeles vid tinningen; den utsvultna hunden lapade i sig det han kunde få ut ur kraniet innan han insåg att han inte behövde arbeta så hårt för maten.

Det fanns tre lik till i lägenheten.

Svansen piskade förtjust.

– Det är inget att diskutera. Nefis får fanimej lära sej våra seder.

Marry smällde igen dörren efter sig.

– En, två, tre, fyra, räknade Hanne Wilhelmsen och på f:et i fem stod Marry i rummet igen.

– Hade ja dratt ner till dom dära muslimitterna på julen så skulle ja jävlar i mej käka varom ställde fram. Ren och skär hövlighet om du frågar mej. Hon är ju inte ens religiös. De har hon sagt till mej gång på gång. Julafton betyder fläskstek här i Norge. Därmed basta å så är det med det.

– Men Marry, försökte Hanne uppgivet. Kan vi inte ha fårkött? Så löser vi hela problemet. Vi hade trots allt din fläskstek förra julen.

– Problemet?

Marry Samuelsen levde en gång som hora. Oslos äldsta gatufnask. Hanne hade snubblat över henne för tre år sedan i samband med ett mordfall. Marry var på väg att gå under den gången, i tungt missbruk och storstadskyla. Nu var hon hushållerska åt Hanne och Nefis i en sjurummare på Kruses gate.

Marry strök de giktbrutna händerna hårt över förklädet.

– Problemet, du kära Hanne Wilhelmsen, är att den enda julstek jag nånsin hade stoppat i min tandlösa käft innan jag träffa dej och Nefis var urvattnad och kall och serverades på en papptallrik hos Frälsningsarmén.

– Jag vet det, Marry. Vi kan väl ha både och? Gudarna vet att vi har råd.

Det sista la Hanne till medan hon kastade en uppgiven blick runt i rummet. Den enda möbel från lägenheten på Lille Tøyen där Hanne hade bott i femton år var en antik sekretär som nästan försvann i ett hörn vid utgången till en gigantisk altan.

– Julen är inget kompromissernas tillfälle, förklarade Marry högtidligt. Haderu suttit som jag och tuggat på en fläskbit som var för seg å få i sej, år efter år, julafton efter julafton, glömd och gömd i en vrå, så haderu fattat att det här handlar om att ta vara på sina drömmar. Julafton med silver och kristall och granen i ett hörn och en stor fet fläskstek mitt på bordet med en svål så spröd att du kan höra den knastra. I alla år va det va jag drömde om. Å så får det bli. Så pass respekt kan ni väl visa en gammal stackare som kanske inte har så lång tid kvar.

– Nu får du ge dej, Marry. Du är anmärkningsvärt vital. Och inte särskilt gammal.

Marry tvärvände igen utan ett ord och marscherade iväg. Hon drog benet efter sig.

Det rytmiska haltandet försvann mot köket. Hanne hade mätt när de flyttade in, stegat upp medan hon trodde sig osedd: sexton meter från soffan till köksdörren. Från matsalen till det största badrummet var det elva meter. Från sovrummet till ytterdörren sex och en halv. Hela lägenheten var full av avstånd.

Hon hällde upp mer kaffe från en ståltermos och satte på teven.

För allra första gången hade hon tagit ledigt en hel jul. Två hela veckor. Nefis och Marry hade bjudit in kreti och pleti till en rejäl juldagsbrunch, flera mellandagsluncher och stor fest på nyårsafton. Själva julafton skulle det bara vara de tre. Trodde hon. Man kunde aldrig veta.

Hanne Wilhelmsen både gruvade sig och gladde sig inför julen.

Teven visade en dramatisering av julevangeliet. Jesusbarnet var märkligt nog blåögd. Maria var kraftigt sminkad och hade blodröda läppar. Hanne blundade och dämpade ljudet.

Hon försökte att inte tänka på sin far. För närvarande la hon ner mycket energi på det.

Brevet hade nått henne för sent. Det var tre veckor sedan nu. Hanne trodde att hennes mamma hade haft baktankar med att använda postverket. Alla visste att posten inte gick att lita på längre. Det hade tagit sex dagar för dödsbudet att nå henne. Då hade begravningen redan ägt rum. Egentligen lika bra det. Hanne skulle inte ha gått i vilket fall som helst. Hon såg seansen framför sig: familjen på första bänk. Brodern. Med mammans hand i sin, en frånstötande klo, full av eksem som strödde hudflagor över sonens mörka kostymbyxor. Systern var säkert klädd i en dyrbar kreation, hon föll oupphörligt och öppet i gråt, men var inte mer upplöst än att hon såg strålande ut inför alla som mött upp; faderns affärsförbindelser från in- och utlandet, en och annan akademisk berömdhet, till åren komna damer som inte längre hade full kontroll över morgontoaletten och som därför spred en outhärdlig dunst av gammalmodig parfym längs bänkraderna.

Telefonen spelade en arabisk dansmelodi. Marry hade lekt med ljudmenyn och ansåg att orientaliska toner skulle glädja Nefis. Hanne svarade snabbt för att hindra Marry att hinna före.

– Billy T. här, sa han innan hon hann säga någonting alls. Bäst att du kommer hit.

– Nu? Klockan är över elva.

– Nu. Jättegrej.

– I morgon är det min sista dag före semestern, Billy T. Det är ingen vits med att jag sätter igång med något som jag bara hinner påbörja.

– Du kan glömma semestern, Hanne.

– Lägg av. Hej då. Ring någon annan. Ring polisen.

– Kul. Kom hit. Fyra lik. Mamma, pappa, son. Och någon som vi inte riktigt vet vem det är än.

– Fyra… fyra lik? Fyra *mördade* personer?

– Japp. I dina trakter förresten. Om du vill kan vi träffas där.

– Kvadrupelmord…

– Va?

– Menar du att vi har att göra med ett fyrdubbelt mord?

En demonstrativ suck knastrade i luren.

– Hur många gånger ska jag upprepa det, frågade Billy T. irriterat. Fyra döda människor! I en lägenhet på Eckersbergs gate. Alla är skjutna. Det ser för jävligt ut. Liken är inte bara perforerade utan det… Det har… Någon har varit där efteråt. Ett djur. Eller något sånt…

– Herregud…

I teverutan hade Josef börjat knacka på dörrar i kvällsmörkret. I en kort närbild av knogen som träffade en rustik betlehemsdörr la Hanne märke till att skådespelaren hade glömt att ta av sig klockan.

– Absurt, mumlade hon. Ett djur?

– En jycke tror vi. Den har… tagit för sej, kan man väl säga.

– Eckersbergs gate sa du?

– Nummer fem.

– Jag är där om tio minuter.

– Det kan ta lite mer tid för mej.

– Okej.

De la på samtidigt. Hanne svalde den sista slurken kaffe och reste sig.

– Haru tänkt gå ut?

Marry stod bredbent med händerna på höfterna i dörröppningen. Hennes blick tvingade Hanne att sätta sig igen. Hon höll upp händerna till försvar.

– Det är ett väldigt allvarligt fall, började hon.

– Jag ska ge dej för allvar, bjäbbade Marry. Nefis kommer hem om en halvtimme. Hon är på väg från flygplatsen. Nu har hon vart borta en hel vecka och jag har brassat käk sen klockan sju. Du går ingenstans.

9

– Jag måste.

Marry sög på tänderna. För ett ögonblick såg det ut som om hon tänkte på annat.

– Då fåru ta med dej krubb. Skaru träffa han den dära drummeln?

– Mmm.

Tio minuter senare var Hanne klar. I axelväskan hade hon två plastburkar med renskav, en halvt uppskuren långfranska med massor av smör, ett par äpplen, en och en halvliters Coca-Cola, en stor chokladkaka, en bunt servetter, två plastmuggar och dessutom silverbestick. Hon försökte protestera.

– Det är mitt i natten, Marry. Jag behöver inte allt det här!

– Jorå. Vi vet aldrig när vi ser dej igen, mumlade Marry. Se till å få merej silvret hem igen!

Sedan låste hon omsorgsfullt dörren bakom Hanne, med alla tre låsen.

Hon vande sig aldrig vid de här gatorna. De breda tomrummen mellan storslagna stenhus och avvisande mörklagda villor skapade en atmosfär av ångest, som om något förfärligt snart skulle hända. Enstaka fotgängare sneddade över gatan med blicken i asfalten i god tid för att inte tvingas till någon form av närhet till andra. Att Marry valde att stänga sig inne var naturligt. Efter nästan ett halvt århundrade i tung berusning var isolering säkert en bra idé. Varför alla andra i det här området tycktes välja detsamma var en gåta. Kanske var de alltid bortresta. Kanske bodde egentligen ingen här. Hela Frogner är en kuliss, tänkte Hanne. Hon drog vinterjackan tätare omkring sig.

Runt stenhuset på Eckersbergs gate 5 var det fullt av folk. Rödvit avspärrningstejp höll en liten grupp nyfikna åskådare på avstånd, men inne på det spärrade området var det överbefolkat av uniformerade kollegor. Hon kände igen flera av journalisterna som ropade till sig de yngsta och minst erfarna poliserna; chockade aspiranter och polisassistenter, oerfarna, upphetsade och lätta att få att prata. Journalisterna blev hela tiden fler, obegripligt snabbt, som om de alla bodde i närheten. När de fick syn på Hanne Wilhelmsen drog de bara nonchalant upp axlarna mot kylan och lyfte huvudet till en likgiltig hälsning.

– Hanne! Så bra!

Kriminalinspektör Silje Sørensen lösgjorde sig från en grupp ivrigt gestikulerande poliser.

– Jisses, sa Hanne och mätte henne med blicken. Uniform? Det här måste vara något stort.

– Jag hade extravakt. Men ja, det är något stort. Kom med in!

– Jag väntar lite. Billy T. kommer snart.

Den provisoriska belysning som polisen redan hade hunnit rigga upp stack i ögonen och gjorde det svårt att få ett helhetsintryck av huset. Hanne drog sig några meter tillbaka och höll handen som en skärm över ögonen. Det hjälpte lite och hon gick över till andra sidan gatan.

– Vad tittar du efter, frågade Silje Sørensen som hade följt efter.

Silje frågade alltid. Tjatade. Vad tittar du efter? Vad gör du? Vad tänker du? Som ett barn. En vaken, men lite jobbig, unge.

– Ingenting. Bara ser mej omkring.

Huset var gammelrosa med breda listverk. Över varje fönster stod en mansstaty i kamp mot ett skräckinjagande sagodjur. Trädgården framför var liten men en stenlagd bred gångväg runt byggnadens västra hörn kunde tyda på att huset dolde en mer imponerande bakgård. Det verkade som om huset bara innehöll fyra lägenheter.

Lägenheten överst till vänster var mörklagd. Från första och andra våningen på huset högra sida kom ett sparsamt lampsken. Det rådde inget tvivel om var brottet hade begåtts. Genom tre av fönstren nere till vänster såg hon folk i vita overaller och hår-skydd röra sig fram och tillbaka, bestämt och till synes målmed-vetet. Någon drog för en gardin.

Hanne omfamnades bakifrån och lyftes från marken.

– Men jävlar, hojtade Billy T. Du har blivit tjock!

Hon sparkade honom på skenbenet med kängklacken.

– Aj! Det hade väl räckt med att säga till.

– Jag har gjort det, sa Hanne. Lyft mej inte varje gång du ser mej. Jag har sagt det tusen gånger.

– Det säger du bara för att du blir fetare och fetare, flinade han och strök henne över axlarna. Du sa aldrig något förut. Ald-rig. Du gillade det.

Snön föll tätare nu, knastertorra flingor.

– Jag tycker inte att du har blivit tjockare, sa Silje snabbt, men Hanne var redan halvvägs över gatan.

– Låt oss gå in, mumlade hon och märkte att hon hade gruvat sig för det så att hon hade blivit illamående.

Det äldste av de fyra offren påminde om det berömda fotot av Albert Einstein. Liket låg i tamburen med ena handen under hu-vudet som om han hade lagt sig bekvämt till rätta. Håret stod i en tjock krans runt hjässan. Mitt på huvudet stack en hög topp upp. Dessutom hängde tungan ut ur munnen, onaturligt långt ut. Ögonen var vitt uppspärrade.

– Det ser ju ut som om karln fått en stöt. En elektrisk stöt!

Billy T. lutade sig nyfiket över den gamle.

– Om det inte hade varit för det här då.

Han använde en penna och pekade på ett ingångssår precis under det vänstra ögat. Det var inte särskilt stort och var mer svart än blodrött.

– Och det här. Och det här.

Läkaren, som uppenbarligen var ansvarig för att likets skjortbröst försiktigt vikts åt sidan, viftade bort Billy T. Mellan de sparsamma grå kroppshåren kunde Hanne se ytterligare två sår.

– Hur många skott rör det sej egentligen om, frågade hon.

– För tidigt att uttala sej om, svarade läkaren kort. Många. Ni borde haft en rättsläkare här, om jag får säga min mening. Allt jag kan säga är att dom här människorna är döda. Helt groteskt, om ni frågar mej. Värst med honom där, tror jag.

Hanne Wilhelmsen ville inte se på "honom där". Hon måste tvinga sig att gå runt den gamle mannen för att se lite närmare på liket i överrock. En grymtning hördes från en av teknikerna som inte stod ut med att spanarna trampade omkring på brottsplatsen.

Hanne brydde sig inte om honom. När hon böjde sig över liket närmast ytterdörren och såg hur utgångshålet i skallen var renslickat från blod blev illamåendet värre. Snabbt rätade hon på ryggen, svalde och pekade på ett tredje manslik. Hon gissade på en ålder kring fyrtio.

– Preben, presenterade Billy T. Äldste son till pappa Hermann där. Så mycket vet vi i alla fall.

Armarna låg raka intill kroppen, som om sonen i huset hade sträckt på sig i militärisk hälsning innan han träffade golvet. Skjortan var ljusblå med två små kulhål i bröstfickan. Axeln uppsliten i mörka, köttiga revor.

Läkaren nickade nästan omärkligt.

– Jag har inte hunnit se närmare på honom. Jycken har försett sej med… Om det handlar om en hund alltså.

– Kom!

Billy T. vinkade in henne mot köket i den stora mörka tamburens bortre ände. Han såg lustig ut i helvitt, med gröna skydd utanpå skorna och ett alltför trångt hårskydd på huvudet.

Vid diskbänken stod ett kvinnolik. Hon hade inget hår. En peruk låg på golvet bredvid henne. Kvinnans hjässa var blek och full av ärr. Hon bar en rosa festklänning och blicken var öppen, skarp och nästan förebrående. En förvirrad ung aspirant gjorde ett tafatt försök att sätta håret på plats innan Billy T. hejdade honom.

– Är du inte klok? Rör inget! Fan också, vad gör du här egentligen? Det har stället är överbefolkat!

Irriterat satte han igång med att sortera de nödvändiga från de onödiga. Hanne stod lugnt och försökte förstå vad hon såg.

Kvinnan stod faktiskt upp.

Ansiktet var påfallande könlöst. Det måste bero på bristen på hår. När Hanne gick närmare såg hon att kvinnans ögonbryn var falska, påmålade, lite för högt och lite för mycket. Över vänster öga gjorde det målade strecket en båge mot näsryggen och förstärkte det skeptiska uttrycket. Ögonen var öppna. Blekt blå, små och utan ögonfransar. Munnen var däremot välformad med fylliga läppar. Den såg yngre ut än resten av ansiktet, som om den nyligen hade skönhetsopererats.

– Turid Stahlberg, sa Billy T. som hade halverat antalet människor i lägenheten så stämningen var betydligt lugnare. Hon heter Turid. Tutta i familjen.

– Stahlberg, sa Hanne lite förvirrat och såg sig omkring i det stora köket. Inte *den* familjen Stahlberg?

– Jepp. Hermann, far i huset, är alltså den äldste av dom tre du såg i hallen. Preben har jag också presenterat dej för. Han är fyrtiotvå. Vad är det egentligen som håller tanten uppe?

Billy T. böjde sig fram och försökte kika bakom den stående kvinnan. Hennes breda bak vilade mot köksbänken. Fötterna var planterade i golvet, bredbent, som om hon stod till sjöss i mötet med mördaren.

– Hon stöder sej tydligen här, mumlade Billy T. Med rumpan. Men överkroppen… Varför ramlar hon inte?

Ett svagt knakande ljud borde ha varnat honom där han stod

halvt böjd framför liket medan han försökte finna en förklaring. Kvinnan, som måste ha vägt minst sjuttio kilo, kollapsade över hans rygg och fick honom ur balans. Först föll han på knä. Golvet var kladdigt av te från en krossad termos och något som såg ut som honung eller sirap. Billy T:s knä gled blixtsnabbt ut åt sidan.

– Hanne! Helvete! Hjälp!

Billy T. låg och kavade under ett kvinnolik i skära kläder och blank hjässa.

– Vad i helv…

Svordomarna från två brottsplatsundersökare skallade mellan väggarna.

– Ligg still! Ligg alldeles still.

Efter fem minuter kunde Billy T. åter resa sig, spakare än Hanne hade sett honom på evigheter.

– Beklagar grabbar, mumlade han och försökte lamt hjälpa till att få upp kvinnoliket på en bår.

– Ge dej iväg, fräste den ena kollegan. Du har gjort tillräckligt här.

Först nu la Hanne märke till att det stod ett renslickat tårtfat på bänken som kvinnan hade lutat sig mot. Märken efter en djurtunga kunde anas i vispgrädden. Styva grå hår hade smetats fast mot porslinet.

– Tutta slapp i alla fall ifrån hunden, sa hon torrt. Räddad av en gräddtårta.

– Jag tror dom skulle fira något, sa Billy T. Det står en öppnad men full champagneflaska i vardagsrummet. Fyra glas. Ja, ja. Jag drar. Jag sticker, säger jag ju.

Den äldste av teknikerna försökte bokstavligen skuffa ut den enorma gestalten ur köket.

– Jag går, muttrade Billy T. Jag går nu, har jag ju sagt!

– Fyra glas, upprepade Hanne och följde efter honom in i det stora, tungt möblerade rummet. Och snittar. Eller smörgåsar i alla fall.

Smörgåsfatet stod på matbordet. Tomt, bortsett från ett salladsblad och tre gurkskivor där majonnäsen var grundligt bortslickad.

– Hade dom hund, frågade Hanne frånvarande.

– Nej, sa Silje Sørensen och Hanne la för första gången märke till att hon hade slunkit in. Det var förbjudet att ha hund här. Eller… Delägarna i huset hade kommit överens om att ingen skulle ha djur.

– Hur vet du det redan?

– Grannen, sa Silje och viftade obestämt mot gatan. Jag pratade med en dam som bor tvärs över gatan.

– Vad har du mer fått veta?

– Inte mycket.

Silje Sørensen fuktade fingertoppen och bläddrade igenom ett spiralblock. Det gnistrade i en stor diamantring på höger hand.

– Grannarna här uppe…

Hon pekade mot taket.

– …är bortresta. Dom har semesterställe i Spanien och reste söderut redan i november.

– Ingen som tar hand om lägenheten?

– Den där damen tvärs över gatan, Aslaug Kvalheim, säger att dottern tittar in då och då. Hon har inte varit där på några dar säger fru Kvalheim. Och uppriktigt sagt…

Silje log ett snabbt leende.

– …så tror jag att fru Kvalheim vet det mesta om vad som försiggår på den här gatan. En riktig skvallerkärring.

– Bra för oss, sa Hanne. Vad har hon sett i kväll?

– Ingenting, dessvärre. Hon var på bingo från sju och kom tillbaka för en timme sen. Då var vi redan på plats.

Hanne gjorde en grimas.

– Dom andra lägenheterna då?

– Mitt emot…

Silje pekade med tummen innan hon vände blad.

– …bor en Henrik Backe. Gammal, sur gubbe. Jag har själv pratat med honom och han var bra packad. Förbannad över allt ståhej. Jag fick inte komma in.

– Fick du inte komma in? Har du bara pratat med honom och låtit honom vara?

– Nej, Hanne. Ta det lugnt. Två man är inne hos honom nu. Tills vidare vet jag att han säger sej ha varit hemma hela kvällen och att han inte har hört något.

– Det är inte möjligt, utbrast Billy T. Se dej omkring! Det måste ha knallat så in i helvete här.

– Om det är möjligt eller inte vet vi ännu inte mycket om, sa Silje småirriterat. Mördaren kan ha använt ljuddämpare. I alla fall, grabbarna tar in Henrik Backe på förhör i natt, oavsett hur mycket han protesterar. Så får vi se.

– Och vem var det som anmälde det?

– Någon som råkade passera. Vi kollar honom förstås, men det var alltså en yngre man som skulle…

– Okej. Jag förstår.

Hanne kom på sig med att försöka räkna ut hur stor lägenheten var. Vardagsrummet måste vara mer än sjuttio kvadratmeter, i alla fall om man räknade med vinterträdgården mot bakgården. Möblerna slog ihjäl varandra men var vackra när hon granskade dem var för sig. Mot en yttervägg tronade en buffé i mörk ek med snidade dörrspeglar och glasdörrar till överskåpen. Matbordet var omgivet av tolv stolar med armstöd. Förutom korgmöbelgruppen i vinterträdgården fanns det också plats för ytterligare tre soffgrupper. Bara den ena tycktes vara flitigt använd. Klädseln på möblerna framför teven var tydligt sliten.

Tavlorna på väggarna var till synes äkta, alla med national-
romantiska eller marina motiv. Hanne la särskilt märke till ett
nära förestående haveri på väggen mot köket. Hon gick närmare.

– Peder Balke, sa hon halvhögt. Jisses.

Isbitarna i champagnekylaren hade för länge sedan smält.
Hanne granskade etiketten utan att röra flaskan.

– Det är sånt som du dricker, sa Billy T. Skitdyrt.

– Vet vi överhuvudtaget någonting av intresse, sa Hanne utan
att ta blicken från flaskan. Till exempel vad dom skulle fira?

– Kanske ville dom bara ha det mysigt, försökte Silje. Det är ju
snart...

– Jul, avbröt Hanne. Det är fem dar till jul. Det är en helt van-
lig torsdag. Den där flaskan kostar åttahundrafemtio kronor på
Monopolet. Det får vara måtta på myset. Dom skulle fira något.
Någonting ganska betydelsefullt.

– Vi vet ju inte...

– Titta här, Silje.

Hanne pekade på teven. Skärmen var delvis dold av jalusier,
hela apparaten var en tung möbel av mahogny eller teak.

– Teven är minst trettio år gammal. Soffan är så sliten att du
kan se varpen i tyget. Tavlorna här... I alla fall den...

Hon pekade på Peder Balke.

– Den är ganska värdefull. I skåpet där borta står det kristall-
glas för en förmögenhet. I kylskåpet finns det bara tre sorters på-
lägg: vanlig ost, leverpastej och marmelad. Lägenheten måste
vara värd sina sju, åtta millar. Minst. Hans tröja...

Hon vände sig om och nickade kort mot hallen där Hermann
Stahlbergs lik nu höll på att flyttas över på en bår.

– ...den är från någon gång på sjuttiotalet. Snygg och ren men
ändå så sliten att den är stoppad på armbågarna. Vad säger allt
detta dej?

– Snåla människor, svarade Billy T. innan Silje hann tänka.

Gnidiga. Men rika. Kom. Vi går.

Hanne såg inte ut att vilja följa med.

– Är det verkligen ingen som vet vem den främmande mannen i hallen är.

– Dom har kört bort honom nu, mumlade Silje.

– Tacka fan för det, utbrast Billy T. Men vet vi något om honom?

– Nix.

Silje Sørensen bläddrade planlöst i sina anteckningar.

– Ingen plånbok. Inget leg. Men snygga kläder. Kostym. Dyr överrock.

– Det fanns ingenting snyggt med den mannen, sa Billy T. och rös till. Den där jycken hade…

– Överrock, avbröt Hanne Wilhelmsen. Han hade rocken på sej. Hade han just kommit eller skulle han gå?

– Kommit, föreslog Silje. Champagnen var orörd. Dessutom med alla dom där karlarna i tamburen…

– Hallen, rättade Billy T. Tillräckligt stor för tre lik för fan.

– Hallen då. Det ser ju ut som rena välkomstkommittén där ute. Jag gissar att den främmande just hade kommit.

Hanne lät en sista blick fara över rummet. Hon bestämde sig för att besiktiga resten av lägenheten senare. Här var nog med folk redan. Balanserande fotografer på låga köksstegar. Kriminaltekniker som tyst flyttade omkring med sina stålväskor, plastbehandskade och målmedvetna. Läkaren, grå, trött och tydligt sur, var på väg ut. Tystnaden som teknikerna omgav sig med avbröts bara av korta, enstaviga kommandon och var uttryck för både effektivitet, samarbetsvana och ett illa dolt missnöje över att utredarna överhuvudtaget var närvarande. Senare, tänkte Hanne, jag ser på resten senare. Tanken följdes av en motvillig lättnad över att julledigheten inte blev av i år heller.

Hon kom på sig med att le.

– Vad är det, frågade Billy T.

– Ingenting. Vi går.

I hallen mötte Hanne sin egen spegelbild. Hon stannade upp för ett ögonblick. Billy T. hade rätt. Hon hade lagt ut. En rundning över hakpartiet, en antydan till ny bredd i ansiktet, ett okänt drag över näsroten fick henne att slå bort blicken. Det måste vara spegeln, svartfläckig av ålder.

Liket efter en svårt sargad och hittills oidentifierad man i sextioårsåldern hade avlägsnats. Markeringstejpen lyste mot parketten.

– Det finns fan inte ett enda blodspår efter honom, sa Billy T. och satte sig på huk. Den där jycken har haft det kul.

– Sluta, sa Hanne. Jag mår illa.

– Jag är hungrig, sa Billy T. och följde efter henne ut.

De la bägge märke till dörrskylten när de stängde ytterdörren efter sig. Gedigen, nästan skräckinjagande, i sliten mässing med svarta bokstäver.

Hermann Stahlberg.

Ingen Tutta. Eller Turid. Inget av barnen, trots att skylten uppenbarligen var från långt innan någon av dem flyttade hemifrån.

– Här bodde Hermann Stahlberg, sa Billy T. Herre på täppan.

De satt på trappan utanför Hannes lägenhet på Kruses gate. Hon hade hämtat tidningar att sitta på från papperscontainern.

– Picknick mitt i mörka vintern, sa Billy T. med mat i munnen. Kan vi inte gå upp? För helvete, jag fryser ihjäl!

Hanne försökte följa en snöflinga med blicken. Temperaturen hade sjunkit ytterligare. Snökristallerna virvlade. Hon fångade dem i handflatan. En glimt av femuddig symmetri, sedan var de borta.

– Vill inte väcka dom andra.

– Vad tror du, frågade han och tog en smörgås till…

– Att dom vaknar om vi går upp.

– Idiot. Om fallet, menar jag. Ingenting var stulet.

– Det vet vi inte.

– Det ser så ut, sa han otåligt. Silvret finns kvar. Tavlorna… Du sa själv att dom var dyrbara. För mej såg det ut som om ingenting var taget. Det där var inget rånmord.

– Det vet vi inte. Don't jump…

– Tack för maten, sa han och borstade av sig snön. Går det bra med Marry?

– Som du ser, sa Hanne och nickade mot matresterna. Metadon, isolering och hushållsarbete gjorde underverk. Nefis och hon har blivit så här.

Hon höll upp två korsade fingrar och Billy T. skrattade högt.

– Lite väl tufft ibland. För mej. Det blir mycket två mot en till vardags för att uttrycka det så.

– Äsch. Du älskar det. Jag har inte sett dej så glad på åratal. Inte sen… förr i världen, liksom. Det är nästan så att allt har blivit som förr.

De plockade undan under tystnad. Klockan hade blivit lite över två. Det hade börjat blåsa, en plötslig knivskarp vind. Spåren efter dem på gården hade snöat igen. Det kom inte längre något ljus från någon av lägenheterna. Bara gatlyktorna utanför stenmuren kastade ett svagt sken över snön som låg överallt. Hanne kisade mot yrsnön.

– Ingenting blir som förr, sa hon dämpat. Säg aldrig det. Det här är nu. Allt är annorlunda. Cecilie är död. Nefis har kommit. Du och jag är… Vi är äldre… Ingenting blir som förr. Aldrig.

Han hade redan börjat gå, osäkert i snöyran, med händerna djupt i fickorna. Hon följde hans rygg med blicken.

– Gå inte, ropade hon. Jag menade bara…

Billy T. ville inte höra. När han svängde ut från gården kastade han en snabb blick tillbaka. Hans ansiktsuttryck skrämde henne. Först förstod hon inte. Sedan ville hon inte förstå. Hon ville inte uppfatta det han mumlade, hon måste ha tagit fel. Avståndet var så stort. Vädret gjorde konturer oskarpa och ljuden suddiga.

Hon tog väskan, fumlade med nycklarna och låste upp.

– Faan, sa hon mellan tänderna.

Hon lät hissen stå och tog trapporna, långsamt.

FREDAG 20 DECEMBER

TYSTNADEN VÄCKTE HENNE i ottan, som vanligt. Hon hade alltid sovit lätt på morgonen, och utan det invanda bullret i den östra delen av staden med sin sövande tunga trafik behövde hon inte längre väckarklocka. Inte ens för säkerhets skull. Trots att det bara var två timmar sedan hon somnat visste hon att det var lönlöst att vända sig om för att förlänga natten. Ett öppet fönster skulle förstås ha hjälpt. Luft och ljud skulle ha hållit Hanne sovande i ytterligare en timme eller två. Fuktig av svett slog hon täcket åt sidan och gick upp. Nefis mumlade i sömnen med halva kroppen synlig under sitt tunna täcke. Det mörkblå orientaliska mönstret gjorde hennes hud blekare än den var. Hon såg barnslig ut där hon låg med gapande mun och armarna över huvudet. En tunn strimma saliv hade bildat en fläck på kudden. Det var över tjugo grader i rummet. Hanne var fruktansvärt törstig.

Aftenposten hade redan kommit. Doften av nybryggt kaffe slog emot henne när hon kom ut i köket och tyst stängde dörren bakom sig. Som vanligt hade Marry programmerat bryggaren till halv sex. Hela köket var fullt av absurda hjälpmedel, med tidur och fininställningar för alla tänkbara och otänkbara behov. Nefis hade lust, Nefis hade råd. Nefis hade pengar till vad det än månde vara. Nefis bildade sitt första egna hem när hon var trettioåtta och fyllde det förtjust med onödigheter som Marry med entusiasm och förbluffande skicklighet använde sig av, trots att hon knappt kunde stava sig igenom en bruksanvisning.

Hanne fyllde en mugg med kaffe och blandade i mjölk. Sedan

drack hon en halv liter juice, direkt från kartongen, och kände att hon inte var hungrig. Röksuget var alltid starkt på morgonen. Det förvånade henne. När hon äntligen hade lyckats sluta för ett drygt år sedan var hon mest rädd för kvällarna. För alkohol. För umgänget med andra. Stressen på jobbet, kanske. Och så var det ändå morgnarna som blev prövningen. Hon kände dragningen mot skåpet över spisen där Marrys lager av rulltobak låg, inköpt av Nefis en gång i månaden och omsorgsfullt förseglat i plastburkar av Marry som dessutom fann sig i Nefis order om att begränsa rökningen till sin egen lilla avdelning av lägenheten.

Aftenposten hade slagit upp det våldsamt. Nästan hela förstasidan handlade om morden på Eckersbergs gate. Bilden var ett sexspaltigt collage: husets fasad som bakgrund för tre privata fotografier av mor, far och äldste sonen Stahlberg. Fotot av Hermann Stahlberg var uppenbarligen taget ombord på en båt; han stod käckt vid relingen iförd blazer med guldknappar och rederiets emblem på bröstet. Han log svagt, sköt fram hakan och stirrade förbi fotografen. Hans fru log bredare på en bild tagen inomhus. Hon skar upp en tårta med fler ljus än Hanne orkade räkna, blixten gav reflex i glasögonen och fick kvinnan att se hysterisk ut. Fotot av Preben var oskarpt. Han verkade betydligt yngre än sina dryga fyrtio år. Håret var halvlångt och skjortan helt öppen. Det måste ha tagits för många år sedan.

Var får de dem ifrån, tänkte Hanne och försökte dränka röksuget i kaffet. Ett par, tre timmar efter mordet så hostar de redan upp privata bilder. Vad gör de? Vad frågar de när de kontaktar vänner och familj innan blodet har torkat på brottsplatsen? Vem är det som lämnar ut sådant?

– Hanna min, sa Nefis mjukt.

Hanne hajade till och vände sig om. Nefis slog ut med armarna, spritt naken.

– Du hoppar alltid till. Vad ska jag göra? Får jag klocka om halsen?

– Bjällra, rättade Hanne. Klockor är stora grejer. I kyrktorn och sånt. Ja, du ska få en bjällra. Hej, förresten.

De kysste varandra lätt. Nefis luktade natt och huden knottrade sig när Hanne strök henne över ryggen.

– Gör inte så där. Marry kan komma.

– Marry kommer aldrig ut ur sina environger före åtta, sa Nefis men tog ändå en enorm ylletröja från en stolsrygg och trädde den över huvudet. Så där. Är jag… anständig nog för min Hanna nu?

Nefis hade gett sig i kast med ett nytt språk med samma entusiasm som hon omfattade det mesta som var norskt. Fast hon fortfarande avstod från fläskkött och insisterade på ett outhärdligt varmt sovrum hade hon med stor fascination börjat sticka, blivit hyfsat bra på skidor och dessutom uppvisat ett obegripligt intresse för Oslos spårvägar. Hon skrev upprörda insändare mot spårvagnarnas eviga hinder för kollektivtrafiken. När Hanne någon gång såg tillbaka på deras första möte, på en piazza i Verona 1999, var det en helt annan kvinna hon såg framför sig, ett nästan overkligt minne. Nefis från den gången var en hemlighet, en dold passion. I mötet med Norge var det som om hon fick bråttom, som om hon skulle ta igen något som hon inte riktigt visste vad det var, något som aldrig hade varit hennes när hon, trots sin imponerande akademiska karriär, först och främst var älskad dotter i en stormrik turkisk familj.

Nefis kunde använda ord som anständighet och paradigmskifte. Men sin sambos namn hade hon aldrig lärt sig.

– Hanna, sa hon lyckligt och svängde runt i en tröja som räckte henne till knäna. Det kliar! Kom så lägger vi oss igen.

Hanne skakade på huvudet. Hon tömde koppen och fyllde på mer.

– Är det ditt fall?

Nefis nickade mot tidningen.

– Ja.

– Vi hörde på nyheterna i natt. Marry och jag. Förfäääärligt!

Hon drog så på ä:na att Hanne måste le.

– Gå och lägg dej igen. Jag sticker och jobbar så snart jag har duschat.

I stället drog Nefis en stol bort till bordet och satte sig.

– Berätta, sa hon. En sorts berömd familj? Jag fick det intrycket på radion.

– Berömd…

Hanne drog på det.

– Inte precis. Men välkänd för dom som läser skära tidningar.

– Skära tidningar, upprepade Nefis villrådigt innan hon lyste upp. Finanstidningar!

– Ja. Jag är inte så uppdaterad än. Men familjen… det vill säga fadern, tror jag…

Hon pekade på Hermann Stahlberg.

– …ägde ett medelstort rederi. Inget jättestort men ganska lukrativt. Han har varit smart nog att se över sitt tonnage lite före konjunktursvängningarna. Men han har aldrig varit särskilt känd, tror jag. Inte utanför branschen. Jag hade inte hört talas om vare sej honom eller rederiet innan dom började bråka. Familjen alltså. Det måste vara…

Hon tänkte efter.

– …två år sen? Ett? Svårt att säga. Jag känner inte till detaljerna. Bara det stora hela. Jag utgår ifrån att jag vet mycket mer när den här dagen är till ända. Men om jag inte minns alldeles fel så handlade det om att den ene sonen föredrogs framför den andra.

– Gammal historia, det där.

– Ere här ni sitter?

Marry tofflade mot kaffebryggaren. Den rosa vadderade morgonrocken pöste över bysten och midjan snörptes ihop av en silkessnodd från en gammaldags gardin. Tofsarna daskade mot de magra låren för varje haltande steg hon tog. Hon liknade en partyballong.

– Marry då, sa Nefis och skrattade. Det är alldeles för tidigt för dej!

– Haru en aning om allt jag har å göra före julafton, va?

Bistert började hon räkna på magra fingrar.

– Ett: De fattas fortfarande två sorter. Klenäter och mandelmusslor. Två: Pyntet från i fjol ska dammtorkas och kanske repareras. De gick vilt till här på nyårsafton om jag inte minns fel. Dessutom har ja en del nya grejer som ja ska testa. Tre: Jag måste…

– Jag går i alla fall, sa Hanne och reste sig.

– Det kan jag tänka mej! Och när kommeru tillbaka, om frun behagar svara?

– Jag ringer, sa Hanne lätt och började gå mot vardagsrummet.

– Du Hanne, sa Marry och grep henne om armen. Betyder det här…

Hon krökte pekfingret mot den uppslagna tidningen.

– Betyder det här att vi bara kan drömma om din julsemester?

Hanne log spakt utan att svara.

– Ärligt talat, Hanna.

Nefis reste sig och ställde sig bredvid Marry, en mur av välbekanta anklaganden och irriterande samhörighet.

– Jag ringer, sa Hanne buttert och gick sin väg.

När hon satte sig i bilen tjugo minuter senare kände hon fortfarande den matta smaken av sömn från Nefis mun på tungan.

Hon hade mest lust att sjukskriva sig. Kanske det var det hon

27

skulle göra. Helt enkelt. Hon fick ta den här dagen som den kom och så kunde hon bestämma sig senare. Frampå eftermiddagen kanske.

Eller över helgen.

I en lägenhet på Blindernveien satt en äldre kvinna och grät. Bredvid henne i en hårt stoppad soffa satt en präst och försökte trösta.

– Din son är snart här, sa prästen, en kvinna som ännu inte fyllt trettio. Hans plan har redan landat.

Det fanns inte mycket mer att säga.

– Såså, sa hon hjälplöst och strök kvinnan över handen. Såså.

– Han dog i alla fall lycklig, sa änkan plötsligt.

Prästen rätade på ryggen, lättad.

– Han dog i min famn, sa den äldre kvinnan och grimasen blev till ett leende.

Prästen stirrade in i det förgråtna ansiktet, halvt chockerad, mest generad, och sa:

– En kopp kaffe kanske! Snart kommer din son.

– Jag kan ju inte ta upp det med honom! Det skulle vara alldeles för pinsamt. För oss bägge. Att hans far och jag fortfarande hade glädje av dom kroppsliga sidorna av samlivet har inte min son med att göra. Gud hjälpe. Vad är det för datum?

Prästen tänkte snabbt efter men vågade inte känna på lättnaden den här gången.

– Den tjugonde. Ja. Tjugonde december. Snart julafton.

Hon kunde ha bitit tungan av sig. Änkan började åter att gråta.

– Den första julen utan Karl-Oskar. Den första efter så många…

Resten försvann i en våldsam grimas och djupa hulkanden, Måtte hon bara gråta, tänkte prästen. Måtte hon bara gråta! Och måtte hennes son snart komma!

– Vi brukar vara på Duvemåla, sa änkan omsider. Ja, det är

vårt lantställe. Eftersom jag heter Kristina och min man Karl-Oskar tyckte vi det var roligt. Duvemåla.

Prästen begrep ingenting men grep begärligt temat.

– Vårt sommarställe heter Fridebo, stammade hon.

– Varför det, sa den gamla.

– Nja...

– Han dog i alla fall lycklig, repeterade änkan oroväckande.

Hon doftade lätt, sommaraktig parfym, och var anmärkningsvärt fräsch för att ha varit änka i tolv timmar. Prästen började känna sin egen dunst av stress och tryckte armarna mot kroppen för att dölja svettringarna.

– Är det för varmt här, sa Kristina Wetterland plötsligt. Ni kanske kan öppna balkongdörren? När landar min son?

– Han har landat för länge sen, sa prästen, ganska utom sig nu. Som jag sa för en stund sen så skulle han landa...

– Ni *är* väl präst?

Rösten var en aning skarp nu. Mer samlad.

– Ja, vikarie.

– Ni är mycket ung ser jag. Har mycket kvar att lära.

– Ja, pep prästen.

Kristina Wetterland, änkan efter advokat Karl-Oskar Wetterland, snöt sig kraftigt i en ren och struken näsduk. Sedan vek hon noggrant ihop den och stack upp den i koftärmen och suckade djupt.

Det rasslade av nycklar någonstans. Någon kom in i lägenheten. Ett ögonblick senare stod en fullvuxen man i dörröppningen. Han var lång, välklädd och mycket upprörd.

– Mamma, utbrast han. Mamma lilla! Hur är det med dej?

Han sprang över golvet, satte sig på knä framför modern och kramade henne.

– När hände det? Hur... Jag fick inte besked förrän tidigt i morse! Varför ringde du inte.

– Lille vän, sa kvinnan och strök mannen, som var dubbelt så stor som hon, över huvudet. Pappa dog i går. Vid sjutiden. Han dog i sömnen, älskling. En liten tupplur bara. Han skulle på ett möte klockan åtta. Måste bara vila sej lite som vi brukar du vet. Efter middan. Jag tror inte att han hade ont. Vi får trösta oss med det, vännen min. Vi får trösta oss med det.

Hennes blick träffade plötsligt prästen.

– Nu kan ni gå, prästen. Tack för besöket.

Den unga kvinnan tassade ut och stängde tyst ytterdörren efter sig. Hon hade inte ens hälsat på sonen. Hon svalde gråten ända tills hon kom ut på gatan.

Det snöade rikligt och det var fyra dagar till Jesu födelsedag.

– Det är ju helt ofattbart, sa Hanne Wilhelmsen och såg på armbandsklockan. Karln såg norsk, välbärgad och stadgad ut. Det handlar inte om någon vilsegången utlänning eller en stackars hemlös här. Att det ska vara så förbannat svårt att identifiera en norrman i Norge! Va?

Billy T. ryckte uppgivet på axlarna och strök sig över hjässan.

– Vi jobbar med saken. Vi har ganska mycket att ta hand om här, Hanne.

– Ganska mycket? Ja, det kan man säga. Men det verkar som om hela kåren har glömt att det fanns en fjärde man där. Jag skulle tro att det viktigaste nu är att ta reda på vem han är.

Allmänne åklagaren Håkon Sand gjorde en grimas innan han tog av sig glasögonen och putsade dem med skjortsnibben. Han satt bakåtlutad i en överdimensionerad kontorsstol bakom ett skrivbord täckt av handlingar. En telefon ringde. Han rotade förtvivlat under mapparna för att hitta luren. Det blev tyst innan han fann den.

– Vi kommer dit, sa han trött. Ta det lugnt, Hanne. Hur många är det egentligen som sysslar med fallet nu?

– Än så länge fjorton man med stort som smått, svarade Billy T. Vi blir fler under dagens lopp. Avdelningschefen drar in semestrar och kompledigheter för glatta livet. Härlig stämning i Huset med andra ord.

– Jaha, sa Håkon Sand och kisade genom glasögonen som inte hade blivit särskilt mycket renare. Och när räknar ni med att ha identifierat den fjärde mannen?

– Ganska snart, sa Silje Sørensen i ett försök att lätta upp den något ansträngda stämningen. Någon måste väl sakna mannen.

Hanne Wilhelmsen lät blicken vila på sin egen reflex i fönstret. Ute var det halvmörkt, trots att klockan redan visade långt fram på dagen. Ljuset orkade liksom inte riktigt fram. Locket av kyla låg tungt över stan. Avgaser och annan förorening drog med sig grå skit genom gatorna och till och med snöflingorna som dansade bakom hennes spegelbild i rutan verkade smutsiga.

– Egentligen är det väl inte just den okända killen som är viktigast för spaningen heller, sa Billy T. Här är pärmen på familjen. Och det är bara tidningsurklipp. Dessutom håller vi på att samla in all korrespondens och annan dokumentation vi kan få tag i. Advokaterna på bägge sidor sätter sej på bakhasorna förstås. Den gamla visan om tystnadsplikt. Men vi vinner till slut. Det här är i alla fall offentligt.

Han kastade en innehållsrik ringpärm på Håkon Sands bord. Håkon lät den ligga och gäspade ljudligt.

– Vi är väl i alla fall klara över att den här familjen har haft sina bråk, sa han efter ett tag, fortfarande utan att röra ringpärmen. Det sker i dom bästa familjer. Man mördar inte för det.

Det blev alldeles tyst. Silje Sørensen fingrade på sin ring och såg förläget i golvet. Billy T. stängde av ett flin och såg i taket. Hanne Wilhelmsen högg blicken i Håkon Sand. Håkon spottade snus i en papperskorg. Sedan rätade han på ryggen, drog stolen intill bordet och suckade ljudligt.

– Jag ska ha ett möte med kriminalchefen senare i dag, sa han och drog fingrarna genom håret. Den här saken är så enorm i… Om medierna har plågat oss tidigare så tror jag ändå inte att vi har varit med om någonting som liknar det här. Dom är överallt nu. Krimchefen anser att vi bör ha ett koordinerande möte där både åklagarmyndigheten och Oslo Polisdistrikt är involverade. Redan från början, menar jag.

– Om jag inte tar alldeles fel så blir det väl Jens Puntvold som tar det.

Hanne lät ana ett syrligt leende. Efter en karriär som började vid Bergenpolisen och därefter gick via Justitiedepartementet till nya Polisstyrelsen, som upprättades i januari 2001, hade biträdande polismästare och kriminalchefen Jens Puntvold tillträtt som näst högsta befäl i Oslo för sju månader sedan. Han var i mitten av de fyrtio, hurtfrisk, blond och barnlös. Till råga på allt var han sambo med TV2:s snyggaste meteorolog och ställde villigt upp på intervjuer med eller utan henne.

Håkon suckade igen, nästan demonstrativt. Hanne var inte säker på om det var över henne eller Puntvold.

– Han framhäver alltid kåren, sa han tillrättavisande. Alltid, Hanne: Han ställer upp på lite väl mycket, javisst, men polisen har banne mej inte haft det särskilt förspänt med positiva profiler. Puntvold har ensam klarat att…

– Han är duktig, avbröt Hanne. Jag blir bara lite trött på alla dom där aktionerna som han sätter igång. Rena publikfrieriet många av dom.

– Det är allmänheten som till syvende och sist bestämmer hur stora medel vi får att röra oss med, sa Håkon. Men nog om det. Jag ville bara ha ett snack med er tre innan jag pratar med honom. Annmari Skar ska i alla fall vara ansvarig jurist i ärendet borta hos er. Jag träffar henne efteråt. Jag kommer nog att jobba tätare med henne än vanligt och jag ser gärna att ni slår en signal till mej om det är något. Det här fallet… fy fan.

Han skakade på huvudet och la in en ny prilla.

– Jag skulle gärna ta en titt i den där pärmen, sa Silje Sørensen medan Håkon fumlade med överläppen; snuset var för torrt och ville inte fastna. Jag har ju hört om allt bråk lite här och där men jag…

– Kort berättat, sa Billy T. Så handlar det om ett medelstort rederi, Norne Norway Shipping. Hermann Stahlberg var första generationen. Byggde upp hela företaget från nittonhundra-sextioett till i dag. Duktig kille. Stenhård. Cynisk, i alla fall om man ska tro tidningarna.

Hans finger, med nedbiten nagel, knackade på den röda pärmen.

– Mannen har tre barn. Den äldste, Preben, gick till sjöss åttioett. Hade grälat med pappan och ville inte ens ta hyra på en av hans båtar. Några år senare går grabben iland i Singapore. Startar egen firma. Skeppsmäkleri. Det går alldeles utmärkt. Här hemma är han fullständigt avskriven. En yngre son, Carl-Christian, tar efter hand broderns tilltänkta plats i rederiet. Han är uppenbarligen lättare att ha med att göra. Och inte så lovande som brodern.

– Inte så stark, avbröt Hanne. Mer villig att underkasta sej fadern, med andra ord.

– Det kan mycket väl tänkas, sa Billy T. otåligt. Poängen är i alla fall följande: Carl-Christian jobbar och jobbar för fadern. Han gör det bra utan att någonsin utmärka sej på något sätt. Pappan börjar bli otålig. Han vägrar att ge ifrån sej rederiet så länge han inte är övertygad om sin yngste sons förmåga.

– Men Preben, frågade Håkon. När kom han hem?

– För två år sen.

Billy T. tog pärmen med tidningsklipp och började bläddra.

– Han sålde plötsligt hela företaget i Asien och kom tillbaka till fäderneslandet full av kosing. Pappan var fortfarande skitsur och avvisande, förstås, ända tills den förtappade sonen pumpar in ett betydande belopp i familjeföretaget och visar sej vara pappa upp i dagen. Han får chansen i rederiet och ett par, tre lyckade manövrar senare så är han tillbaka under pappas vingar igen. Lillbrorsan skjuts mer och mer åt sidan.

– Och då börjar det roliga, suckade Silje.

– Ja. Fy fan. Det har haglat beskyllningar från alla håll. Två rättssaker är på gång nu och fler kan ha varit i faggorna.

– Det slipper vi ju nu, sa Hanne torrt och gäspade.

– Men vem är den tredje, frågade Silje.

– Tredje?

– Du sa att Hermann och Tutta Stahlberg hade tre barn. Vad har den tredje spelat för roll i det här?

– Å, hon. En tjej. Sladdbarn. Jättevacker, efter vad jag kan se. Hon är familjens vilda blomma, älskad av alla. Respekterad av ingen. Ska visst ha försökt sej på att medla, men förgäves. Efter vad jag har kommit på i natt så använde hon större delen av sin tid till att göra av med en oväntat generös förmögenhet som pappan gav henne på tjugoårsdagen. Det står lite om henne här.

Återigen ringde det någonstans under kaoset på skrivbordet.

– Sand, sa Håkon kort när han äntligen hittade luren.

Sedan lyssnade han i tre minuter utan att säga något. En rynka blev synlig bakom de kraftiga glasögonbågarna. Han letade fram en penna och skrev något på handryggen. För Hanne såg det ut som ett namn.

– Knut Sidensvans, sa han långsamt när samtalet var över. Det fjärde offret. Han heter Knut Sidensvans.

– Lustigt namn, sa Billy T. Vem är han?

– Än så länge visste dom inte så mycket. Han är sextiotre år gammal och jobbar som en sorts förlagskonsult. Egentligen elektriker.

– Elektriker? Och förlagsman?

– Ja, dom sa det.

Håkon skakade förvirrat på huvudet och fortsatte:

– Att han inte hade anmälts saknad var kanske inte så konstigt. Han bor ensam. Inga barn. Han lever ett lugnt och stilla liv så det kunde ha gått dagar innan någon började undra var han fanns. Men han skulle ha lämnat ett arbete på förlaget i morse, något viktigt, så dom skickade ett bud efter det när han inte kom som avtalat. Eftersom ingen öppnade trodde budet att karln kanske var allvarligt sjuk och sen tog det inte mer än ett par timmar så var saken klar. Knut Sidensvans var det fjärde mordoffret på Eckersbergs gate.

– Saken klar, upprepade Billy T. Vi kan väl knappast säga att saken är klar…

– Nej. Men det är ju en klar fördel att veta vem som är mördad. Tycker du inte?

Hanne reste sig snabbt.

– Tre krösusar från den finaste västkanten och en elektriker som jobbar på förlag. Jag ser fram emot att ta reda på vad dessa människor har gemensamt. Jag sticker tillbaka till Huset. Om det inte var något mer, Håkon?

– Nej. Håll mej underrättad. Och du, det ska bli roligt med julafton. Schysst av er att ordna till det så där. Ungarna är alldeles vilda av förväntan.

– Där gjorde du bort dej, Håkon, sa Billy T. Det hela skulle vara ett surprise-party för Hanne. Du skulle inte säga något!

Håkon Sand såg förvirrat från Hanne till Billy T.

– Men jag… Karen sa inte… Jag är ledsen. Verkligen ledsen.

– Det är okej, sa Hanne utan att ändra en min. Jag visste om det. Helt okej. Klart att jag visste om det.

Hon vände sig tvärt och lämnade åklagarens kontor. Innan Billy T. hade hunnit samla ihop papper, nycklar och mobiltelefon hade Hanne försvunnit med Silje i hälarna. När han kom ner på gatan upptäckte han att de hade tagit tjänstebilen.

Det var sista fredagen före jul och det fanns inte en ledig taxi. När han till slut gav upp att försöka hejda en var han iskall.

– *Bitch*, fräste han och började gå.

Den unge mannen som just lämnade kriminalinspektör Erik Henriksens kontor när Hanne kom upp till Polishusets tredje våning tuggade tuggummi som om det gällde livet. Byxorna var tre nummer för stora. Tröjan var trasig i halsen med resåren till hälften bortriven. Baseballkepsen satt bakochfram över blekta hårtestar. Han såg ut som en pojke i puberteten, men av ansiktet att döma var han minst tjugofem. Näsryggen var skarp. Påsarna under ögonen gick i blått och munnen hade fått ett konstant surt drag som det måste ha tagit år att lägga sig till med. Han skickade en svårtolkad blick i Hannes riktning innan han sjavade mot trappan utan att ta Erik Henriksens utsträckta hand. Kriminalinspektören himlade med ögonen och vinkade in Hanne.

– Grannen, sa han förklarande. Han som bor snett över Stahlbergs. Rakt ovanför Backe. Den sura gubben, alltså.

– Han bor väl inte ensam där, sa Hanne tvivlande. Den grabben?

– Jo. Dotcom-typ. Lars Gregusson. Fick fickorna fulla med pengar som nittonåring och var klok nog att investera i fast egendom. Varför en sån kille vill bo i det där mausoleet på Eckersbergs gate kan man ju undra, men det gör han alltså.

– Är han intressant för oss, frågade Hanne och drack utan att fråga ur en stor colaflaska.

– Knappast. Men jag tar in honom ett par gånger för att vara säker.

Erik Henriksen kliade sig i det morotsfärgade håret och tog tillbaka flaskan. Han drack en rejäl klunk och satte på kapsylen igen.

– Han var inte hemma, påstår han. Det kan mycket väl stämma. Den där damen…

Eriks ostyriga yttre med spretigt hår och skjortan utanpå stod i märklig kontrast till hans nästan feminina sinne för ordning omkring sig. De många pärmarna på bordet var sorterade efter färg och hölls på plats mellan bokstöd av borstat stål. På ena sidan om ett skrivunderlägg i skinn låg tre pennor stramt och parallellt i en avlång skål. Till och med gardinerna verkade nystrukna och det låg en svag doft av tvättmedel i luften. Hanne kom på sig med att undra om Erik skötte städningen på egen hand. Det var egentligen konstigt att hon inte kände honom bättre. I många år var han en efterhängsen och som regel förbisedd person. Aspirant, assistent, inspektör; han klättrade i systemet medan han i tysthet hyste en blyg förälskelse i Hanne Wilhelmsen. Den hämmade honom i arbetet och såg ut att göra honom till ungkarl för evigt. Först när hon för ett och ett halvt år sedan ganska skräckslagen ingick partnerskap med Nefis släppte han taget. Han blev kriminalinspektör, flyttade ihop med en tjej från ordningspolisen och började visa för omvärlden att han var en spanare av viss kaliber.

– Fru Kvalheim, kom Erik på utan att se närmare efter. Aslaug Kvalheim. En granne tvärs över gatan. Silje har haft henne inne på morgonkvisten och enligt henne var det mörkt hos Vede, makarna som är på långsemester, när hon gick på bingo strax före sju. En annan granne säger detsamma. Hos Gregusson lyste det lite på eftermiddagen och kvällen, som om han bara hade glömt en lampa. I Henrik Backes lägenhet var det tänt i vardagsrummet medan Stahlbergs fönster tydde på att det var fullt av folk där, som fru Kvalheim uttryckte det. Dessutom menar hon att det måste ha varit tänt i öppna spisen. Hon säger att hon kunde se fladdret från lågorna genom gardinen.

– Dom följer med, sa Hanne. Grannarna. Håller ögonen på allt och alla.

– I det här fallet ska vi väl vara glada för just det.

– Så vi kan konstatera att Henrik Backe var den enda av grannarna som faktiskt var hemma när skotten föll?

– Inte riktigt. Vi vet ännu inte den exakta tidpunkten för morden. En preliminär tidsangivelse har satts till mellan åtta och nio. När det gäller vår vän Backe var han så skitfull när han togs in här i natt att vi måste låta honom sova ruset av sej före förhöret.

– Här? Här i Huset?

– Dom hade tagit in honom, ja. Lyckligtvis fick Silje den slöa jourvakten att förstå att vi inte kunde dra folk från hus och hem för att stoppa dom i fyllcell utan att dom hade gjort något. Så han kördes hem igen för att sova. Ställde till ett litet helvete här. Vi får hoppas att han är mer medgörlig nu. Han ska komma klockan…

En snabb blick på ett väggur gjorde honom förvånad. Han dubbelcheckade med armbandsklockan.

– Nu. När som helst. Vill du vara med?

Hanne tänkte efter en stund. När hon öppnade munnen för att svara bankade det ilsket på dörren. En äldre man stod plötsligt i rummet.

– Är det Henriksen?

Rösten var rå och skrovlig. Hållningen var aggressiv. Hanne kände den omisskännliga lukten av alkoholism; dålig hygien och självbedrägliga mentolpastiller. Förbluffande nog var han punktlig.

– Det är jag, sa Erik jovialiskt och reste sig för att hälsa. Kriminalinspektör Erik Henriksen.

– Jag kommer för att framföra ett formellt klagomål, sa mannen.

– Det här är kommissarie Hanne Wilhelmsen, sa Erik och pekade. Var så god och sitt.

– Jag vill gärna veta på vilken grund jag hämtades in i natt, sa Backe och hostade skrälligt utan att sätta sig. Och jag vill ha det skriftligt.

– Det är klart att du ska få svar på ditt klagomål, sa Erik. Men nu stökar vi undan det där vittnesförhöret, va? Så ska jag se till att någon hjälper dej med formaliteterna efteråt. Kaffe, kanske?

Det var möjligen vänligheten som överraskade den gamle mannen. Henrik Backe verkade plötsligt osäker, som om alla krafter hade gått åt till att inta en hotfull hållning som han inte riktigt kom ihåg längre varför han hade haft. Med ett förvirrat uttryck strök han sig över pannan och satte sig i stolen bredvid Hanne, till synes utan att lägga märke till att hon var där.

– Jag vill gärna ha vatten.

– Vatten kan du förstås få, sa Erik Henriksen och lutade sig förtroligt över skrivbordet. Jag lovar att det här ska ta så lite tid som möjligt. Du vill väl säkert komma hem igen så fort du kan. Här…

Han ställde en oöppnad flaska mineralvatten och ett rent glas framför den gamle innan han slog på datorn.

– Först lite personalia, började han. Fullständigt namn och födelsedatum.

– Henrik Heinz Backe. Sjuttonde i tionde tjugonio.

– Yrke? Pensionär kanske?

– Ja. Pensionerad.

– Från vad?

– Från… Vad menar du?

– Vad var du innan du blev pensionär?

– Å…

Backe kom av sig. Ansiktet blev stelare, uttryckslöst. Munnen var halvöppen. Tänderna var bruna och det fattades en framtand i underkäken. Ögonlocken hängde så tungt över iris att bara nedre delen av pupillerna var synliga.

– Jag var konsult, sa han plötsligt och tog fram ett paket Prince. I ett försäkringsbolag.

– Försäkringskonsult, log Erik och antecknade.

Backes händer skakade kraftigt när han försökte fiska fram en cigarrett ur paketet. Han tappade tre på golvet men gjorde inget försök att plocka upp dem.

– Jag vill lämna mitt klagomål! sa han högt.

– Vi kommer till det, lugnade Erik. Låt oss göra färdigt formaliteterna först. Adressen vet jag ju.

Han skrev snabbt och vände sig åter till den gamle.

– Jag har förstått det så att du var hemma hela eftermiddagen och kvällen i går. Stämmer det?

– Ja. Jag var hemma.

– Vad gjorde du?

– Jag läste.

– Läste? Hela tiden?

– Jag läser hela tiden.

– Jo men, du kanske gjorde något annat också. Så där emellanåt. Jag vill gärna ha det här mycket precist. Låt oss börja med morgonen. Du gick upp. När?

– Jag läste en bok. Ett fuskverk. Obegripligt att sånt passerar. En av dom där moderna kriminalromanerna som...

Han avbröt sig själv. Hanne lutade sig omedvetet från honom. Stanken från smutsiga kläder och otvättad kropp började besvära henne.

– Är det toaletten, sa Backe och pekade på en garderob vid dörren.

Erik såg förbryllad på honom.

– Nej. Det är ett skåp. Vill du låna toaletten? Jag kan visa dej var den är.

– Jag vill helst gå på min egen, sa Backe, nu med tunn röst.

Darrningarna hade ökat. Hanne Wilhelmsen la en hand på hans rygg. Skulderbladen skar nästan ut genom det tunnslitna skjorttyget. Han stirrade förvånat på henne, som om hon just hade kommit.

– Jag visar dej.

Erik stod vid dörren. Backe försökte resa sig. Knäna ville inte.

– Dom är mer kändisar än författare, snörvlade han. I den här boken, i den uselt skrivna… Var är barskåpet?

Ögonen stod på vid gavel nu, med en matt hinna av minnesförlust. De två poliserna växlade en blick.

– Jag tror vi ska se till att du kommer hem till barskåpet, sa Hanne lugnt. Jag ska hämta en trevlig ung dam som kan köra dej.

– Jag vill klaga, gnällde Backe, nu grät han nästan. Jag vill framföra en skriftlig protest.

– Och det ska du få lov att göra om du insisterar. Men vill du inte hellre åka hem?

Henrik Backe tog sig upp från stolen. Sedan gick han mot skåpet. Hanne hejdade honom vänligt.

– Kom, sa hon lågmält. Kom så går vi tillsammans.

– Har du kanske en öl någonstans, mumlade den gamle och lät sig motvilligt ledas ut ur rummet. En liten drink skulle nog göra gott. Jo visst.

Han tassade efter kommissarien genom korridoren mot hissen. Erik blev stående och såg efter dem. Först nu la han märke till att Backe hade en stövel och en sko under de vida byxbenen.

Hermine Stahlberg tappade glaset i golvet. Den tunna kristallen krossades. Whiskyresterna fick glasbitarna att glimma bärnstensgult. Okoncentrerat försökte hon plocka upp de största bitarna. En av dem skar in i handflatan, vid tummen. När hon satte det gapande såret mot munnen smakade det sött av järn. Järn, alkohol och handkräm. Hon fick kväljningar och spydde.

– Herregud, Hermine.

Carl-Christian Stahlberg var till hälften irriterad, till hälften omtänksam när han ledde ut systern till badrummet, öppnade medicinskåpet och la ett slarvigt förband. Det blödde fortfarande ymnigt. Han svor sammanbitet och försökte igen. Till slut rev han till sig en massa toalettpapper, vek ihop det till en tjock kompress och surrade fast den med tandtråd. Hermine stod apatisk och stirrade på handen. Den påminde henne om sockervadd med jordgubbsfläckar och hon fnissade.

– Du är full, sa brodern. Smart. Vad händer om polisen dyker upp igen? Har du tänkt på det? Har du tänkt på att det faktiskt är *troligt* att polisen kommer tillbaka?

– Hur kom du in, snörvlade Hermine.

– Dörren var öppen. Kom.

Han tog hennes friska vänsterhand och ledde henne in i vardagsrummet. Hon följde motsträvigt med.

– Jag har pratat med polisen, sa hon. I flera timmar. Dom är så gulliga så. Medkännande. Riktigt så där sympatiska.

Carl-Christian satte ner henne i en italiensk designad stol, kaffebrun och obekväm. Hon försökte resa sig men hölls tillbaka av brodern. Han stödde sig på armstöden av blästrad metall och böjde sig över henne. Deras ansikten var bara några centimeter från varandra. Hennes andedräkt var frän av spyor och sprit, men han vek inte undan.

– Hermine, sa han, rösten darrade lite. Vi är i *deep shit*. Fattar du det? Vi är riktigt, riktigt illa ute.

Hon försökte åter vrida sig loss. Han grep den bandagerade handen och klämde till.

– Aj, skrek hon. Släpp!

– Du ska lyssna på mej. Lovar du det? Lovar du att sitta still.

Hon nickade, nästan omärkligt. Han släppte och satte sig på knä.

– Blev du förhörd, frågade han.

Hermine gjorde våldsamma grimaser mot smärtorna.

– *Blev du förhörd?*

– Vad menar du, gnällde hon. Jag har snackat med dom. Dom kom hit. I natt. Med prästen och hela surven. Journalister. Utanför. Massor av journalister. Till slut måste jag koppla ur ringklockan utanför. Och telefonen. Men varför är du så intresserad av det? Mamma och pappa är döda och jag tycker att du borde... Jag...

Nu grät hon verkligen. Stora tårar blandade sig med smink och blodfläckar till blekrosa strimmor i ansiktet.

– Jag fattar ingenting, snörvlade hon och torkade snor med ärmen. Jag fattar absolut ingenting. Mamma och pappa och... *Preben!*

Gråten tog överhand. Hon skakade. Pappersbandaget var genomblodat och hon höll det hjälplöst framför sig. Brodern la armarna kring henne. Han kramade henne, hårt. Länge.

– Hermine, sa han till slut i hennes öra. Det här är för jävligt. Hemskt. Men vi *måste*...

Rösten sprack i falsett och han svalde högljutt för att få kontroll. Sedan reste han sig stelt och satte sig på soffan mitt emot henne. Han stödde armarna mot knäna och försökte hålla fast hennes berusade blick.

– Vi måste prata med varann, sa han med tillkämpat lugn. Blev du förhörd av polisen? Eller kom dom bara för att berätta om döds... Om det som hade hänt.

– Jag vet inte riktigt. Dom var egentligen väldigt gulliga. Verkligen. Väldigt... empatiska. Dom stannade inte så länge. Sen frågade dom om jag ville ha någon hos mej. Om du... Dom sa att dom hade pratat med dej och frågade om jag ville att du skulle komma. Eller någon annan. Om några andra skulle komma.

– Frågade dom dej om någonting som hade med det som hänt att göra?

– Jag fattar inte vad du menar.

– Okej. Vi tar det enkelt. Frågade dom om någonting annat än om du ville ha någon här?

– Jag minns inte. *Jag minns inte, Carl-Christian!*

Brodern satte händerna för ansiktet och vaggade fram och tillbaka.

– Herregud, sa han halvkvävt. Hur ska det gå. Hur ska det gå!

Tvärt reste hans sig och slet till sig överrocken som låg slängd på soffan.

– Drick inte, sa han. Sluta med supandet, okej. Jag kommer tillbaka om ett par timmar. Var någorlunda nykter då.

– Jag måste till vårdcentralen, klagade Hermine; det hade börjat droppa från handen igen.

– Det går inte, sa brodern bestämt. Du kan inte gå till doktorn i ditt tillstånd. Dina föräldrar och din bror blev mördade i går kväll och du är kanonfull. Det passar sej inte.

– Det passar sej inte, härmade hon. Det är credot i den här familjen. Det passar sej inte! För helvete, jag måste sys!

– Du stannar här. Jag kommer tillbaka.

Han klampade mot ytterdörren och hon vinglade efter.

– Det passar sej inte, härmade hon igen. Den här familjen är inte intresserad av annat än vad som passar sej! Jag är skittrött på alltihop.

– Bra för dej då, sa Carl-Christian och knöt halsduken noga. Att det nästan inte finns något kvar av den. Av familjen alltså.

– *Bra*, skrek hon så högt att det skrämde brodern.

Det här var inte Hermine, den snälla, fogliga systern som ingen tog riktigt på allvar.

– Jag *hatar* dom i alla fall. Jag *hatar* pappa. Och mamma, som alltid bara har krupit och slätat över och låtsats som ingenting. Hela den här familjen är ett prydligt skal kring en verklighet som är så ful att den aldrig tålt dagsljus! Jag är så…

Gråten övermannade henne helt. Carl-Christian försökte lägga armen kring hennes axlar, stelt och hjälplöst.

– Allt är i alla fall för sent nu.

Hon tvingade sig att andas lugnare och rätade på ryggen. De gav varandra en lång blick som ingen av dem ville släppa. Fast Hermine, med hjärnan förslöad av piller från ett gömställe som brodern inte hade en aning om, förstod i ett överväldigande ögonblick att hon tyckte om sin bror, så som han tyckte om henne, så som det överhuvudtaget var möjligt för medlemmar av familjen Stahlberg att tycka om varandra, men ändå, trots denna glimt av något som var varmt och sant mellan dem, visste de bägge med plötslig säkerhet: De litade inte på varandra.

Det hade de aldrig gjort och hon låste dörren bakom honom.

Knut Sidensvans lägenhet låg alldeles vid Carl Berners Plass. Låga tegelhus högg sig in i grönområdet, där småbarn tultade omkring i overall med pulkor på släp. Mödrarna stod tillsammans i små klungor medan en och annan pappa stod för sig själv och kedjerökte för att hålla värmen. Det var lunchtid. Inga barn ville gå hem. En liten pojke illtjöt. Mamman försökte trösta. Hanne Wilhelmsen drog djupt efter andan. Det här var luft som hon kände igen; kyla och kokta grönsaker, tandoori och tung trafik från Finnmarksgata. Buss 20 brummade ner mot Tøyensenteret.

– Det var härligt att promenera, sa Silje Sørensen lite förvånat. Bra förslag. Det är ganska fint här, egentligen. Trots all trafik.

– Ja, sa Hanne. Det är fint här.

Hon undvek att vända sig mot Lille Tøyen, mot ännu ett tegelhus där hon hade bott och levt i en annan tid.

Det fjärde mordoffrets lägenhet låg på andra våningen mot öst. Låssmeden satt på översta trappsteget och såg ut att ha oerhört tråkigt.

– Äntligen, sa han surt och kastade en ytlig blick på pappren som Hanne höll fram.

Det tog honom fyra minuter att öppna dörren.

– Cylindern är fortfarande intakt, sa han. Ska jag byta den i alla fall så att ni får en ny nyckel?

– Vänta lite, sa Hanne och gick in i tamburen.

I ett knallrött nyckelskåp alldeles vid dörren fann hon det hon letade efter. Hon stack prövande nyckeln i ytterdörren.

– Bingo, sa hon. Vi tar hellre med oss den här. Tack. Hej då.

I tamburen fanns inga andra inventarier än nyckelskåpet och en rad klädkrokar där det hängde en regnrock, en allvädersjacka och en halsduk i Burberrykopia.

Vardagsrummet var däremot rena kaoset. Rummet kunde vara runt tjugofem kvadratmeter, med tre fönster mot syd. Mellan två av dem hängde en stor anslagstavla i kork. Resten av väggarna var täckta av överfulla bokhyllor från golv till tak. Dessutom stod det staplar med tidningar och tidskrifter, böcker och magasin överallt på golvet. Vid närmare betraktande tycktes det finnas ett system i det hela. Tidningarna låg sorterade efter ålder och när Hanne ägnade en stund åt en av högarna vid den lilla kaminen i ett hörn förstod hon att det också fanns ett slags temamässigt sammanhang i det hela.

– Brett intressefält, sa Silje och höll upp en finlitterär tidskrift i ena handen och något som såg ut som en lärobok i svagström i den andra.

– Hmm, sa Hanne frånvarande och granskade arbetsplatsen vid fönstret.

En modern sjuttontums flatskärm bredvid en scanner, två stora skrivare och ett antal buntar blanka ark. Dessutom låg det flera högar med olika papper och något som kunde vara egna utskrifter på det stora skrivbordet. Korktavlan mellan fönstren var fullständigt täckt av lappar, tidningsurklipp, anteckningar och ett och annat fotografi. Vid första ögonkastet fanns det ingenting där som väckte Hannes intresse. Hon skummade en artikel om laxparasiten Gyrodactylus och en lista med e-post-adresser.

– Vad sa dom egentligen, frågade Hanne. På förlaget, menar jag.

– Att han var en sorts lärobokskonsult. I elektroteknik. För yr-kesskolor alltså, inte för högskolor. Dom senaste åren hade dom använt honom till andra saker också. Nu höll han på med tre oli-ka uppdrag. Några artiklar. Den ena ska förresten in i ett större verk om polisens historia.

– Polishistoria?

– Ja. Jag fick det inte så detaljerat beskrivet. Ska jag ta reda på det närmare?

Hanne bläddrade försiktigt i en bok om Gjest Baardsen. Den var sliten av ålder och flitigt märkt med lappar som stack ut som slappa gula tungor mellan sidorna.

– Sidensvans måste verkligen ha varit en nörd, sa hon och la boken ifrån sig. Trots åldern. Den här datorn är enastående, så-vitt jag kan förstå. Stiligt att han har lärt sej sånt. Men han har tydligen…

Blicken svepte över bokhyllorna och de höga tornen med kunskap som stod staplade överallt på golvet.

– …fortfarande mest känsla för det skrivna ordet. På papper, liksom.

Hanne lutade sig mot väggen och drog ner håret i ansiktet, nästan generat.

– När jag var liten tyckte jag att lexikon luktade så gott. Vi hade massor av såna hemma. Det fanns något som hette Nordisk Familjebok. Ett sånt där häftigt flerbandsverk med artiklar om alla möjliga konstiga saker. Jag älskade att bläddra i det. Mycket på grund av allt som stod där men också kanske för att böckerna var så sköna. Mot fingrarna. I händerna. Och dom luktade... Dom doftade faktiskt. Jag tyckte om det. Jag tyckte mycket om det.

Silje stod alldeles tyst. Hon la inte själv märke till att munnen stod halvöppen. Det fanns något känsligt i situationen, som om hon stod vid en glänta i skogen och hade fått syn på en skygg fågel.

– Ibland tänker jag på det, sa Hanne ut i luften. Att det enda jag fick med mej från barndomen var den där fäblessen för stora tjocka böcker. Nefis skrattar faktiskt åt mej. Jag läser bara tjocka böcker. Dom luktar bäst. Känner du...

Hon drog ett djupt andetag och log lite.

– Det luktar bibliotek här.

– Jag är ledsen för det där med din pappa, Hanne. Jag borde ha sagt det tidigare men du är så... Jag har liksom inte fått tillfälle.

– Hur visste du det?

Hannes röst var återigen kort och skarp.

– Billy T. berättade det. Jag beklagar.

Hanne tog fram plånboken. Med flinka fingrar fick hon fram ett tidningsurklipp, vikt i två delar. Hon räckte det till Silje.

– Här, sa hon tvärt som om hon gav ett kommando. Läs det här.

Det var en dödsannons. "Vår älskade William Wilhelmsen har gått bort efter lång tids sjukdom." Korset var prytt med bokstäverna R.I.P.

– Rest in peace, sa Silje förvånat. Är du katolik, Hanne?

– Ha! Mamma och pappa konverterade när jag var runt femton. För syns skull. Ingen av dom var speciellt religiösa, det var dom alldeles för snobbiga för. Dom betraktade sej som alltigenom intellektuella, även om jag protesterar starkt mot att så trångsynta människor har rätt att kalla sej det. Det var bara så mycket tjusigare, förstår du, med katolicism än den tråkiga lutheranismen. Mamma tyckte om ståten. Alla dom praktfulla byggnadsverken. Liturgin. Dom var i Rom två gånger om året. Bodde på lyxhotell och gick på midnattsmässor, bra på örat efter allt det goda vinet dom unnade sej. Jag misstänker att mamma tänder på dräkterna helt enkelt. På påven och kardinalrött, om du förstår vad jag menar. Pappa ville bara vara speciell. Det ville han alltid. Vara speciell innanför oerhört trånga ramar.

Hon kisade och visade ett par millimeters mellanrum mellan tummen och pekfingret.

– Katolicismen var bara utanpåverk. Skit i det. Läs vidare.

– *Nu med Gud du vandrar trygg*
och har funnit vila.
Det som här var ont och styggt
har i himlen…

– Bespara mej, sa Hanne kort. Det där är min systers verk. Hon tror faktiskt att hon kan skriva. Herregud…

Hennes axel rörde vid Siljes när hon böjde sig fram för att peka.

– Hittar du mej där, frågade hon retoriskt. Ser du mitt namn någonstans?

Listan över de sörjande efter professor fil. dr. William Wilhelmsen var lång. Där fanns hustru, son och dotter, svärdotter och barnbarn. Tre systrar och två svågrar hade fått plats, brors-och systerbarn. Till och med en "Gaute Nesby, trofast vän" fanns uppförd bland de efterlämnade. Den alltför omfångsrika dikten och den långa listan på anhöriga verkade pompöst. Det fanns något frånstötande anspråksfullt över texten, över hela annonsens format.

– Du är inte nämnd, sa Silje tyst, utan att lyfta blicken från urklippet.

– Jag är inte god nog, sa Hanne. Det har jag aldrig varit. Vet du…

Hon skrattade ansträngt.

– Jag satte mej och skrev en egen annons. Ungefär så här: "Min förnekande far, William Wilhelmsen, dog äntligen efter fyrtiotvå års knölaktigt uppförande mot sin yngsta dotter. Skicka gärna blommor till hemmet, helst fula blå nejlikor. Så många som möjligt." Jag hade satt frimärken på kuvertet. Lyckligtvis hindrade Nefis mej från att skicka den.

– Dom hade väl inte tryckt något sånt!

– Nej, men jag hade gjort bort mej. Men det slapp jag. I stället går jag omkring med den här.

Hon la tillbaks annonsen i plånboken.

– Det är ett slags omvänt medlemskort, sa hon. Ett bevis på att familjen inte vill ha mej. Jag vill inte ha dom heller.

Leendet nådde inte blicken. Hon klappade sig lätt på fickan och såg sig förvånat omkring som om hon inte riktigt visste varför hon hade kommit in på sin fars död.

– Det är någonting här, sa hon och började försiktigt lyfta på en av de många mapparna på arbetsbordet. Det är precis som om…

Något var det. Hon stelnade i rörelsen.

– Se dej omkring, sa hon och la ner mappen igen.

– Det har jag gjort några gånger, sa Silje. Vad ska jag titta efter?

– Sidensvans hade uppenbarligen ett system på sina saker, sa Hanne lågmält som om hon inte ville störa sin egen tankegång. En bunt där vid dörren är bara tidskrifter och tidningar. Där borta finns medicinsk litteratur. Och där…

Hon fick en rynka snett över näsroten.

– Men trots att allt ligger i en sorts ordning så gör alltsammans… hela det här rummet ett intryck av oordning. Av kaos. Ingenting ligger ordentligt staplat, det finns ingen symmetri.

Inga raka kanter, så att säga. Håller du med?

– Jo…

Silje försökte se sig omkring med nya ögon.

– Men här, sa Hanne och visade med handflatan över arbets-
platsen. Här ligger papprena kant i kant, parallellt och linjärt.
Påfallande.

Silje svarade inte. I stället kom hon närmare. Hon ställde sig
skuldra vid skuldra med Hanne och nickade svagt.

– Du har förstås rätt, men han kan ju… Det är ju möjligt att
han är noga med allt som han jobbar med just nu, men att det är
omöjligt att genomföra den ordningen över hela linjen, liksom?
Så det blir lite stökigt för övrigt?

– Precis, sa Hanne syrligt. Du kan bättre än så, Silje. Det finns
en förklaring som är mycket mer närliggande. Dom här papprena
har blivit flyttade på. Och lagda på plats igen.

– Flyttade på? Det är mindre än ett dygn sen han var här själv,
Hanne. Självklart är någonting flyttat på. Av Knut Sidensvans.

Silje stal sig till en blick på Hanne. Kommissarien var tydligt
äldre nu. Det mörka håret hade fått ett skimmer av grått vid tin-
ningarna. Det klädde henne inte och hon borde göra något åt
det. Rynkan från näsvingen till mungipan var skarp trots krop-
pens nya rundning, de extra kilona som gjorde byxorna precis
lite för trånga för att sitta snygg. När Hanne plötsligt vände sig
mot henne såg Silje att det enda oförändrade var ögonen. Djup-
blå, ovanligt stora med en markant svart ring kring iris.

– Jag funderar på det där med nycklarna, sa Hanne.

– Jaha, sa Silje avvaktande.

– Sidensvans lik hittades med ytterkläderna på. Han hade
ingen plånbok. Inga nycklar.

– Inga nycklar?

– Jag läste rapporten innan vi gick hit. Ingen plånbok. Inga
nycklar. Jävligt konstigt.

– Inte så hemskt väl. Han kan ha lagt dom…

– Vad har du med dej just nu, Silje?

– Har med mej?

– Ja. Ingen väska. Precis som karlar. Vad har du i fickorna?

Det rasslade av mynt när Silje kände efter.

– Småpengar. Plånbok. Mobiltelefon. En liten ficklampa. Och… nycklar. Och här. Vill du ha?

Hon erbjöd Hanne ett tuggummi.

– Där ser du, sa hon utan att ta emot det. Vi går alltid med nycklar på oss. Var är Sidensvans?

Hanne väntade inte på svar men bad om Siljes ficklampa. Efter ytterligare några minuters granskning av dokument, böcker och lösa papper skakade hon långsamt på huvudet.

– Du har förstås rätt, sa hon. Det är omöjligt att säga något säkert. Men ändå…

Hon stannade i rörelsen när hon skulle lämna tillbaka ficklampan.

– Men det är någonting här, sa hon plötsligt och bestämt. Det kan i alla fall vara något. Jag ska be om en ordentlig genomgång av hela stället. Avtryck. Biologiska spår. Allt.

– Vi har begränsade resurser, Hanne. Är det inte viktigare att vi koncentrerar oss på brottsplatsen? Och familjen Stahlberg?

– Det är precis vad vi kommer att göra, sa Hanne och knäppte jackan innan hon nickade mot ytterdörren. Vi kommer att lägga ner oändligt med tid och kraft på familjen Stahlberg. Men vi måste ta oss tid för det här stället också. Det var fyra offer. Inte tre.

Hon låste ordentligt efter sig och satte nyckeln på sin egen knippa innan hon fick ett plötsligt infall.

– Har du lust att hänga med mej hem, Silje? Äta middag?

– Ja! Jättegärna! Jag… Å, nej. Jag måste hem. Tom ska på julbord i kväll och vi har ingen barnvakt till Simen.

– Synd, sa Hanne lätt. Du går miste om något. Marry har blivit en mästare i köket. En annan gång kanske.

– Ja, absolut! Jag skulle väldigt gärna vilja, men du vet, småungar och… Det är inte så lätt att vara impulsiv längre.

En taxi stannade på Siljes tecken. Hon steg in och vinkade till Hanne genom bakrutan ända tills bilen försvann i eftermiddagsrusningen. Hanne stod blodröd kvar.

Det var psykologens fel. Och Nefis. Du måste vara mer direkt, Hanne, tjatade de. Tala om för andra vad du vill, upprepade de hela tiden. Det är inte farligt. De blir glada. Gör det, Hanne.

Nu hade hon försökt. Hon skulle ha ätit Marrys fredagspannbiffar och kanske druckit en öl eller tre med Silje. Nefis skulle ha blivit lycklig över den oväntade gästen. Marry skulle ha grälat för att Hanne inte hade ringt men ändå dukat med finaste porslinet och kanske hämtat turkiskt öl från skafferiet.

Hon hade gjort som psykologen och Nefis sa.

Rodnaden satt länge kvar i kinderna.

Den avlidne Karl-Oskar Wetterland hade varit en advokat av den gamla stammen. När han dog ägde han sin rymliga bostad i Oslo, sitt sommarhus på Hvaler utan vatten på vintern, sin Volvo från 1992 och en bra, liten aktieportfölj. Den var konservativt sammansatt och försiktigt förvaltad. Tillsammans med de tre högräntekontona som fanns angivna i kuvertet som han hade efterlämnat, förseglat och skrivit sonens namn i sirlig handstil utanpå, så skulle änkan kunna leva gott de år hon hade kvar.

Sonen fann tröst i detta.

Fadern hade sörjt för de sina när han levde, och det välordnade dödsboet visade att han var väl förberedd på att dö. Terje Wetterland, advokatens ende son, hade inte tillgodosetts med en enda krona. Det fick honom att småle där han gick omkring i faderns kontor och tog på de olika föremålen. Naturligtvis skulle modern sitta i oskiftat bo. Terje var fyrtiosju och väl etablerad i Frankrike med fru, barn och en inkomst som vida överskred det faderns någonsin hade tagit ut från sin lilla enmansfirma. Modern skulle ha det bra på gamla dagar. Det var de överens om, fadern och han. Hon skulle få möjlighet att skaffa sig hjälp i hushållet. Hon skulle tillbringa långa somrar i Provence med barnbarnen utan kostnad. I alla fall ingen påtaglig. De hade pratat om det en kväll för drygt ett halvår sedan. Far och son satt på en bergknalle och drack sina groggar på midsommarafton. Ungarna tjöt från stranden och natten blev aldrig av. De kom överens om, där och då, hur allt skulle göras. Och så skulle det bli.

Terje Wetterland strök med fingrarna försiktigt över ett silverinramat foto av sig själv och fadern, halvnakna och våta, det var sensommar, bägge var mörkbruna. De satt ytterst på en brygga, han med faderns arm om midjan, en lycklig grabb på fyra, fem år.

Han dammade av glaset med skjortärmen. Sedan la han fotografiet i portföljen. Det fanns inget annat här som han ville ha. Även om fadern fortfarande hade en och annan klient var det omöjligt att ta hand om det just nu. Han skulle fråga mamma vilka de var. Det kunde inte handla om många, fadern la egentligen ner hela praktiken för tre år sedan. Bara gammal vana och några enstaka åldriga klienter fick honom att fortsätta att gå till kontoret två gånger i veckan. Sonen kunde kontakta dem från Frankrike. Om någonting brådskade skulle de väl ringa modern.

Han kastade en snabb blick på några papper som låg framme innan han la allt i kassaskåpet och låste. Sedan släckte han ljuset, låste sin fars kontor och gick hem till modern.

Frosten låg tung över skidspåren. Skogen var tyst. Den gamle mannen försökte sticka ner skidorna i en driva. Snön var för hård. Han la dem ifrån sig i stället, ett stycke bort ifrån spåret. Inte för att någon skulle stjäla dem. Klockan närmade sig trots allt midnatt. Ordentligt folk höll sig inomhus. I alla fall var det ingen som använde den smällkalla natten strax före jul till att dra iväg över Nordmarka. Han flinade snett vid tanken. Men skidorna låg nu ändå bäst under en gran, någon meter innanför stigen, väl gömda. Man kunde ju aldrig veta.

De här nattliga turerna hade blivit en vana. För trettio år sedan kom han tillbaka till barndomens torp. Nu livnärde han sig av godsägarens välvilja på de jobb som gavs i skogen. En tur före sängdags var bra för nattsömnen. Under sommarhalvåret traskade han till fots i kvällsljuset som speglade sig i de många vattnen i Marka. Så snart snön la sig frampå hösten satte han iväg på tjärade träskidor. Han kände sin skog och stigarna som gick igenom den.

Kylan bet i kinderna och fick ögonen att rinna. Det kändes lugnande. Han tog några prövande steg längs en liten stig som ledde ner till en tjärn som han ofta simmade i när det var varmt. Här och där trampade han igenom. Ett par gånger höll han på att tappa balansen. Efter knappt femtio meter stod han vid en udde som stack vackert ut i den frusna tjärnen. Bara från bäckmynningen kunde han höra porlande. Försiktigt för att inte halka på det glatta nakna berget klev han över näset för att dricka lite av det underkylda vattnet. Han satte sig på huk och stack näven i vattnet, som en kopp. Iskanten kring råken glittrade i det blå månljuset. Det skulle ta tid innan insjön bottenfrös, kylan hade kommit först under de senaste dagarna.

Han blev varse en rörelse på andra sidan vattnet. Han stelnade till i tron att det var ett djur, han ville inte skrämmas. Handen, halvvägs uppe vid munnen med flatan täckt av vatten, darrade lätt av köld och anspänning. Mycket långsamt reste han sig i hela sin längd. Han stod med en tät granskog bakom sig. Hans kläder var mörka, han smälte väl in i bakgrunden. Den lätta brisen kom emot honom. Ett djur skulle knappast få vittring av honom om han inte rörde sig.

Det var inte ett djur. Han såg det nu. Han stod upp och kunde se en man, eller i varje fall en människa. Han stod inte vid kanten utan ett stycke ut på isen. Figuren böjde sig. Gjorde något.

Han ansträngde sig för att lyssna. Hörseln var nog inte som förr, han uppfattade bara sin egen puls och ett rytmiskt sus från bäcken. Människan där bort rörde sig äntligen in mot skogsbrynet, tyst, några gånger vacklande, som om han tog sig tillbaka i sina egna fotspår. Snart var han försvunnen mot öster.

Den gamle tvekade. Han förstod inte riktigt varför han inte hade ropat. Han hade varit rädd, tänkte han förvånat, han hade tryckt i mörkret för att inte bli sedd, utan att riktigt kunna förklara varför. Återigen ansträngde han hörseln, skakade på huvudet och la den iskalla bara handen bakom örat.

Det var tyst.

Nu var han klarvaken. Lite rädd, men också intresserad av att ta reda på vad som hade hänt, vad gestalten hade här att göra, vid en tjärn i Nordmarka en natt i december. En gammal nyfikenhet väcktes, en för länge sedan undertryckt känsla, glömd och undanstuvad sedan den bara hade ställt till med bekymmer för honom.

Det skulle bara ta honom någon minut att gå över isen, kanske en halvtimme att gå runt. Han tänkte på blidvädret som hade kommit och gått sedan oktober och gav sig iväg längs stranden.

Han hämtade andan när han kom fram. Astman snörde ihop strupen. Försiktigt följde han fotspåren efter den andra människan. De avtecknade sig nästan svarta mot den blåvita, snötäckta ytan. När isen hade hållit för den andra skulle den väl hålla för honom också. Dessutom måste han inte så långt ut.

Ett hål.

Det var inte stort men tillräckligt för att dra upp fisk. Någon hade varit på isfiske, mitt i natten, i kylan.

Han skrattade lågt och skakade på huvudet över tokiga stadsbor.

LÖRDAG 21 DECEMBER

HANNE WILHELMSEN låg och stirrade i taket. Värmen i rummet gjorde luften tjock av förbrukad natt och hon smackade för att fukta den torra munnen. Lyckligtvis hade hon sparkat av sig täcket under nattens lopp. Ändå var huden kladdig av svett. Hon satte sig stelt upp i sängen och puffade upp kudden innan hon la sig igen.

– Du kunde gott ha berättat för mej om festen på julafton, sa hon tyst.

Nefis vände sig mot henne och gäspade.

– Hanna lilla, om jag hade berättat för dej om den festen så skulle den aldrig bli av! Du hade sagt nej, nej, nej och så hade vi suttit där. Du och jag och Marry.

– Det var ju liksom det jag hade önskat mej.

Nefis stönade och slog sig för pannan. Det svarta håret låg i svettiga testar över pannan och hon log brett.

– Lilla raring. Du är konstig. Allra helst vill du bara vara vi tre hela tiden! Jag vill ha en ordentlig jul! Nu när jag har blivit *stuck* i ett vinterland med alla dessa festliga traditioner kring julafton så vill jag ha alltsammans! Massor av pynt och ljus och massor, massor människor runt bordet.

– Många, sa Hanne och tänkte gå upp. Det heter många människor. Och du kunde ha frågat. Dessutom visste jag inte att du känner dej *stuck*.

– Men Hanna då.

Nefis försökte ta tag i henne men Hanne var för snabb. Hon gick in i badrummet.

Hon lät vattnet forsa över ryggen medan hon lutade pannan mot den kakelklädda väggen.

Hon vred på kranen så vattnet långsamt blev kallare. Kallare. Hon kände huden dra ihop sig och huvudet klarna.

Nefis hade rätt. Nefis hade alltid rätt. Den udda familjen på Kruses gate hade levt som eremiter om Hanne hade fått som hon velat.

Tanken lockade fram ett leende.

– Hanna, du ler!

Nefis satt på toalocket i mahogny med infällt mönster i inkastil; ädelträ och metall kittlade kallt mot nakna lår.

Hanne försökte tvinga tillbaka leendet.

– Ha, du ler, ropade Nefis och klappade händer. Du är glad för den där festen!

– Inte alls, sa Hanne och gömde ansiktet i duschstrålen.

Hanne gladde sig. Hon var inte ens irriterad över att beslutet hade fattats över henne huvud, så som alla beslut av någorlunda vikt fattades av Nefis och endast Nefis. Nefis köpte biljetter till Seychellerna och talade om det två dagar i förväg, ledighet från jobbet var redan ordnat. Nefis kom hem till lägenheten på Lille Tøyen med prospektet på en överdådig lägenhet i ett nybygge på Frogner. Den var redan köpt. Nefis ordnade med flyttfirma och adressändring, inflyttningsfest och partnerskap, inredning och inköp. Nefis behandlade Hanne så som en älskande hustru behandlar en envis gammal äkta man. Och Hanne tyckte om det, motvilligt. Hon protesterade ofta och häftigt, men aldrig länge.

Nefis fann lösningar som det var möjligt att leva med. Hon tog hänsyn till Hanne, men aldrig så långt att det gick stick i stäv med henne själv och hennes egna behov. Lägenheten på Kruses gate framstod mer som ett lustigt kollektivboende än en riktig familj, hoprafsade människor som inte verkade ha någonting gemensamt. Så måste det te sig för andra, de som inte visste bättre, de som inte kände dem och som därför inte hade en aning om att Nefis och Hanne var gifta och att Nefis ständigt ville ha barn. Hanne kände ingen av grannarna och på dörrskylten stod det tre namn. Inte två, detta farliga två som fick folk att dra slutsatser om vilka som bodde där och vad de höll på med.

Ibland kände sig Hanne lycklig. Inte ofta, men då och då, när verkligheten drabbade henne i korta glimtar, en tofflande Marry genom kvällsmörk lägenhet, en blick från Nefis när hon trodde att Hanne inte märkte det, en hand mot ryggen i sömnen, i sådana ögonblick kände sig Hanne fullständigt trygg. Trygghet var hennes lycka och lycka hade hon aldrig riktigt känt före Nefis.

Hanne klev ut ur duschen.

– Vilka är det egentligen som kommer?

– Alla! Karen och Håkon, ungarna, Billy T., Tone-Marit och…

– Inte alla hans ungar, sa Hanne. *Please*! Det blir ett rent helvete.

– Nej. Dom är hos sina mammor den här julen. Bara Jenny kommer med.

– Vilka fler?

Hanne torkade håret och befarade det värsta.

– Nja…

Nefis strök henne över den nakna korsryggen.

– Två av Marrys gamla väninnor. Bara…

– Nej!

Hanne slet handduken från huvudet och slängde den på golvet.

– Minns du hur det gick förra året? Va?

– Men det blir bättre i år. Dom har lovat att inte ha något med sej och…

Hanne avbröt upprört igen och slog ena handflatan i duschväggen.

– Nefis. Hör här. Du kan aldrig lita på en narkoman. Dom

kan lova så högt och länge dom vill men dom smusslar med sej vad som helst. Dessutom skulle det antagligen var likställt med mord att vägra dom. Dom tål helt enkelt inte ett dygn utan droger. Det kommer inte på tal, Nefis.

Hon traskade bestämt in i sovrummet och drog raskt på sig samma kläder som i går.

– Dessutom har dom antagligen aids. Det är inte säkert att Karen och Håkon blir speciellt begeistrade över att äta julmiddag med såriga, utsvultna horor med aids.

Nefis hand var bara en centimeter från Hannes kind när den tvärstannade. Hanne tog sig på den orörda kinden. Så blev de stående, Nefis med höjd hand och Hanne svagt bakåtlutad.

– Det var förfärligt sagt. Hanna. Förfärligt. Sånt säger vi inte i vår familj.

– Vi slåss inte heller i vår familj!

– Jag slog inte, sa Nefis. Men gudarna ska veta att jag hade lust.

Hanne Wilhelmsen var på dåligt humör när hon elva minuter för sent kom in i det stora mötesrummet där avdelningschefen hade samlat sexton kriminalare, två polisjurister och ett par kontorsanställda runt bordet. Hon nickade kort mot biträdande polismästaren som log stort mot henne. Hon struntade blankt i Silje Sørensen, Erik Henriksen och Billy T. innan hon hittade en plats längst ner vid bordet med en aspirant på var sida. Genom hela avdelningschefens redogörelse för fallet stirrade hon i bordsskivan och gömde ögonen bakom luggen. Det verkade som om hon överhuvudtaget inte följde med. En oro spred sig omkring henne, de andra drog sig bort som om de kände ett fysiskt obehag i hennes närvaro.

– Det råder i alla fall inget tvivel om att den pågående konflikten mellan familjemedlemmarna var nog så brutal, sa Billy T.

när ordet blev fritt. Det är ett stort och komplicerat material men huvudgrälet handlade om i vilken grad Hermann Stahlberg hade förbundit sej att överlåta rederiet till Carl-Christian. Efter Prebens hemkomst blev det allt tydligare att den äldste sonen hade större affärsbegåvning än brodern. Företaget går betydligt bättre nu och expanderar. Bland annat har dom kontrakterat två nya små kryssningsfartyg som ska vara färdiga om ett och ett halvt år. För ett år sen var pappren klara. Rederiet, som är ett oregistrerat aktiebolag, helägt av Hermann och Turid Stahlberg, skulle skrivas över på Preben. Visserligen skulle både Carl-Christian och Hermine tillgodoses med en mindre aktiepost var, men storebror skulle sitta med all makt. När jag säger att alla papper var klara är det viktigt att poängtera att dom aldrig blev undertecknade. Carl-Christian stämde sin far och har lagt fram något han hävdar är dokumentation på att Hermann redan med bindande verkan hade lovat bort rederiet till honom.

Billy T. ålade sig mellan vägg och stolsryggar bort till en overhead och fumlade med ljusknappen. Sedan la han en genomskinlig bild på glasplattan, upp och ned. Silje Sørensen hjälpte till och till slut kunde alla se en karta över Stahlbergdynastin.

– Jag tror, började Billy T., att det kan vara viktigt för oss alla att få en inblick i hur den här familjen är uppbyggd. Vi har alltså mor och far här.

Han ringade in den äldsta generationen med tusch.

– Förra årets taxering var i och för sej anspråkslös. Drygt fyra miljoner i intäkt och något över tjugofem i förmögenhet, men vi vet ju alla…

Han flinade och tittade på Silje. Hon vred in den stora diamanten mot handflatan, en vana hon lagt sig till med så snart pengar kom på tapeten.

– …att såna tal ljuger. Dom är pressade ner så långt som möjligt.

– Men vi talar ändå inte om en jätteförmögenhet, sa avdelningschefen.

– Nå, jag tycker tjugofem miljoner är en helvetes massa pengar. Men okej. Han är inte rikast i Norge.

Återigen ringade han in ett namn på plasten.

– Preben Stahlberg är alltså äldst av barnen. Hans fru är australiensiska. Jennifer Calvin Stahlberg. Hon är hemmafru, pratar inte norska. Tre minderåriga barn. Dessa efterlevande är utan större betydelse för vårt fall skulle jag tro. Då blir det mer spännande här...

Han daskade pennan mot den yngste sonens namn.

– Carl-Christian Stahlberg. Född sextiosju. Var alltså bara i tidiga tonåren när brodern stack till sjöss. Han säger att han hade planer på att bli veterinär men att han valde Handelshögskolan för att göra pappan till viljes. Ett av breven från far till son på den tiden har förresten lagts fram för rätten som bevis för att understöda Carl-Christians påståenden om att rederiet var bortlovat för länge sen.

– Men...

Erik Henriksen kisade skeptiskt mot ljuset från overheaden.

– Kan man verkligen ha rätt till något bara för att pappa har lovat det? Är ett vanligt löfte överhuvudtaget juridiskt bindande?

– Det kan vara det, sa polisjurist Annmari Skar. Under vissa förutsättningar kan ett löfte vara lika förpliktande som ett tvåsidigt avtal.

– I alla fall, fortsatte Billy T., så gifte sej grabben för fem år sen med en lite märklig kvinna. På den tiden hette hon May Anita Olsen. När hon gifte sig med CC, nöjde hon sej inte bara med att byta efternamn. Hon förnyade faktiskt allt. Nu heter hon Mabelle Stahlberg.

Ett par av de yngsta männen flinade glatt när Billy T. snabbt bytte blad. En välsvarvad blondin kom till synes, långt hår och med läppar som hon uppenbarligen inte begåvats med i födseln. De plutade fylligt över en pikant haka. Näsan hade antagligen inte heller sluppit ifrån kniven, den var ultrasmal och fullkomligt rak. Hanne Wilhelmsen frustade högljutt. Det var första gången hon gav något ljud ifrån sig under mötet. Billy T. viftade ursäktande med handen och bytte bild.

– Har inte hon en modetidning, frågade Silje innan han kom igång igen.

– Det stämmer. M&M. Mode och mening. Väldigt mycket av det första och knappt något av det andra. Glättad sak. Går inte särskilt bra, förstås, det är det få såna magasin som gör men hon klarar sej faktiskt. Förlorar i alla fall inte pengar längre. Och pengar har ju Carl-Christian. Eller för att uttrycka det så: Det var vad de *trodde*, CC och Mabelle. Att dom skulle få pengar.

Han lät den sista meningen hänga i luften.

– I alla fall, fortsatte han efter några sekunders tystnad, så har den här Mabelle något av en bakgrund. Inte något kriminellt, bortsett från en sak jag ska komma tillbaka till. Det som är viktigt i det här sammanhanget är emellertid att hon har varit föraktad och motarbetad av sina svärföräldrar från första början. Dom tålde inte människan. Hon var inte god nog för Carl-Christian och långt ifrån passande i de stora salongerna på Eckersbergs gate. Dom gifte sej i Las Vegas i all hemlighet, långt bort från pappsens våldsamma protester. Hermann gjorde faktiskt försök att få äktenskapet upphävt. Det strandade ganska snart förstås, han var ju överhuvudtaget inte i någon position för att göra något sånt. Men det säger ju en del. Om stämningen, menar jag. I familjen.

– Du sa att det var något kriminellt också, påminde Erik honom.

– Ja…

63

Billy T. kliade sig frånvarande i skrevet.

– För ett halvår sen anmälde Hermann Mabelle för bilstöld. Hon blev stoppad av polisen. Körde omkring i en Audi A8 som egentligen var en sorts firmabil för rederiet men som disponerades av Carl-Christian och Mabelle. Hermann hade börjat strama åt och krävt att bilen skulle lämnas tillbaka. När ingenting hände anmälde han bilen stulen utan närmare förklaring till polisen. Det ledde till rena jävla Texas. Patrullen som såg bilen hetsade upp sej över att Mabelle inte stannade och det hela slutade i ett dike på Grefsen. Tjejen sa att hon hade blivit rädd och trodde att hon skulle bli rånad. Hon haffades och fick sitta i arresten här på bakgården i sex timmar innan CC äntligen fick det hela ordnat. Gubben höll på sitt och ville ha svärdottern åtalad men fallet las ner i brist på bevis. Det blev för konstigt helt enkelt. Det var ju hennes bil på sätt och vis. I praktiken, menar jag.

– Fin familj.

Avdelningschefen gäspade och försökte ruska sig vaken.

– Något mer om det här, Billy T.?

– Inte mer än att släkten är ganska omfångsrik. Fastrar och farbröder och kusiner överallt. Och så Hermine då. Lillasystern.

Ett frågetecken syntes bredvid Hermines namn på plasten, inklämt på ett hörn av bilden.

– Henne vet vi mycket mindre om. I alla fall för närvarande. Hon verkar nästan… dum. Ingen utbildning. Inget ordentligt jobb fast hon tycks vara frisk. Hon har gjort en del småjobb för svägerskan på M&M, rent utseendemässigt passar hon bra in där. Dessutom har hon utfört lite för pappan och för en farbror som hon har mycket att göra med. Han är konsthandlare, var det visst. Det lustiga är att hon…

Alla i rummet var koncentrerade på Billy T.

– Hon fick en helvetes stor summa pengar av pappan på tjugo-årsdan, sa han omsider och strök sig över skallen där det millimeterlånga håret började bli grått. Tio miljoner plus. Lägenhet, bil och grejer. Det bevisar att familjens förmögenhet är åtskilligt mycket större än skattmasen får veta, men det är i och för sej ointressant nu. Det slående är att den snåle Hermann Stahlberg var så generös. Ingen av sönerna har fått något liknande så vitt vi vet. Ännu konstigare är det att Hermine tycktes komma överens med alla i familjen. Den enda.

– Kan pengarna ha varit en belöning för just det, funderade Erik. Helt enkelt en premie för att hon är snäll och rar?

– Vet inte.

– Det kan ju lika gärna varit en present för att bota dåligt samvete, sa Hanne långsamt. Även om det i så fall måste handla om *extremt* dåligt samvete.

Det var som om hela rummet vände sig mot henne, som om huset tippade över märkbart och tyngdpunkten flyttade sig från auktoriteternas ände av bordet, där Billy T. stod bredvid avdelningschefen och två jurister. Alla tittade ner på nybörjarna och Hanne Wilhelmsen.

– Jaha, sa Billy T. kort.

– Eller som mutor. Mot att tjejen håller käft.

– Om vadå, frågade Billy T.

– Det har jag förstås ingen aning om, sa Hanne och gned sig i nacken. Jag försöker bara vara överens med dej här. Det är ju konstigt att hon skulle få så mycket pengar, med tanke på omständigheterna. Hela den här Herminepersonen är underlig.

– Och därför ska vi ta in henne på förhör så snart begravningen är över, sa avdelningschefen och såg på klockan.

– Jag skulle inte vänta så länge, mumlade Hanne.

– Något mer?

Avdelningschefens tonfall var ampert och han såg sig omkring med en min som antydde att upplysningarna i så fall måste vara synnerligen viktiga om någon tänkte hålla honom instängd i det ovädrade, varma rummet särskilt mycket längre.

– Vapnen, sa Erik och lyfte lite på höger hand. Preliminära analyser.

– Så det rör sej om mer än ett, sa Billy T.

– Två. Två typer av ammunition. 9 mm parabellum och .357 Magnum. En pistol och en revolver. Det avfyrades allt som allt elva skott med pistolen och fem med revolvern. Vi har ännu inte fått fram modellerna av vapnen.

– Elva skott med pistolammunition, upprepade Billy T. Det finns ganska många pistoler som tar så pass mycket i ett magasin. Mördaren behöver faktiskt inte ha laddat om.

– Eller mördarna, sa biträdande polismästare Puntvold och kliade sig på hakan; det raspade av orakad hud. Två vapen indikerar faktiskt två mördare.

– Inte nödvändigtvis, sa Hanne.

Hon kände en stigande irritation över att Puntvold överhuvudtaget var där. Stahlbergfallet var tillräckligt komplicerat och oöverskådligt. Med sådana fall gällde det att hitta balans i effektiviteten; de måste vara tillräckligt många för att få allt arbete gjort men inte fler än att de alla hade en chans att ha en viss överblick. Visserligen hade Puntvold gjort sig alltmer populär både i Huset och i allmänhetens ögon med charm, synlighet och ett våldsamt engagemang i poliskåren, men det här mötet borde han ha hållit sig borta från. Detsamma gällde flera andra, som aspiranterna och ett par av inspektörerna. Egentligen satt det dubbelt så många som nödvändigt i det trånga utrymmet och Hanne suckade uppgivet vid tanken.

– Det kan också betyda att mördaren är smart, sa hon och försökte undvika att låta beskäftig. Eller försiktig. Det är en bra idé det där med omladdningen. Med två vapen behövs inte det.

– Jag antar att den tekniska utredningen går så snabbt som möjligt, sa avdelningschefen och reste sig. Jag vill ha alla resultat fortlöpande in till mej. När det gäller spaningen så är det uppenbart att Carl-Christian, hans fru och Hermine är centrala.

– Särskilt med de haltande alibina, la Billy T. till. Dom är nästan så dåliga att dom kan vara sanna. Mabelle och Carl-Christian var hemma tillsammans, ingen kan bekräfta eller motsäga det. Hermine säger att hon sov hela kvällen. Hemma. Obekräftat, det också.

– Bra, sa avdelningschefen, tydligt otålig nu. Jag utgår ifrån att man jobbar vidare med familjemedlemmarnas rörelser eller brist på sådana under mordkvällen. Jag vill gärna se dej, Wilhelmsen och Billy T. på mitt rum om en timme. Och du…

Han nickade mot polisjurist Annmari Skar.

– Vi får diskutera hur vi ska gå vidare med förhör och eventuella gripanden. Då säger vi så, vi…

– Men Sidensvans då? sa Hanne högt. Är han totalt ointressant?

Avdelningschefen satte sig långsamt ner.

– Nej då, sa han med överdrivet len stämma. Nej då, Hanne Wilhelmsen. Jag bara försöker att effektivisera lite här. Att kasta bort tid på möten är liksom inte min stil.

– Jag håller ju med, började Hanne, om att familjen verkar mest intressant. Det är trots allt Hermine och Carl-Christian som har något att tjäna på att resten av familjen är eliminerad. Jag tycker ändå att det är något som inte stämmer när vi inte vet varför Knut Sidensvans var där. Stahlbergs måste ha väntat honom. Det verkar i alla fall så, med tårta och champagne framme. Det var dukat med fyra glas och fyra assietter. Dom väntade en fjärde person. Men vad hade dom med Sidensvans att göra? Bör vi inte ta reda på just det i alla fall?

– Kära kommissarien, sa avdelningschefen uppgivet. Så vitt jag minns är det *du* som alltid hävdar att lösningen på en mordgåta ligger i det enkla. Det är du som alltid påminner oss om att där motivet för handlingen finns, där hittar vi gärningsmannen. Och utan att dra några som helst växlar på framtiden så vill jag redan nu påpeka att motiven i det här fallet skriker mot oss. Den här Sidensvans tycks mej vara fullständigt perifer. En tillfällig gäst.

– Det kan gott hända. Men bör vi inte veta det säkert? Jag är naturligtvis helt överens om att det finns all anledning att misstänka en av dom där tre…

Hon pekade obestämt mot skissen som Billy T. hade ritat över släktträdet.

– … för dom här morden. Men det finns väl ännu ingen anledning att tro att alla tre ligger bakom? Naturligtvis ska vi ta reda på vem som har det starkaste motivet. Men skulle det inte vara synnerligen lämpligt att klarlägga om någon av de tre faktiskt har någon förbindelse med det fjärde mordoffret?

Avdelningschefen böjde demonstrativt huvudet. Sedan rätade han plötsligt på sig.

– Du har förstås alldeles rätt.

Han gnuggade sig i ögat och pressade fram ett leende.

– Vi ska hålla alla möjligheter öppna som vanligt. Eftersom det trots allt är du som ska ha ansvaret för den taktiska utredningen här så kan du ju använda måndag och tisdag på Sidensvans.

– Det är dan före och själva julafton, protesterade Hanne. Helt hopplösa dagar att prata med folk!

– Två dar, sa hennes överordnade kort. Det är vad du får. Tills vidare. Sen får vi se.

En kakofoni av skrapande stolsben följde. Erik och Billy T. stannade i korridoren utanför och väntade på Hanne. Hon kom sist ut ur det fönsterlösa rummet och andades djupt.

– Fan vad det blir dålig luft där inne, sa hon lätt.

– Vad tänker du om den där fågelkillen, frågade Erik uppriktigt nyfiken.

– Jag vet inte riktigt, sa Hanne och la handen på Billy T:s arm. Vet du, jag är otroligt imponerad över vad du har fått fram på två dygn. Bra polisarbete. Verkligen, Billy T.

Ett snabbt leende for över hennes ansikte innan hon bestämt marscherade iväg mot sitt eget kontor.

– Det var sällsynt, sa Erik. Beröm från Hennes Majestät!

– Hon var bara ironisk, sa Billy T. surt.

– Jag tror du tar fel. Dessutom trodde jag att ni var vänner igen. Är ni inte det då?

– Fråga Hanne. Med den tjejen är det omöjligt att veta.

När han försvann åt samma håll som kommissarien stod Erik kvar och såg efter honom. Det var som om Billy T. hade sjunkit ihop. Den drygt två meter långa mannen hade börjat krokna. Baken hade blivit bredare, tyngre. Han hasade med fötterna när han gick och tröjan stramade oklädsamt över korsryggen.

Sån ska inte jag bli, tänkte Erik Henriksen. I varje fall måste jag börja träna. Jag måste fan ta mej börja träna systematiskt.

Hanne kände mest av allt lust att gråta.

Det senaste halvåret hade allt blivit så mycket bättre. Den ståtliga lägenheten på Kruses gate verkade inte längre fullt så främmande. Timmen hos psykologen varje vecka var inte lika förnedrande och skrämmande som tidigare. Så länge det bara var Nefis som kände till att Hanne måste ge med sig och söka professionell hjälp fann hon faktiskt en slags lättnad i behandlingen. Hanne hade blivit beroende av dessa samtal och hade inte missat en enda timme på nio månader. Hon var alltid livrädd att någon skulle få veta. Fortfarande svepte hon jackan tätare om sig och drog upp halsduken kring halva ansiktet medan hon såg sig omkring åt alla håll innan hon ringde på psykologens dörr som om hon gick till en porrklubb. Men hon gick. Hon ställde upp. Och det hjälpte.

Allt hade blivit bättre det senaste halvåret.

Billy T. och Hanne hade hittat tillbaka till något av det som de en gång hade delat. Syskonkänslan mellan dem, den namnlösa förtroligheten som hade försvunnit en natt i sorg och sex medan Hannes förra sambo låg för döden på sjukhuset och Hanne sökte tröst där sådan inte gick att finna, skulle aldrig komma tillbaka. Det visste hon. Billy T. saknade den. Hon såg det på honom, i blick och rörelser, i den tafatta närheten när han, helt felaktigt, trodde att hon var mottaglig. Då måste hon avvisa honom, vara kylig, sluta sig. Men det hände inte ofta. De jobbade bra ihop och Hanne hade äntligen börjat förstå att hon inte klarade sig utan honom. Ibland, någon enstaka gång, när han lyckades hålla sig från att utmana situationen i sin iver att vrida tiden tillbaka, kunde hon förnimma närheten mellan dem, den intuitiva förståelsen som hon inte fann hos någon annan, inte ens Nefis.

Allt var på väg att bli så mycket bättre. Och så dog hennes pappa.

Hon kände inte sorg över att han var borta, trots att Nefis insisterade på att det var så. Hanne förstod överhuvudtaget inte varför hon reagerade så starkt. En förlustkänsla, kallade psykologen det, över något som kunde ha varit. En ilska över något som kunde ha varit annorlunda. Hanne höll inte med. Hon gick omkring med en känsla som hon inte förstod men den liknade varken ilska eller sorg. Ändå var den nog så beklämmande.

– Hej…

Silje Sørensen stack in huvudet i dörrspringan. Hanne log lamt mot henne och började bläddra i några papper.

– Jag bara tänkte, sa Silje innan hon avbröt sig själv. Det kanske inte passar så bra?

– Jo då. Kom in.

Hannes leende var fortfarande stelt och Silje tvekade.

– Jag kan ju komma tillbaka.

– Sätt dej du.

– Du förstår…

Silje satte sig inte. I stället la hon en välanvänd, fläckig plånbok i mörkrött skinn på bordsskivan framför Hanne.

– Vad är det, sa kommissarien.

– En plånbok, sa Silje, nästan beklagande.

– Jag ser det. Men vems är det?

– Knut Sidensvans.

– Jaha. Var dök den upp?

– På hittegods. Någon hade hittat den. På Thomas Heftyes gate. Inte långt från brottsplatsen med andra ord. Den låg till hälften begravd i snön. Med pengarna i, Hanne.

Återigen fick hon det där beklagande tonfallet. Trots att hon inte var alldeles klar över vart Hanne egentligen ville komma med pratet om nycklar och plånbok som saknades, anade hon att teorin nu var halvvägs torpederad.

– Med pengarna i, upprepade Hanne. Antagligen hade han tappat den alltså.

– Antagligen.

– Men nycklarna har du inte sett till?

– Nej.

Ingen sa något. Snön föll utanför fönstret. Det glimtade blått i virvlande flingor när ett uttryckningsfordon ylade uppåt Åkebergveien. Från korridoren hördes inga steg, inget ljud av ropande röster. Ingen skrattade där ute. Inga arrestanter var besvärliga. Det verkade som om hela Huset hade stängt för kvällen.

– Okej, sa Hanne till slut. Så han hade tappat plånboken. Men vi vet inte om nycklarna låg i samma ficka. Egentligen…

Hon reste sig och kände efter i sin egen duffel som hängde på en krok bakom dörren.

– Plånboken här, sa hon och klappade sig på vänster lår. Och nycklarna här.

71

Hon drog upp en omfångsrik knippa ur höger ficka.

– För att det inte ska bli för mycket i var, förklarade hon. Var sin ficka.

– Vart vill du komma, Hanne? Menar du att mördaren skulle ha tagit nycklarna? Menar du att morden ägde rum *på grund* av nycklarna? Vad skulle någon ha för användning av dom? Vi har varit där, Hanne. I Sidensvans lägenhet. Där fanns ingenting. Ingenting av värde. Utom datorn. Ingen mördar för en dator. Dessutom var den inte stulen. Det såg vi ju själva.

– Men någon kan ha varit inne i datorn, sa Hanne och log plötsligt brett. Och någonting kan ha legat där i röran, något som nu är borta. Nog om det. Jag ska tänka lite till. Tack för upplysningen. Du borde se till att komma hem.

Klockan var fem över sju och Silje ryckte på axlarna och lydde. Hanne satt kvar utan att göra mycket mer än att tänka, ända tills Marry rasande ringde och beordrade henne att komma hem.

Hon hade tappat kontrollen.

Hermine Stahlberg var van vid berusningsmedel. Även om familjen rätt som det var – och mest i det tysta – hade rynkat på näsan över lite för liberalt förhållande till alkohol, var det ingen som kände till pillerburken och det som var starkare. Hermine rörde sig i två sfärer. Hon var rik, vacker och bortskämd. Oanvändbar och högt älskad. Samtidigt levde hon i en annan värld, nästan som på bakgården av sin egen tillvaro. Ibland i Oslo, oftare utomlands. I flera år hade hon haft kontroll över livet, balans i en dubbel existens.

Nu var den borta.

Rummet snurrade runt med henne som axel. Hon försökte lägga sig ner men missade sängen. Uppkastningarna vällde upp i halsen. Hon fick inte luft. Spyor spärrade strupen. Omtöcknad lyckades hon vältra sig på sidan.

Hennes bror stod över henne.

Hon trodde det var han. Hon kunde inte vara säker. Det kunde lika gärna vara farbror Alfred.

– Helvete, snörvlade hon och flinade lamt.

Hon kunde fortfarande prata. Hon var inte död. Broderns ansikte var grönt och förvridet. Kanske var det farbror Alfred i alla fall. Det spelade ingen roll. Gestalten lutade sig över henne. Ansiktet förändrade färg, det var gult nu med röda fläckar som flöt ut och flög mot taket som blodiga såpbubblor. Hermine skrattade.

– Alfred, stönade hon och gapade.

Mannen sa något. Hermine koncentrerade sig på hans mun. Den rörde sig i underliga former, utan mening, för ljudet var borta. Hon hörde ingenting. Hon hade blivit döv.

– Döv, sa hon och gapskrattade. Döv, Alfred.

Carl-Christian Stahlberg lyfte upp sin syster på sängen. Han la henne på sidan och böjde det vänstra benet för att hindra henne att rulla runt. Han tvekade lite innan han stack in fingarna i hennes mun. Tungan verkade för stor, men han rätade ut den och rensade munnen från slem och spyor. Han storgrät och lyckades knappt förklara var han befann sig när han äntligen fick tag på jourläkaren. När ambulanspersonalen kom hade han lyckats ta sig samman. Han hade tvättat av sig stanken av systerns förfall. Han hade till och med rättat till slipsknuten.

Den gamle mannen i skogen mådde inte bra. Det var lördag och han hade försökt att ha det trevligt med gott kaffe och en köpekaka medan han tittade lite på teve. En stor tystnad hade sänkt sig över Nordmarka. Han hade tagit sin kvällstur i det lätta snöfallet. De nedbrända klabbarna i spisen spred ett mjukt sken över stugan och han hade det varmt och skönt. Ändå var han orolig.

Det var isfiskaren som var skulden.

Han kunde inte ha fiskat. Runt hålet i isen var snön knappt nedtrampad. Det fanns inga märken efter något att sitta på. Det verkade bara som om främlingen hade kommit, borrat ett hål i isen och därefter gått igen.

Den gamle hade varit tillbaka tidigare på dagen. Spåren var borta; vind och snö hade gjort den främmandes besök osynligt. Men den gamle hade hittat hålet. Han hade skottat rent ett litet område där han trodde att det måste vara och det tunt igenfrusna stället i isen hade varit lätt att hitta.

Han var förvånad över sin egen nyfikenhet. När den nu kröp fram igen, den satans benägenheten att lägga näsan i andras affärer, anade han att det här hade med mordfallet nere i stan att göra.

I dag hade han varit nere i samhället och köpt alla tidningarna. Polisen sa att de arbetade efter en rad spår. Det sa ju ingenting. Men han kunde läsa mellan raderna. Han förstod vart det bar hän. Det var den där grabben, den där sonen i huset.

Inget vapen hade hittats, sa polisen.

Han kanske borde berätta om det han hade sett.

Men å andra sidan blev det mycket besvär med sådant.

Till slut gäspade han och hällde kaffesumpen i spisen. Till lukten av bränt kaffe och gammal sur tobak gick han till sängs och somnade.

SÖNDAG 22 DECEMBER

MABELLE STAHLBERG tillbringade vanligtvis en timme i badrummet varje morgon. Nu hade det bara gått några minuter sedan hon gick upp och hon satt redan fullt påklädd vid det stora runda glasbordet mitt i köket. Ansiktet verkade genomskinligt och konturlöst utan smink.

– Jisses, sa Carl-Christian och mätte henne uppifrån och ned. Vad har det tagit åt dej?

Hon darrade på handen när hon lyfte kaffekoppen mot läpparna.

– När kom du hem?

– För ett par timmar sen. Jag ville inte väcka dej. Sov lite i gästrummet. Hon överlever.

Mabelle reagerade inte.

– Hör du, sa han irriterat. Hon överlever.

– Bra för henne. Vi har väl i och för sig annat att bekymra oss för.

Carl-Christian satte sig på den andra sidan av köksbordet och stödde ansiktet i händerna.

– Hon var en hårsmån från att stryka med, Mabelle. Om inte jag hade kommit dit skulle det gått illa.

Hans fru satt fortfarande med koppen mot munnen. Ångan svepte över det bleka ansiktet. Först nu såg han att ögonen var blodsprängda; han förstod att hon inte hade sovit. Han sträckte sig över bordet och försökte ta hennes hand.

– Vad kommer att hända, viskade hon. Jag är så rädd.

Nu tog han hennes kopp och ställde ner den med en smäll.

Brun vätska skvalpade över bordet. Han grep henne om hakan och tvingade henne till ögonkontakt. Blicken som mötte hans var slö och för ett ögonblick undrade han om Mabelle också hade satt i sig någonting. Så log hon plötsligt, glädjelöst.

– Jag är glad att Hermine klarar sej, CC. Verkligen. Det var en guds lycka att du åkte dit i tid.

Det drog kallt genom ett halvöppet fönster och han reste sig för att stänga. Ett grått ljus från midvintermorgonen började krypa in i rummet genom de tjocka glasrutorna mot öster, men det var som om det inte riktigt nådde in. Mörkret i vrårna gjorde honom nervös och han tände alla lampor.

– När kommer dom, frågade hon.

– Det vet väl inte jag. Jag tror att dom väntar till efter begravningen. Vi är ju viktiga vittnen, antar jag. Eftersom vi är dom enda efterlevanden, Hermine och jag. Och du, på sätt och vis. Jennifer och ungarna finns ju också förstås, men dom... Dom tjänar ju inte precis på det som har hänt. Polisen kommer helt säkert att köra hårt med oss. Efter begravningen.

– Dom håller ögonen på oss.

– Definitivt. Det är därför jag inte kan gå dit.

– Du måste.

– Inte än.

– Du måste!

Hon skrek till. Armarna fäktade planlöst och vilt. Kaffekoppen for iväg över glasskivan och föll i golvet med en smäll. Mabelle grät hysteriskt och lät sig inte lugnas förrän Carl-Christian la handen över hennes mun och pressade till. Han tvingade ner hennes armar intill kroppen med ett kraftigt grepp bakifrån.

– Jag släpper när du lugnar ner dej, viskade han i hennes öra. Slappna av, vännen min. Schschsch... Slappna av.

Till slut kände han att de krampaktiga spänningarna i hennes kropp avtog. Försiktigt lossade han greppet. Mabelle grät fortfarande men lugnare nu. Efter en stund vände hon sig mot honom och lät sig omfamnas. De blev länge sittande så, hon med ansiktet mot hans halsgrop.

– Det viktigaste nu är att vi berättar samma historia, sa han lågt. Att vi vet vad den andra säger.

– Det viktigaste är att vi inte pratar alls, sa hon med munnen in i hans tröja.

– Vi måste. Det verkar bara misstänkt om vi vägrar att uttala oss. Men vi måste ta oss tid, min vän. Vi måste sätta oss ner och komma överens.

– Men varför kan du inte gå dit och kolla? Och fixa det?

– Är det någonting vi inte behöver just nu så är det att polisen upptäcker stället. Det gör dom förstås förr eller senare. Men helst senare. Så vitt jag vet så spanar dom på oss just nu. Jag ska se... Jag ska ordna upp det här, Mabelle. Jag lovar.

Han lät fingrarna leka i det tjocka håret. Hennes doft gjorde honom fortfarande yr. De hade haft ett hemligt förhållande i tre år av rädsla för faderns repressalier. Ett helgalet, spontant bröllop i Las Vegas, utan andra vittnen än en smällfet kvinna vid en hammondorgel, hade varit inledningen till fem års upptrappad konflikt med familjen. Men Mabelle svek aldrig. Så vitt han visste hade hon aldrig bedragit honom. Även om hon tidvis försvann in i perioder av distanserad likgiltighet var det som om hon hade gjort ett val, alltid och för evigt, efter ett tag blev hon åter mjuk och närvarande, nästan underdånigt förälskad.

Före Mabelle fanns det ingen. En och annan tillfällig sängkamrat förstås, han hade ju pengar och förstod tidigt att sådana kunde uppväga brist på charm. Men det blev aldrig mer. En bit upp i tjugoårsåldern började han förstå varför. Han var feg. Han hade en flyende personlighet, något som fysiskt tog sig uttryck i en nästan obefintlig haka. Hans ögon var inte heller vackra, för stora, svagt utstående, som om han hade en släng av struma.

Hans pappa fick honom att regrediera. Vartefter som beroendet av rederiet och allt som var faderns liv och herradöme ökade, avtog den lilla självständighet och styrka som Carl-Christian hade fått i ungdomen genom en sorts karriär som skidåkare. Han kom på tredje plats i NM för juniorer innan fadern satte stopp för sådana onödigheter. Skidåkning fick förläggas till söndagar. Annars var det arbete från åtta till sju. Carl-Christian fann sig i det. År efter år.

Så kom Mabelle. En skönhet, en vildhjärna. Hon var målmedveten där Carl-Christian var undfallande, rakryggad där han böjde sig för faderns vilja.

– Det skulle inte hända på det här viset, viskade hon gråtande mot hans hals.

– Nej det skulle inte hända så, höll han med.

Mabelle fick inte bryta ihop. Om Mabelle inte orkade ta det här så skulle allt rasa. Han var inte tillräckligt stark, alldeles för länge hade hans styrka varit hon och bara hon.

– Och Hermine, sa Mabelle förtvivlat. Det är omöjligt att lita på henne. I alla fall nu när allt drar ihop sej. Vad ska vi göra?

Carl-Christian klarade inte av att svara. Hermine gick verkligen inte att lita på.

– Det kommer att bli bra, tröstade han utan att svara på frågan. Allt ska bli bra, Mabelle.

Han trodde inte ett ord på vad han sa.

När Hanne Wilhelmsen vaknade hade julen exploderat.

Klockan tio slets hon plötsligt ur sömnen av att en mandarin träffade henne i ögat. Marry skulle hänga upp en strumpa full med godsaker på hennes sänggavel.

– Det är ju inte julafton än, sa hon sömndrucket. Vad håller du på med?

– Nu har jag väntat tillräckligt länge. De är sista söndan i advent. Nu ska pyntet opp.

Hanne drog på sig morgonrocken och tassade ut i vardagsrummet. Den minimalistiska inredningen var dränkt i glitter och grannlåt. I taket hängde röda och gröna girlanger kors och tvärs med inbyggda lampor som blinkade.

– Fotoceller, sa Marry överlyckligt. Varje gång någon går igenom här så…

– …*över skog och hed*, vrålade en barnkör.

I hörnet vid balkongdörren satt en storväxt tomte och åt gröt.

– *Ho ho ho*, skrattade han och lyfte armen i en mekanisk hälsning.

– Herregud, viskade Hanne.

På väggarna hängde flätade korgar i rött och grönt, sprutlackerade grankvistar, mässingsstjärnor och guldgirlanger. Som ett monument över dålig smak höjde sig granen i vädret och slutade i den största toppstjärna som Hanne hade sett. Marry tryckte förtjust på en knapp vid väggen. *Stilla natt*, plingade stjärnan tvåstämmigt och roterade långsamt.

Hon började skratta.

– Gillaru det inte, hojtade Marry glatt. Jag har hållit på sen midnatt!

Nefis hade vaknat. Hon stirrade sig hänryckt omkring.

– Underbart, viskade hon i kaoset. Så otroligt norskt!

– Nej, hickade Hanne. Det är… Det är…

Det blev plötsligt tyst. Marry hade tryckt på någon sorts huvudströmbrytare och stirrade anklagande på Hanne.

– Och det är vadå, sa du?

– Det är…

Hanne slog ut med armarna och log brett.

– Det är fan ta mej det mest fantastiska julpynt jag någonsin har sett. Marry, du är sagolik. Jag har aldrig sett på maken.

– Menaru de? Jag fick lov av Nefis å beställa va jag ville. Fått allt hemkört. Jag har jobbat så mycke.

– Jag ser det, sa Hanne, allvarligare nu. Tusen tack.

– Tack skaru ha själv, snörvlade Marry. Nu blev jag verkligen glad.

Hon drog fram en enorm näsduk från tröjärmen och torkade sig i ögonen. Så gav hon Hanne en gul lapp.

– Nån typ ringde här på morron. Okristligt tidigt. Jag vägra att väcka dej. Jag hade egentligen tänkt å hålla käft. Men nu blev ja glad, Hanne. Nu gladde du en gammal själ.

Hon haltade ut i köket. Lyckligtvis hade hon glömt att sätta på det skränande pyntet igen.

– Jag lovar, sa Hanne och förekom Nefis medan hon snabbt läste lappen. Det är faktiskt jag som ska laga middag i dag. Jag är tillbaka i god tid. Lovar.

Hon plockade upp en gloria från golvet och tryckte ner den på huvudet på en änglababy.

– Den är ju lite söt också, sa hon och log.

Helgfirandet måste ha lagt sordin till och med på journalisternas offervilja. I alla fall fanns det inga spår efter dem i den snåla vinden som strök längs husväggarna på Eckersbergs gate. Bara en katt slank bort över den ödsliga trottoaren. Den skakade på tassen för varje steg den tog och jamade ynkligt.

– Jag har ofta undrat, sa Erik Henriksen när de låste upp den plomberade ytterdörren, vad såna människor säger till sina barn när dom kommer hem och får frågan vad dom har gjort på jobbet i dag. Jodå, kan dom kanske säga, i dag har jag plågat en kille som just har förlorat hela sin familj. Eller: I dag har jag förföljt en kronprinsessa som bara ville vara i fred medan hon shoppade med en väninna. I dag har jag jävlar anamma gjort livet riktigt surt för ganska många. Fy fan vilket jobb.

– Jag tror inte att dom säger något särskilt, sa Hanne. När dom kommer hem, alltså. Schysst av dej att ställa upp.

– Det är okej, sa han och rynkade på näsan. Men jag fattar inte riktigt vad det här besöket ska vara bra för.

Familjen Stahlbergs lägenhet var alldeles för varm. Hanne tyckte sig fortfarande känna en lukt av järn och kemikalier; blod och teknikernas utrustning. Kanske var det bara inbillning. I alla fall gick hon bort och öppnade ett fönster. De tunga plyschgardinerna rörde sig svagt i draget.

– Dom tror fortfarande att Sidensvans lik hade flyttats, eller hur?

Hon satt på huk och granskade den tejpade silhuetten av förlagskonsultens kropp.

– Ja. Dom menar att han antagligen föll över själva tröskeln.

– Att han stod utanför dörren alltså. I trappen. När han blev skjuten menar jag. Stämmer det att han träffades i ryggen?

Erik letade i den lilla mappen som han hade under armen. Han drog fram en teckning av en människokropp, stiliserad och platt, framifrån och bakifrån, med såren markerade som röda punkter på det vita pappret.

– Japp. Två skott i ryggen. Ett på sidan av huvudet.

– Strängt taget behövde han inte ha växlat ett ord med sitt värdpar innan han dog, alltså?

– Nej… Jag vet inte… Varför det?

– Han har flyttats. Det kan betyda att han låg längre ut i trapphallen och att gärningsmannen ville få in liket i lägenheten för att kunna stänga dörren efter sej när han stack. Men dörren stod öppen. Gjorde den inte det?

– Jo. Jycken måste ju ha kommit in någonstans. Dessutom… Killen som anmälde att något var på tok skulle besöka Lars Gregusson, datasnubben på andra våningen. När han inte fick svar tog han tag i porten och ruskade lite på den. Han var irriterad, sa han, för dom hade egentligen gjort upp om att träffas här och ta ett par glas innan dom skulle ut på stan. Då visade det sej att

81

porten var öppen. Den hade helt enkelt inte riktigt gått i lås. Då kikade han in. Och ser ett par fotsulor och en öppen dörr på första trappavsatsen. Guskelov hade han vett nog att inte gå in. Han ringde oss i stället.

– Det betyder ju att Sidensvans inte behöver ha ringt på överhuvudtaget, sa Hanne och tittade ut i uppgången igen. Han kan faktiskt ha gått raka vägen in.

– Ja… Varför det?

– Ingenting. Är det en vanligt porttelefon här?

– Ja. Man ringer på utanför och presenterar sej, så trycker hyresgästen på en knapp som öppnar porten. Vanlig standard.

– Vanlig standard, upprepade hon frånvarande. Och här låg Hermann.

Det kunde inte vara mer än tio, femton centimeter som skilde silhuetten av Hermann Stahlbergs fötter från Knut Sidensvans huvud.

Hon satte sig åter på huk med hakan i handen.

– Kan vi anta att Hermann skulle ta emot gästen?

– Vi kan väl anta det. Men vi vet ju inte. Om… Om du har rätt i att Sidensvans inte behövde ringa på kunde dom ju inte veta att han kom.

– Jag sa inte att det var så. Jag sa att det kunde vara så. Det är något helt annat.

Erik granskade sin äldre kollega. Han hade aldrig förstått sig på henne. Inte ens nu, när han inte var behäftad med den där idiotiska förälskelsen och därför såg henne klarare, förstod han sig på henne. Det var det ingen som gjorde. Hanne Wilhelmsen hade för länge sedan skaffat sig ett rykte som en av de främsta kriminalarna inom Oslopolisen, kanske i landet. Men ingen förstod sig på henne. Inte ens efter alla dessa år. De flesta hade också gett upp. Hanne var udda, oemottaglig, på gränsen till excentrisk. Så betraktade de henne, de allra flesta, även om hennes rykte som vägledare för de yngre och mer oerfarna spanarna med tiden blivit storartat. Det fanns knappast en enda nyutbildad aspirant som inte försökte manövrera karriären i Hanne Wilhelmsens riktning. Där de äldre kollegerna såg en envis och egensinnig utredare som knappt orkade kommunicera med någon alls, så fann de yngsta i Huset en originell, intuitiv och grundlig läromästare. Hennes tålamod, som var millimetergrunt när det gällde alla ovanför henne i systemet, kunde vara rörande generöst i förhållande till kolleger som hon inte väntade sig något särskilt ifrån.

Erik Henriksen hade jobbat nära ihop med henne i nästan tio år.

– Jag undrar varför jag inte är utled på dej och dina hemligheter, sa han. Skulle du till exempel kunna tala om för mej vad det är du sitter och tänker på? Eller måste jag hämta en aspirant som kan fråga åt mej?

Hanne reste sig och gjorde en grimas när hon kände kramp i benet efter att ha suttit på huk för länge.

– Är du verkligen intresserad, frågade hon frånvarande.

Med fötterna mitt i den vita silhuetten av Sidensvans kropp använde hon handflatan som ett slags sikte mot vardagsrummet. Hon blundade med ena ögat. Sedan lät hon blicken fara längs silhuetten av Prebens lik, närmast dörren till vardagsrummet. De tre kropparna hade legat på rad, fot mot huvud, en kedja av döda människor.

– Hmm, sa hon och skakade på huvudet.

– Ja, sa Erik. Jag är intresserad. Hanne, vi är alltid intresserade, det är du som inte vill dela med dej.

– Jodå, sa hon, fortfarande med koncentrationen riktad mot hur mycket av vardagsrummet man kunde se från ytterdörren. Jag delar gärna med mej.

– Men gör det då!

Hans röst var irriterad nu och han såg demonstrativt på klockan.

– Ja.

Hon log brett och la handen på hans axel.

– Har du ätit?

– Nej…

– Följ med mej hem då. Så kan jag berätta vad jag tänker. Jag bor alldeles i närheten. Men jag varnar dej för… För hemhjälpen. Hon är lite lustig. Låtsas som ingenting. Och för all del: Kritisera inte vårt julpynt.

– Nej då, sa han entusiastiskt och småsprang efter henne över den smala gången utanför Eckersbergs gate 5.

Hermine Stahlbergs överdos tolkades som ett självmordsförsök, något som Carl-Christian, efter ett par timmar för att smälta skammen som följde på en sådan diagnos, insåg var en klar fördel. Polisen skulle inte kunna förhöra systern. Inte på länge. Lättnaden kändes nästan fysiskt och lät sig inte förträngas av en gryende oro över det faktum att systern uppenbarligen gick på starkare saker än de som såldes på Monopolet. Den dundrande huvudvärken som hade plågat honom i över ett dygn höll på att släppa taget. Lite mer tid och han hade kontroll.

Det svindlade för honom när han reste sig från stolen vid sjuksängen där Hermine just hade somnat. Han måste ta tag i nattduksbordet och blundade medan han drog djupt efter andan.

– Alfred, sa han förvånat när han öppnade dem igen.

– Carl-Christian. Min pojke!

Farbrorn ville omfamna honom. Carl-Christian stod matt och viljelös och lät sig kramas, länge. Lukten av cigarr och av en man som inte längre tog riktigt hand om sig själv stack i näsan.

– Så bra att du är här, snyftade farbrorn. Jag har försökt ringa.

Flera gånger. Vi träffades i fredags kväll, alla fastrarna och vi karlar. Några av kusinerna också förresten, Benedicte var där och...

– Jag har inte varit riktigt bra, farbror. Jag svarar inte i telefon för närvarande.

– Jag förstår, viskade Alfred och sneglade på det sovande brorsbarnet. Hur är det med henne?

– Bra. Efter omständigheterna.

– Ska inte du och jag gå hem till mej och ta ett glas, min pojke. Vi har så mycket att prata om. Efter allt det här förfärliga och...

– Jag trodde du kom för att hälsa på Hermine.

– Men hon sover ju. Jag kan ju inte väcka den stackars flickan!

Farbror Alfred verkade förorättad och hade redan grabbat tag om brorsonens arm. Han drog honom bestämt mot dörren.

– Kom nu. Låt Hermine sova.

– Nej!

Carl-Christian hoppade till av skärpan i sin egen röst när han slet sig loss.

– Jag vill inte följa med dej hem. Jag har saker som måste ordnas. Jag är upptagen och ska i varje fall inte ha något att dricka.

Alfred mätte honom med blicken. Hans ögon, små, blekblå och djupt liggande, glimtade till av ilska och han snörpte förnärmat på munnen. Carl-Christian kände vämjelse över de fylliga läpparna, alltid blodröda, fuktiga, nästan feminina. Han vände sig till hälften bort.

– Jag vill bara vara i fred, mumlade han.

– Det har jag förståelse för.

Farbrorns röst var kyligare nu, mer affärsmässig.

– Jag får emellertid påminna dej om att det är en mängd saker som ska ordnas med begravningen. Och med arvskiftet inte minst. På det området råder det milt uttryckt en viss oordning. Inte sant?

Carl-Christian försökte hitta på något att säga. Den oväntade självsäkerheten som han för ett ögonblick hade känt var borta. Han kom på sig själv med att skrapa skospetsen i golvet och klarade inte att se sin farbror i ögonen.

Han hade egentligen aldrig förstått Alfreds position i familjen. Han var faderns yngre och tämligen oduglige bror. Visserligen hade han alltid något affärsprojekt på gång, i alla fall verkade det så på det evinnerliga pratet om stora pengar som alltid väntade runt hörnet. Men det blev aldrig något av det. Förr i tiden, när Carl-Christian var yngre, hände det att han följde upp sin farbrors vidlyftiga prat. Han kunde fråga närmare, men svaren var sällan konkreta och gick för det mesta ut på att utmåla nya projekt med bred och färgrik pensel. Och hela tiden hade han kallat sig konsthandlare utan att Carl-Christian någonsin hade hört att han hade sålt en enda tavla.

Det var uppenbart att Alfreds levnadsstandard inte stod i proportion med hans inkomster. Carl-Christian hade en vag idé om att farföräldrarna, som för länge sedan var döda när han själv föddes, hade efterlämnat ett stort arv till de bägge sönerna. Döttrarna fick nog nöja sig med betydligt mindre. De gamla hade varit i klädbranschen och efter ett par blomstrande år under kriget kunde de antagligen ge sina barn en bra start på egna karriärer när de själva dog 1952. Pengarna måste dock för länge sedan vara förbrukade.

Det fanns något suspekt över Alfred Stahlberg. Till och med Hermine, älsklingsniecen som nästan var mer hans dotter än Hermanns, kunde ibland sluta sig i en klart avvisande hållning mot allt som hade med onkeln att göra. När hon var liten och Carl-Christian tonåring förvånades han då och då över hur hon växlade mellan varm tillgivenhet och något som nästan verkade som trotsigt hat mot den charmerande, pratsamma oduglingen som hennes farbror egentligen var. Sedan slutade Carl-Christian att bry sig. Han förstod sig helt enkelt inte på Alfred. Han förstod inte heller faderns eftergivenhet för den yngre brodern, när det samtidigt var uppenbart att de inte alls stod varandra känslomässigt nära. Folk skrattade åt Alfred men de skrattade också med honom. De pratade om honom, men mest med honom och alla hade roligt åt de historier som han kunde skaka fram ur ärmen, lögnaktiga, nästan poetiska i sina uppenbara överdrifter av egen förträfflighet, driftighet och affärssinne. Alfred var för fet och för överdriven i allt, men till för några månader sedan hade han ändå varit en ganska elegant herre.

Nu luktade han fränt och Carl-Christian ville absolut gå.

– Jag måste gå hem, mumlade han nästan ohörbart.

När han vände sig vid dörren såg han att Alfred hade satt sig vid Hermines säng. Han höll hennes hand i sin. När hon mödosamt öppnade ögonen log hon.

Erik Henriksen stod och gapade i köket på Kruses gate.

– Jävlar, sa han till slut. Här var det verkligen stiligt!

– De är min grabb, de!

Marry blottade sina nya tänder och hällde upp en generös skvätt glögg i hans kopp. Hon fyllde på med russin och nötter tills det hela mer liknade gröt än dryck.

– Nåt å värma sej me, la hon till när hon toppade härligheten med mer sextioprocentig sprit.

– Hallå, protesterade Erik och försökte lägga handen över koppen. Klockan är tolv!

– Ingen har nånsin mått illa av ett rejält järn på sista söndan i advent, fastslog Marry och ställde en flätad korg full av kakor framför honom. Här. Ät. Har bakat själv.

– Tack, mumlade Erik och bet pliktskyldigast i en pepparkaksgubbe när Marry lämnade köket och stängde dörren bakom sig.

Hanne la pekfingret mot munnen och smög sig till kylskåpet.

Två minuter senare hade hon brett fyra stora smörgåsar.

– Jag är hungrig, viskade hon. Men Marry skulle satt igång med en jättemåltid om jag hade sagt det. Jag sa att vi just ätit. Därför...

Hon pekade på kakkorgen.

– Ni är verkligen snälla, ni. Som tar hand om henne.

– Vi är faktiskt inte särskilt snälla, svarade Hanne. Hon jobbar som fan. Håller hela huset rent och lagar nästan all mat. Hon vägrar att ta emot någon annan form av lön än kost och logi.

– Ni *är* snälla, insisterade Erik. Jag hade aldrig tagit hand om en gammal hora och gett henne en sån chans. Även fast hon hjälpte dej med det där fallet med kocken för länge sen. Var det inte hon som hade snott med sej det viktigaste beviset från brottsplatsen? Var det inte så du träffade henne?

– Jo. Hon klistrade sej på mej efteråt. Jag var ju tvungen att ta hand om henne ett tag eftersom vi var beroende av vittnesmålet. Sen blev hon bara kvar.

– Det hade *jag* aldrig gett henne lov till!

– Så bor du inte så här heller. Marry är här för min skull.

– Va?

– Jag... Jag är lite allergisk mot familjer. Marry påminner mej om att det här är en *vald* gemenskap. Inte en egentlig familj.

– En familj är ju också vald, sa Erik, tydligt villrådig. Man blir förälskad, får barn...

– Vi snackar inte mer om det, avbröt Hanne. Det är egentligen inte så intressant.

De fortsatte att äta under tystnad. Erik åt tre av smörgåsarna och sköljde ner med små klunkar av den starka glöggen. Marry hade rätt, den värmde. Han kände sig lätt i huvudet. Snabbt knappade han ett SMS och skickade det.

– Min tjej, förklarade han. Jag skrev att jag blir försenad.

Erik ville stanna där, i Hannes kök, länge. Spriten tog verkligen. Allt blev varmt och han vrängde av sig tröjan. Först nu la han märke till att Hanne inte hade rört sin mugg. Han sköt ifrån sig sin egen.

– Har du något lättare, bad han med tunn röst.

– Marry dricker inte längre, förklarade hon. Det är precis som om hon ska ta igen genom att tvinga sprit på alla andra. Kanske för att bevisa att hon kan klara sej utan.

– Eller för att hon minns hur gott det var. Du… Var kommer egentligen pengarna ifrån?

Hanne hämtade äppelmust ur det dubbla kylskåpet av borstat stål. Hon tog god tid på sig att hälla upp i två glas.

– Det har du inte med att göra, sa hon efter en stund.

– Det är okej. Men jag frågar i alla fall. Var kommer pengarna ifrån?

Hannes ansikte var uttryckslöst. Hon satt länge och såg på honom som om hon väntade att han skulle besvara sin egen fråga.

– Nefis, sa hon till slut.

– Ja, jag förstår ju det. Jag utgår ifrån att vi skulle ha hört om du hade vunnit på Lotto. Men varför är hon så rik?

– Hennes pappa. Pappan är stenrik.

– Det förklarar inget, sa Erik uppgivet. Varför är pappan så rik? Och varför har han gett så mycket till dottern? Är han död eller?

Bjällerklang satte igång på nytt med oförminskad styrka när Marry och Nefis plötsligt kom in i köket. Erik hoppade till och slog glaset i bordet så det sprack.

– Marry, skrek Hanne. Vi kan inte ha det så! Slå av den hemska sången! NU!

– Jag ska skruva ner volymen, sa Marry förnärmat och försvann igen.

Det blev inte tyst förrän Nefis hittade vägguttaget och brutalt drog ur kontakten.

– Jag tror att jag hade sönder den, viskade Nefis förhopp-
ningsfullt och hälsade på Erik innan hon sa: Titta vem som har
kommit, Hanna!

Billy T. stod bakom henne.

– Här var det jul, ja. Och konspirationer ser jag. Varför är inte
jag inviterad? Här kommer jag förbi med lite bidrag till julfiran-
det och så sitter två av mina närmaste kollegor och snackar jobb
utan mej.

– Vi snackar inte…

Erik tittade förläget från Hanne till Billy T.

– Vi bara…

– Försök inte.

Billy T. dunsade ner på en stol och drog sig intill köksbordet.

– Du borde torka upp det där, sa han och pekade på en sjö av
äppelmust innan han högg blicken i Hanne.

– Nefis berättar att du har bestämt dej för att dela dina tankar
om Stahlbergfallet med vår rödhårige vän här.

Nefis strök honom lätt över skuldrorna och frågade vänligt:

– Vill du ha något, Billy T.? Kaffe? Vin kanske?

Billy T. tvekade. Sedan log han svagt och tackade ja till ett glas.

Erik var lättad. För ett ögonblick verkade allt förstört. Om
inte Nefis hade varit där kunde han bara ha gått hem. Alltför
ofta under de senaste åren hade han sett hur Hanne och Billy T.
kunde låsa sig i varandras närvaro, surna till, sluta sig. Nu satt de
bägge och log motvilligt med nedslagna blickar, som tillrätta-
visade barn.

– Få höra då!

– Okej.

Hanne drog djupt efter andan och följde Nefis med blicken ut
ur köket.

– Jag tror, började hon. Jag tror att morden på Eckersbergs

gate kanske har något med dom våldsamma familjekonflikterna att göra.

– Otroligt originellt, mumlade Billy T.

– Jag sa "kanske". Mycket tyder på att antingen Carl-Christian, Hermine eller den här Mabelle har något med morden att göra. Tillsammans eller var för sej. Det är inte svårt att förutse att vi kommer att få starkare och starkare skäl att snegla åt det hållet allt eftersom utredningen framskrider. I såna här konflikter finns det alltid en massa skit. Och den skiten passar oss väldigt bra nu. Allt vi hittar kommer att understödja vår teori.

– Precis, sa Billy T. *Which is a good theory…*

– Men också farlig. Den låser oss och får oss att blunda för den viktiga brickan som vi helst inte vill se.

– Sidensvans, sa Erik och nickade.

– Just det. Knut Sidensvans. Jag kan inte komma ifrån tanken att det inte var en tillfällighet att han var där.

– Vi har egentligen ingenting att gå efter, sa Billy T. Det är fan ta mej inte möjligt att hitta en enda koppling mellan Sidensvans och familjen Stahlberg.

– Vi har inte heller försökt så väldigt.

– Nej, men vad skulle det vara? Vi har redan hört en hel hög av de tre mördades vänner och familj. Ingen har någonsin hört talas om Sidensvans. Det finns inget som tyder på att Stahlbergs skulle ha planer på att ge ut någon bok eller behöva annan hjälp av en förlagskonsult. Dom behövde väl inte heller en välklädd elektriker utan verktyg för att byta en sladd en sen torsdagskväll. Jag begriper det helt enkelt inte. Samtidigt måste dom väl ha väntat karln. Det stod fyra glas klara på skänken, skumpan var redan öppnad.

– Konstigt att champagnen var öppnad, sa Hanne.

– Va?

Erik kisade mot henne.

– Man brukar väl öppna en sån först när alla gäster har kommit, sa hon. Det är ju halva grejen. Att höra smällen. Dricka medan det bubblar ordentligt. Är det inte så?

– Det vet väl du, mumlade Billy T. Jag har aldrig råd med sånt.

Hanne låtsades inte höra och fortsatte:

– Om vi för ett ögonblick återgår till det mest troliga, nämligen att morden har något med familjekonflikten att göra, varför valde då gärningsmannen att genomföra dom just den kvällen?

– Den ena kvällen är väl så god som den andra, sa Erik.

– Nej, sa Hanne ivrigt och böjde sig fram. När fyra människor kallblodigt likvideras på det sättet skaffar vi oss snabbt en teori om att allt är grundligt planerat. Jag ser att tidningarna redan har börjat citera källor hos oss om just detta: Morden var planerade. Men om någon planerar att mörda tre medlemmar i sin familj, skulle man inte då se till att dom i alla fall var ensamma den kvällen. Skulle man till exempel inte ta reda på om grannarna var borta...

– Dom var ju det, avbröt Erik. Alla utom Backe. Han är senil och full för det mesta och det vet säkert alla i huset.

– Backe hänger inte riktigt med, medgav Hanne. Men han har sina ögonblick. Han handlar själv och ibland går han faktiskt på teatern.

– Hur vet du det?

– Jag körde ju honom hem. Ingen annan var ledig, så jag gjorde det själv. Han är helt i stånd att hålla reda på sej bara han har tillräckligt med sprit i blodet och får samla sej lite. Vad jag vill komma fram till är att det att ta livet av tre Stahlbergare förra torsdan i deras eget hem verkar ganska impulsivt. Något planerat, ett verkligt planerat mord, hade antagligen genomförts någon helt annanstans. På lantstället till exempel. Så sent som förra helgen var Hermann och Turid i Hemsedal med Preben och hans familj. Lantstället ligger ensligt, det är mer än en kilometer till närmaste granne. Jag hade...

Hon lutade sig tillbaka och flätade fingrarna bakom nacken. Aningen av ett leende syntes i mungiporna när hon fortsatte:

– Om jag skulle ta livet av mina föräldrar och min bror så hade jag valt att göra det någonstans där jag var säker på att inte bli överraskad. En tidpunkt när alla sover. Inte mitt i Oslo en torsdagskväll.

Erik och Billy T. växlade en blick.

– Och då har vi en rad möjligheter kvar.

Hanne kikade upp mot skåpet med Marrys tobakslager men tog sig samman.

– Om en eller flera i familjen ligger bakom är det hela en impulsiv handling. Ett anfall av raseri. Ett plötsligt infall som också kostade Sidensvans livet för att han var där av en händelse.

Hanne teg och blundade. Billy T. försökte låta bli att se på henne. Han kände sig träffad. Alla var träffade. Det fanns inte en käft i hela kåren som inte var övertygad om att de fyra offren på Eckersbergs gate var expedierade av en eller annan Stahlberg. Redan nu rådde en allmän uppfattning om att morden var planlagda i detalj, gärna under lång tid. Några spekulerade till och med om det glupska djuret var placerat där med flit. Hunden hade i alla fall gjort utredningen betydligt svårare.

– Om familjen *inte* ligger bakom, fortsatte hon plötsligt. Så har vi ett jävla problem. För att uttrycka det milt. Det kan vara tal om ett misslyckat rånmord. Eller en tillfällig galning. Inte så sannolikt, men ändå.

Hon fångade Billy T:s blick.

– Vi kan tänka oss att det egentligen var Sidensvans som skulle mördas, sa hon sakta. Familjen blev bara offer. Antingen för att kamouflera mordet på Sidensvans, sånt har gjorts förr. Eller för att han måste…

– …mördas innan han levererade någonting till familjen

93

Stahlberg, avbröt Erik. Eller berättade något. Men då är vi väl återigen tillbaka till Carl-Christian och kompani, eller hur? Som misstänkta, menar jag.

Hanne ryckte på axlarna.

– Det är möjligt. Men i alla fall… Ni måste hålla med mej i mina slutsatser tills vidare.

– Som är vadå, sa Billy T. uppriktigt uppgiven. Jag tycker du hoppar åt alla håll. Vad menar du egentligen?

– Två saker. Om det är familjemedlemmar som står bakom så var det hela en impulsiv grej. Inte planlagd. I alla fall inte omsorgsfullt och under lång tid. Dessutom, det är inte bara en fix idé när jag menar att vi bör ta reda på mer om den där förlagskonsulten. Om vad i hela världen han hade hos Hermann och Tutta att göra.

– Han kanske hade något med sej, föreslog Erik igen. Något som gärningsmannen tog när han gick?

– Kanske det, sa Hanne och nickade. Eller han kanske *inte* hade något med sej. Kanske är det därför vi inte har hittat hans nycklar. Eller han kanske aldrig… Tänk om han inte…

Hanne föll i tankar.

– Din den där teorin om att det skulle vara så impulsivt…

Billy T. var ivrigare nu, han gestikulerade.

– Den håller inte. Man skaffar sej inte två skjutvapen utan vidare! Det måste ju ha tagit tid för gärningsmannen eller männen, familj eller utomstående, att skaffa dom. Menar du verkligen att någon bara skulle ha haft dom liggande om ett behov av att avrätta någon plötsligt skulle dyka upp?

Hanne svarade inte. Hon satt med huvudet på sned, djupt koncentrerad, som om hon lyssnade efter något hon inte var riktigt säker på att ha hört.

– Hallå, sa Billy T. Håller du med?

– Va?

Hon såg under ett kort stund förvirrad ut innan hon log ursäktande.

– Det bara slog mej att Sidensvans kanske inte… det är ju inte säkert att han skulle… Nej. Det får finnas gränser för spekulationer. Även för mej.

– Ere nån som stannar på middag?

Marry hostade skrällande från dörröppningen.

– De är frun själv som står för kockeriet i dag. Bara så ni vet. Men de kan ju bli ätbart för de. Du får sätta igång, Hanne. Vi äter klockan tre på söndan. Vi är inte såna där degosar som äter mitt i natten.

Hon daskade en stor påse lammkotletter på köksbänken.

– Å vilka blir det?

– Jag stannar gärna, sa Erik.

– Okej då, sa Billy T. Om Marry insisterar.

– Det gör hon faktiskt inte, sa Hanne och började skala potatis.

En man försökte ta emot växelpengar och äta korv samtidigt. Flickan i kassan kände vämjelse. Kundens munktröja var fläckig på framsidan under en öppen, trasig pilotjacka. Ansiktet präglades av tungt missbruk, magert och med flera öppna, vätskande sår. Hon la pengarna på disken. Ilsket gormade han med munnen full av mat:

– För helvete! Lägg stålarna i min hand, sa jag! Jag är för fan ingen bläckfisk heller! Seru inte att jag äter.

Han skakade och måste sätta en fot åt sidan för att hålla balansen. Hans armbåge träffade ett barn på sin mammas arm. En rejäl klatt ketchup föll ned på den unga kvinnans kappa. Ungen skrek som besatt. Mannen i munktröjan svor och försökte plocka upp pengarna. Flickan bakom disken var tydligen rädd nu, hon drog sig tillbaka och såg sig omkring efter hjälp.

– Du! Du där!

En reslig man i trettioårsåldern stack ett finger i knarkarens ryggtavla.

– Ta det lugnt, okej?

Korvätaren vände sig långsamt om. Det såg ut som om han hade svårt att fokusera riktigt. Plötsligt planterade han matresterna på inkräktarens kavajbröst.

– Inte med dej, snörvlade han och tänkte gå.

Som svar fick han en knytnäve på munnen. Två tänder slogs ut. I fallet rev han med sig tre chokladaskar och ett stativ med Se & Hør.

Ungen vrålade värre än någonsin och mamman grät vettskrämd.

Expediten hade redan ringt polisen.

Mabelle Stahlberg höll på med att skaffa sig en ny sanning. Hon låg på golvet i sin lägenhet på Odins gate och lyssnade på musik medan hon funderade ut en alternativ verklighet, en historia hon kunde få både sig själv och andra att tro på.

Hon hade hållit på med meditation tidigare, före Carl-Christian, före livet med familjen Stahlberg, på den tiden när allt och alla var emot henne och ingenting lyckades för henne. Visserligen var hon vacker och det kunde hjälpa en bit på vägen i en värld som dyrkade det ytliga.

Hon var bara fjorton år när hon fick sitt första modelljobb. Inte alls något stort, en liten reklamgrej för en postorderfirma, men överväldigande för ett flickebarn som plötsligt förstod att ett bra utseende kunde bli biljetten bort från en trång lägenhet där en handikappad mamma långsamt rökte sig till döds och lämnade May Anita och tre småsyskon vind för våg.

Flickan var knappt sjutton när hon upptäckte att hon måste ta av sig fler och fler plagg för att få jobb. I en snuskig lokal på Sagene med förtäckta fönster och ett smutsigt hörnbadkar sa hon äntligen stopp. May Anita skulle bli Mabelle. Hon hade ingen aning om hur. Hon hade ingenstans att bo. Syskonen hade spritts till tre olika fosterhem men socialen hade lyckligtvis inte satt till alla klutar för att leta reda på henne som fyllde arton år om fyra månader. May Anita saknade allt, men förstod för första gången i sitt liv att hon hade en sorts intelligens. Den var intuitiv och kunskapslös men den hade trots allt hållit henne borta från berusningsmedel och fått henne att sätta en gräns vid uppenbar pornografi.

De sex följande åren levde hon ur hand i mun. Ett ströjobb här, ett uppdrag där, för en gammal bekant kanske, som kunde pressas till generositet av en fattig tjej som trots allt hade vackra ögon och en helt okej kropp.

May Anita fick aldrig riktigt till det. Men hon lärde sig mycket.

Så träffade hon Carl-Christian en natt. Han var asberusad. Hon var nykter, som alltid. Det var något vekt över mannen, något gulligt och ursprungligt hjälplöst. Han stod med huvudet i en soptunna utanför 7-Eleven på Bogstadsveien.

May Anita hade fått den främmande mannen hem och till sängs. Hon fann ingen anledning att lämna honom när han kollapsade i den breda sängen med sidenlakan. Tvärtom, hon slog sig ner. Tre dygn senare blev hon Carl-Christians älskarinna.

Med CC:s hjälp blev hon Mabelle. Hon fick näsan rätad som så många fotografer hade sagt till henne. Läpparna blev större på samma gång och till sist hade han friat.

Mabelle tyckte på sätt och vis om honom. Han dyrkade henne. Hans rädsla, oron för att hon skulle gå ifrån honom, gjorde henne trygg. Det låg en tillfredsställelse i obalansen mellan dem, den där skevheten i förhållandet. Hon var beroende av det han ägde. Han däremot var beroende av henne.

Hennes liv måste förstås förskönas när hon träffade Carl-Christian. Efter hand blev de äkta, historierna som hon hade dukat upp så många gånger, med ökande precision och detaljrikedom. Det var som med smink, hade hon tänkt ibland, som en pytteliten kosmetisk operation: Väl utförd kunde ingen se hur något ursprungligen hade sett ut.

Hon ljög inte. Hon skapade verklighet.

Mabelle Stahlberg hade redan i barndomen förstått att bara man gick in i bedrägeriet, höll fast vid det och aldrig lät det övermanna sig kunde lögner bli alldeles sanna. Äkta sanning var bara till för dem som hade råd med den, och Mabelle Stahlberg hade ingen som helst avsikt att bli May Anita Olsen igen.

Hermann och Turid förtjänade att dö. De hade bett om det. Hermann var elak, han var in i märgen egoistisk och elak. Han var hämndgirig. Envis och egensinnig. Hermann var en tjuv som hade varit i färd med att stjäla livet ifrån dem. Från Carl-Christian, Hermanns köttslige son, som hade slitit och arbetat i åratal fullständigt efter faderns nycker och infall. Tutta var bara ett fjolligt påhäng, en viljelös nickedocka. Det var hennes eget fel att hon inte sa ifrån om orättvisorna, om förödmjukelsen. Hermann och Tutta var ansvariga för sin egen död.

Preben också.

Mabelle blundade och försökte slappna av. Hon var trött nu, nästan utmattad. Hon ville inte tänka på Preben.

De hade inte gjort något fel.

Det var redan nästan sant.

– Nej men, är det inte självaste Kluten! Jag trodde du hade lagt av för länge sen, jag.

Billy T. slog handflatan i ryggen på den gripne.

– Ser du inte att jag har fått tänderna utslagna, läspade mannen i munktröja och drog upp läppen. Var lite hygglig då.

– Du hade inte så många innan att det gjorde något, sa Billy T. och satte sig på andra sidan bordet i förhörsrummet. Men så ser det inte heller ut som om du tuggar så värst mycket. Fy fan vad mager du har blivit.

– Sjuk, muttrade Kluten och strök den svullna överläppen. Fan så sjuk. Du luktar vin.

– Jag är ledig i dag, sa Billy T. milt. Har precis ätit middag i en trevlig familj. Hade inte alls tänkt komma hit. Men så var det någon som ringde, du vet. Och sa att du insisterade på att prata med mej. Och det måste...

Rösten höjdes till ett vrål.

– ...*vara viktigt!*

Kluten hoppade till så våldsamt att han slog huvudet i väggen.

– Jag är sjuk säger jag ju. Och du ser väl att jag blöder i munnen.

– Håll det svineriet borta från mej, säger jag bara. Jag hör att du ställt till med bråk i en kiosk på Vogts gate. Sölat blod på andra kunder och sånt. Småbarn och fina damer. Vad är nu det för något, Kluten? Vad för slags uppförande har du lagt dej till med?

– Det var ketchup, klagade Kluten. Jag ville bara ha mina pengar.

– Och så hade du inte vett och förstånd att göra dej av med det här innan våra män dök upp.

Billy T. klatschade förebrående med tungan och höll upp en liten plastpåse med omisskännligt innehåll.

– Tre gram? Tre och ett halvt? Kluten då. Du börjar bli gammal.

Billy T. kisade och låtsades tänka efter ordentligt.

– Jag har nåt!

– Hade, sa Billy T. hårt. Du hade fyra gram heroin. Nu är dom mina.

– Jag har upplysningar, Billy T. Jag vet nåt!

Nu viskade han, högt och visslande genom hålet i överkäken. Billy T. satte upp en avvisande min. Han kände Kluten väl från

99

sina år på narkotikaroteln. Mannen var helt ur stånd att tala sammanhängande sanning i tre minuter.

– Det är sant! Jag svär, Billy T. Jag vet nåt om hon den dära...

Han hejdade sig plötsligt och såg sig paranoid om.

– Hon den dära vem, sa Billy T.

– Jag vill ha immunitet, sa Kluten, blicken for fortfarande vilt runt i rummet som om han väntade sig att någon skulle komma ut ur väggarna. Jag säger ingenting förrän jag får immunitet.

– Kluten, Kluten, Kluten.

Billy T. strök sig över skallen med bägge händer och log brett.

– Så är det inte i det här landet. Var är det du ser på teve? Stadsmissionen? Sett för många amerikanska filmer antar jag. Fram med det nu. Vad är det du vet?

– Jag säger ingenting.

Kluten slöt sig, bokstavligt talat. Han drog huvan över huvudet, la armarna i kors och sköt fram axlarna. Sedan sänkte han ansiktet mot bröstet. Han påminde om en fastande medeltidsmunk och luktade lika illa.

– Sluta. Fram med det nu!

Kluten satt som en saltstod. Billy T. reste sig tvärt.

– Okej, sa han bryskt. Sitt du här. Det blir till att skaka galler en tid.

Sedan stoppade han heroinet i bröstfickan och gick mot dörren.

– Men hjälp mej lite då!

Kluten pep nu. Billy T. trodde ett ögonblick att han hade börjat gråta.

– Jag orkar inte sitta inne nu. Inte just nu, Billy T. Hjälp mej lite, snälla du.

Billy T. stannade utan att vända sig om.

– Får jag höra, sa han vänd mot dörren. Om det du har att komma med har något som helst värde så ska jag se om den här påsen låter sej krympas lite.

Han såg sig över axeln.

– Är det okej?

– Okej då…

Billy T. såg demonstrativt på väggklockan och satte sig igen.

– Men det måste vara feta grejer, Kluten. Inte något jävla skit nu. Okej?

– Okej säger jag ju. Lyssna då.

Elva minuter senare började Billy T. känna sig varm. Då och då avbröt han med en fråga. Han hade tagit fram ett anteckningsblock som han flitigt använde. När Kluten till slut lutade sig tillbaka i stolen och förklarade att han var färdig blev Billy T. tyst. Kluten blottade den tandlösa munnen i ett slags leende. Mungiporna var röda av torkat blod som krackelerade i grimasen.

– Vare bra grejer eller?

Billy T. svarade fortfarande inte. Han bara satt där, också han med armarna i kors och såg ut som om han inte trodde ett ord på vad Kluten hade sagt. Munnen var nerdragen i en skeptisk min och ögonen halvslutna. Kluten rörde sig otåligt fram och tillbaka på stolen och kliade sig frenetiskt på ett sår i pannan.

– Varsågod. Kan jag gå nu?

– Oddvar, eller hur? Det är det du egentligen heter?

– Ja… Var inte taskig mot mej nu. Kan jag gå?

– Oddvar.

Billy T. använde lokaltelefonen för att tillkalla en aspirant.

– Oddvar, upprepade han. Jag skulle gärna ha hjälpt dej. Men det går inte. För det första är fyra gram för mycket för att se genom fingrarna med. För det andra är du så risig nu att jag inte riktigt tror att du klarar dej igenom en natt till i den här kylan. För det tredje…

– Jag kan bo hos min syster, sa Kluten förtvivlat. Fan också, jag berättade allt! Allt jag vet, Billy T. Jag orkar inte sitta inne nu.

En mager ung man kom in och la en hand på Klutens axel.

– Kom nu, sa aspiranten och försökte låta myndig.

– Fan ta dej, Billy T.! *Fan ta dej!*

Han snyftade och jämrade sig genom korridoren. Billy T. blev ensam stående kvar. Han bläddrade frånvarande i sina anteckningar.

– Den här historien, du Kluten, mumlade han, den ska Hanne höra med egna öron.

Sedan stoppade han anteckningsblocket i bakfickan och gick för att se om någon av polisjuristerna jobbade övertid. Om inte fick han ringa en av dem. Trots att klockan var över sju på kvällen.

Den gamle mannen i skogen stod vid vedboden och borstade skräp och damm av den gamla isborren. Den var inte använd på flera år. Egentligen var han inte särskilt förtjust i att fiska, i alla fall inte på vintern. En stilla sommarnatt vid sjön kunde vara fin, med metspö och kaffepannan på elden; en och annan vandrare slog sig gärna ner för en pratstund. Att frysa som en hund över ett hål i isen hade han aldrig förstått vitsen med.

Men han hade bestämt sig. Han skulle göra ett försök att ta reda på vad främlingen hade haft för sig. Antagligen skulle det vara förgäves. Antagligen hade han fel. Antagligen gjorde han bort sig rejält. Att hitta något var förmodligen omöjligt i alla fall. Men något hade ändå vaknat i honom; en nyfikenhet som fick blodet att rinna lite snabbare i kroppen. Det påminde honom vagt om gamla dagar, om att driva omkring i främmande hamnar, på landpermission eller för att han var akterseglad, så som han ofta blev, full och pank men alltid på väg efter nya möjligheter. Livet i skogen var stillastående, som han ville ha det, som han hade valt att leva. Rubbandet av tillvaron som främlingens uppträdande innebar, detta plötsliga element av något obegripligt och eggande, var likväl välkommet. En julklapp.

Inte en käft skulle se honom. Han skulle vänta till klockan nio dagen före julafton, när vanliga människor var hemma och klädde granen. Han skulle lägga ner tid på något som säkert bara var dumt och det var bäst att ingen fick veta.

Den gamle borrade ett hål i luften på försök och drog sedan eftertänksam näven över skäggstubben.

Isborren fungerade.

Två timmar före midnatt hittades Kluten död i cellen. I en våldsam abstinens hade han kört huvudet i väggen. Enligt läkaren måste han ha tagit sats, skallen var kluven i två delar. När Billy T. samma kväll fick höra om händelsen låste han in sig i sitt arbetsrum, ensam.

MÅNDAG 23 DECEMBER

BARA HANNE WILHELMSEN kunde ha ordnat ett sådant förhör. Billy T. försökte dölja ett leende när de visades in i sjukrummet. En halvtimme tidigare verkade det hela omöjligt. Överläkaren var precis så nedlåtande att Hanne tände till. När den vitklädda till slut sa ja till att släppa in dem var det efter en blandning av påtryckning och polisiär arrogans och förtäckta hotelser om stort obehag i ett "allvarligt rättsligt sammanhang". Den ålderstigna läkaren fingrade på stetoskopet om halsen. Ett smycke, tänkte Billy T., ett skråmärke för att markera avstånd och upphöjdhet.

Hermine var vaken.

De möttes av total likgiltighet. Hanne presenterade både sig och Billy T. Patienten blinkade knappt och Billy T. blev osäker på om hon uppfattade vilka de var.

– Polisen, upprepade han och log uppmuntrande. Vi kommer från polisen.

Hon halvsatt i en höj- och sänkbar säng. Håret var okammat och tovigt, hyn blek mot sängkläderna. Ett slags utslag omgav munnen, små kvisslor i ett fjärilsmönster. Billy T. tänkte på sin egen dotter som var allergisk mot materialet i nappen. Hon såg ut så, Hermine, som om hon fått en tröstnapp som hon inte tålde.

Ändå var hon söt, på ett slags värnlöst sätt. Håret var trassligt men föll mjukt och blont kring det smala ansiktet. Ögonen var uttryckslösa, men stora och blå. Till och med två dagar efter en ordentlig överdos visste Hermine Stahlberg vad hon hade att spela ut och nu log hon, nästan kokett, mot Billy T.

– Jag hörde det, sa hon. Jag utgår ifrån att det gäller mamma och pappa. Och Preben förstås. Jag har väntat er. Jag har det inte lätt som ni ser…

En blick av självmedlidande gled uppför IV-stativet.

– …men jag förstår naturligtvis att ni måste prata med mej.

Billy T. kände sig besvärad. Som en seg sträng klibbade Hermines blick sig till honom, även när han flyttade sig från sängkanten till fönsterkarmen. Han reagerade med att tiga och se bort. Hanne höll på att gå igenom den triviala inledningsrundan. Formalia först, kondoleanser och ofarliga frågor med meningslösa svar. Skylten på en dörr på kortväggen meddelade att rummet hade egen toalett. Han ursäktade sig. Han pissade. Tvättade händerna, grundligt. Skvätte vatten i ansiktet. Inte förrän han hörde rösterna höjas där inne gick han tillbaka.

– Inget mer än det, sa Hanne. Jag vill bara veta vad du gjorde den tionde november. Söndagen den tionde november.

Nu hade hon fångat Hermines uppmärksamhet.

– Det vet väl inte jag!

Det verkade inte som om hon hade lagt märke till att han var tillbaka. Hon reste sig lite högre upp i sängen. Nu satt hon till hälften vänd mot Hanne och gestikulerade upphetsat.

– Jag kan väl inte komma ihåg vad jag gjorde en dag för mer än en månad sen!

– Den sextonde då, sa Hanne. Vad gjorde du den sextonde november på kvällen?

– Jag fattar inte vart du vill komma med allt det här!

– Det är inte heller nödvändigt. Jag vill bara ha svar på mina frågor. Men det är klart… Vi kan gärna ta med dej för ett rättsligt förhör. Om det är det du vill. Vi försöker bara vara hyggliga här. Att göra det lite enklare för dej.

– Hyggliga. Hah!

Hermine sjönk demonstrativt tillbaka i sängen och höll sig

för ansiktet. Ett par halvkvävda snyftningar hördes bakom händerna. Hanne suckade och böjde sig fram.

– Hör här, Hermine Stahlberg. Ju fortare du svarar på våra frågor desto fortare försvinner vi. Okej? Så jag frågar igen: Finns det någonting vi kan få fram som gör det lättare för dej att komma ihåg vad du gjorde den tionde och sextonde november? En almanacka? En dagbok, kanske?

Hermine slog med handflatorna på täcket.

– Jag vill ha en advokat, sa hon.

Rösten var förändrad. Den verkade skarpare, mer närvarande, som om överdosen och sängläget bara var ett spel, ett iscensatt skydd mot oönskade frågor och obehagliga undersökningar.

– Advokat…

Hanne drog på ordet, smakade på det, ryckte på axlarna och log lite.

– Så du tror att du behöver advokat, alltså.

Hermine låg med slutna ögon och Billy T. måste beundra henne för det sätt som hon lyckades hålla ögonlocken stilla på. Bara en lätt skälvning i vänster hand röjde att den unga kvinnan egentligen var spänd.

– Intressant, sa Billy T. Hanne Wilhelmsen här och jag har över fyrtio år bakom oss. Inom polisen alltså. Tillsammans. Och vi vet väldigt väl att när någon ber om advokat då har vi trampat på en öm tå. Det tycker vi om.

Hermine reagerade fortfarande inte.

– Du måste vara på det klara med att vi vet vad du höll på med den…

– Jag tror inte att vi behöver berätta för tjejen vad vi vet, avbröt Hanne och gav honom en varnande grimas. Hermine vill inte tala. Det har Hermine rätt till. Om Hermine hellre vill tas in för förhör så ska Hermine få lov till det. Vi ska till och med skaffa henne en advokat. Eller hur, Billy T.? En riktigt bra advokat ska hon få.

Hermine grep plötsligt efter alarmknappen som hängde i en sladd över huvudgärden. Det tog bara sekunder innan en sköterska stod i rummet.

– Jag orkar inte, mumlade Hermine och slog över i falsett. Jag klarar inte dom här människorna! Ta ut dom! *Ta ut dom härifrån!*

Det hysteriska anfallet verkade nästan äkta. Det sista Billy T. skymtade när de knuffades ut ur rummet av en brysk vaktmästare var sköterskan som gjorde i ordning en spruta.

– Jisses, sa Billy T. när de väl var ute. Hon kunde varit skådis den tjejen. Imponerande.

– Det är inte säkert att hon spelar, sa Hanne. För min del tror jag att hon är vettskrämd. Det har hon ju också anledning att vara.

– Men nu, sa Billy T. och dunkade henne i ryggen medan de strosade bort mot en civil polisbil som stod gravt felparkerad halvvägs ute på en gångväg. Nu håller du väl med om att din teori spricker.

– Vilken teori?

– Teorin om att… om att det kanske inte är familjen som ligger bakom.

– Det har jag aldrig sagt, sa Hanne. Jag har tvärtemot sagt att den lösningen låter mer trolig än någon annan jag kan komma på. Men det är förstås inte säkert. Inte än.

Billy T. flinade rakt ut mot snövinden.

– Inte än! För fan, Hanne! Hermine har köpt två vapen, för helvete! Hon har beställt, besiktigat, provskjutit och betalt för två handeldvapen på en marknad som ytterst få skulle våga komma i närheten av. Varför i helvete skulle hon det om inte köpet hade något med morden att göra?

– Du glömmer så mycket, sa Hanne och höll på att halka på en isfläck.

Billy T. tog tag i henne och släppte inte armen. Hanne vände sig mot honom.

– Du glömmer att vi inte har tillstymmelse till något som ens liknar ett motiv för Hermine, sa hon. Hon är det älskade barnet, det överösta. Hon är vän med alla. Medlaren, minns du inte? Naturligtvis ska hon inte uteslutas. Snarare tvärtom, jag…

Hon skakade på huvudet och lät tungan fukta de vintertorra läpparna.

– Jag har en starkare känsla av att det finns något hos henne snarare än hos brodern och svägerskan. Vad droger gör med folk vet både du och jag. Ur den synvinkeln passar hennes profil bättre in i ett våldsamt och mer eller mindre impulsivt beteende. Dessutom är jag otroligt nyfiken på varför hon fick den där förmögenheten på sin tjugoårsdag. Men just därför, Billy T., just för att Hermine är den otydliga, den mystiska, den av våra misstänkta som vi har minst upplysningar om, bör vi ta reda på mer innan vi drar slutsatser. Mycket mer. Och dessutom…

Hon kisade mot vinden.

– Vi *vet* inte att Hermine har köpt vapen. Det har vi bara din vän Klutens ord för. Det finns en massa lösa trådar här. Det är lika bra att du medger det med en gång; du har inte världens bästa källa för dom där upplysningarna. Det kan vara ett påhitt från början till slut. Kluten var efter vad du själv säger ganska desperat vid tanken på att bli inburad. Såna människor läser också tidningar, Billy T. Kluten visste mycket väl vad du helst ville höra.

Billy T. hade fortfarande inte släppt taget om hennes arm. De blev stående så, han med ryggen mot vinden, hon i lä bakom den stora kroppen.

– Han talade sanning, Hanne. Jag känner Kluten. Det finns i alla fall *någonting* sant i det han berättade.

Billy T. torkade köldtårar från ögonen med handryggen, vinden höll på att tillta.

– Men att han talade sanning behöver inte betyda att det han sa var sant, svarade Hanne, lite mer försonlig nu. Han sa ju själv att det var någonting han hade hört.

– Han hade datum, Hanne. Kluten hade två datum och platsen för leveransen.

– Men inget namn. Ingen leverantör.

– Nej. Inget namn. Men...

Han fortsatte långsamt mot bilen.

– Jag kollade med narkotikaroteln i morse. Det snackas där nere. I kretsarna. Var enda pundarjävel dom har tagit in under helgen kommer med mer eller mindre halvkvädna visor om morden på Eckersbergs gate.

Han avbröt sig igen, nu med ansiktet mot vinden, den stack i kinderna.

– Kluten var helt övertygad, Hanne. Jag skulle bara önska att jag hade gått på honom lite mer om var han hade hört det där. Han undvek att svara varje gång jag kom in på det och till slut var han så färdig att jag tyckte det var bäst att låta honom vara.

– Och nu är det för sent, sa Hanne och öppnade bildörren på förarsidan.

– Men det är i alla fall ett spår, sa Billy T. uppgivet.

– Spår, upprepade Hanne och skrattade kort. Det kan man säga. Det är det absolut fetaste och ludnaste spår vi har kunnat drömma om. Dessutom är det nästan det enda vi har. Jag kör.

– Vart ska vi, frågade Billy T.

– Vi ska till Förlaget.

– Förlaget? Vad ska vi där att göra?

– Ta reda på lite mer om Sidensvans.

– Sidensvans?

Billy T. slog armen i instrumentbrädan, han satt alldeles för trångt i den lilla tjänstebilen.

– Du ger dej inte, mumlade han och försökte skjuta tillbaka

sätet. Menar du fortfarande att nyckeln till det här fallet ligger hos Sidensvans? Herregud…

Någonting brast under sätet som rasade bakåt. Billy T. bet sig hårt i tungan av det plötsliga rycket.

– Aj! Fan! Jag blöder!

– Stackars liten, sa Hanne och fick äntligen in ettan.

Alfred Stahlberg var ordentligt bakfull fast klockan började närma sig halv elva på förmiddagen. Spritkonsumtionen kvällen innan hade i alla fall fått honom att somna. Eller slockna, tänkte han omtöcknad. Han kom inte ihåg mycket mer än att han desperat letade efter mer vodka.

Hjärnan pulserade taktfast mot kraniets insida. Smärtan vid varje slag kröp nerför nacken och gjorde det svårt att röra på huvudet. Han hade inte duschat på fyra dagar och skjortbröstet var nedsölat. Först i dag kände han stanken från sig själv: fränt, motbjudande. Han gjorde en grimas mot sin egen spegelbild. Den lilla rörelsen gjorde att smärta strålade ut mot ögonen. Han spillde lite när han hällde upp vodka i ett dricksglas. Allt försvann i en slurk.

Det hjälpte.

Lite.

Han hällde upp igen. Huvudvärken försvann långsamt. Han försökte andas lugnt och djupt. Han behövde en dusch. Han måste ha rena kläder. Han var dödstrött trots att det var tio timmar sedan han senast såg på klockan. Han måste ha sovit i minst åtta av dem.

I duschen tittade han ner över sig själv. Vattnet rann över den bleka, feta kroppen, långsamt, nästan segt som om huden var kletig. Alfred var den fule. Den odugligle lillebrodern. Den svage, han som slarvade bort fadersarvet och aldrig blev något.

Han var en narr och hade låtit allt för mycket kraft gå åt på att inte inse det.

Det var så mycket som måste ordnas.

Någon måste ta ledningen nu. Någon måste lotsa familjen, vägleda dem genom den djungel av juridik och elände som de befann sig i utan att någon tycktes ha grepp om det hela. Det borde vara han. Tanken tyngde honom, han segnade ner på knä men slog pannan i kaklet och vacklade tillbaka i upprätt ställning. Vattnet gjorde inte honom ren. Under hängmagen kunde han inte ens få syn på sina egna könsorgan. Han kliade sig med bägge händer; rev och skrapade tills naglarna var fulla av död hud och blodet sipprade fram i tunna strimmor över magen.

Alfred var en misslyckad man och han blev trött av att förtränga det.

Det varma vattnet tog slut. Han hasade ut ur duschen och försökte dölja kroppen i ett enormt badlakan.

Alfred Stahlberg var en narr, han var misslyckad och ful. Han kunde se det och han snyftade i självföraktande gråt.

Att han också var förbrytare var det däremot omöjligt att ta till sig.

Åshild Meier på Förlaget var en liten kvinna. Hon påminde Hanne om en vessla, snabb i rörelserna och med en blick som for hit och dit medan hon försökte röja plats åt dem bägge.

– Ursäkta röran, sa hon och flyttade en manusbunt från den ena stolen till ett redan överfullt skrivbord. Barnbarnet. Säg hej till polisen, Oskar!

Oskar var runt ett och ett halvt år och satt under skrivbordet och var skeptisk. Billy T. böjde sig ner, knäppte med fingrarna och gjorde olika ljud. Ungen kluckade glatt. Hanne sa försiktigt hej och log när barnet tittade fram. Det började gråta. Mormodern tog pojken på armen och gick ut från det lilla rummet.

– Jag och ungar, sa Hanne och ryckte på axlarna.

– Skaffa dej en, sa Billy T. Det hjälper.

– Det är ju dan före dan, sa Åshild Meier när hon kom tillbaka utan barnet. Dom flesta har redan tagit ledigt. Så det var inte så farligt. Med Oskar menar jag. Han är här då och då eftersom…

– Det är okej, sa Billy. Jag har fem ungar själv. Jag vet hur det är. Bra med far- och morföräldrar.

– Fem? Jisses!

– Och tillsammans har dom inte mindre än *tolv* far- och morföräldrar, sa Hanne syrligt.

Billy T. rodnade lätt och började pilla på en sårskorpa på vänster handrygg.

Han har blivit spakare de senaste åren, tänkte Hanne och ångrade det hon sagt.

I början av deras vänskap, de första åren, på Polisskolan och senare på Oslos Politikammer var han suverän, en atletisk baddare som fyllde upp alla rum han kom in i. Inte bara i kraft av sina 202 centimeter i strumplästen; Billy T. var den perfekte polisen. Född och uppväxt mitt i staden, strängt uppfostrad av en hårt arbetande ensam mamma med gammaldags värderingar och en hårdhänt omtänksamhet. Hon hade styrt sin grabb undan de flesta fällorna i en miljö där bara hälften av hans gäng höll sig i liv tillräckligt länge för att fylla trettio. Billy T. kunde Oslo bättre än någon annan i hela kåren; en gatusmart lymmel med ovärderliga kunskaper om buset i Oslo. Han hade bara varit en hårsmån från att själv bli en av dem.

Nu hade Kammaren blivit till Oslos Polisdistrikt, Polisskolan till Högskolan och de riktigt stora förbrytarna kom inte längre från Oslos östkant. Luften hade på sätt och vis gått ur Billy T. Till och med de många barn han hade skaffat, alla med olika mödrar, hade blivit ett slags stigma. Tidigare framhöll han dem stolt som ett bevis på livsbejakande libido och våldsam virilitet. Nu var han mer dämpad och Hanne hade två gånger kommit på honom med att förtiga det faktum att de alla var halvsyskon.

– Men vi kanske ska komma i gång. Vad är det ni vill veta?

– Knut Sidensvans, sa Hanne frånvarande.

– Ja, du sa det när du ringde. Det var ju alldeles förfärligt med dom där morden, men jag ser inte riktigt vad jag kan bidra med.

– Kände du honom väl?

– Väl? Nej det tror jag faktiskt inte att det var någon som gjorde. Han var egentligen en ganska egendomlig person. Lite… konstig.

– Konstig?

– Ja. Annorlunda. Vi är visserligen vana vid det, i den här branschen.

Åshild Meier skrattade ett kort högt skratt.

– I grunden var han en vänlig själ. Det var bara lite svårt att se det. Dessutom var han en ovärderlig resurs för oss. Som skrivande människa förstås, men framför allt som konsult.

– Vad går ett sånt arbete egentligen ut på?

– Här på vår avdelning kan det vara så mycket, förklarade redaktören. Vi har förstås rena språkkonsulter. Dom tvättar manus, rättar till språket. Gör det bättre rätt och slätt. Men eftersom vi ger ut böcker som ofta handlar om verkliga händelser använder vi också konsulter på innehållet. Både för att bedöma om det insända manuset eller den föreslagna boken är något vi vill satsa på och senare i processen som en slags hjälp, eller censor om du vill. Dessutom använder vi ibland juridiska experter. För att inte begå ärekränkningar till exempel. Så…

– Sidensvans var en sorts faktakonsult alltså, avbröt Hanne.

– Ja.

– Inom vilka områden?

Nu skrattade Åshild Meier hjärtligt.

– Ja, det kan man fråga sej. Han började faktiskt på skolboksavdelningen.

Hon pekade ut i luften som om avdelningen för skolböcker

befann sig alldeles bakom ryggen på Billy T.

– Han är… eller var säger man väl nu… elektriker. Undervisade på Sogn Yrkesskola i många år och skrev själv en lärobok för tjugo år sen. Den var visst bra. Sen började han som konsult på skolboksavdelningen tills någon upptäckte att mannen var en veritabel källa av kunskap. Knut Sidensvans var sannerligen ett original. Och ingen lätt människa att umgås med. Men vi umgicks ju inte heller.

– Vilka områden var han inom, frågade Hanne. Här hos er menar jag?

– Många.

Åshild Maier letade i de välfyllda hyllorna på långväggen.

– Bilar.

Hon räckte Hanne ett praktverk om Ferrari.

– Den är visserligen översatt från italienska och det var därför ganska tryggt att ge ut den men en del tillrättalägganden efter norska förhållanden var nödvändiga. Inte minst behövde översättaren hjälp när det gällde tekniska uttryck och sånt.

– Sidensvans hade inte ens körkort, mumlade Hanne och skakade lite på huvudet.

Åshild Meier satte sig äntligen ned.

– Han hade ingen formell utbildning, sa hon. Bortsett från sin yrkesexamen. Men han kunde otroligt mycket. Kunskapsrik och säregen. Kunde till exempel aldrig samarbeta med andra än mej här på Förlaget. Jag hade tjänstledigt för ett par år sen och under den perioden såg ingen till honom här. Sen dök han bara upp igen ett par veckor efter att jag kom tillbaka.

– Så det finns ingen här som kan ge mer information, sa Billy T. Om familjeförhållanden och sånt. Och umgängeskrets.

– Nej, definitivt inte.

Hon skrattade igen, högt och stackato.

– Han var extremt intresserad av rättvisa.

– Jaha, sa Hanne utan att riktigt förstå vad det hade med Sidensvans vänner att göra.

– Han var ständigt engagerad i att allt skulle gå rätt till. Vid ett tillfälle hade vi dragit av för lite skatt för honom. Han blev alldeles förtvivlad. Det handlade om ett bagatellbelopp och vi ordnade det efter en kort tid. Men jag fick intrycket att han inte kunde sova av rädsla för att skattmasen skulle komma.

– Lite överdrivet kanske. Det håller jag med om.

Hanne log lite och tillfogade:

– Vad höll han på med nu? En kollega till mej nämnde något om…

– Just nu skulle han faktiskt skriva lite, avbröt Åshild Meier. Ett kort förord i en bok om veteranbilar. Men mycket viktigare: Han skulle skriva ett av kapitlen i ett stort verk om norsk polishistoria.

Hon lyste upp som om hon först nu kom på att hon pratade med två representanter för kåren.

– Det är väldigt spännande. Vi samarbetar med Polisstyrelsen och kommer att få en hel rad spännande författare att bidra. Advokater och poliser. Flera fackhistoriker förstås och journalister. Vi har till och med fått en som är dömd för mord att skriva om sina erfarenheter av ordningsmakten. Krigskapitlet blir särskilt spännande och där har vi faktiskt en av de främsta…

– Men den här Sidensvans låter inte precis så spännande, invände Billy T.

Åshild Meier fick ett svagt uttryck av missnöje.

– Då måste jag ha uttryckt mej fel, sa hon. Sidensvans var oerhört spännande. Lite konstig, som sagt, men spännande människor är ofta underliga. Det här är också ett arbete som vi vet att han kommer att gå in i med…

Hon avbröts av att någon knackade på dörren. Hon kastade en snabb blick på klockan.

– Tiden flyger! Jag har egentligen ett möte nu… Kom in! Men jag kan förstås…

Hanne reste sig och skakade på huvudet.

– Nej för all del. Vi har upptagit din tid tillräckligt nu.

En kvinna, tydligen en kollega, stack in huvudet och sa:

– Mötet har börjat, Åshild. Kommer du?

– Strax.

Lite villrådigt såg hon från Hanne till Billy T.

– Helt okej, försäkrade Hanne än en gång. Jag ringer om det skulle vara något mer.

Mabelles tjat blev till slut outhärdligt. Dessutom insåg Carl-Christian att hon antagligen hade rätt. Om polisen misstänkte dem, och det skulle vara ett mirakel om det inte var så, så skulle de leta sig fram till lägenheten förr eller senare. Det var bättre att ta chansen nu. Tömma stället. Ta bort det farliga, fort. Så han hade gett sig iväg, dels med spårvagn, dels till fots i meningslösa omvägar.

Försiktigt lyfte han ner ett grafiskt blad från väggen i sovrummet. Kassaskåpet var låst som föreskrivet. Han öppnade det. Bilderna låg där de skulle ligga.

Han hade velat bränna dem med en gång. När Hermann Stahlberg triumferande slängde en bunt halvpornografiska bilder av Mabelle på bordet och hotade med att offentliggöra dem om inte CC drog tillbaka de tre stämningar han hade lämnat in mot fadern, hade han mest av allt velat förstöra dem. Så när han kom hem utan att ha sagt ett ord till gubben annat än ett mumlande "du ska få höra av mig" tände han i spisen. Det var Mabelle som hejdade honom. När han motvilligt och väldigt generad hade berättat för henne om Hermanns senaste drag grät hon bittert i en timme. Sedan torkade hon tårarna och blev förbluffande rationell.

– Han har kopior, fastslog hon. Självfallet har han det. Dessutom…

I sådana stunder beundrade han henne mer än någonsin. Mabelle var den borna affärskvinnan, kapabel att vara förnuftig, nästan cynisk, även under den starkaste press. Hade hon valt att satsa på något annat än modemagasin skulle hon ha gjort något storartat. Även inom en så pass osäker och olönsam bransch hade hon byggt upp ett tillräckligt gott renommé för att hon skulle vara någon att räkna med. Det var att ta i att kalla Mabelle för en kändis, men alla i branschen visste vem hon var. Hon var inne och hon hade just börjat tjäna pengar på M&M.

– Dessutom är skadan som dom här bilderna kan orsaka om dom hamnar i orätta händer trots allt begränsad.

Tappert hade hon försökt att se ljust på situationen.

– Jag blir väl knappast inbjuden att säga något om kungafamiljen igen, hade hon sagt och svalt. Men jag överlever. Dom är inte *så* oanständiga. Det blir bara obehagligt. Jävligt obehagligt.

Sedan grät hon igen.

Han ville bränna bilderna men hon hejdade honom.

– Vi behöver dom, snyftade hon förtvivlat.

– Behöver dom, hade han upprört skrikit. Jag vill aldrig se dom igen!

– Hör här…

Hennes röst skälvde.

– Det kan komma att… det kan hända att vi en gång i tiden måste bevisa hur din far har uppfört sej. Dom här fotona visar i alla fall…

Hon hade rätt den gången och hon hade rätt nu. Han tänkte bränna upp dem, hemma.

Bilderna låg i ett kuvert. Han stoppade in det under jackan långt ner i byxlinningen. Med ostadig hand försökte han öppna lådan på skåpets nedre hylla. Fingrarna ville inte riktigt lyda. Naglarna skrapade mot den gröna metallen. Till slut gick locket upp.

Chocken fick magsäcken att dra ihop sig i kramp. Han stängde munnen och försökte pressa tillbaka den sura massan som ville upp och ut.

Lådan innehöll bara ett vapen.

Vapnet som Carl-Christian ägde legalt, en Korth Combat Magnum, låg på plats. Det var oerhört dyrt, en av de få revolvrar i världen som tillverkades på beställning. Han hade köpt den i ett anfall av barnslig förtjusning efter att ha gått med i en skytteklubb för sex år sedan. Men Carl-Christian hade tröttnat. Vid närmare bekantskap tyckte han inte om skyttemiljön. Han fick dessutom ont i axlarna av att använda grovkalibriga vapen. Revolvern var knappt använd.

Den låg fortfarande på plats.

Det andra vapnet var försvunnet.

När Carl-Christian slutligen kom sig för att stänga skåpet hade han glömt att kolla ammunitionen på översta hyllan. Det fanns inte plats i honom för fler problem. Han tog sig för magen där han kände kuvertet med bilderna som en sköld mot buken.

Det var bara Mabelle som kände till hans kassaskåp och koden till låset.

Och så Hermine förstås.

– Så hur lång tid tror du att det här kan ta?

Hanne Wilhelmsen såg sig omkring utan att svara. Kriminalchefen Jens Puntvolds kontor var trivsamt utan att vara hemtrevligt och egentligen ganska stiligt utan att Hanne kunde peka på vad som skilde det från andra arbetsrum i Huset. Även om själva rummet var mycket större än de som de flesta andra måste nöja sig med, var väggarna lika trist grå, golvet lika märkt av slitage, och gardinerna såg dessutom ut att vara i stort behov av tvätt. Kanske var det blommorna, fräscha liljor på skrivbordet i en mångfärgad vas och tidiga tulpaner i en färgrik bukett mitt på mötesbordet. Tavlorna måste vara hans egna. Mot väst hängde två stora oljemålningar, bägge nonfigurativa i blått.

Det var dessutom någonting med luften, en frisk doft av rakvatten och nyduschad människa.

Jens Puntvold verkade lika trött som resten av Oslos poliskår men var ändå uppseendeväckande elegant. Hanne kom på sig med att undra om han blekte håret. De blonda lockarna föll mjukt och fylligt över pannan utan antydan till grå stänk. Trots att ansiktet präglades av för lite sömn och långa arbetsdagar var blicken pigg. Han knäppte händerna bakom nacken och väntade på svar.

– Du är otålig, sa Hanne och log. Det är faktiskt bara fyra dagar sen morden skedde.

– Ja, log han tillbaka. Men du vet varför jag frågar. Det är du som kan det här, Wilhelmsen. Jag vill bara ha en kvalificerad gissning.

– Månader, sa hon obestämt. År, kanske. Det är ju möjligt att vi inte klarar det. Att utreda fallet, menar jag. Det har hänt förr.

– Vi har aldrig haft ett fall som det här.

– Nej…

Hon granskade liljorna i den mångfärgade vasen.

– Men även om uppklaringsprocenten är hög här i landet vet både du och jag att dom första dygnen är oerhört viktiga. Om det verkligen är en av de kvarlevande Stahlbergarna som ligger bakom så kan det här ta evigheter. Men då tar vi den eller dom till slut. Det är jag övertygad om. En långsam kvarn, du vet. Rättvisan, menar jag.

Hon log igen, snabbt, innan hon la till:

– Men om det skulle vara några andra, någon främling, ett

119

misslyckat rånmord, eller… Då kan tåget redan ha gått.

– Det får bara inte hända.

Plötsligt lutade han sig fram och stödde armbågarna mot bordsskivan. Han låste hennes blick medan han sa:

– Det här fallet *måste* lösas, Wilhelmsen. Vi tål inte ett ouppklarat kvadrupelmord.

– Vem är vi, sa Hanne utan att släppa hans blick.

– Polisen. Samhället. Vi alla. Vi jobbar tillräckligt i motlut som det är. Växande kriminalitet och anslag som inte på något sätt håller jämna steg. Polisen måste visa muskler, Hanne. Vi måste bevisa vår nödvändighet. Vår effektivitet. Alldeles för länge har den här kåren framstått som trög och obeslutsam. Jag skulle gärna…

Hanne blev förvånad när han använde hennes förnamn. Och överraskande nog kände hon sig smickrad.

– Min uppgift är förstås först och främst att leda kriminalavdelningen till bästa möjliga effektivitet och största möjliga trivsel bland dom anställda.

Det verkade som om han satte igång en inlärd ramsa. Sedan sprack ansiktet upp medan han slog ut med armarna och roat skakade på huvudet.

– Men om mitt ringa… mediatycke kan bidra till att öka förståelsen för nödvändigheten av större anslag och bättre arbetsförhållanden för polisen så finner jag det högst lämpligt att använda mej av det. Och vad vi *inte* behöver just nu är att gå vilse i det här fallet. Jag hoppas du förstår vad jag säger.

Hanne svarade inte men kände ett vagt obehag av hans blick, kyligare nu.

– Läser du tidningarna nu för tiden, frågade han.

– Nej. Faktiskt inte. Jag bläddrar igenom Aftenposten varje morgon, men tabloiderna orkar jag inte med för närvarande.

Hon tittade på klockan och trodde att hon var diskret.

– Fortsätt med det, sa han och kastade en blick på sitt eget armbandsur. Jag ska inte uppehålla dej längre. Du antar att det här kommer att ta tid, alltså. Lång tid. Men om du… Om du skulle tippa… Vem tror du gjorde det?

– Jag tippar aldrig, sa Hanne. Åtminstone inte i mina egna fall.

– Kom igen, då, insisterade han nästan retsamt nu. Bara oss emellan.

– Kommer inte på fråga.

Hon reste sig.

– Men vi får innerligen hoppas att det var en av dom tre. För om inte, så förstår inte jag hur det här fallet ska lösas. Kan jag gå nu?

Han nickade.

– Bara en fråga till, sa han när hon nästan var vid dörren. På mötet i fredags verkade du vara den enda som brydde dej om den här Sidensvans. Jag fattade inte riktigt varför. Kan du förklara det för mej?

Hanne stannade, vände sig halvvägs mot honom igen och drog sig frånvarande i örsnibben.

– Som alla andra här i Huset, sa hon långsamt, tar jag det för mest sannolikt att en familjemedlem står bakom dom här morden. Men inte nödvändigtvis alla tre. Och som i alla andra mordfall så gäller det att hitta det egentliga motivet för gärningen. Hittar vi det så hittar vi gärningsmannen.

– Eller kvinnan, sa Puntvold.

– Eller kvinnan. Det formligen dräller av motiv för Carl-Christians vidkommande men jag har jobbat tillräckligt länge för att veta att det finns… I alla familjer finns det dolda hemligheter. Alltid. Jag försöker bara att inte bli blockerad av det uppenbara. Och jag vill… Jag *vill* veta vad Sidensvans gjorde på Eckersbergs gate i torsdags kväll. Bara så kan bilden av brottet bli komplett och motivet möjligt att hitta.

Kriminalchefen skrattade högt och slog långsamt händerna mot varandra.

– Du är ännu bättre än dom säger, log han. Gå nu. Tack för att du kom!

– Ingen orsak, mumlade hon förläget och gick.

Silje Sørensen gäspade högt och länge. Tårarna sprutade och hon torkade dem med ett ursäktande leende innan hon återigen försökte koncentrera sig på papprena.

– Min pojke sover så dåligt nu för tiden, förklarade hon medan hon läste. Astma. I natt blev det nödvändigt med ångtält och allt. Det är den här kylan…

– Mmm…

Polisjurist Annmari Skar kammade det gråsprängda håret med fingrarna och skakade på huvudet.

– Egentligen är det konstigt att ingen har sett något, sa hon utan att lyfta blicken. Vi har fått in hundratals tips i fallet men inget av dom, inte *ett*…

Hon bläddrade snabbt och höll fram ett papper på rak arm.

– Jag måste skaffa glasögon, mumlade hon. Armarna räcker inte till längre. Inte ett av tipsen handlar om vilka som kom och gick på Eckersbergs gate fem. Högst märkligt.

– Inte nödvändigtvis, sa Silje och gäspade igen. I en stad lägger vi märke till så lite. Vi bryr oss inte, vi har inte ögonen med oss. Vi får vår nyfikenhet på andras liv och olyckor tillfredsställd genom att läsa Se & Hør och kvällstidningarna. Det är precis som… Det verkar nästan som om intimitetsterrorismen mot kändisar har gjort oss mindre uppmärksamma på den egna omgivningen. Det var så klart otur att gatans skvallerkärring var på bingo just den kvällen. Hon vann förresten två kilo kaffe och ett presentkort på Glasmagasinet. Störtlycklig.

Hon log snabbt och tillfogade:

– Sånt går man omkring och minns. Herregud.

– Det är just det som är problemet, sa Annmari frustrerat. I ett fall som det här dränks vi av fakta som är totalt irrelevanta. Det blir som ett pussel med alldeles för många bitar. Omöjligt att lägga.

– Svårt i varje fall.

Ett stearinljus fräste till i en röd trästake på den smala fönsterkarmen. Det höll på att brinna ner. Mörkret hade redan sänkt sig över Oslo. Fönsterrutorna speglade det fladdrande ljuset. Plötsligt fattade manschetten eld. Järnek av papper och röda pappbär flammade upp. Silje grep en halvfull tekopp och slängde vätskan över det lilla bålet som redan hade satt sotmärken på glaset.

– Det skulle ha sett ut det, sa Annmari Skar förskräckt och tittade på tefläcken som kröp nerför väggen under fönstret. Polisjurist tänder eld på Polishuset i ett anfall av julstämning. Tack.

– Såna där manschetter är livsfarliga, sa Silje och försökte torka bort det värsta med en servett.

– Jag vet väl det. Jag städar upp sen. Hur fick du tag i det här? Hon viftade med ett pappersark.

– Prebens änka, Jennifer. Hon kom hem från London med barnen i lördags och meddelade att det hade lämnats in ett testamente till domstolen. Hon och ungarna hade varit och julhandlat. De var alltså bortresta vid mordtillfället. Hon är helt förkrossad. Inte så konstigt alls. Det är en sak att bli änka med tre småbarn på ett dramatiskt sätt. En annan sak... Erik Henriksen besökte henne i går. Hon är ganska... gammaldags. Det var det uttrycket han använde. En hemmets kvinna, var det inte det man brukade säga? Förr i tiden?

– Något sånt.

– Hon har ingen annan utbildning än det som motsvarar studenten och något som Erik förstod måste vara en slags flickskola för bättre folks barn. Lite konsthistoria och matlagning. Konsten att duka ett vackert bord. Överhuvudtaget mycket konst. Hon är ju från Australien, som du minns, från en högborgerlig men inte speciellt rik familj. Jennifer är nog en sån kvinna som killar i big business ofta väljer.

– Ja, det vet väl du en del om, log Annmari. Såna som din mamma, alltså.

Silje låtsades inte höra.

– Jennifer Calvin Stahlberg kunde haft "mamma" som yrkestitel. Hon samlade ihop sej ordentligt när den äldste pojken dök upp, berättade Erik. Tioåringen skulle egentligen ha varit hos en kamrat och hans familj medan mamman förhördes men han rymde hem igen. Jennifer verkade lugn, rationell och tog bra hand om grabben innan hon ringde till kamratens mamma och fick honom tillbaka dit. Då bröt hon ihop totalt. Hon talar inte norska. Hon har inga egentliga vänner i Norge, bara bekanta som hon har fått genom att representera med mannen och så föräldrar till barnens skolkamrater. Hon har egentligen ingenting här i landet. Men samtidigt är det femton år sen hon flyttade från Australien, hon och Preben träffades i Singapore, och bägge föräldrarna är döda. Inga syskon.

– Men nu har hon alltså en hel hög med pengar, sa Annmari och granskade kopian av det handskrivna dokumentet. Det luktar ganska bränt här. Ska vi öppna?

Utan att vänta på svar ställde hon fönstret på glänt.

– Det är ju inte direkt hon som får pengarna, rättade Silje. Men jag visste inte att det där var lagligt.

– Vadå? Att göra sina barn arvlösa?

– Ja.

– Vi vanliga dödliga kan inte göra det heller, sa Annmari. Enligt lagen ska en del gå till bröstarvingarna. Två tredjedelar av det samlade dödsboet.

– Just det!

– Men bara till en viss gräns. En miljon, om jag inte tar fel. Så för er med pengar är det bara fråga om *peanuts*. Ni kan helt enkelt bestämma att era barn avfärdas med småpengar.

Draget från fönstret var obehagligt. Silje stängde utan att fråga.

Försiktigt la hon kopian av testamentet framför sig.

– Det är egentligen inte Jennifer som är arvtagare. Det är hennes äldste son. Carl-Christian får bara det han har rätt till. Hermine får inlösta aktier till ett värde av fem miljoner. Resten, hela rederiet alltså, alla egendomar, bilar och inventarier går till äldste sonsonen med undantag för en del småsaker till hans syskon. Och den gode Hermann har verkligen varit framsynt. Om Preben hade varit i livet vid föräldrarnas bortgång skulle han ha fått allt. Om han var död skulle boet avsättas i en slags fond med en förvaltare som skulle ta hand om det hela tills pojken…

– Vad heter han?

– Hermann. Förstås. Preben måste ha varit ganska så framsynt också han. När pojken föddes hade han inte talat med sin far på många år. Ändå använde han det äldsta tricket av alla. Namnet. I alla fall, pojken ska överta det hela på tjugofemårsdagen under vissa förutsättningar.

– Som vad då?

– Som att han måste ha tagit en ekonomisk examen motsvarande civilekonom eller högre. Att han har en felfri vandel. Och… att han inte har gift sej och inte fått barn.

– Inte fått barn? Det kan i alla fall inte vara lagligt! Snacka om att styra familjen efter döden.

Fönstret gick upp av sig själv och släppte in ett isande drag i rummet.

– Det har slagit sej, sa Annmari och försökte stänga det igen. Det är nästan omöjligt att stänga.

Silje drog yllekoftan tätare om kroppen.

– Den mannen har regerat familjen i alla år, sa hon och rös. Han har tydligen inte tänkt ge sej i första taget…

– Så Carl-Christian har faktiskt inget att vinna på morden, sa Annmari långsamt. Inte tillstymmelse till motiv.

De blev sittande och såg varandra i ögonen en lång stund. Silje la märke till att Annmari egentligen hade gröna ögon med bruna fläckar.

– Om han visste det, sa hon till slut. Det är inte säkert. Testamentet är undertecknat för mindre än fyra månader sen. Pappa och yngste sonen har knappt pratat med varann sen dess.

– Men Jennifer visste det, sa Annmari utan att släppa Siljes blick. Jennifer kände till testamentet till sonens fördel.

Silje skakade ihärdigt på huvudet.

– Nej, Annmari. Det kan inte vara hon. Hon var bortrest. Med tre barn.

– Det finns yrkesmördare. Även här i Norge.

– Herregud, Annmari!

Silje slog sig för pannan och himlade med ögonen.

– Hon känner ingen! Hon kan inte språket. Hon har inget umgänge. Hon…

– Hon är väl ingen idiot, avbröt Annmari otåligt. Människan kan ha skaffat hjälp utomlands för allt vad jag vet.

– Och så skulle hon ha beställt någon för att ta livet av både sin äkta man och svärföräldrarna – barnens far och farföräldrar! Det finns ingenting, absolut *ingenting*, som tyder på några konflikter utöver det vardagliga mellan Jennifer och Preben. Ingen otrohet, inget bråk om pengar, inget…

– Vi har jobbat med det här fallet i fyra dar, Silje. Fyra dar. Vi vet ungefär *nada* om den där familjen.

– Nada! Kallar du det här nada?

Silje slog handflatan hårt på de tre höga dokumentbuntarna

på bordsskivan mellan dem. Den översta välte och en ringpärm och fyra innehållsrika mappar föll till golvet.

– Ursäkta, fräste hon. Men det får finnas gränser. Det kan inte vara så att om ens närmaste faller offer för ett brott så ska man genast dras in i den virvelvind av misstankar och frågetecken som vi blåser upp.

– Problemet är väl snarast det motsatta, sa Annmari lugnt. Jag håller med Hanne Wilhelmsen. Vi låser oss för mycket. Vi opererar med för få misstänkta. Ofta, i alla fall. Tycker inte du det?

Rösten var lugn, utan spår av sarkasm. Ändå kände sig Silje provocerad. Hon förstod inte det plötsliga raseri hon kände på Jennifer Calvin Stahlbergs vägnar. Silje hade inte ens träffat henne. Visserligen hade Erik verkat ovanligt starkt berörd efter besöket dagen innan och rent objektivt fanns det all anledning att känna stor sympati för trebarnsmamman som nu var ensam i ett främmande land. Ändå var Jennifer bara en av många som var inblandade i Oslopolisens mest spektakulära mordfall i mannaminne. Kanske var det sårbarheten i modersrollen som Silje identifierade sig med. Kanske kände hon empati för Jennifer, att vara utanför och ensam, nästan utan språk i en situation som knappt någon av dem kunde förstå.

– Det är det här du egentligen är förbannad på, eller hur?

Annmari höll upp gårdagens VG och Dagbladet i ansiktshöjd. Norges största tidning täckte hela förstasidan med Jennifer och barnen på väg genom tullen på Gardermoen. Kvinnan stirrade med röda, uppspärrade fotoblixtögon. En pojke med mörkt hår log svagt mot fotografen, medan den minsta, en flicka som klamrade sig till mammans hand, såg ut att storgråta. Det mellersta barnet var nästan helt dolt bakom modern, bara en kritvit joggingsko med oknutna snören stack fram under ett mörkblått byxben.

– Kanske det, sa Silje och suckade nästan ohörbart. Jag blir väldigt upprörd. Varför gör dom så där? Varför tillåter vi sånt? Jag menar, det är fråga om tre *barn*! Dom har precis förlorat sin pappa och så... Jag begriper det faktiskt inte. Hur gör dom det?

– Den nya säkerhetspolisen, sa Hanne Wilhelmsen och log torrt från dörröppningen. POT blev PST, och PST är försedda med munkavle och under kontroll. Den fjärde statsmakten har tagit över. Dom skyr ingenting. För dom gäller inga regler. Dom har olagliga arkiv, dom mutar, övertalar, pressar och tränger sej på sina källor. Dom skriker, sparkar och vrålar bara någon nämner ordet kontroll. Dom förvaltar ju tryckfriheten minsann! Varje gång dom gör bort sej kör dom en liten debatt för syns skull i sina branschtidningar och kallar det självkritik. Sen är det bara att fortsätta.

– Hej, sa Annmari.

– Hej, har ni haft en brasa här inne, eller?

Hanne sniffade i luften och rynkade pannan.

– Nästan. En liten olycka bara.

– Får ni ut något av testamentet?

Hanne kikade intresserat på plastmappen som låg överst på bunten närmast henne och fortsatte:

– Jag hörde att gamle Hermann själv har hållit i pennan. Stämmer det?

– Ser så ut, bekräftade Annmari. Ganska konstigt, egentligen. Han har alltid haft en skock advokater omkring sej på jobbet och i samband med familjekrisen. Men testamentet skriver han själv... Alla formella krav är uppfyllda, i alla fall så långt som jag är i stånd att bedöma. Vittnena är helt okända för mej, men om dom verkligen var närvarande när Hermann och Turid undertecknade det här... Då är allt i sin ordning. Men det blir väl bråk i alla fall.

– Bråk? Är inte såna testamenten bara en fråga om formen?

– Inte bara. Här ställs några underliga krav. Med så stora vär-

128

den och så kontroversiellt innehåll blir säkert det här testamentet bestridet. Det är verkligen tur att man är fattig!

Återigen kände Silje den där främmande irritationen.

Egentligen tyckte hon om Annmari Skar. Polisjuristen var hederlig och rejäl och hade varit tillräckligt länge inom polisen för att inte göra någon stor sak av att hon som jurist var överordnad tjänstemännen. Annmari var dessutom en av de få som inte verkade vara speciellt imponerad av Hanne Wilhelmsen. När hon hörde de unga aspiranternas lyriska prat om kommissarien ryckte hon likgiltigt på axlarna. Baktaleriet från de äldre i kåren vägrade hon att lyssna på men utan att göra något större väsen av det. Hon reste sig bara och gick. Annmari Skar var duktig utan att briljera, hon var tillgänglig, öppen och numera bland de mest erfarna juristerna i Huset. Hon var vice ordförande i facket, backade aldrig för nödvändiga konflikter och var respekterad överlag i det stora bågformade huset på Grønlandsleiret 44.

Men hon verkade ha hängt upp sig på pengar.

Det var sällan hon lät en chans gå ifrån sig att antyda något om Siljes ekonomi. Som regel var kommentarerna sarkastiska, nästan alltid sårande. Efter att Hanne Wilhelmsen hade blivit Frognerbo hade också hon blivit föremål för de evinnerliga spydigheterna, utan att hon tycktes lägga märke till det. Men Hanne Wilhelmsen verkade knappt lägga märke till något alls.

Silje hade däremot fått nog.

– Kan du sluta med det där!

Hon fräste och kände blodet stiga mot huvudet.

– Va?

Annmari verkade som fallen från skyarna.

– Vad i all världen menar du?

– *Det är verkligen tur att man är fattig.*

Silje härmade henne överdrivet och fortsatte utbrottet.

– Jag är så trött på ditt eviga skitsnack när det gäller mina pengar. För det första är det fråga om hederliga pengar. Dessutom använder jag inte särskilt mycket av dom. Jag bor bra, visst, men *jag kan väl för fan inte hjälpa att min pappa är rik och givmild!* Han är en framgångsrik, lyckad och kärleksfull far som jag absolut inte tänker skämmas för. I alla fall inte för att *du vill det*.

Hon slog sig på låret. För hårt, det sved intensivt.

– Aj, sa hon automatiskt.

Hanne harklade sig och spärrade upp ögonen.

– Du har mer temperament än jag trodde.

– Och du, fräste Silje i hennes riktning. Du ska bara hålla käften. Du går omkring och låtsas som du inte ens äger spikarna i väggen. Men jag har sett deklarationen för din professorsdam. Du snobbar neråt, Hanne. Se bara på dej själv!

Två blickar vilade på Hanne. Hon kikade neröver sin egen kropp. Collegetröjan med NYU på bröstet var urtvättad. En klorfläck lyste vit i det ljusblå på vänster axel. Jeansen satt för trångt och var trådslitna på knäna.

– Okej, sa hon beklämd. Men titta på dom här!

Hon lyfte ena benet. Hennes boots var i djupbrunt mönstrat skinn. Tå och häl var metallförstärkta.

– Äkta silver, förklarade hon och klapprade på golvet. Inte billigt.

Annmari började skratta. Silje försökte stå emot men munnen drogs uppåt i ett ofrivilligt leende.

– Jag ber verkligen om förlåtelse, sa Annmari uppriktigt. Jag hade ingen aning om att jag höll på så. Det har inte varit meningen. Jag ska tänka mig för. Jag lovar.

Silje hade tappat geisten. Hon visste att elaka tungor kallade henne lill-Hanne när hon var utom hörhåll. Hittills hade hon tagit det som en komplimang men det slog henne att öknamnet kanske inte hade så mycket med skicklighet att göra. Onödiga utbrott om bagatellartade gliringar skulle antagligen bara vara vatten på kvarnen om Annmari var en av baktalarna. Det var hon troligen inte, tröstade sig Silje med.

– Det är jag som ska be om förlåtelse, sa hon trumpet. Men jag blir lite upprörd ibland.

– Hur många gånger måste jag säga att du inte ska bry dej om vad folk säger, sa Hanne och klappade henne moderligt på huvudet.

Silje vred sig undan, en aning för snabbt. Hanne ryckte på axlarna.

– Dessutom borde ingen missunna dej pengarna. Din pappa däremot...

Hon fångade Siljes blick och höll den fast.

– Din pappa, han låter avundsvärd. Du har haft tur.

Sedan vände hon och försvann. Annmari och Silje satt tysta kvar. Hannes klackar försvann, klicketiklack, bort genom korridoren. Långt borta hörde de en julsång, skärande falskt. Någon ropade och fick ett skratt till svar.

– Du har faktiskt tur, sa Annmari lågmält. Hanne tycker verkligen om dej.

Ute föll fortfarande snön. Det skulle bli en gammaldags vit jul.

Billy T. hade inte sökt upp Ronny Berntsen på flera år. Nu stod han utanför Ronnys lägenhet på Urtegata och undrade varför. Ronny var ingen tjallare. Han hade visserligen hjälpt Billy T. med värdefull information och smarta idéer i några fall. Det var ändå aldrig för egen vinning. Ronny höll tyst om sitt och de sina och sa dessutom aldrig någonting om saker som han ansåg sig inte ha med att göra. Inte ens när han uppenbarligen hade något att vinna på det.

Ronny hade sin moral. Den var kanske inte helt i överensstämmelse med de tio budorden, eftersom han hade gjort det till sitt levebröd att bryta mot det sjunde och nionde, roade sig glatt med att överträda det sjätte och i stort sett ge fan i resten. Men Ronny hade ändå sina levnadsregler. En av dem var att aldrig tjalla på någon som inte gjort sig förtjänt av det. Vem som kom i åtnjutande av den inställningen tog han ställning till vartefter.

Huset var ett av dem som hade undgått alla försök till upprustning av innerstaden. Fasaden var nednött. Det var omöjligt att se vilken färg huset egentligen hade, putsen här och där på väggarna gav ett smutsigt, grått helhetsintryck. Listerna hade för länge sedan ramlat ner. Fönstren måste vara från trettiotalet, skeva och väderbitna. Billy T. log för sig själv när han gick in genom portvalvet som stank av sopor och kattpiss. Medan elva av lägenheterna i trevåningshuset var nedslitna förvaringsplatser för narkomaner och annat löst folk så var Ronnys lägenhet en oas av dämpade färger och dyra, designade möbler.

– Hallå, sa Ronny med dörren på glänt.

Han var nästan lika lång som Billy T. och hade paradoxalt nog tagit mycket bättre vara på sig. Hyn var solbränd, kontrasten gjorde tänderna kritvita när han sken upp mot polismannen.

– Jobb eller privat, frågade han och drog igen dörren till en springa.

– Lite av varje, sa Billy T. Bägge delar.

– Ingen husundersökning?

– Nix, ska bara snacka lite.

Dörren öppnades helt. Ljuset inifrån flödade ut i den skumma trappuppgången där glödlampan i en ensam hållare var trasig. Billy T. kisade och följde efter Ronny in i ett stort rum. Ett kolossalt fruktfat på bordet rann nästan över av tropiska frukter. Billy T. sjönk ner i en stor soffa, skavde av sig skorna och la upp fötterna. Toppen på en ananas kittlade honom genom sockorna.

– Fint här, sa han.

– Nu ser du för jävlig ut, Billy T. Har du slutat att träna helt, eller?

Utan att vänta på svar gick Ronny ut i köket. Billy T. hörde ljudet av något som hälldes upp i ett glas. Han blundade. Soffkuddarna var mjuka. Jenny var som vanligt småkrasslig och hade hållit dem vakna halva natten. Han hade ännu inte köpt julklappar. Lönekontot var så gott som tomt. Hans mamma hade ringt honom på mobilen två gånger i rad om precis samma sak. Hon skulle tillbringa julen hos dottern men det verkade som om hon trodde att alla skulle vara samlade. Tecknen på begynnande senilitet var för tydliga för att bortse från nu, men han hade inte ork att ta itu med det. Systern var sur för att han undvek ämnet. Tone-Marit, Jennys mamma, var sur för att de inte hade pengar. Alla var skitsura. Hanne var sur och konstig. Billy T. var outsägligt sömnig. Armarna kändes så tunga att han inte ens orkade se på klockan. Han hade ont om tid. Alltid ont om tid och alla kvinnorna stod omkring honom och tjatade. Hanne hade blåa änglavingar och flög mot taket i en stor katedral. Ljuset från glaskupolen var överväldigande och Hanne blev en fågel med människohuvud som bar hans mamma i ett rosa skynke. Plötsligt släppte hon taget. Billy T. försökte springa för att fånga henne i fallet men stod fast i en åker med köttätande plantor som slingrade sig kring hans ben. De sög sig fast och hotade att dra ner honom i en myr full av barnlik.

– Hej!

Billy T. spratt till. Han reste sig tvärt upp och drog med sig ananasen när han raskt satte fötterna i golvet.

– Du somnade ta mej fan! Är du sjuk, Billy T.?

– Bara trött…

– Här. Drick det här.

Ronny ställde ett högt glas med en rödaktig vätska på glasbordet. Billy T. granskade det, halvt förvirrat, halvt skeptiskt, utan att göra tecken på att vilja dricka.

– Lägg av. Ingen sprit. Inte något annat skit heller. Bara frukt.

Grejer som du mår bra av, min vän. Drick.

Sakta lyfte Billy T. glaset till munnen. Han drack allt i ett drag och pressade fram ett leende till tack.

– Jag är ledsen, sa han. Jag är så jävla trött nu för tiden. Mycket att göra på jobbet och med ungen och…

– Och julafton i morrn och inga stålar, flinade Ronny. Jag förstår. Är det dom stora morden på Frogner som du jobbar med?

– Bland annat.

– Det måste väl vara ganska enkelt.

Ronny flätade fingrarna bakom nacken.

– Det går en jävla massa rykten i pundarkretsarna.

– Jag vet det.

– Var det därför du kom?

– Tja. Det också.

– Jag kan inte hjälpa dej något särskilt. Bara en massa rykten. Bortsett från… Men det utgår jag ifrån att du redan vet.

– Vadå?

Billy T. kände sig faktiskt mycket mer vaken. Det stack lätt i huden och han lyfte höger hand och granskade den. Blodådrorna på handryggen var tydliga, han kunde formligen se blodet strömma fortare. Huvudet kändes lätt.

– Var det något i drinken, frågade han utan att lyfta blicken.

– Juice, Billy T. Saft från frukt. Och en grönsak. Det är bara ditt blodsocker som går upp.

– Vad är det vi redan vet, återtog Billy T.

– Om den där bruden Hermine.

– Ja, Ronny. Vi vet att det finns en Hermine Stahlberg.

– Inte helt respektabel. Men det vet ni väl.

– Mmm.

Stahlbergfallet hade blivit ett monster. De var tjugotre spanare nu, bara på den taktiska sidan. Dessutom tillkom de tekniska experterna, från vapenkunniga till rättsmedicinare och brottsplatsundersökare. Dokumenten i fallet fyllde redan flera hyllmeter. Över åttio personer hade förhörts, lägenheten på Eckersbergs gate var synad i alla vrår, offrens historia hade man försökt sammanställa till heltäckande bilder som fortfarande låg hopplöst ofärdiga med gapande hål. Stahlbergfallet var ett konglomerat av upplysningar och profiler, teorier och fakta. Billy T. mäktade inte att hålla steg med allt som kom in, dokument och förhör, anonyma tips och mer eller mindre realistiska hypoteser. På de många mötena som hölls i ett försök att försäkra sig om att så många som möjligt blev så bra uppdaterade som möjligt, hade han motsträvigt tvingats erkänna att han blev mindre och mindre talträngd. Han låg hela tiden efter men visste i alla fall vem Hermine var.

Ronny höjde pannan och log snett.

– Hon har vart i farten, förstår du. Så nu går alla omkring och skryter med att dom känner henne och att dom... Folk snackar ju inte om annat än ditt det där fallet.

– Vi har märkt det ja. Tror du att det ligger något i allt det där snacket?

– Tja. Knappast. Du känner ju buset, Billy T. Nästan lika bra som jag.

Det var inte längre sant, men Billy T. nickade instämmande.

– Folk gör sej så förbannat märkvärdiga, sa Ronny. Mycket snack om vapenhandel och skit. Och det kan det ju ligga något i. Vapen är lättare att få tag i än knark nu för tiden. Dom där juggarna till exempel, dom har fan ta mej lättare tillgång till puffror än vad ni har.

– Det ska inte så mycket till...

– Där ligger ni i lä. Gör vad fan ni kan för att stoppa knarkströmmen med jyckar och tullare och spaning och efterforskning och internationellt samarbete. Inte för att det hjälper ett jävla dugg, men resurser saknas tydligen inte. Killar som drar norrut från Balkan med karosseriet fullt av vapen och kärringar och ungar som kamouflage, dom får ni ändå inte ögonen på. Det hade tagit mej en halvtimme, Billy T. En halvtimme! Säg mej vilket vapen du vill ha och jag kan skaffa det på trettio minuter. Den här stan svämmar snart över av skjutjärn. Titta här!

Han böjde sig ner och drog fram en tidning från hyllan under bordet. Den var uppslagen på en artikel om vapenbeslag i huvudstaden. Bilden visade en bekymrad kriminalchef Jens Puntvold som med handen öppen visade på en enorm samling skjutvapen.

– Det är deras fångst bara under loppet av tjugofyra månader, sa Ronny. Ska du ha ett skjutvapen i den här stan så är det ju bara att förse sej hos er.

– Du skulle varit polis du, Ronny. Då hade det blivit drag under galoscherna.

Ronny brydde sig inte om ironin. I stället log han, ett nytt och annorlunda leende.

– Så som vi egentligen skulle, Billy T. Du och jag. Minns du?

Billy T. vilade blicken på uppslaget i fredagens Aftenposten, lämpligt infällt mitt inne i de fyra helsidorna om morden på Eckersbergs gate.

Naturligtvis mindes han.

Fritidsområdet Kuba om våren. Akerselva med vattenföring högt över alla slippriga bräddar. Två pojkar med snaggad sommarklippning och plåtrevolvrar i cowboybältet på sned över magra höfter. Sheriffstjärnor i flagnad guldfärg. Ronny hade westernhatt med små fransar på brättet; pappan var sjöman och hade äntligen kommit hem. Billy T. hade eksem på ryggen. Det kliade och blev värre av såpfabrikens utsläpp. Han fick inte lov att bada, hans mamma örfilade upp honom om han hoppade i älven, men de badade. De simmade i de starka strömmarna och tog sig genom strömfårorna i Nedre Foss och blev mörbultade mot stenarna medan de nästan skrattade ihjäl sig. Billy T. träffade en and med pil och båge. De stekte den med fjädrarna på över ett otillåtet bål och matade katterna, halvvilda magra djur som glufsade i sig bränt andkött och följde efter dem.

– Vi skulle bli snutar, sa Ronny. Bägge två. Så blev det inte.

– Nej…

Billy T. lät blicken vandra runt i lägenheten. Det fanns knappt ett föremål i rummet som han skulle ha råd att köpa. Till och med frukten i det överdådiga fatet var främmande, långt utanför räckvidden av en polislön med avdrag för fyra utomäktenskapliga barn. Ronny hade tillbringat nio år i fängelse. Sammanlagt, sedan han var nitton. Nu var de medelålders bägge två.

Billy T. la ansiktet i händerna och försökte att andas lugnt.

– Du kom egentligen inte för att fråga om dom där grejerna, sa Ronny.

Jo, tänkte Billy T. svara. Jag kom för att höra vad du vet om ett fall som vi har kört fast i.

Det är ändå inte sant, tänkte han tyst. Jag kom för att påminna mig själv om att du är en outsider utan egentligt värde, Ronny. Jag kom för att försäkra mig om att jag inte vill ha det du har, för du har aldrig gjort någonting av vikt, något nyttigt, något sant och hederligt. Du kunde ha blivit som jag, tänkte han. Du kunde slita från avlöningsdag till avlöningsdag, du kunde studsa som en gummiboll mellan jobb och ungar och svärmor och hopplösa kolleger och ett system som håller på att bryta ihop på grund av sådana som Ronny, sådana som du, Ronny, som har ställt sig vid sidan om alltihop och bara betalar med en och annan volta inom en fångvård som bjuder på utbildning och underhållning, lagad mat och läkarvård om du behöver det.

– Jag måste gå, sa Billy T. utan att röra sig.

– Här, sa Ronny. Billy T. märkte att han la något på bordet framför honom.

– Vad är det?

– Titta då. En present.

Billy T, tog långsamt bort händerna. En liten papperslapp. En V75-kupong.

– Den är oregistrerad, sa Ronny. Jag tippar alltid på oregistrerade kuponger. Det här är helt schysst, Billy T. Kungligt Norskt Tips i Hamar. Från sista loppet. Sju rätt, utbetalning etthundrafemtiotretusenfyrahundratrettiotvå kronor.

– En present, mumlade Billy T. Vad fan menar du med det?

– Ta den. Den är din.

Det var en helt enkel V75-kupong. Värd över hundrafemtiotusen kronor. Julklappar till ungarna. Kanske en semester som inte måste tillbringas i svärföräldrarnas stuga i Kragerø, med storfamilj och för korta sängar. En andningspaus. Näsan över vattenytan. Helt legalt.

– Vittvätt, sa Billy T. och rörde inte lappen. Enklaste sättet att tvätta svarta pengar. Köper en kupong för mer än vinsten.

– Nej. Det där gör vi på Bjerke. Inte med officiella kuponger från Hamar. Det blir för komplicerat. Hur ska vi få kontakt med vinnarna? Det här är helt enkelt min hobby, Billy T. Det är jag som har lämnat in den. Jag garanterar dej, det är en legal vinst. Ta den som ett tack.

– Tack?

Ronny svarade med ett leende.

Billy T. visste vad han menade. Två gånger hade han sett åt ett annat håll. Det var länge sedan nu. Det hade inte varit särskilt allvarligt någon av gångerna. Han hade blundat och låtit Ronny slippa undan, senast för åtta år sedan. Han hade hjälpt Ronny för att han mindes att Ronny var mörkrädd en gång i tiden och dessutom kissade i sängen tills han var ganska stor. Ronny var spinkig som grabb och han var Billy T:s bästa vän tills han rånade en kiosk på hundra kronor när de båda var femton år. Ronny skickades på uppfostringsanstalt och Billy T. skärpte sig. Mamman gav honom husarrest i två månader bara för att ha pratat med Ronny innan han stoppades in i en bil från kommunen och kördes iväg. Sådant pack skulle Billy T. hålla sig borta från och hans mamma stramade åt greppet tills sonen tog studenten. Det var Ronny med stora kvisslor och liten pitt som han hade tänkt på när han lät honom komma undan. Inte solbrända Ronny med en märklig bunker till lyxlägenhet och en Audi TT.

– Du vet att jag inte kan ta emot den där, sa Billy T. medan blodet susade i öronen, han kunde inte släppa den magiska lappen med blicken. Det är rena rama korruptionen.

– Inte alls, sa Ronny bestämt. Jag begär ingenting i gengäld. Det här är bara lite handräckning från en barndomskompis, Billy T. Du löser ut den och ingen kommer att fråga dej om någonting. Skattefritt och lagligt. Och jävligt härligt.

Billy T. kände sig yr. Huvudet var lätt och det flimrade för ögonen när han reste sig och vacklade mot ytterdörren.

– Om du skulle köpa vapen, sa han och märkte att han snörvlade lätt. Om du var en helt vanlig person som skulle skaffa ett illegalt vapen, vad skulle du ha gjort?

– Helt vanlig person?

Ronny lutade sig mot dörrkarmen och räckte honom skorna.

– Du glömde dom här, sa han. Jag har ingen aning om vad vanliga människor gör. Men den där Hermine Stahlberg är inte helt vanlig heller.

Billy T. fumlade med skorna och höll på att tappa balansen.

– Som jag sa, fortsatte Ronny, så drunknar den här stan i vapen. Men om du inte har dom rätta kontakterna och kan nå dom stora grabbarna kan det hända att du får nöja dej med…

Han tänkte sig för.

– Per i Bua. Kommer du ihåg honom? Hade en helt laglig vapenbutik på Vålerenga tills ni satte stopp för affären. Nu håller han mest på i liten skala. Eller Bjørnar Tofte. Jag tror han håller på fortfarande. Han är ju ganska stor. Eller Sølvi. Sølvi Jotun. Hon är nog lättast att få tag i. Men hon är så pass oberäknelig att det kan gå lång tid mellan gångerna när hon faktiskt kan skaffa något.

Billy T. reste sig stelt och strök sig över hjässan. Han kände sig fortfarande underligt lätt i huvudet.

– Sølvi… Hon är ju helt pantad.

– Av och till. En kanontjej. Inte så snygg men står på. Tjänar stålar där dom finns.

Billy T. blev kall. Sedan strömmade värmen ut i armarna och han måste återigen studera sina händer för att kolla att blodet höll sig innanför huden.

Sølvi Jotun var Klutens flickvän. Hade i varje fall varit det, i många år.

– Okej.

Han måste ut. Han måste få luft. Han orkade inte vara här längre, det luktade frukt och parfym om Ronny och Billy T. måste ut.

– Var det något i den där drinken du gav mej, stönade han medan han fumlade med dörrhandtaget. Fan, Ronny, har du gett mej något?

– Inte något farligt. Bara lite uppiggande. Men håll dej borta från kollegerna några timmar. Det är nog bäst.

Rösten var lugn. Mjuk, med ett underliggande skratt. Till slut gick dörren upp.

Billy T. drumlade ner för trapporna. Bakgårdslukten slog surt emot honom, den verkade frisk och hemvan, han öppnade ansiktet mot världen och drog djupt efter andan.

I bröstfickan låg V75-kupongen, prydligt hopvikt. Ronny hade stoppat den där när Billy T. drog på sig skinnjackan.

Sølvi Jotun, tänkte han slött.

Han måste få tag i Sølvi Jotun.

Carl-Christian ångrade bittert att han hade gått med på att hålla familjemötet hemma. Mabelle gick tyst mellan de lågmälda släktingarna och hällde upp kaffe. De var nitton stycken nu och gudarna visste om fler skulle dyka upp.

Mabelle såg strålande ut. Sorgen klädde henne. Vanligtvis gick hon inte i svart som gjorde henne blekare, mer färglös; den ljusa hyn och det blonda håret tålde inte kontrasten mot det helmörka. Nu var hon vacker. Hyn blev nästan kritvit mot tröjan och hon hade håret utslaget, nytvättat, det föll som ett flor över ansiktet varje gång hon böjde sig fram och erbjöd någon av gästerna påtår. Till och med de svaga nästan osynliga blå ringarna under ögonen, som bara försiktigt hade försökts döljas bakom makeupen, verkade passande en dag som denna. Carl-Christian blev märkligt stolt när han såg på henne och råkade höra en kusin som viskade till sin syster:

– Hon verkar helt förkrossad, stackarn. Men du, så snygg!

Ändå ångrade han sig. Här hemma hade han ingen kontroll. Han kunde inte resa sig och gå från sitt eget hem om det blev alltför svårt. Han måste stanna, han måste vänta tills den sista avlägsna släktingen behagade gå. Han ville inte alls ha det här mötet hemma, men Alfred hade insisterat. Lägenheten på Eckersbergs gate var utesluten. Polisen hade förseglat den och dessutom skulle det vara högst opassande, förklarade han och ringde runt till hela familjen och påminde om Carl-Christians adress.

Mabelle försvann ut i köket för att sätta på mer kaffe. En kvinna som Carl-Christian inte ens visste vem det var följde efter henne. Han såg hur hon la handen på Mabelles axel, lätt och tröstande. Det äcklade honom. Han blev illamående av de här människorna, den här familjen, det här sammanfösandet av människor som utan annan anledning än tradition och genetiskt släktskap hade träffats varenda juldag, högtidsklädda och glupska över Hermanns och Tuttas för en gångs skull generösa taffel.

– Det verkar som om alla är här, förklarade Alfred som var ny-duschad med rakvattnet doftande ända bort till Carl-Christian som hade vägrat att sätta sig på farbrorns befallning och stod lutad mot väggen vid badrumsdörren. Undantaget vår kära Hermine, förstås, som vi alla vet är inlagd på sjukhus och förhindrad att komma. Välkomna ska ni i alla fall vara.

Carl-Christian lät blicken löpa över församlingen. Några verkade uppriktigt ledsna medan andra hade kommit av ren nyfikenhet och hade svårt att dölja det. Kusinen som stod avspänd bredvid Carl-Christian och försökte kväva en gäspning, hade uppenbarligen kommit av pliktkänsla. Jennifer Calvin Stahlberg och de tre barnen hade fått en sorts hedersplats på tre stolar bredvid varandra i rummets ena ände. Änkan hade den yngsta i knät. Den lilla flickan höll på att somna med tummen i munnen. På var sida om mamman satt de två pojkarna, allvarliga, utan att gråta. Jennifers ögon var förgråtna och svullna, men hon satt rak i stolen och viskade ömma ord i örat på den lilla.

Alfred föreslog en minuts tystnad till minne av de döda. Ingen protesterade; det var redan tillräckligt tyst.

– När jag velat kalla till det här mötet, sa Alfred efter två minuter, så är det förstås först och främst för att det känns rätt att vara tillsammans efter en så brutal upplevelse som den vi alla nu går igenom. Visserligen var några av oss samlade även i fredags men då var allt rimligtvis så nytt och alla så chockade…

Han harklade sig.

– …att alla inte kunde komma. Men nu…

Han slog ut med handen som om han välsignade dem.

– …är vi alla här. Är det någon som vill säga något?

Ingen svarade. Alfreds systrar, en mager och skraltig, en rund och trind som Alfred, smågrät i sina broderade näsdukar.

– Inte det, sa Alfred utan att dölja sitt missnöje med församlingens passivitet.

Han sörplade i sig lite kaffe.

– Det är inte så mycket att säga om den här tragedin, sa han. Det som har hänt är alldeles förfärligt och övergår allt förstånd. I alla fall mitt.

Han skrattade ett litet skratt som skulle vara självironiskt men missbedömde sin publik. Alla tittade ner.

– Vi måste hålla ihop, la han snabbt till. Vi måste stötta varandra. Vi måste till exempel välja en som ska uttala sej för pressen. Några av er har redan blivit uppsökta av dessa journalister och det har säkert varit obehagligt.

– Jag tycker att det riktigaste måste vara att vi inte uttalar oss överhuvudtaget, avbröt en man i trettioårsåldern. I alla fall inte före begravningen.

Carl-Christian hade alltid gillat sin kusin Andreas. Han hade något av Hermine i sig, något vänligt tillförlitligt; han tog aldrig parti för någon. Det var därför en aning överraskande att han sa emot sin onkel.

– Pressen har varit på oss alla, fortsatte Andreas. Och vi vet vad dom är ute efter. Vilka teorier dom arbetar utifrån.

Carl-Christians kinder brände. Ingen såg åt hans håll. Tvärtemot, intresset för inredning och utsikt var påfallande.

– Jag vill bara säga en sak med detsamma, fortsatte Andreas, han hade rest sig nu och stod med ryggen mot Alfred. Jag tror inte alls på det dom antyder. Jag känner CC mycket väl. Ingen av oss här…

Han fäste blicken på Carl-Christian.

– …ingen av oss tror ett ögonblick på att någon i familjen ligger bakom den här förfärliga gärningen. Men journalister är journalister. Dom lägger orden i munnen på en, särskilt på oss som inte har någon erfarenhet av sånt. Vi bör be dom respektera att vi inte vill säga något förrän vår familj är jordfäst. Sen får vi ta det som det kommer.

Bifallande mummel utbredde sig i rummet. Alfred verkade förnärmad.

– Som jag skulle ha sagt det själv, sa han. Då är vi överens om det. Men det är andra saker på tapeten. Saker som måste ordnas upp. Som ni kanske vet så föreligger det ett testamente.

Carl-Christian slöt ögonen. Sedan Jennifer ringde honom igår efter att polisen hade hämtat dokumentet hos Oslo Skifterett hade han känt sig inslungad i ett kaos av stridiga känslor. Ännu hade han inte sett testamentet rent faktiskt, men redan under loppet av samtalet med svägerskan hade han förstått tillräckligt för att veta att han hade allvarliga ekonomiska problem. Han hade avspisats utan någonting.

Men testamentet kunde också vara en räddning.

Han tjänade ingenting på föräldrarnas död. Han måste hävda att han hade känt till faderns sista vilja under lång tid. Mabelle hade förstått det, hon hade tjatat hela natten. Egentligen visste de ju om det där dokumentet, insisterade hon viskande där de låg och inte kunde sova. De förstod i alla fall att något var i görningen, det var inte alls förvånande att pappan hade tagit ett så dramatiskt steg som att göra honom arvlös med hänsyn till omständigheterna. Och när de hade förstått att något sådant var oundgängligt kunde det omöjligt vara en stor lögn att hävda att de kände till allting. Mabelle var övertygande och CC hade helt enkelt inte något val.

– Och jag känner inte till innehållet i det, sa Alfred. Jennifer här...

Han gjorde en elegant gest i riktning mot änkan.

– ... har tills vidare inte velat delge mej det. Men jag förstår att det ska vara en samling... Jag antar att vi i alla fall...

– Uppriktigt sagt!

Det var Andreas igen. Han rynkade indignerat pannan och slog ut med armarna.

– Det passar sej inte att diskutera arvet före jordfästningen! Håller ni andra inte med om det?

Han såg sig omkring. De andra nickade, några ganska ivrigt. Alfred rodnade djupt och andades stötvis.

– Naturligtvis inte, sa han. Naturligtvis inte. Men det handlar trots allt om en *going concern* och ingen av oss är förtjänt av att det inte blir tillvarataget...

– Rederiet klarar sej, fastslog Andreas snabbt. Det rör sej i alla fall inte om mer än en vecka. Vet ni någonting mer om när vi kan förvänta oss utlämning av li... föräldrarna och din bror?

Han såg välvilligt på Carl-Christian som skakade på huvudet utan att säga något.

– Nähä, sa Andreas. Men det kan väl inte ta all världens tid.

– Jag har ett förslag.

Andreas syster Benedicte reste sig. Hon var knappt tjugofem, med samma blonda småkrulliga hår som brodern. Hon verkade blyg men höjde ändå rösten.

– Jag föreslår att vi väljer Andreas till familjens talesman, sa hon och harklade sig.

Alfred stirrade förvirrat omkring sig. Han gapade, som om han skulle säga något utan att det kom ett ljud över läpparna. En försiktig handklappning kom från köksdörren. Applåden spred sig, till och med Jennifer frigjorde sig från barnet som hade somnat och slog händerna försiktigt mot varandra.

– Då säger vi det, sa Benedicte förnöjt och rodnade.

– Och det första jag bestämmer, övertog brodern, är att det här bara är en träff, inte ett formellt möte. CC och Mabelle har gästfritt tagit emot oss. Det finns kakor och smörgåsar i köket till dom som så önskar. Låt oss tacka dom för det och försöka ha det så trevligt vi kan. Med hänsyn till omständigheterna, Jennifer, om du vill åka hem med detsamma så kör jag dej självfallet. *I' ll drive you home if you wish. Okay?*

Innan Jennifer hann svara ringde Carl-Christians mobiltelefon. Han ursäktade sig mumlande och drog sig tillbaka till sovrummet.

Det var Hermine.

– Har ni snackat om testamentet, snörvlade hon i andra änden.

– Just nu, viskade han tillbaka, han var inte säker på att han hade stängt dörren ordentligt. Men det är bara vi och Jennifer som vet vad det innehåller. Hur... Hur vet du om det här förresten?

– Jag har ett annat, sa hon tonlöst. Jag har ett nyare. Ett helt nytt.

Carl-Christian tryckte fel på knapparna. Ett skärande pip fick honom att tappa mobilen.

– Hallå, fräste han när han till slut fick upp den till örat igen. Hermine, är du där?

– Jag har ett nytt testamente. Jag fick pappa till att skriva ett annat, ett som...

– När? När gjorde du det?

– För tre veckor sen, CC.

Carl-Christian kunde inte så mycket juridik. Men han visste att ett nyare testamente gick före det äldre. Strupen tjocknade. Pulsen slog tungt i öronen.

– Hur...

– Kom hit, CC. Jag är hemma igen.

– Hemma? Du skulle ju inte...

– Jag är hemma. Kom.

Linjen bröts. Carl-Christian satte sig långsamt ner på sängen. Han stirrade på mobiltelefonen som om den var en alldeles ny uppfinning som han inte riktigt visste vad den skulle vara bra för.

– Vem var det?

Mabelle hade kommit in utan ett ljud.

– Hermine, mumlade han. Det var Hermine.

– Vad ville hon?

Han tittade fortfarande förundrat på Nokian.

– Hon har ett nytt testamente, viskade han och såg äntligen upp. Jag har ingen aning om hur hon har fixat det.

Hans ansiktsuttryck var en blandning av förvåning, hopp och ren skräck.

– Är det mer fördelaktigt för dej? För oss?

– Herregud, det var väl också något att tänka på nu. Jag har ingen aning. Hon bad mej komma. Hon är hemma.

– Vi måste åka, sa hon bestämt. Du vet att vi inte tål något sånt. Vi kan vänta, vi kan vänta med det till…

När de åter växlade blickar var de inte säkra på vem som var räddast. Carl-Christian knöt händerna kring sängöverkastet, naglarna skar in i handflatorna.

– Vi måste till Hermine, sa han till slut, rösten gick nästan upp i falsett.

Naturligtvis hittade han ingenting. En dryg timmes arbete i kyla och lätt snöfall hade varit till ingen nytta. Han var säker på att han hade hittat det rätta stället; märkena efter det förra hålet var fortfarande tydliga i isen. När borren äntligen gick igenom hörde han vattnet klucka mörkt mot ishålet. Det stack i huden när han stoppade ner armen.

Han skämdes. Hela idén hade varit idiotisk, från början till slut. För det första hade han konstruerat en misstanke, en oro, kring en person som visserligen hade uppfört sig konstigt, men konstiga människor fanns gott om, det visste väl den gamle mannen själv; han var en av dem. För det andra hade han på förhand ingen aning om hur djupt vattnet var. Han hade inte tagit med sig något att dragga med. Lyckligtvis var turen med honom.

När han låg platt på isen och hade hela armen nere i hålet kunde han precis känna hal, ojämn stenbotten mot fingertopparna. Han undersökte kanske en halv kvadratmeter av sjöbottnen innan han inte klarade mer och måste ge upp.

Den gamle mannen var förargad på sig själv när han väl återvänt hem. Spänningen som hade gripit honom fanns inte och han kände sig för övrigt dålig. En kallfuktig tyngd tryckte mot bröstet och han nös i ett kör. Lyckligtvis var det dagen före julafton och mycket att se på teve. Han gjorde en stor kopp te med honung och satte sig tillrätta för att försöka glömma hela saken.

Febern steg och ute var det svinkallt.

Han reste sig stelt för att lägga mer ved i spisen.

Hermine Stahlberg höll på att nyktra till. Hon försökte förgäves att klamra sig fast i eftermiddagens kick. Det gick inte. Gifterna var snart helt nedbrutna och efterlämnade total förvirring över vad hon skulle ta sig till.

Hon vacklade Bogstadsveien upp och försökte förstå vad som hade hänt.

Först hade hon helt enkelt inte lagt märke till något.

De hade motvilligt låtit henne skrivas ut från sjukhuset. Hon var trots allt en vuxen kvinna och det fanns ingen grund för tvångsinläggning. Läkaren hade halvhjärtat försökt att övertala henne att stanna. Det verkade som om han var mer intresserad av den nära förestående ledigheten. Bara en timme efter att hon hade gått upp ur sängen befann hon sig hos sin fasta leverantör på Majorstua. Affären gick fort. Hon stack direkt hem och var mer noga med dosen den här gången.

Kicken gjorde händerna stadiga. Hon kunde dra ut lådorna i ena köksskåpet och demontera den löst fastskruvade fanerskivan mot hålrummet i väggen bakom. Fotografierna låg på plats och även testamentet. Hon la tillbaka fotona. Testamentet stoppade hon in mellan två praktverk om Egypten i den nedersta bokhyllan. Därefter ringde hon Carl-Christian.

Men han kom ju aldrig. Det tog sådan tid. Hon hade ingen ro utan traskade omkring medan hon oavbrutet kollade tiden.

Det var mattan i salongen som hon först la märke till. Den låg åt fel håll. Hon visste det, en rödvinsfläck som hon alltid dolde under soffan låg nu blottad. Rädslan steg medan hon stod stel och försökte uppfatta andra förändringar. Böckerna i hyllan hade flyttats om. Hon var säker. Ryggarna stod ojämnt, flera av dem utanför hyllkanten.

Carl-Christian, förstås. Hon försökte få ned pulsen i normal takt. Carl-Christian hade ju varit här och hjälpt henne i lördags. Fått iväg henne till sjukhuset. Det måste vara han. Varför han skulle vända på mattan och dra ut böcker visste hon inte, men Carl-Christian var hennes bror och tyckte om henne och var ofarlig för henne.

Sovrummet var kaotiskt. Sängkläder och spyor överallt.

Två tavlor hängde snett.

Hon hade inte rört tavlorna. Hon mindes förresten ingenting. Hon kunde ha fallit, fäktande mot väggen, rasande på Carl-Christian som ville ta henne till sjukhus. Vad visste Hermine, hon kom inte ihåg någonting.

Varför skulle hon ha rört tavlorna?

De hängde inte ens i närheten av sängen. Carl-Christian hade inte sagt något om att hon skulle ha satt sig till motvärn.

Dörren var inte uppbruten men någon hade sökt igenom lägenheten.

Det var då hon bestämde sig för att inte vänta på brodern. Hon slet till sig kappan och stack fötterna i ett par joggingskor som råkade stå där innan hon vacklade ut ur huset. Fem minuter senare befann hon sig på den normalt sett folktätaste affärsgatan på Oslos västkant. Juldekorationerna dränkte Bogstadsveien i ett grällt ljus. Plötsligt stannade hon under en stjärna av grankvistar som hängde snötung från en gammaldags lyktstolpe. Hon var ensam. Det var natten till julafton och inte en människa inom synhåll. Hon visste inte var hon skulle göra av sig.

Det hade hon aldrig vetat, inte sedan hon var en liten flicka och brutalt fått inse att ingen var i stånd att beskydda henne.

Senare hade hon gått dit det lönade sig att gå, där någon var villig att betala med pengar, uppmärksamhet eller ett ögonblicks känsla av att höra till. Ingenting av detta var sant och verkligt, annat än kanske de glimtar av kärlek hon hade funnit hos bröderna, särskilt hos Carl-Christian. Hos andra var uppmärksamhet en bytesvara där Hermine betalade med foglighet, med en småflicksaktig ansvarslöshet som dolde stora hemligheter – ett sött och konstruerat väsen.

Det var därför det hade varit så svårt att ha kontroll. De senaste månaderna, när Hermine för första gången hade handlat utifrån vad hon själv tyckte var rätt och sant, hade totalt tömt henne på krafter.

Allt hon ville var att någon skulle ta hand om henne, trösta henne och försäkra att allt skulle bli bra igen. Hon ville få höra att hon var älskad, att hon var nödvändig för någon.

Äntligen bestämde hon sig för vart hon skulle gå.

Det luktade tobak i köket när Hanne kom hem från polishuset strax före midnatt.

– Hej, sa hon och rynkade på näsan. Har Marry fått lov att röka här inne?

– Ett litet undantag, log Nefis. Hon har jobbat otroligt mycket i dag. Har du sett bordet?

Hanne nickade. Ett vidunderligt julbord var dukat i vardagsrummet. Röd duk, kristall, gröna kvistar arrangerade runt omkring. Förgyllda kandelabrar och servis med tomtemönster.

Över alltihop, från ett slags galler som var fäst i taket, hängde genomskinliga glaskulor med påmålade mönster, tätt, tätt, i alla storlekar.

– Fint, sa hon och log. Du måste ha hjälpt henne. Lite mycket, kanske. Ungarna kommer att älska det.

– Kom, sa Nefis och klappade på stolen bredvid sig. Sätt dej. Haft en jobbig dag?

Hanne kysste henne lätt på pannan och sjönk ner på stolen.

– Gissa. Jag är så trött att jag säkert inte kan sova. Så fin du är.

Nefis hår hängde utslaget över en intensivt röd tröja med V-ringning. Hon verkade nysminkad och doftade fräscht.

– Jag stinker som en häst, sa Hanne och frynte på näsan.

– En söt liten ponny bara, sa Nefis och hällde upp vin från en dammig flaska. Gläder du dej?

– Åt det här?

Hanne såg sig omkring och tvekade.

– Kanske. Lite. Inte mycket.

Det var en lögn och det visste bägge. I den grad Hanne Wilhelmsen överhuvudtaget var i stånd att glädja sig åt någonting alls, så såg hon fram emot julafton. Hon tyckte om att det inte skulle handla om familjeliv. Hon var glad över Nefis iver, över att bordet skulle omges av alla möjliga. Hon kom på sig med att inte ha tänkt på sin pappa på några timmar. Den matta tomma känslan av att något var för sent höll på att lägga sig. Nefis och hon hade valt varandra. Tillsammans valde de Marry. Nefis hade skapat en tillvaro så full av överflöd och generositet att Hanne då och då, någon sällsynt gång, funderade på att lyda hennes uppmaning att sluta hos polisen. Hanne kunde starta en liten detektivbyrå, tjatade Nefis titt som tätt. Med lagom mycket att göra. Ett exklusivt litet kontor med kanske tre medarbetare som inte skulle bry sig om otrogna äkta makar och försvunna medelhavsturister utan koncentrera sig på industri och säkerhet. Hon hade startkapital och hon hade ett namn.

Hanne skulle gå under utanför poliskåren och visste det.

– Jag tror kanske att jag håller på att bli ovän med alla dom andra, sa hon och gäspade. Om det här fallet. Jag har tagit fel förr. Det är precis som om...

– Som om du alltid måste tänka i andra banor än dom andra, fullföljde Nefis. Det är en bra egenskap. Som regel. Världen drivs framåt av människor som tänker annorlunda.

– Det var värst, mumlade Hanne ner i glaset. Jag är ju inte precis någon Semmelweiss.

– Lite grann, sa Nefis. Men då och då tar du naturligtvis fel.

– Nu också, kanske. Allt pekar i alla fall på Carl-Christian Stahlberg eller systern. Eller någon på deras vägnar. Familjen alltså. Jag ska säga dej att...

Ivrigt började hon rada upp indiciekedjans olika element.

– Stopp, sa Nefis och la fingret på Hannes läppar. Nu är du ledig, Hanna. Tänk på något annat.

– Svårt.

– Jag vill ha barn, Hanna.

Hanne la plötsligt märke till att persiljan som skulle föreställa gräs i Marrys stora julkrubba på köksbänken var utbytt mot sönderklippt kräppapper. Hon reste sig och började ordna det lite tätare kring det öppna stallet. Hon plockade upp ett får och bröt benen av det.

– Bättre med papper, sa hon. Persiljan höll på att vissna.

– Hanna...

– Jag vill inte. Inte barn, prata inte om det. När kommer gästerna i morgon?

Hanne kände gråten pressa på. Hon svalde, andades djupt. Inte barn. Det var Cecilie som tjatade om det. Hela tiden. Hanne hade rätt. De skulle inte ha barn för Cecilie gick ju och dog.

– Om jag bara förstod varför, sa Nefis. Du vill aldrig förklara varför. Du bara går din väg. *Låt bli!*

Hanne hade tagit upp Maria och höll på att slita av henne glorian. Hon ryckte till vid Nefis utbrott och satte försiktigt figuren tillbaka på plats.

– Jag är trött, sa hon och tänkte gå.

Nefis spärrade dörren.

– Nej. Du får inte gå. Vi ska prata om det här. Jag vill ha barn, du vill inte. Vi måste ta reda på vem som har dom starkaste bevekgrunderna.

– Bevekelsegrunderna, rättade Hanne. Du borde inte använda ord som du inte är säker på. Bevekelsegrunderna. Mina är starkast.

– Det vet jag ju inte.

Hanne var rädd för barn. Hon måste känna dem väl för att överhuvudtaget prata med dem. Barn var skrämmande, högljudda, krävande, förpliktande människor. Hon hade själv varit barn. Hon hade lagt ner hela sitt vuxna liv på att glömma hur det var och när hon träffade barn blev hon skrämd över allt hon inte ville minnas. Då mindes hon i alla fall.

Hon kom ihåg den stora villan där de bodde. Mamma, pappa, syster, bror. Hanne sladdbarn. Hanne som var rädd för sitt rum. Rädd för hela huset, bortsett från vinden där sakerna efter farföräldrarna fick henne att drömma sig bort, skapa sig ett eget litet hem, i dammet, bland saker som ingen längre behövde eller tänkte på, så som ingen behövde eller tänkte på henne.

Hanne stirrade på Jesusbarnet och kom ihåg nätterna. En natt. Hon hade gått upp till övervåningen tidigt, men inte till sitt rum. Som vanligt smög hon sig upp på vinden. Hon öppnade amerikakofferten och tog ut tygerna som låg där. Hängde dem runt omkring sig från krokar i taket, från snett islagna spikar i bjälkar och stolpar. Vinden blev en teater och hon klädde ut sig. Kanske var hon tio år. Möjligen äldre. Hon spelade pjäser med sig själv i dramatiska huvudroller tills hon somnade. Månen hade just blivit synlig genom takluckan. När hon vaknade var hon stel av köld och det hade blivit ljust. Ingen hade letat efter henne. Ingen hade väckt henne eller burit henne tillbaka till sängen, till täcket, till värmen och kanske satt sig ner hos henne för att hon inte skulle vara så rädd, alltid så väldigt rädd.

Faderns blick över frukostbordet, ointresserad. Likgiltig, och Hanne skulle gå till skolan i samma kläder som hon haft dagen innan, de hon hade sovit i på vinden mellan afrikanska ansiktsmasker och gamla fotoalbum, med en uppstoppad vessla i famnen.

Som vuxen förstod hon att de helt enkelt trodde att hon sov i sitt rum. Antagligen hade de blivit förskräckta om de visste sanningen. Men ingen hade tittat efter.

Ingen hade tagit reda på om hon hade det bra innan de gick till sängs. Hanne gick inte till skolan den dagen. Hon gick till snickaren i grannhuset som kokade gröt till mellanmål och lärde henne använda vinkeljärn. När hon började gråta för att hon måste gå hem var det snickaren som tog henne i famnen och vaggade henne, stora flickan, tills hon hade lugnat sig och fick hjälp med att skriva ett falskt intyg till läraren.

– Jag kan inte få barn, sa Hanne stilla och satte sig.

– Kan du inte? Är du… Vet du det?

– Inte så. Jag har ingen aning om jag är… fruktsam. Tveksamt, i min ålder.

Hon log tafatt.

– Men jag kan inte ta ansvar för barn. Jag vet inte hur en barndom ska vara. Bara hur den inte ska vara.

– Det kan var mer än gott nog. Du är snäll, Hanna, du är…

– Jag är en skadad människa, avbröt Hanne lugnt. Jag har antagligen klarat mej bra, med tanke på omständigheterna. Men jag har tillräckligt med skit inom mej för att vara tvungen att röja upp…

Hon kastade en vaksam blick mot dörren, alltid den där ängslan för att någon skulle få veta, andra än Nefis, att någon skulle få reda på att hon gick till psykolog.

– ...ett helt liv, avslutade hon.

– Ett barn är en välsignelse, sa Nefis. Alltid.

– Kanske för föräldrarna, sa Hanne. Men ett barn skulle inte få det bra hos mej. Inte ens med dej här. Du förstår det här, Nefis. Du känner mej så väl. Du håller egentligen med. Om du tänker efter så ger du mej rätt.

Nefis teg. Innehållet i glaset var orört. Hon höll i foten bara och lät glaset långsamt snurra medan hon betraktade ljuset som skiftade i röda schatteringar över bordsskivan.

– Då lägger jag mej, sa Hanne. Om det är okej för dej. Jag ser i kors.

Nefis svarade inte men blev sittande. Hon hade fortfarande inte rört vinet.

När Hanne vaknade på julafton sov Nefis i gästrummet och flaskan var lika full.

TISDAG 24 DECEMBER

OSLO VAR TÄCKT av ovanliga mängder snö. Plogvallarna var på många ställen flera meter höga. Allt lät dämpat där ute. Fönstret i Hanne Wilhelmsens arbetsrum stod på glänt men inte ens ljudet från långtradare på Schweigaardsgate nådde riktigt fram till höjden där Polishuset krökte sig i en båge mellan en kyrka och ett gammalt fängelse.

Hanne stod vid fönstret och kände det kalla draget mot ansiktet. Det luktade rått av vinter och på den stora snötäckta planen framför fängelset lekte tre invandrarungar med en sparkstötting. Den lät sig knappt rubbas. En grabb i tioårsåldern försökte skjuta den framåt med ett stadigt grepp om medarna som om han körde skottkärra. Till slut förstod den minsta, en flicka att döma av den rosa overallen, att de måste ut i allén ned från fängelset. Hanne blundade när barnen i våldsam fart susade mot Grønlandsleiret. En lastbil tvärbromsade och slirade in i en parkerad Volvo. Ungarna var oskadda. En målad polisbil stannade. Polismännen hade fullt sjå med att dämpa den ilskna chauffören. Ungarna stack iväg så fort poliserna vände ryggen till. De skrattade och tjöt. Sparken blev liggande omkullvält mitt på vägen.

Hanne stängde fönstret.

Hon tog fram sin fars dödsannons ur plånboken. Det gamla agget, den ofrivilliga sorgblandade ilskan, grep henne på nytt. Lappen hade börjat bli smutsig och höll på att gå i bitar. Hon borde få den inplastad innan det var för sent. Hannes omvända medlemskort hade blivit något som fick henne att minnas, efter alla dessa år med ihärdig, ståndaktig glömska.

Allra bäst mindes hon julen när hon var tolv år. Bägge syskonen studerade borta. Hanne hade på sätt och vis glatt sig åt att de kom hem. Mamman blev gladare då. Mamman var nästan osynlig i Hannes minnen från den tiden, hon jobbade sent och var alltid trött. Villan var så tyst, så ofattbart tyst. Det var på den tiden då pappan hade gjort sig av med teven. Mamman hade, för en gångs skull utan att fråga sin man, köpt en färgteve. Hanne var djupt fascinerad. För fascinerad tyckte pappan: Teve var fördummande, särskilt i dessa nymodiga färger, och dessutom stal den värdefull tid. Apparaten såldes till en kollega och tystnaden i villan blev nästan outhärdlig.

Snart var det jul.

Hanne önskade sig en verktygslåda. Med innehåll. På väggen över sängen hängde önskelistan. Ett par gånger hade hon funderat på att sätta upp den i köket för att vara säker på att föräldrarna fick syn på den. Någonting hindrade henne, en vag känsla av att de skulle bli förargade över fräckheten. Hon ville ha hammare och hyvel, skruvmejsel och syl. Hanne önskade sig så väldigt mycket sina egna verktyg för tredje året i rad och när julen närmade sig började hon tro att hon skulle få sin önskan uppfylld den här gången.

Hon fick en skinninbunden upplaga av "Snorre", ett nytt nattlinne och en parfymflaska som föll i golvet och gick sönder när hon öppnade paketet. Ingen noterade att hon återigen sov på vinden och ingen la märke till att hon gick över till snickaren i ottan nästa morgon. Där fick hon varm choklad och rejäla smörgåsar och snickarens gamla hyvel med rosa rosett på.

Julen då hon var tolv stank 4711 och under åren som följde brydde hon sig inte om att förvänta sig någonting alls av högtiden.

– Hanne!

Blixtsnabbt stoppade hon tillbaka dödsannonsen och vände sig om.

– Erik, konstaterade hon.

– Har du tid ett ögonblick?

– Visst. Kom in.

Först nu la hon märke till att hon hade gråtit. Snabbt torkade hon ögonen med baksidan av handen.

– Det drar, sa hon och pekade på fönstret. Jag måste stänga. Vad är det?

– Titta här!

Eriks hår stod åt alla håll i pojkaktig kontrast till den stiliga kostymen och den ljusblå stärkta skjortan. Slipsknuten var åtdragen och omedvetet stack han ett finger bakom kragen.

– Jag sitter och går igenom alla papper vi har fått tag i när det gäller dom här tvisterna mellan far och son Stahlberg. Och det är... Usch, vilken familj! Att folk kan... I alla fall, titta här.

Han letade fram ett papper och räckte henne det. Hanne satte sig långsamt ner medan hon läste det.

– Ett maskinskrivet ark, beskrev hon, relativt oförstående. Från Hermann till Carl-Christian så vitt jag kan se. Och det handlar om...

– Om att CC bara ska ta det lugnt. Du ser att brevet är daterat tredje mars tvåtusenett. Inte så länge efter att Preben hade börjat manövrera sej in i familjeföretaget. Pappa försäkrar att yngste sonen självklart ska få det som är hans. Han har varit så duktig så, pojken, jobbat hårt och länge och ingenting ska ändra på det som de så länge har varit överens om när det gäller rederiets framtid.

– Ja...

– Undertecknat av Hermann, men inte med namn, bara som "Din far". Och som du ser nederst...

Hanne förekom honom.

– "Tillstyrkes. Mor." Gammaldags uttryckt, må man säga.

– Jo jo. Vad som är viktigare: Hermann påstod länge att han överhuvudtaget inte kände till det här pappret. Att det är förfalskat!

– Förfalskat?

– Ja. Hermann krävde vid ett tillfälle att brevet skulle undersökas av en skriftexpert. Men då slog Tutta till.

– Va?

– Tutta. Turid. Mamman!

– Ja, jag vet vem hon är, men vad menar du med att hon slog till?

Erik skrattade högt och rufsade sig i håret med bägge händer. Kinderna var lyckligt röda.

– Hon påstod att det var äkta! Hon sa att hon kom ihåg att brevet skrevs och att hon var närvarande när Hermann undertecknade det. Därför drogs hela begäran om grafologisk undersökning tillbaka. Det kan ju hända att orsaken var att det var en aning oklart vilken betydelse det här dokumentet överhuvudtaget har för fallet, det är ju inte något annat än ett lugnande brev men enligt Annmari ska det kunna...

– Vi borde få någon att gå igenom hela komplexet, avbröt Hanne.

– Det är ju det vi håller på med!

– Vi ja. Men det här bör undersökas av en expert på arv, familjerätt, avtal... Jag vet inte vad som ska till. Men det är i alla fall viktigt att få en ordentlig och objektiv bedömning av hur parterna egentligen stod.

– Vem som hade chans att vinna, menar du?

– Det också.

– Du har säkert rätt. Men du har inte hört allt! För några veckor sen måste något ha fått Hermann att ändra sej. Han ville göra ett skriftprov i alla fall. Och resultatet…

Han klappade sig på bröstet och halade fram en liten anteckningsbok från bröstfickan.

– …fick jag i dag. Inte bara Hermanns underskrift är förfalskad. Men även Turids!

Rynkan mellan Hannes ögonbryn blev djupare.

– Ljög hon?

– Tydligen. Hon sa att dokumentet var äkta och att både hon och maken hade skrivit under. Och så är alltihop en förfalskning. Carl-Christian sitter hit upp i skiten!

Han strök pekfingret längs hårfästet.

– Vi vet inte att det är han som har gjort det, sa Hanne.

– Men tänk då, sa Erik och böjde sig fram mot henne. Vem skulle ha intresse av att förfalska ett sånt brev? Ingen annan än CC. Och nu var han på håret att bli avslöjad. Lägger du ihop allt vi har så ser det inte bra ut för den gode Carl-Christian, Hanne. Han har motiv, han har…

– Vapen, sa Silje upphetsat, hon närmast stormade in i rummet. Han har licens för revolver!

– Här går det undan, sa Hanne och strök sig över näsryggen. Spänn av, bägge två. Sätt dej ner, Silje.

Hannes mobiltelefon ringde. Hon kastade en blick på displayen och valde att strunta i den.

– Carl-Christian är medlem av en skytteklubb, sa Silje andfådd. Inte på något sätt aktiv, det verkar som om han närmast fick en sorts barnslig kick för många år sen. Sen tröttnade han. Men han har ett vapen. En tysk Magnum.

– Inte kaliber .357, sa Erik med oförställt hopp i rösten.

– Jo.

– Jävlar…

– Vi bara måste gripa killen. Om inte annat så för att kunna husundersöka…

160

– Har du pratat med Annmari, eller…

– Det sitter tre jurister hos polismästaren nu, och dom…

– Fan, Silje! Det här är helt…

De två yngre poliserna pratade i munnen på varandra. Hanne lutade sig tillbaka i skrivbordsstolen. Det knakade i korsryggen. Hon masserade sig själv i nacken. Hon förundrades över hur ivriga kollegerna kunde bli. Hur personligt de tycktes involvera sig, hur ett nytt spår i en redan bestämd riktning var en triumf.

För Hanne Wilhelmsen var polisyrket egentligen ganska tråkigt. Hon tyckte om sitt jobb, hon fann det meningsfullt och ibland tillfredsställande, men det var många år sedan hon hade känt någonting i närheten av iver eller lycka i arbetet. Polisyrket handlade i grunden om att finna sanningen i en allt mer komplex verklighet där kanske ingenting längre var helt sant eller absolut lögn.

– Vänta nu lite, sa hon långsamt och högt. Det är väl ingen av er som tror att Carl-Christian Stahlberg skulle vara en sån total idiot att han mördade sin familj med sitt eget vapen? Sin egen officiellt registrerade revolver?

– Nej, medgav Erik. Men det betyder i alla fall att han vet något om vapen. Att han vet var man skaffar sej sånt. Att han känner folk i skyttekretsar.

– Skyttekretsarna i Norge, sa Hanne och försökte låta bli att verka nedlåtande, är så vitt jag vet en samling mycket stabila människor med tydliga urgamla intressen. Jakt och fiske. Skytteföreningarna i Norge håller reda på sina vapen, träffas på möten och dricker kanske lite väl mycket hembränt i sina husvagnar.

– Nu är du fördomsfull, sa Silje. Nu pratar du om såna som åker på Riksskytteföreningens möten. Det är väl mest folk från landsorten. Här i stan är det ju annorlunda. Många invandrar… Helt andra människor.

– Och vem är det nu som har fördomar?

Hanne log ett snabbt leende och la till:

– Det här är naturligtvis intressant. Särskilt det med förfalskningen. Jag håller med om att motiven för Carl-Christian blir allt fler. Det skulle inte förvåna mej om Annmari och kompani snart skriver ut ett anhållande.

Hon ryckte på axlarna.

– Även om jag skulle vilja att vi väntade.

– Väntade, sa Erik retligt. Varför ska vi vänta? Ju längre tid det går desto fler möjligheter får han att dölja sina spår.

– Men jag har, började Silje innan hon blev avbruten av Hanne:

– Det är inte säkert att han har möjlighet att dölja spår. Gör han sej av med skjutvapnet till exempel vet han att han sitter jävligt illa till. Du vet lika bra som jag att det med att ta in någon innan vi har en sak som håller i rätten kan vara mycket skadligare än att låta dom gå där ute. Det bästa är att bara ta in dom på förhör. Köra med dom, släppa dom. Hala in dom, låta dom gå. Dom vet att vi har koll på dom. Dom blir ängsliga. Dom sover inte, dom blir trötta. Rädda, trötta människor begår fel. Anhåll dom och dom mobiliserar energi och motståndskraft. Jag skulle vänta. I alla fall över jul. Över begravningen. Jag tror nog…

– Jag har hittat, började Silje igen men fick inte fortsätta nu heller.

– …att det bästa vore att vänta, avslutade Hanne innan hon log mot Silje. Vad var det du ville säga?

– Jag har hittat en lägenhet, svarade hon stött. Det är lite konstigt det hela.

Något glimtade till i Hannes ögon.

– En lägenhet? Vad för slags lägenhet?

– Jag går igenom dödsboet. Egentligen skulle jag koncentrera mej på dom gamla. Dom… döda, menar jag. Men så satt jag där med det där sökprogrammet och tänkte att det kunde vara nyttigt att få en översikt över vad dom andra i familjen ägde också.

Hanne nickade instämmande.

– Och sen, när jag var färdig…

Silje log snabbt.

– …tänkte jag på att Mabelle egentligen hette May Anita Olsen förut. Så jag sökte på det namnet också. Hon äger en lägenhet på Kampen.

– Va?

Erik drog till i kragen så översta knappen lossnade.

– Vad används den till?

Han balanserade knappen på höger pekfinger.

– Är det någon av er som kan sy?

– Jag vet inte vad lägenheten används till, sa Silje irriterat. Du kan väl sy i en knapp själv. Det är i alla fall Mabelles lägenhet. Personnumret stämmer. Varför den står i hennes gamla namn och varför dom har behållit den har jag ingen aning om. Det bor ingen där i alla fall. Inte enligt Folkeregisteret.

– En tom lägenhet på Kampen, sa Hanne långsamt ut i luften som om hon tänkte högt och försökte komma på vad något sådant skulle vara bra för. Kontor? Gästlägenhet? Investering?

– Gästlägenhet på Kampen när man bor i andra änden av stan?

Silje gjorde en ogillande grimas och la till:

– Ingen av dom behöver något privat kontor. Inte efter vad jag förstår i alla fall. Och om lägenheten var en investering skulle dom väl ha hyrt ut den.

– Jag ska direkt till svärmor, klagade Erik. Är det verkligen ingen av er som kan sy i knappen?

Hanne tog på sig jackan, drog en mössa över öronen och var färdig att gå innan någon av de andra hade hunnit resa sig.

– Svärmor lägger säkert inte märke till knappen, Erik.

– Vart ska du, frågade Silje.

– Jag? Jag ska ut och köpa julklappar.

– Nu? Mitt i… på julafton?

– Aldrig för sent, sa Hanne och gick mot dörren. Förresten…

Hon vände sig hastigt mot Silje igen.

– Det där med lägenheten är jävligt intressant. Skriv en rapport och se till att Annmari får veta om den. Nu. Innan du går för dan.

Sedan log hon brett och gjorde honnör.

– God jul. Mycket nöje.

Hon vände på klacken och försvann.

– Ska hon bara… gå? Nu när det närmar sej ett gripande och allt möjligt.

Silje viskade.

– Det blir inget gripande i det här fallet än, sa Erik och försökte sätta fast översta knappen med en häftapparat. Ingen grips utan att Hanne är informerad. Tro mej. Jag skulle vilja se den jurist här i huset som vågar göra något sånt. Ha det bra då!

Han slängde ifrån sig knappen i ett hörn.

– God jul!

Silje satt kvar på Hannes kontor, ensam. Det var så ovanligt tyst överallt. Det stora huset höll på att tömmas inför ett par dygns högtid. Hon sjönk tillbaka i stolen och andades djupt genom näsan. Om och om igen; i ett försök som hon inte ville erkänna för sig själv att fånga Hannes parfymdoft.

Sølvi Jotun var inte svår att hitta. Hon var helt enkelt hemma. I alla fall rent fysiskt. Adressen hade Billy T. fått tag i sent på kvällen innan. Besöket hade han skjutit upp, han var inte i stånd att göra något annat än sova. Han hade knappt sagt god natt förrän han stupade i säng. Efter ett närmast komaliknande tillstånd i åtta timmar var han i alla fall inte lika trött.

När han utan tillstånd från vakthavande adjutant dyrkade

upp dörren på Mor Go'hjertas vei på Sagene fann han Sølvi Jotun liggande i ett hörn som ett bortglömt klädbylte. Lägenheten var för övrigt anmärkningsvärt välstädad. Badrummet, där han hämtade vatten i ett tandborstglas eftersom köksdörren av någon anledning var låst, var nyligen rengjort. I det pyttelilla rummet stod allt på plats. En sliten soffa täckt med ett överkast, två omaka stolar. Ett soffbord som påminde honom om sextiotalet. På teven stod en blå glasfågel. Det fanns dessutom en sorts bokhylla i rummet, gamla ölbackar ställda på varandra, fulla av deckare och en serie med Dostojevskijs samlade verk.

Med lite god vilja skulle lägenheten kunna kallas trivsam. Nu var det iskallt där. Billy T. var själv orolig över sina elkostnader men det fick vara måtta på sparsamhet. Han kisade mot en termometer på väggen: elva grader.

– Hej, sa han vänligt och satte sig på huk bredvid den hopkrupna gestalten och puffade henne försiktigt på axeln. Sølvi! Hallå.

Hon stönade och smackade torrt med tungan.

– Vatten, sa Billy T. och lyfte försiktigt hennes huvud så att hon skulle kunna dricka.

Sølvi Jotun försökte dricka. Hälften av vattnet rann utanför munnen men till slut orkade hon öppna ögonen.

– Å fan, stönade hon. Är det du.

– Ingen fara, sa han lugnt. Det är inget farligt den här gången, Sølvi. Vill bara prata lite.

Kvinnan sjönk tillbaka. Han fick armen i kläm mellan hennes huvud och ett avstängt element. Det var svårt att komma loss, skinnjackan hade hakat sig fast vid ett rör. Till slut fick han henne i ett stabilt sidoläge. Krafterna var tydligen slut efter den lilla välkomstceremonin. Med två fingrar tvingade han upp hennes ögon. Pupillerna hade krympt men var inte skrämmande små. Andningen var grund men tillräckligt jämn för att han egentligen inte borde bli rädd. Folk hade hamnat i fyllcell med sämre hälsa än så här. Men den här gången ville Billy T. ändå inte ta några chanser.

– Jag ska ta dej till sjukhuset, sa han lågt och lyfte upp henne. Så kan vi snacka med varandra i morgon.

Sølvi Jotun fick ett förvånat, nästan vantroget uttryck i ansiktet innan hon återigen försvann.

Det tog honom en och en halv timme att få henne inskriven på Ullevål. Han måste skälla ut en läkare, charma två sjuksköterskor och så välte han dessutom ett IV-stativ som lyckligtvis inte användes. Till slut hade han hotat med domstolen för mänskliga rättigheter i Strasbourg. Läkaren började skratta, uppgivet och övertidsstressat och Sølvi lovades äntligen offentlig omsorg i tjugofyra timmar. Inte en minut mer, skulle Billy T. veta. Och doktorn kunde inte garantera vad som hände om patienten under tiden fick för sig att hon ville ge sig av.

Billy T. kände sig matt när han äntligen kunde sätta sig i bilen.

Han la tidpunkten på minnet. Kvart i tolv. Han måste hämta Sølvi Jotun före tio nästa dag för att vara på den säkra sidan. Juldagen, tänkte han uppgivet och orkade inte lista ut hur han skulle slippa ifrån lunchen hos systerns familj.

V75-kupongen låg fortfarande i bröstfickan.

Han hade inte ens tagit fram och sett på den.

Polisaspiranten var bara tjugotvå år. Fortfarande var allting spännande. Bara det att sitta vid telefon och ta emot tips från allmänheten. De var för det mesta inbäddade i långa berättelser och hade sällan något egentligt värde. Den unge mannen kände sig ändå viktig. Han var ännu inte färdig på Polishögskolan men deltog trots allt i utredningen av Oslos mest brutala mordfall på länge, kanske genom tiderna.

Så snart morden på Eckersbergs gate blev kända för allmänheten hade tipsen börjat strömma in. Avdelningen måste ta in extra personal, två man i två skift om dagen. Den unga aspiranten gjorde prydliga anteckningar och sorterade de inkomna samtalen så som man hade sagt till honom. Som regel nöjde han sig med att krafsa ner tre, fyra rader om vad den som ringde hade att säga samt namn och telefonnummer. Han hade gjort det till en vana att kolla om det uppgivna numret stämde med det som kom upp på displayen. Därefter la han anteckningarna i tre olika buntar. En för fylltrattar och knasbollar, en för de som föreföll ointressanta och en för tips som borde kollas upp.

Den sista bunten var deprimerande liten i förhållande till de andra.

– Polisen, sa han automatiskt och tog emot ett nytt samtal.

– God dag, lät en grov röst i andra änden.

– God dag, vem talar jag med?

– Äh... Hmmm. Jag undrade om det kunde göra detsamma.

– Vi vill helst ha ett namn.

Polisaspiranten tittade på displayen och noterade numret på en post-it-lapp.

– Det vill jag inte säga, mumlade rösten i luren; den lät stressad och osäker. Helst inte.

– Vad är det du vill berätta då?

– Det gäller dom där morden.

– Ja. Stahlbergfallet.

– Ja. Jag tänkte bara att det... Det där vapnet...

– Ja?

– Jag ville bara säga att den dan... Eller den kvällen. Dan efter morden... Då var det någon som borrade upp ett hål i isen här uppe. Konstig grej. Jag vet inte riktigt om det var en man eller kvinna, men det var mitt i svarta natten och fisk finns det ingen där.

– Vänta lite nu. Var hände detta, sa du?

– Jag var bara ute för att… Ja, jag tog en tur. På skidor. Och så var det så eländigt före så jag gick till fots. Gick ner till sjön och det var då jag såg någon. Hålet var där när jag kollade senare. Men det fanns inte andra tecken på vinterfiske precis. Och så mitt i natten. Inte har jag då hört om folk som isfiskar mitt i natten.

– Nu måste jag be dej vänta lite igen. Låt oss ta det från början.

Polisaspiranten kände ett sting av spänning och kastade en blick på dataskärmen för att försäkra sig om att bandet gick. Sedan tog han fram ett blankt ark och började om.

– Var ringer du ifrån?

– Alltså, jag ville bara berätta.

– Det är vi glada för. Men vi måste ta det från början, okej?

– Okej, sa rösten, mindre stressad nu.

Sju minuter senare la aspiranten på och blev tankfullt sittande overksam, trots att telefonen ringde oavbrutet.

Det värsta var att han inte längre visste om han kunde lita på Mabelle. Han försökte övertyga sig själv att misstänksamheten berodde på sömnlöshet. Sedan i torsdags hade han knappt sovit. Det försvagade omdömesförmågan och gjorde honom skeptisk och rädd och han visste det. Fientlig mot alla, tänkte han förtvivlat och stirrade på sig själv i spegeln över handfatet i badrummet. Han hade redan magrat. Ögonen verkade ännu mer utstående och en fet hinna av stress hade lagt sig över ansiktet.

– Mabelle, sa han hest medan han försökte skjuta fram en haka som inte fanns.

Hermine var självfallet inte att lita på. Hon hade alltid varit familjens söta lilla kanin; än hoppade hon hit, än dit. Det fanns något beräknande i hennes oberäknelighet. Mabelle, däremot, var hans förankring i tillvaron. Henne kunde man lita på. Hade alltid varit pålitlig.

Nu var han inte lika säker.

Den farsartade familjesammankomsten kvällen innan var en julfest i helvetet. Ingen ville prata med den rådville och djupt sårade Alfred. De avlägsna släktingarna kunde knappt styra sin nyfikenhet, de granskade oförtäckt lägenheten och allt som fanns i den medan de lågmält samtalade i ett tonläge som präglades av skandal och skadeglädje.

Att bli av med Andreas hade nästan varit det värsta. Han sprätte omkring i nyvunnen uppblåsthet och var lite för ivrig att försäkra Carl-Christian sin tro på hans oskuld. När alla de andra till slut var ute ur lägenheten ville Andreas ha ett strategiskt samtal, som han kallade det. Carl-Christian låtsades svimma, log blekt från golvet med ett ganska elakt sår över ögat och bad att få vara i fred.

När de kom till Hermines lägenhet var det mer än två timmar sedan hon ringde.

Hon var inte längre kvar. I alla fall öppnade hon aldrig. Hon svarade inte på någon av sina telefoner. Hermine var helt enkelt försvunnen och Carl-Christian hade ingen aning om vad han skulle göra.

Mabelle ville ringa polisen.

Mabelle förstod inte längre. Hermine satt på ett nytt testamente. Hermine var den enda som kände till det oregistrerade vapnet i kassaskåpet på Kampen. De måste prata med Hermine innan polisen hittade en anledning att förhöra henne igen. Carl-Christian måste få veta vad hon tänkte säga, han måste hitta den saknade pistolen och försäkra sig om det nya testamentet som han inte ens visste vad det innehöll.

Hermine kunde ha kastat pistolen.

Naturligtvis hade hon inte kastat pistolen.

Var kastar man en pistol?

Carl-Christian log ansträngt och bet sig i läppen för att inte tappa besinningen. Långsamt började han tvåla in käkarna med rakskum. Han ritade små vägar med fingrarna i allt det vita, han drog skummet upp över näsan, runt ögonen. Han täckte ansiktet med skum.

– Vad håller du på med?

Mabelle var totalt förändrad. Han visste ju att den spröda, sörjande människan från kvällen innan var ett sagolikt falsarium. Det verkade som de flesta hade gått på det. Trots att alla kände till den sönderslitande konflikten mellan familjemedlemmarna var det som om Mabelles övertygande uppvisning hade stärkt familjen i tron på att det fanns en gräns för hur långt en medlem av Stahlbergdynastin lät sig drivas.

Mabelle behärskade sitt eget ansikte. Nu var ögonbrynen markerade, läpparna djupröda. Ett tydligt rouge på kinderna antydde handlingskraft och beslutsamhet.

– Vad i all världen håller du på med, upprepade hon.

– Ingenting.

– Ingenting? Du ser ju inte klok ut!

Utan att svara tvättade han av sig skummet.

– Du behöver raka dej, sa hon hårt. Din lilla skäggstubb är inte särskilt klädsam.

– Jag höll just på, började han och tog upp behållaren med Gillette.

– Du håller på att bryta ihop, CC. Det har vi inte råd med.

Tafatt började han tvåla in ansiktet igen. Mabelle stod kvar.

– Hermine är ett problem, sa hon tonlöst. Du har naturligtvis rätt. Men vi får ett oerhört mycket större problem om hon verkligen är försvunnen och vi inte anmäler det.

– Vi behöver ju inte ha vetat något, sa Carl-Christian.

Mabelle tog ett steg in i badrummet och lutade sig fram emot honom.

– Nu får du snart ta dej samman, fräste hon. Vi är under bevakning! När ska du fatta det? Polisen vet säkert redan att vi var utanför Hermines lägenhet i går kväll. Dom tar antagligen löpande utskrifter av alla våra telefonsamtal. Dom vet att vi har försökt att nå henne. Och dom vet… *Dom vet…*

Rösten skar rungande in i hans öra:

– …*att det är julafton!* Har du någonsin inte vetat var din syster är på julafton? Va? *Har du det?*

Carl-Christian började gråta. Han hulkade som en liten grabb som inte bryr sig om att kamraterna ser honom, han snyftade högt och böjde ner huvudet. Skummet hade blivit för vått och rann i små strömmar över den magra bröstkorgen.

– Jag är så…

Han orkade inte prata. Mabelle la en arm kring hans axlar, vände honom mot sig, torkade rakskum med baksidan av handen och mumlade lugnande, meningslösa ord. Till slut höll hon honom intill sig, tätt intill kroppen, strök honom över huvudet och vyssade honom sakta från sida till sida.

– Jag är så rädd att någonting har hänt med Hermine också, grät Carl-Christian ned i hennes axel.

– Jag vet det, sa Mabelle och strök honom över det våta håret. Vi är rädda bägge två. Men nu ska du höra på mej. Så går allt bra. Vi två, vi har bara varandra. Förstår du.

– Och Hermine, snyftade han.

Mabelle svarade inte. Hon kramade Carl-Christian så hårt hon kunde och mötte sin egen blick i spegeln över hans axel. Den släppte henne inte. Genom att hålla fast vid sig själv kunde hon styra Carl-Christian. Hon måste ta kontrollen. Det fanns ingen att vända sig till, ingen skulle hjälpa någon av dem.

Hon höll honom så länge det behövdes.

Hororna dök aldrig upp. Marry hade skjutit på middagen en och en halv timme och ringt fyra olika mobilnummer utan att få svar någonstans. Till slut hade hon suckat tungt och ojat sig länge som om det var hennes egna barn som hade svikit. Humöret blev bättre när alla de andra storögda satte sig till bords och lovprisade maten med eftertryck.

Vid niotiden var det stora rummet ett veritabelt kaos av julklappspapper och smågodis, halvfulla glas och läskflaskor, spel, kläder och böcker. Marry hade motvilligt gått med på att slå av allt motoriserat julpynt innan de åt. Nu tjatade barnen om att sätta igång det igen men Marry hade låtit muta sig med en limpa cigaretter och höll hårt på att jultomten i hörnet hade somnat för kvällen. Han var trött, måste de förstå, och de fick unna honom en liten paus i allt ståhej. Billy T. kröp runt på golvet med Jenny på ryggen. Fyraåringen var klädd i en alltför stor knallröd pyjamas och viftade med en Barbie.

– Present från pappa, hojtade hon lyckligt och kysste den muslimska Barbien på burkan.

Billy T. galopperade förbi Hannes stol medan han försökte låta som en kamel. Blicken han gav henne var fylld av tacksamhet. Hanne bara log och ryckte lätt på axlarna. Hon hade kollat innehållet i säcken som han kom med i söndags. Som hon trodde innehöll den inga presenter från Billy T. till fru och dotter. Antagligen hade han bränt pengarna på julklappar till sönerna. Hanne köpte en afghansk Barbie och ett dockskåp i miniatyr till flickebarnet och en djupröd kashmirtröja till Tone-Marit. Dessutom hade hon lurat ut Billy T. i badrummet under kaoset före middagen och fått honom att skriva på etiketterna med egen handstil för att inte bli avslöjad.

Håkons och Karens barn höll på med att montera en bilbana. Håkon satt rödkindad och småfull med sonens Gameboy i soffan medan Karen, Tone-Marit och Marry spelade Alfapet på matbordet som just var avdukat.

– Du kan inte skriva så, sa Karen och skrattade. Godag. Det

heter god dag. Två ord och det skrivs inte så.

– Sägeru god dag, frågade Marry retligt och gjorde en dramatisk paus mellan orden med tryck på d:et.i god. Är det nån som säger så?

– Nej, men…

– Låt henne skriva godag, sa Tone-Marit. Vi kan gott ha lite andra regler för Marry.

– Andra regler, nej!

Rasande slängde hon ifrån sig bokstavsbrickorna.

– Jag behöver väl inte andra regler. Här ska inte va nån särbehandling!

– Alfapet är kanske inte riktigt spelet för dej, sa Hanne. Ska vi gå och ta hand om disken du och jag?

Det ringde på dörren.

Först var det egentligen ingen som reagerade. Sedan såg Tone-Marit förvånat på Nefis. Karen skakade på huvudet.

– Väntar ni någon? Nu?

Hon såg på klockan.

– Nej, sa Nefis förbryllat.

– Jag jobbar inte nu, sa Marry.

Hon hade gjort sig en drink på Cola, mineralvatten, Fanta, apelsinjuice och svartvinbärssaft och smyckat glaset med ett pappersparasoll i rött och guld och en liten tomtenisse spetsad på ett sugrör. Liv och Jenny hoppade omkring henne och ville ha likadana.

– Nån annan får öppna.

Nefis gick. Trettio sekunder senare var hon tillbaka med ett villrådigt uttryck.

– Det är till dej Hanna.

– Mej? Vem är det?

– En… En grabb. En ung man. Kom.

Hanne strök fingrarna genom håret på väg till tamburen.

Pojken kunde vara kring sexton år. Han var tunnklädd, bar-huvad och utan halsduk. Jeansen var oerhört trånga och under jeansjackan hade han bara en vit T-tröja. Han tittade knappt upp när Hanne försiktigt sträckte fram handen och sa:

– Hej. Vem är du?

Han såg bra ut. Ansiktet var ovalt med rak näsa. Ögonen var blå, kunde Hanne se och blev plötsligt yr, mörkblå med en distinkt svart ring runt iris. Håret var brunt, blankt och nyklippt.

– Du är Hanne, sa pojken utan att ta hennes hand, ett flyktigt leende fick munnen att kröka sig, snett, och Hanne stirrade vantroget på denna spegelbild av sig själv som ung.

– Kom in, sa hon och tog ett steg tillbaka.

Grabben blev stående. Först nu la Hanne märke till att han hade med sig en sjömanssäck i brun smärting, en tröjärm stack upp ur snörningen. Bredvid säcken stod en pappkartong.

– Jag vet inte om, började pojken och svalde. Jag…

– Du måste vara… Är det du, Alexander?

Hans ögon rann nästan över nu. Adamsäpplet for upp och ner och han sänkte blicken igen. Ögonfransarna var mörka med en lustig böjning som fick dem att se längre ut än de egentligen var. Hanne hade sådana ögonfransar. Hanne hade samma mun som den här grabben. Till och med sättet att försöka verka likgiltig, ena foten lätt satt framför den andra, som om han inte riktigt hade bestämt sig för att komma eller gå, var Hannes gest, Hannes rörelse.

Grabben nickade, nästan omärkligt.

– Dom har kastat ut mej, viskade han. Dom har fan ta mej kastat ut mej. På julafton. Jag visste inte vart jag skulle gå. Du står inte i katalogen men jag kom ihåg namnet på din tjej.

Han kikade lite bort mot Nefis som försökte hålla de nyfikna barnen borta från tamburen.

– Från annonsen. När ni gifte er. Jag klippte ut den.

Konstigt nog förstod hon det hela, plötsligt och med den största visshet. Det här hade hänt förr. Inte på samma sätt, inte av samma människor, men av samma anledning och med exakt samma resultat.

– Kom in, Alexander, sa hon och försökte hålla rösten stadig innan hon vände sig tvärt mot Nefis som stod med barnen omkring sig i dörröppningen till vardagsrummet. Kan ni låta oss vara ensamma tror ni?

Pojken stod fortfarande ute i trappuppgången. Hanne la handen på hans arm, kände hur smal den var, hur mager pojken var, han lät sig föras ett steg in i lägenheten. Hon tog hans bagage och ställde det i ett hörn innan hon stängde dörren bakom honom. Han pressade skuldran mot karmen, halvt bortvänd, som om han fortfarande egentligen planerade att ge sig iväg.

Nu grät han utan ett ljud. Han försökte fortfarande verka likgiltig, med hakan pressad mot bröstet och händerna i fickorna.

– Se på mej, sa Hanne och lyfte försiktigt hans ansikte.

Han var så outvecklad, näsan lite för stor och halsen för smal. Pannan var blank och naken. Han försökte dra fram håret för att dölja ögonen.

– Nu följer du med mej in, okej? Det är en lite konstig samling människor…

Hon log och fortsatte:

– Men vi vill väldigt, väldigt gärna ha dej här hos oss.

Samma leende syntes, vagt och snett och han grät inte längre. Han drog djupt efter andan och torkade ögonen med handens baksida, en påhittad manlig gest som avslutades med att han snöt sig i fingrarna och torkade av sig på byxlåret.

– Jag är inte riktigt klädd för julbesök, mumlade han och följde efter henne in till de andra.

– Det här är Alexander, sa Hanne högt. Min brors yngste son. Han har haft en ganska allvarlig… dispyt med sina föräldrar.

Så nu ska han bo här hos oss.

Grabben såg skeptisk ut. Blicken for över församlingen och stannade vid den mekaniska tomten. Marry svor mumlande ner i glaset med sin nykomponerade drink, som också barnen slurpade i sig från stora halvlitersglas.

– Så trevligt, sa Nefis milt. Bra med en karl i huset.

– Jag vill också flytta hit, klagade Hans Wilhelm nio år. Varför kan inte jag få bo här?

– Inte fan, snörvlade Håkon, rätt full nu. Jag dör av sorg om du flyttar ifrån mej. Du ska bo hos mamma och mej tills du blir fyrtio.

– Alexander är… Hur gammal är du?

– Sexton, sa han lågt. Jag blir sexton om en månad.

– Sexton om fyra veckor, upprepade Hanne högt.

– Han ser väldigt mycket ut som du, sa lilla Liv misstroget och stack ett trubbigt finger i hans lår, som för att kontrollera att han verkligen fanns.

– Otroligt, viskade Karen till Tone-Marit. Har du sett!

Billy T. slog Alexander mellan skulderbladen.

– Hjälper du mej i köket? Det är killarnas tur. Han, kamraten där borta, är skitfull och helt oanvändbar.

Pojken nickade och log nu, bredare, tänderna syntes och Nefis skrattade högt när hon såg att den ena framtanden låg en aning framför den andra, som på Hanne, samma tand, samma lustiga vinkel.

– Jag ringer dina föräldrar, viskade Hanne i grabbens öra när han följde med Billy T. ut i köket.

Han stelnade till.

– Ta det alldeles lugnt, sa hon lågt. Jag vill bara inte ha något trubbel med socialen. Okej. Jag ska ta hand om alltihop.

Jenny hade somnat i sin mammas famn i röd pyjamas och Musse Pigg-öron på huvudet. Hans Wilhelm lekte med bilbanan. Liv stod i köket och blandade nya drinkar med Marry. Den här gången provade de en blandning av mjölk, apelsinjuice och tonic, i höga glas med jordnötter i botten. Håkon hade försvunnit ut i badrummet där han förmodligen hade somnat. De andra satt i vardagsrummet och småpratade, lågmält för att inte väcka den sovande fyraåringen.

Hanne kände ett märkligt välbefinnande. Det kändes befriande, rent fysiskt, som om hon hade gått en lång och strapatsrik promenad och äntligen kunde slappna av ordentligt.

– Vad har egentligen hänt, sa Karen försiktigt.

– Hänt?

Hanne la sig bättre till rätta i soffan och stack fötterna under Nefis lår.

– Det som har hänt är att jag har haft den finaste julafton i hela mitt liv. Och på sätt och vis har vi ju fått en extra stor julklapp. Ett slags barn. Det var ju det du ville ha, Nefis. En unge.

Av någon anledning log inte Nefis längre. Hon lyfte glaset till munnen, något som Liv hade ställt där med tomatjuice och äppelsaft, hon drack länge som för att gömma ansiktet.

– Och nu ska jag ringa min bror och tala om för honom att han är en idiot med homofobi, sa Hanne, så belåten att hon fortfarande inte reflekterade över att Nefis nästan hade slutat att röra alkohol.

Julafton var över, gästerna hade för länge sedan gått hem. Alexander somnade tidigt. De hade pratat lite. Det kunde vänta. Föräldrarna visste i alla fall var han befann sig. Allt annat kunde vänta, det var skollov och Hanne var glad över att pojken åtminstone kunde stanna en vecka, kanske mer. Hon hade tittat på honom hela kvällen, halvt i smyg, följt hans hand när han lyfte glaset till munnen, sett hans fingrar böja sig på hennes sätt, med pekfingret in mot handflatan.

Hon kunde inte sova. Klockan var nästan halv två.

Genom fönstret mot väster, till hälften dold bakom jalusierna, blev hon stående och såg ljus efter ljus släckas i sovrum och vardagsrum i grannhusen. Förundrad kände hon en belåten oro, en rastlös tillhörighet. Hon rös och drog morgonrocken tätare omkring sig. Andedräkten tecknade moln som genast försvann på den kalla glasrutan.

Hon kunde inte sova och hon ville inte jobba.

Huden på armarna drog sig åter samman. Ändå blev hon stående i det nästan omärkliga draget.

Vill inte till jobbet, tänkte hon och hade aldrig tidigare känt det så.

Det var så mycket hon aldrig hade velat, situationer och människor som hon hade dragit sig undan. Men aldrig jobbet. Polishuset på Grønlandsleiret hade alltid varit Hannes tillflyktsort. Bara när Cecilie dog och det inte längre var möjligt att gömma sig hade hon rymt, till ett kloster i Italien och ett halvt års ensamhet.

Nu hade hon så mycket. Livet var uthärdligt. Då och då ganska fint. Någon sällsynt gång kände hon de där stråken av lycka och tog kanske en extra fridag.

Eller bara några timmar.

Men hon hade aldrig släppt taget om ett fall.

Stahlbergmorden skrämde henne och hon ville egentligen inte ha något med dem att göra. Hon ville ta ledigt. Vara tillsammans med Alexander, som skulle vara som att lägga ner tid på sig själv. Alexander är mitt förflutna med en sorts framtid, tänkte hon och Stahlbergfallet vill jag inte veta av.

När tanken först dök upp började hon verkligen att frysa. Sakta tog hon en filt från stolsryggen bakom sig och la den om axlarna. Någonting fick henne ändå att stanna vid fönstret och stirra ut i det sparsamma ljuset från gatlyktorna. Skuggorna från träden var skarpa mot den våta asfalten och vinden fick gatan att verka höstlig. Temperaturen skiftade för mycket nu för tiden. I går låg snön vit. I dag flöt döda och ruttna löv omkring i resterna av smutsig snö och smältvatten längs trottoaren.

– Fyra människor, viskade hon för sig själv, en blek bild i glaset. Vem dödar fyra människor på en gång?

Ingen. Inte i Norge. Inte i Oslo, i Hannes polisdistrikt, inte här i landet där nästan alla mord var tragiska resultat av fylla och slagsmål.

Ändå hade någon gjort det.

I fickan på morgonrocken låg mobiltelefonen och hon tvekade inte när hon slog numret. Det ringde fem gånger och hon skulle just knäppa av för att slippa svararen och försöka igen när det snörvlade i andra änden.

– Hallå...

– Billy T., sa Hanne och kom på sig med att vara lågmäld trots att det inte fanns någon möjlighet att väcka de andra med ett samtal i vardagsrummet. Det är jag.

Skarpa ljud tydde på att telefonen for i golvet.

– Klockan är tio i två, stönade han till slut.

– Jag vet det. Tack för senast.

– Det är det väl jag som ska säga. Tack. För alltihop, liksom.

– Förlåt att jag...

– Förlåt är ditt efternamn, Hanne. Det hjälper inte mycket att säga förlåt hela tiden. Tala hellre om varför du ringer.

Det lät som om han satte sig upp i sängen.

– Ska du inte gå för dej själv.

– Jag ligger i pojkrummet. Ensam. Tone-Marit klagar på snarkningarna när jag har fått lite att dricka. Varför ringer du?

– Jag ville bara prova ett resonemang.

– Jaha. Klockan två på julnatten. Jaha.

– Varför mördar vi, Billy T.?

– Va?

179

Hennes blick hade fångat en rörelse nere på gatan. Något mörkt hade försvunnit in under ett träd, intill stammen, ett ögonblick hade hon varit koncentrerad på samtalet och inte riktigt förstått vad det var.

– Är du där, sa Billy T.

– Ja. Vem mördar här i landet och varför?

– Herregud, Hanne…

– Svara bara, Billy T.

– Det vet vi bägge två, sa han otåligt. Fan också, vad *är* det här?

– Snälla du. Kan du inte vara med lite nu.

Han suckade så det skorrade ilsket i telefonen.

– Mord begås huvudsakligen i affekt, började han torrt docerande. Av gärningsmän som varken förr eller senare begår samma brott. Handlingen utförs gärna under påverkan av alkohol eller andra berusningsmedel och gärningsman och offer är ofta av samma släkt eller bekanta på annat sätt.

– Precis, sa Hanne och kisade mot stället där hon tyckte sig ha sett något, under den största eken. Inte särskilt spännande, alltså. Trist, men inte spännande. Du sa att det ofta är så. Annars då?

– Sexualbrott, fortsatte Billy T. Där mordet antingen ingår som en del av det sexuella eller som oftast: Det begås närmast av en olyckshändelse eller för att dölja övergreppet.

– Tack. Men de planerade då?

– Hat, hämnd eller pengar. Men det är ju inte så många…

– Hat, hämnd eller pengar… En sak till.

– Vadå?

– Ära, sa Hanne och drog på ordet. Äran är förlorad och kan bara återupprättas med ett mord, något som strängt taget bara gäller för ett mycket, mycket litet antal av våra nya landsmän. Eller hur?

Billy T. mumlade något som liknade ett samtycke.

– Men det kan också begås för att äran *kan* gå förlorad, sa Hanne. Mordet begås för att offret sitter på något, kanske kunskap som är hotande för gärningsmannen.

– Menar du, började Billy T. irriterat, att Carl-Christian och kompani skulle ha mördat hela familjen för att behålla sin ära?

– Nu kan ju den där förfalskningen av brevet från Hermann mycket väl tyda på något sånt, sa Hanne. Det skulle onekligen få CC att tappa masken om han blev avslöjad med att ha fuskat med dokument i en sak mot sina egna föräldrar. Men det är faktiskt inte dit jag vill komma. Jag vill…

– CC:s motiv, nästan ropade Billy T., och Mabelles och Hermines är det *sammanlagda*, Hanne! Av årslånga stridigheter, av kränkningar, trakasserier, rättssaker, fara för en jävla arvsmässig förlust och avslöjande av förfalskning och dessutom kunskap om vapen! När du lägger ihop det med ett eländigt alibi för alla tres vidkommande så ger det bättre grund till misstanke än jag jävlar i mej kan minnas mej någonsin ha haft.

– Ta det lugnt!

Det var en människa. En man såg det ut som. Hanne var inte säker. De skarpa skuggorna och det svaga ljuset förvrängde perspektiven. Gestalten hade mörka kläder och en stor mössa. Långsamt förflyttade den sig längs staketet på andra sidan gatan. Under nästa träd, i skydd bakom en parkerad skåpbil, blev den stående.

– Ta det lugnt, upprepade hon mekaniskt. Jag håller förstås med om det du säger. Men kan du inte i gengäld vara med och leka med tanken att motivet inte är pengar och arv, inte hat och hämnd. Bara för hypotesens skull. Bara tänk dej tanken en stund, Billy T.

– Jag tänker tanken, sa han trött i andra änden. Jag tänker tanken som bara fan.

– Ära, upprepade hon sakta och blinkade; någonting rörde sig vid skåpbilen. Och då måste det handla om en jävla ära. En in i helvetes förlust. Som ska undvikas. Genom att mörda fyra människor.

Billy T. gäspade högt och långdraget i andra änden.

– Kan vi snacka om det här i morgon, bad han med tunn röst. Jag är alldeles slut.

– Okej. Förlåt.

– Säg inte förlåt hela tiden. Jag blir så…

Hon knäppte av honom. Sedan drog hon sig långsamt bort från fönstret. Det fanns inget livstecken under träden nu. Skåpbilen stod lika still, först nu la hon märke till att den hade punktering och rostskador vid vänster bakskärm. Fuktiga snöflingor hade börjat falla. De blev till ingenting så snart de rörde vid marken. Hon tittade försiktigt fram bakom gardinen, med ett öga som om hon siktade på något som hon inte visste vad det var.

Folk tog livet av hustru, barn och till slut sig själva för ärans skull. För att någon ville lämna. Det fanns män som mötte en skilsmässobegäran med massmord. Tragiskt nog allt fler. De gjorde det för ärans skull, sas det. Efteråt, av andra.

För skammens skull, tänkte hon.

Ära och skam. Samma begrepp, på avigan och rätan. Korta ord som egentligen handlade om den stora rädslan för att falla, för att förlora något som kunde vara större än livet själv, ramarna kring det, alla fragment som höll tillvaron på plats och definierade en människas position i förhållande till andra.

Ingen tålde att falla, om fallet var tillräckligt stort. En del valde att ta livet av sig, näringslivsbossar och andra kända personer för till synes bagateller, saker som om några år skulle vara parenteser i livet. De gjorde det för att slippa undan skammen. För att inte mista sin ära. En del tog livet av sina barn.

– En del tar livet av sina barn, viskade hon. När fallet blir för stort.

En gestalt syntes där nere, en person. En man. Han kom fram från skuggorna bakom den rostskadade bilen. I en sekund eller två blev han stående, vänd mot henne, med ansiktet ändå mörklagt av mössan. Sedan böjde han huvudet och började långsamt gå vidare.

I ett slag drabbades hon av en helt främmande rädsla. Hon tog sig om halsen och snubblade baklänges in i rummet. Pulsen dundrade mot trumhinnorna. Hon svalde, satte sig, svalde igen och märkte plötsligt att hennes bara tår blödde. Smärtan fick henne att andas friare, fylla lungorna med luft för att pressa ut den igen.

Först kunde hon inte förstå vad som hade skrämt henne så. Hon var trygg i sin egen lägenhet. Det var minst fyrtio meter ner till den främmande vandraren och ingenting tydde på att han hade ett vapen. När hon blundade och försökte rekonstruera händelsen var hon inte ens säker på att han hade sett upp mot henne. Kanske hade han bara slagit en drill bakom bilen. Han var ute och gick. Med sin hund, även om hon inte hade sett något djur. Hundar måste vallas till och med på julnatten.

Det tog en timme innan hon så småningom insåg att hon helt enkelt var övertrött.

ONSDAG 25 DECEMBER

HENRIK BACKE VAKNADE TIDIGT. Dygnet förvirrade honom mitt i vintern. Det fanns inget morgonljus som kunde berätta vad klockan var. Han fumlade efter glasögonen på nattduksbordet. Väckarklockan visade på elva minuter i sex. För tidigt att gå upp men samtidigt visste han att det inte var någon idé att sova vidare. I bara pyjamasbyxor gick han ut i badrummet för att pressa urin förbi den svullna smärtsamma prostatakörteln. Därefter hämtade han en flaska konjak och ett rejält glas innan han åter sjönk tungt ner i sängen.

Det var juldagen, men det spelade ingen roll. Det här var ingen riktig jul. För sex veckor sedan dog Unn. Utan henne var julen ingenting. De hade aldrig fått barn. Utan Unn fanns det ingen mening i någonting. Julen skulle få glida förbi, som alla andra dagar, lika innehållslösa som tomflaskorna köket var fullt av.

Han fyllde glaset, nästan till randen. Boken han läste var dålig.

Synen svek honom ibland. Det var bara att blunda några sekunder så gick det över. Minnet var inte heller som förr. Det skrämde honom mer. I början, för ett år sedan eller så, var det bara små praktiska saker som försvann. Ibland kunde han befinna sig i köket utan att veta vad han skulle där att göra. Glömma när hemhjälpen hade städat, vilket hon gjorde varannan torsdag med rynkad näsa och utan ett ord till övers. Vanlig distraktion bara men den blev värre med tiden. Nu kunde han ha problem med att komma ihåg innehållet i en bok som han just hade läst. Han började märka dem efter ett tag, ett rött kryss på sista sidan betydde att han läst färdigt. Det gjorde honom ängslig för att öppna böcker. Rädslan för att hitta det röda krysset i en bok han trodde var oläst fick honom att leta efter andra system. Han delade upp litteraturen i högar som han hela tiden la i nya mönster som han glömde strax efter. Bordet hade blivit ett sorts arkiv och arbetet med att hålla ordning och översikt gjorde honom nervös och frustrerad.

Huset var tyst. Lymmeln i lägenheten ovanför, grabben som hade fester till långt in på småtimmarna och inte ens öppnade när man kom för att klaga, var bortrest. Backe hade sett honom lasta bagage i bilen dagen före julafton. Eller i går. Han var inte säker och det kunde göra detsamma.

Grannarna mitt emot var döda.

Han drack och hostade.

De var i alla fall osympatiska och arroganta. Inte fru Stahlberg kanske. Hon verkade snarare ganska hunsad. Henrik Backe hade alltid känt ett vagt förakt för människan, hon var så servil. Servilitet irriterade honom, servilitet påminde honom om hans egen börda, hans eget knäfall, sveket som inte lät sig glömmas bort. Inte ens med alkohol, den förbannade spriten.

Turid Stahlberg var servil och han tyckte inte om henne. Hennes lilla leende, till exempel, när hon smög intill väggen om de gick förbi varandra i trappuppgången, outhärdligt.

Hermann Stahlberg var i alla fall inte underdånig.

Henrik Backe fnös föraktfullt och drack lite mer.

Unn var död och livet var slut. Det var bara att vänta. Drickandet, som han hade kämpat så hårdnackat emot, en kamp till ingen nytta under alltför många år, kunde avkorta väntetiden. Så han drack.

Nu fanns inte längre någon att skona. Han skrattade plötsligt och gällt.

Unn var borta och det fanns inte längre någon som behövde beskydd. Från honom och hans svek.

Men nu fanns det ingen som kunde lyssna.

Henrik Backe stirrade förvirrat på boken han höll i händerna. Det var en roman av Sigrid Undset. Han måste ha läst den tidigare. Med stela fingrar bläddrade han fram till sista sidan. Inget rött kryss. Det kunde inte stämma. Han måste ha läst den förr, innan systemet med de röda kryssen var uppfunnet, innan allt blev rörigt och han inte kunde komma på vad Kristin Lavransdotter handlade om.

Klockan på nattduksbordet visade snart tio över sex. Det var mörkt ute.

Han förstod inte riktigt varför han hade pyjamas på sig, det var ju middagsdags för länge sedan. Han skulle öppna en burk sparrissoppa. Det var det han mest var sugen på.

Det var så underligt tyst överallt, men grannarna var ju döda.

Sølvi Jotun sjavade i de alltför stora stövletterna i snön och svor över att de inte hade tagit bilen.

– Du mår bra av lite luft, sa Billy T. Det gör vi bägge.

Hon drog fuskpälsen tätare om sig och blåste i händerna. Billy T. tog av sig vantarna.

– Här. Du kan låna mina.

– Dom är lite stora för mej.

Hon såg skeptiskt på dem men tog dem på när han insisterade.

– Schysst av dej att jag får gå hem, mumlade hon i stället för att tacka. Jag hade inte orkat en timme i arresten i dag. Det var illa nog på det jävla sjukhuset.

– Självklart ska du hem, sa Billy T. och klappade henne lätt på ryggen. Du har ju inte gjort något fel. Och så snart du har svarat på mina frågor ska jag låta dej vara i fred också. Fin lägenhet du har förresten.

– Kommunen, sa hon kort. Det är bra att skattepengarna går

till något förnuftigt.

Mina skattepengar, tänkte Billy T. och kom plötsligt på V75-kupongen som fortfarande låg orörd i bröstfickan. I natt hade han funderat på hur länge en sådan vinnarkupong kunde vara giltig.

– Det håller jag med om, sa han för att skjuta bort tanken. Men varför har du köket låst?

– Ska du ge fan i.

De korsade Nordre Gravlund. Snön låg djup mellan gravarna, här och där stack bara en namnlös sten upp ur yrsnön. En del gravar var vackert pyntade med levande ljus i små lyktor och granris med röda band. Sølvi Jotun mådde uppenbarligen inte bra. Hon drog ner luvan i pannan och ojade sig otydligt och bistert. De gick under tystnad tills de kom ut på Uelands gate och började kryssa sig upp över Sagene mellan trettiotalskvarter med tegelhus och igensnöade bilar.

– Fan också. Kunde vi inte ha tagit bil?

Sølvi var tydligt trött nu. Avståndet mellan Ullevål sjukhus och Mor Go'hjertas vei var knappast mer än ett par kilometer och de var inte längre än halvvägs. Ändå andades hon tungt och hon hostade skrälligt och sjukt när hon plötsligt måste stanna helt.

– Kom igen, sa Billy T. utan att sakta ner farten. Du bor ju här borta!

– Försvinn, fräste hon. Jag ska inte hem.

– Hör nu här...

Han stannade och gick några steg tillbaka. Sølvi Jotun var verkligen i ett bedrövligt tillstånd. Billy T. började undra vad de egentligen hade gjort för henne där på sjukhuset. Antagligen inte annat än att ge henne en ren säng. Pipet från lungorna kunde tyda på en infektion, kanske astma. I alla fall borde hon ha fått hjälp.

– Det finns inte en jävla pub i hela Oslo som är öppen nu, sa han uppgivet. Inte ens Sagene Lunsjbar. Det är juldan, Sølvi. Och klockan är bara halv tio på morron. Du måste gå hem nu. Jag satte på värmen i går. Det är säkert fint där nu.

– Värmen!

Hon stampade i marken.

– Vet du vad strömmen kostar nu för tiden, eller?

Billy T. grep henne om armen och försökte få henne med sig.

– Kom nu.

– Du ska *inte* följa med mej hem!

Fötterna stod som fastvuxna i trottoaren och hon visade anmärkningsvärd styrka när han tog bättre grepp och började dra. Det var som att få med sig Jenny när hon satte sig på tvären på dagis. Skillnaden var bara att den skrikande ungen kunde bäras vidare. Det var värre med Sølvi Jotun.

– Nähä, sa han och släppte henne. Men då måste du svara mej på det jag frågar. Nu.

Något glimtade till i hennes ögon. Sølvi Jotun hade passerat trettio i en miljö där de flesta inte hade stått ut en månad. Hon var inte dum och tålde att tända på bättre än de flesta. Gårdagens kollaps måste ha varit otur. Eller dåligt tjack. Nu skakade hon på huvudet och kikade upp på Billy T. som var nästan halvmetern över henne.

– Varför i hela världen skulle jag svara på någonting alls, sa hon. Inte har jag lust och inte ser jag någon som helst annan anledning att gå med på ett polisförhör mitt på gatan, mitt i julen utan att ens ha blivit gripen. Jag har ju inte gjort något fel, det sa du själv.

Billy T. såg på henne. Det slog honom att han kanske kunde bära henne i alla fall, hon kunde inte väga mer än fyrtio kilo.

– Sølvi, började han och harklade sig. Du och jag ska göra ett litet avtal. En byteshandel kan man kanske säga. Vad får jag av dej? Jo, jag får veta om du har haft med Hermine Stahlberg att göra...

Han lät orden hänga i luften men kunde inte uttolka något av hennes uttryckslösa ansikte. Hon blinkade inte ens när han nämnde Hermines namn.

– ... och särskilt om du såg henne vid två speciella tidpunkter i november. Det du får i utbyte är att jag inte anhåller dej här och nu.

– *Anhåller mej?*

Hon skrek till och tog sig teatraliskt till kinden som om han hade slagit henne. En äldre man på andra sidan gatan såg ut som om han tänkte korsa den smala körbanan för att komma till undsättning. När han såg närmare på Billy T. traskade han vidare med blicken i marken framför sig.

– Du kan väl inte ta in mej nu! Du lovade! Dessutom... Vad fan har jag gjort då?

– Hysch, sa Billy T. och såg sig snabbt omkring. Jag kan ju bryta upp din köksdörr. Där finns det säkert massvis av anledningar att låta dej skaka galler ett tag. Men...

Han höjde rösten för att överrösta hennes protester.

– Det finns ju en enkel lösning på det här. Att du helt enkelt berättar för mej vad som hände. Den tionde och sextonde november.

Han hade henne nu. Den hårda provocerande blicken irrade lite, bara lite, och han visste att hon skulle låta sig köpas. Hon stod oroligt och slog de enorma knallröda vantarna mot varandra.

– Får jag behålla dom här, frågade hon trumpet. På köpet liksom?

– Okej, sa Billy T. Vantarna är dina. Men då ska vi gå hem till dej för att snacka i lugn och ro.

– Svär du på att du låter köksdörren vara, sa hon.

– Jag lovar, sa Billy T. och gjorde ett kors på halsen.

Återigen hade Hermine glömt att låsa lägenheten. Carl-Christian var djupt bekymrad vid tanken på att han inte hade hört av henne sedan hon ringde och bad honom komma för snart två dygn sedan. Ändå kände han den vanliga irritationen stiga när han prövande la handen på dörrhandtaget. De skulle naturligtvis ha kollat om dörren var låst redan dagen före julafton. De hade nöjt sig med att ringa på. Han försökte tänka efter, hade de ändå försökt att komma in? Djupt koncentrerat med hopknipna ögon försökte han rekonstruera den dagens försök att hitta systern. Han mindes tydligt att Mabelle hade stått ett trappsteg nedanför honom, rastlös, som om hon absolut inte trodde att någon var hemma och egentligen redan hade bestämt sig för att gå igen. Men han lyckades inte återskapa mer av situationen.

Självklart kunde Hermine ha varit hemma sedan dess.

Det var så typiskt henne att lämna dörren olåst. Hon var så rädd för allt, för mörkret, för att flyga, för hundar, Hermine var livrädd för hundar, en kokett rädsla som hon lagt sig till med för att verka barnslig och hjälplös. Det irriterade honom ibland att hon var så vädjande och det hade länge stått i vägen för ett djupare syskonförhållande dem emellan. Han fick till och med mer än nog av henne då och då och höll henne på avstånd.

Mest av allt var hon rädd för inbrott. Dörren var försedd med tre lås. Ändå hade han flera gånger kommit till en öppen dörr och en tom lägenhet. Hon klarade inte att ta ansvar för någonting, inte ens sin egen bostad. Hennes tankar flög och landade aldrig där hon egentligen befann sig.

Han gick långsamt in i lägenheten. Luften var tung och söt; han rynkade på näsan över en klase mörkbruna bananer i en skål på soffbordet. Han fick en obehaglig känsla av att han gjorde något olagligt. Sakta smög han från rum till rum. Hermine fanns ingenstans och Carl-Christians oro började förträngas av rädsla.

När statsåklagare Håkon Sand kom till Oslo Polisdistrikt klockan kvart i tolv på förmiddagen var han ordentligt bakfull. Tre dispril till frukost hade inte hjälpt mot den intensiva huvudvärken. Mat orkade han inte tänka på. Kläderna klibbade av svett mot kroppen trots att han hade duschat i tjugo minuter.

Karen hade lyckligtvis hejdat honom när han av gammal vana satte sig bakom ratten för att hinna till extramötet. Det tog tid att få en taxi och han kom flåsande in i samlingsrummet en dryg kvart för sent. Silje Sørensen, som satt alldeles innanför dörren, höll sig för näsan när han böjde sig över henne för att nappa åt sig pappren som Annmari Skar hade lagt fram.

– Hoppas att du inte körde bil hit.

Han mumlade suddigt och stoppade ytterligare en tablett i munnen innan han pressade sig bakom ryggen på fyra av de tio deltagarna medan han höll andan. Han log fåraktigt mot polismästaren och satte sig längst ner vid bordet. Håkon var den enda åklagaren i rummet. I gengäld hade två polisjurister avbrutit julledigheten förutom Annmari. Avdelningschefen för våld- och förmögenhetsbrott satt tillsammans med kriminalchefen och två kommissarier, medan Hanne som vanligt hade tagit plats nere vid kortändan. Hon klappade honom på låret under bordet.

– Tack för i går, viskade han. Förlåt att jag…

Hanne hyschade vänligt.

– Jag kan ju ta och summera vad vi har gått igenom tills nu, sa Annmari sakta. Eftersom alla inte kunde komma i tid.

– Jag ber verkligen om ursäkt, sa Håkon, högre den här gången. Ungarna var alldeles omöjliga och ville inte låta mej gå.

Någon fnissade och Håkon började febrilt putsa glasögonen.

– Vi tycker alltså att det finns sannolika skäl att misstänka Carl-Christian för morden på Hermann, Turid och Preben Stahlberg, sa Annmari. Jag har under natten försökt att…

– Natten, avbröt Silje. Har du suttit här hela natten?

– Någon måste göra jobbet, sa Annmari kort utan ett spår av självmedlidande. Jul eller ej. Det är ett kolossalt material vi sitter med som ni alla vet. Vi har allt som allt hundratjugo vittnesförhör nu. Dom allra, allra flesta av dom är värdelösa. Vi har en del tekniska fynd utan att särskilt många av dom är systematiserade än. DNA-analyserna är ännu inte klara. Det återstår också en del undersökningar i själva lägenheten. Den är stor och full av föremål och vi talar trots allt om fyra offer här. Den där hunden... Det är nu klarlagt att det handlar om en hund. Antagligen av blandras. Den gör arbetet mer komplicerat för att uttrycka det milt. Jag tycker att...

Hon log snabbt, nästan blygt och drack vatten från en plastmugg.

– ...vi har fått anmärkningsvärt mycket gjort på mindre än en vecka. Heder till er alla. Jag är medveten om att det inte är särskilt populärt att kalla in er från familjebjudningar och jultrevnad en dag som den här, men i samråd med polismästaren...

Hon nickade åt hans håll.

– ...så har jag kommit fram till att vi inte kan vänta så mycket längre. I varje fall om statsåklagare Sand håller med.

Håkon skvatt till när han hörde sitt eget namn som om han först då upptäckte att det här gällde honom. Kaffet som han hade sörplat i sig för att dämpa spritandedräkten låg som en syrepelare i matstrupen. Han svalde ljudligt men sa inget.

– Jag är kanske för tidigt ute, började kriminalchef Puntvold och strök handen över håret som var fuktigt, men efter samtalet som jag hade med Annmari Skar i går kväll vill jag redan nu slå fast att vi har kommit längre i det här fallet än vi kunde drömma om i torsdags. Jag ansluter mej till hennes beröm av er alla. Redan nu på eftermiddagen gör vi gripanden och det gör nog...

– Det är inte meningen att vara ohövlig, avbröt Annmari.

Men vore det inte en idé att vi tog det här i en slags ordnings-följd?

Puntvold log brett och lutade sig tillbaka i stolen.

– Självklart, sa han. Som sagt. Jag var kanske lite förhastad. Fortsätt.

– Då föreslår jag följande tillvägagångssätt, sa Annmari. Jag redogör för dom huvudmoment som vi bör lägga vikt vid i en eventuell anhållandebegäran. Därefter öppnar vi för diskussion. Målet bör vara att fatta beslut före…

Hon drog upp ärmen på vänster arm men hade glömt klock-an på sitt arbetsrum.

– Fyra, sa hon och lät blicken fara över församlingen. Okej?

Ett bifallande mummel fick henne att fortsätta:

– Först och främst har vi ett sällsynt bra motiv, sa Annmari och skrev MOTIV med sned och barnslig stil på blädderblocket bakom sig. Jag har gjort en rapport som alla förhoppningsvis nu har fått…

Nytt instämmande mummel och alla utom Hanne och Hå-kon började bläddra.

– …där jag försöker sammanfatta alla tvister mellan Her-mann och Turid Stahlberg på ena sidan och Carl-Christian på den andra. Jag kan väl med en gång…

Hon tvekade och snurrade filtpennan med höger hand.

– Jag kan väl föregripa händelsernas gång lite grann och var-sko att jag vill ha en diskussion om vi också bör försöka oss på en anhållan av Mabelle. Bevisen mot henne är svagare men lik-stämmigheten makarna emellan är å andra sidan stark. Detta återkommer jag till. När det gäller de rättsliga konflikterna så finns det saker som tyder på ett slags…

Åter stod hon tyst som om hon inte riktigt hittade orden.

– …upptrappningskrig mellan parterna, fortsatte hon plöts-ligt och bestämt. Det hela började med småsaker, som diskussionen om Carl-Christians löneförhållanden och sånt. Detta inträdde direkt efter att Preben hade kommit tillbaka till Norge. Sen har pendeln svängt fram och tillbaka, med allt större utslag vill jag påstå. Den första stämningsansökan, när Carl-Christian alltså ville dra sina föräldrar inför rätta, gällde en banal tvist om en stuga vid Arendal. Den har varit i familjens ägo i tre generationer. Alla hade haft en informell vistelserätt. Tills Hermann finner det för gott att förvägra Carl-Christian och Mabelle rätt att vistas där. Egentligen en bagatell eftersom paret har en egen stuga vid havet och inte använde familjestället så mycket. På mej verkar det som det ena har gett det andra och...

Hon gjorde åter en paus för att dricka. Hanne la märke till att Annmari vinglade lite och måste sätta ena foten ett litet steg åt sidan.

– Har du verkligen varit vaken hela natten, frågade hon.

Hanne hade aldrig sett Annmari så ihärdigt engagerad i ett fall.

Det verkade som en besatthet, en mani med ett förutbestämt mål. Inte ens Hanne skulle ha ägnat julafton åt jobbet. Det var som om Annmari la personlig prestige i att anhålla de kvarlevande medlemmarna av familjen Stahlberg så fort som bara möjligt. Hanne kände återigen den där oförklarliga oron, på gränsen till rädsla, hon insåg att det hade uppstått en sluten allians mellan kriminalchef Jens Puntvold och Annmari Skar. För dem var fallet redan löst. Den återstående utredningen var mer att betrakta som en formalitet. En nödvändig men irriterande process. Hanne lät blicken fara från Puntvold till Annmari. Under ett kort och isande ögonblick insåg hon att de hade alla de andra med sig.

– Har du varit vaken, frågade hon igen. Hela natten?

– Jodå, sa Annmari. Men det går bra.

– Sätt dej åtminstone.

Som om hon inte hörde eller kanske inte vågade sätta sig av rädsla för att kollapsa, fortsatte Annmari stående:

– Allt som allt har tre stämningsansökningar florerat mellan parterna, men två av dom slogs ihop eftersom bägge handlade om tillgång till och användande av egendom. Bråket om bilen som satte Mabelle i arresten här nere under några timmar är med i det komplexet. Som förstås är det minst viktiga. Huvudansökan handlar helt enkelt om att fastställa ägarförhållandena i rederiet.

– Men…

Erik Henriksen såg ut som ett trafikljus när han reste sig för att hämta något att dricka, rött hår, gul collegetröja och knallgröna joggingbyxor. Han hällde cola i ett glas medan han fortsatte:

– Jag trodde inte att det rådde något tvivel om att Norne Norway var Hermanns egendom?

– Det är riktigt. Men när pappa Stahlberg för ett år sen slutförde ett överlåtande av aktier som skulle ge all makt till Preben slog Carl-Christian till. Han bestrider rätt och slätt att detta är möjligt utifrån dom avtal som han menar tidigare har ingåtts mellan honom och fadern.

– Det låter inte precis som en stark sak, sa Silje tvivlande.

– Nej. Och det är kanske därför Carl-Christian försökte hjälpa till med dokument som inte är äkta.

– Vi vet inte att det är han som förfalskade det, sa Hanne.

Annmari blåste resignerat upp kinderna.

– Nejdå, Hanne. Naturligtvis *vet* vi inte det. Men det är väldigt osannolikt att någon annan skulle ha det minsta intresse av ett sånt papper. Eller?

Rösten var hög, nästan i falsett, och Hanne lyfte handflatorna till tecken att hon gav sig.

– Vi har bett om grafologisk undersökning även av några av dom andra dokumenten men det kommer att ta lite tid att få fram resultaten. Sammanfattningsvis och som det framgår av rapporten framför er så finns det starka motiv för Carl-Christian att önska livet ur sina föräldrar och för den delen också brodern i den pågående tvisten. Det unga äkta paret stod faktiskt inför risken att förlora allt dom ägde. Lägenhet och stugor, bil och andra ägodelar är kraftigt intecknade. Uppenbarligen med tanke på en god ekonomi också i framtiden. Men så har vi ju det här testamentet.

Några började bläddra.

– Det ligger inte där. Men vi känner alla till innehållet. Det upprättades för tre månader sen och gör Carl-Christian så gott som arvlös.

– Inte särskilt smart att ta livet av faderskapet då, sa Erik och prasslade med ett smörgåspaket.

– Nej. Det är en svaghet i vårt resonemang som bara kan motsägas med att detta var något som Carl-Christian inte kände till. Vilket faktiskt är troligt. Far och son har inte pratat med varandra utom genom advokat på mer än nio månader. Det finns ingen kopia på testamentet, i alla fall inte så vitt vi vet. Jennifer, Prebens änka, visste bara att det fanns ett testamente inlämnat till domstolen, ingenting om vad det innehöll och när det skrevs.

– Påstår hon ja, sa Hanne.

Annmari fäste blicken någonstans uppe på väggen.

– Vi ska självfallet inte frikänna Jennifer Calvin här och nu, Hanne. Så som sakerna ligger så ser det ut som om hennes äldste son är den enda som verkligen tjänar grovt på det här brottet. Å andra sidan har pojken förlorat sin far och det på ett brutalt sätt. Vilket innebär en inte obetydlig förlust. I alla fall skulle dom flesta av oss tycka det. Håller du med?

Hon flyttade blicken till Hanne och höll den där. Hanne svarade inte, nickade inte, blinkade inte.

– Dessutom, fortsatte Annmari. Dessutom finns det än så länge ingenting som tyder på att Jennifer skulle önska livet ur mannen. Silje och jag har gjort en ganska grundlig genomgång av henne och vi är överens om att en kvinna i hennes ställning, med hennes magra och mycket begränsade nätverk, knappast skulle vara i stånd att planlägga eller genomföra en sån handling. Okej? Åtminstone så långt?

Hanne ryckte likgiltigt på axlarna.

– Så har vi förstås det här med Carl-Christians kunskap om vapen. Han har alltså licens för en grovkalibrig revolver och har ett vilande medlemskap i en skytteförening. Vi kan med andra ord ganska säkert fastslå att han vet hur handeldvapen ska användas.

Annmari märkte de små tecknen nu. En efter en av åhörarna lutade sig tillbaka i stolarna. Ingen brydde sig längre om att göra anteckningar, knappast någon tyckte det var värt att bläddra i sammandraget hon hade gjort under morgontimmarna.

De var överens med henne: Det förelåg långt mer än skälig grund till misstanke.

– Och alibina är helt enkelt skrattretande, avslutade hon. Carl-Christian och Mabelle säger som ni alla vet att dom var hemma. Ensamma. Utan att någon kan bekräfta det. Summa summarum…

Hon försökte kväva en gäspning. Tårar trängde fram och hon skakade kraftigt på huvudet för att hålla sig vaken.

– Jag anser att vi har tillräckligt för anhållan. På det sättet kommer vi också vidare i spaningen bland annat genom att vi kan göra husrannsakan. Frågan är om vi ska försöka med båda makarna eller bara med Carl-Christian.

– Bägge, sa Silje och Erik i korus, något som följdes av nickar och instämmande småprat runt bordet.

Bara Hanne satt alldeles tyst. Hon hade ögonen halvslutna och ansiktet var uttryckslöst. Inte ens när diskussionen fortsatte, informellt och tämligen högljutt, sa hon något. Ingen tycktes lägga märke till det förrän Annmari plötsligt utbröt:

– Vet du vad, Hanne, ibland är du rena pesten. Vad är det du sitter och tänker på? *Måste* du vara så hemlighetsfull? Anser du att vi andra är idioter eller har du någon annan anledning att se ut som om du sitter där nere och vet precis vad som hände i Eckersbergs gate i torsdags men inte orkar dela med dej till oss?

Hanne log svagt och ryckte åter på axlarna.

– Nejdå, sa hon likgiltigt. Jag vet inte vad som hände. Ingen av oss vet vad som hände den kvällen.

– *Men vad är det då?*

Annmari slog handflatorna i bordet. Polismästaren tvärvände sig mot henne.

– Nu tar vi det lugnt, sa han. Jag förstår att du är trött, Skar. Men det finns ingen anledning att använda den tonen oss emellan. Vi får nog av det när dom här människorna…

Han knackade på pappersbunten med pekfingret.

– …får sina advokater. Då blir det ett riktigt hallabaloo. Vi får spara vår energi till att tackla dom, va?

– Nej, sa Annmari hårt. Nu tänker jag för en gångs skull säga ifrån. Hanne Wilhelmsen… Se på mej. Se på mej, säger jag!

Hanne lyfte slött ansiktet.

– Dela med dej, sa Annmari. Dela med dej av dina tankar till oss, Hanne!

Rösten var inte längre aggressiv. I stället hade det kommit något uppgivet, nästan sorgligt över hela hennes gestalt; hon stod med lutande axlar och huvudet på sned.

– Om Hanne Wilhelmsen inte vill delta i diskussionen så ser jag ingen anledning att tvinga henne, sa Jens Puntvold. Vi är väl strängt taget mer intresserade av att följa den utredningslinje som du har lagt upp, Skar.

– Jag vill helt enkelt höra vad Hanne tycker, sa Annmari. Inget annat än det.

Nu viskade hon nästan och satte sig snabbt.

Hanne kliade sig med tummen på kinden en lång stund. Det

verkade som om hon fortfarande inte hade för avsikt att säga något. Hon satt nonchalant tillbakalutad i stolen och började böja huvudet från sida till sida som om hon var mer upptagen av en stel nacke än Annmaris oväntade utbrott.

– Hanne, sa Håkon Sand dämpat. Kanske du borde…

Han pressade sitt knä mot hennes. Hon stramade plötsligt upp sig.

– Jag är ledsen om jag verkar avmätt, sa hon och såg på Annmari. Det är faktiskt inte meningen. Jag är… koncentrerad egentligen. Och jag skulle gärna dela mina tankar med er men dom är… mer av allmän karaktär och antagligen är det här varken tiden eller platsen…

– Där tycker jag att vi tar dej på orden, avbröt Puntvold. Fortsätt, Skar!

– Vi tar oss tid, sa polismästaren skarpt. Om Skar vill ta dina synpunkter med i det arbete hon har framför sej ska hon få det. Sätt igång, Wilhelmsen.

Hon ryckte på axlarna och ålade sig fram till blädderblocket. Där rev hon fram ett nytt ark och skrev bokstäverna från A till E.

– Så här tänker vi allihop, sa hon och prickade under B:et med tuschpennan. Att om B kommer efter A, C efter B och D efter C så tar vi för givet att E är nästa bokstav. Det är elementär, banal logik. Helt enkelt därför att vi, när vi får bokstäverna A, B, C och D antar att det är början på alfabetet vi ser. Det är så sannolikt att vi kan svära på att E kommer efter. Hela vårt rättssystem bygger på en sån tankegång. Och väl är det.

Hon satte hättan på pennan och vände sig mot åhörarna. Erik satt med öppen mun och blicken stadigt fäst på alfabetet. Jens Puntvold ritade irriterat på en pappersmugg och verkade demonstrativt ointresserad. De två yngsta satt och gjorde anteckningar som om de var på en viktig föreläsning inför examen. Silje snurrade och snurrade på sin ring.

– Varenda dag döms människor till fängelsestraff på grund av såna slutsatser. Eftersom tunga, exakta och ovedersägliga bevis dessvärre är en bristvara i vår bransch så får domstolarna som regel ta ställning till skuld eller oskuld på grund av indiciebevis. Och jag…

Hon höjde rösten för att hindra Håkon att avbryta.

– Jag angriper alltså inte det. Så är det och det måste vi alla leva med. Annars rasar vårt system ihop. Att A och B och C och D kommer efter varandra av en tillfällighet är fullständigt osannolikt. Men det kan inte hjälpas att jag tänker en del på att våra förutfattade meningar om sakers ordningsföljd, konsekvens och sammanhang vid vissa tillfällen kan missbrukas. I alla fall är det *tänkbart*.

Hon vände sig åter mot blocket och skrev ANDJÄRN i stor stil över ett nytt ark.

– Här fattas det en bokstav, sa hon och pekade. En begynnelse-bokstav. Vilken?

– H, lät det unisont.

– Säkert, frågade Hanne, nu kände hon ivern hos de andra. Är ni helt säkra?

– H för handjärn, sa Erik. Självklart.

– H, upprepade flera.

– Är ni *alldeles* säkra?

Otåligheten bredde ut sig som ett retligt sorl i rummet.

– Ja, sa Hanne och fullbordade ordet. Det blir HANDJÄRN. Men om jag säger att ni väljer H därför att ni är poliser, vad säger ni då?

– Vart vill du komma med det här, Wilhelmsen?

Kriminalchef Puntvold rynkade pannan och såg på klockan.

– Jag illustrerar hur fel man kan ta, sa Hanne syrligt. Jag försöker, eftersom ni insisterade att vi har tid till det här, att visa hur vi tolkar en given men inte fullständig upplysning helt beroende på vilka vi är och vad vi tror att vi ska ha informationen till. Bokstaven som fattas är inte H utan B.

BANDJÄRN skrev hon med tre streck under.

– Vad är bandjärn, frågade Erik märkbart förvirrad.

– Om det hade suttit en tunnbindare här i rummet hade han alldeles säkert sagt B, sa Hanne. Helt enkelt för att han inte har något förhållande till handjärn men dagligen till bandjärn.

– Vad är en tunnbindare? Och vad fan är ett bandjärn?

Hanne rev av arket från blocket.

– En som gör tunnor. Och tunnband. Ett bandjärn kan förresten användas till mycket annat också. Inte för att det spelar någon roll. Poängen är…

– Det undrar jag verkligen!

Nu var det avdelningschefens tur att visa irritation.

– Vad i all världen har detta med Stahlbergfallet att göra? Med all respekt för både dej och polismästaren vill jag påminna om att vi sitter här på dubbel övertid på juldagen och säkert har viktigare saker att göra än att lära oss nya gissningslekar!

– För mej är det fullkomligt likgiltigt, sa Hanne. För all del. Det var verkligen inte jag som insisterade på det här. Jag skulle ha varit med på en juldagslunch hemma just nu, så…

Hon la ifrån sig tuschpennan och försökte komma förbi Silje som vippade stolen mot väggen bakom sig.

– Nej, sa Annmari så högt att Hanne tvärstannade. Det är jag som eventuellt ska till förhör i samband med den här anhållan. Jag tycker Hannes utläggningar är intressanta. Jag vill höra mer. Du kan ju gå om du tycker att det är bortkastad tid. Fortsätt, Hanne. Snälla du.

Avdelningschefen verkade alldeles överrumplad och lyfte frånvarande kaffekoppen mot munnen utan att dricka innan han ställde den ifrån sig.

– *She's pulling ranks*, viskade Erik i Siljes öra. Jävlar anamma!

Situationen var närmast oerhörd. Även om Annmari var polisjurist och därmed överordnad avdelningschefen var det många år sedan juristerna i Huset kunde ta sig en sådan ton mot erfarna högt uppsatta tjänstemän. Tystnaden i rummet blev outhärdlig. Till och med den självsäkre kriminalchefen Puntvold verkade villrådig och öppnade munnen flera gånger utan att komma på något att säga.

– Jag försökte bara, började Hanne till slut och försökte låta bli att se åt avdelningschefens håll, att visa hur våra tolkningar styrs av våra förväntningar och erfarenheter. Ju mer utförlig och komplett en bild, en situation eller ett fall är desto lättare är det att dra ordentliga slutsatser om vad det är som fattas. Här…

Hon tog upp det avrivna arket från golvet och höll det framför sig.

– …var ordfragmentet jag gav er så gott som fullständigt. Då fanns det inget tvivel hos er vad som fattades. Men ni tog alltså fel i alla fall. Eller rättare sagt: Ni kunde ha tagit fel. Om jag tänkte på handjärn eller bandjärn kan ju ingen veta.

Till och med Håkon verkade skärpt nu. Han hade äntligen tagit på sig glasögonen och blicken verkade klarare, mer koncentrerad.

– Om indiciekedjan i ett fall är aldrig så lång, fortsatte Hanne. För att inte tala om att motiven verkar aldrig så övertygande, aldrig så tunga, så…

Avdelningschefen satt som en saltstod. Hetsiga röda fläckar färgade hans kinder. Han visste inte riktigt var han skulle göra av händerna. Till slut knäppte han dem, hårt. Hanne kunde se knogarna vitna.

– Om dom tre döda Stahlbergarna är A, B och C så är Knut Sidensvans ett främmande X, fortsatte hon. Han passar inte in. Mitt bekymmer är att vi skjuter bort honom som en bortvillad bokstav i stället för att fråga oss: Vad gjorde den mannen där? Finns det en förklaring till hans närvaro. Är det kanske dom andra tre som är i bilden av en händelse och X som ger fallet mening? Det verkar förstås ologiskt. Det är så mycket lättare att leta efter orsak, sammanhang och mening där den faller oss i ögonen, nämligen hos en familj så disharmonisk att den liknar den jag... Poängen är att...

Hanne riktade sig till Annmari nu och bara till henne. Polisjuristen satt med armarna i kors och ingenting kunde avläsas av det neutrala uttrycket under den grånande luggen. Men hon följde med. Till syvende och sist var det Annmari som avgjorde vilken riktning den här utredningen skulle ta. Inte Hanne själv, inte avdelningschefen, inte kriminalchefen eller polismästaren. Inte ens statsåklagaren. Annmari Skar var ansvarig jurist i den här utredningen och hade från första stund tagit ett helt ovanligt starkt kommando. Det verkade som om hon knappt varit hemma på en vecka och ingen tvivlade på att Annmari var den enda i Huset som hade något som liknade full översikt över hela det stora ärendekomplex som Stahlbergfallet nu utgjorde.

– Vart vill du egentligen komma, Hanne?

Annmaris röst var varken fientlig eller skeptisk. Hon fick bara en rynka i pannan och skakade lite på huvudet när hon frågade vidare.

– Ska vi bara låta Carl-Christian-spåret ligga?

– Nej, naturligtvis inte. Det kan till och med hända att du har rätt i att vi bör gripa honom. Och frun. Jag tycker bara att det är viktigt att vi har...

Hanne hejdade sig. Hon kände sig varm och ville inte fortsätta.

– Motivet *behöver* inte vara det vi ser. Och då... Då kan det lika gärna vara Hermine som har mördat alla fyra. Eller någon helt annan.

Det sista kom nästan som en viskning. Silje såg förvånat på henne.

Dörren flög upp och träffade Hanne i bakhuvudet.

– Förlåt, sa Billy T. Gick det bra?

Hanne mumlade och nickade och gned sig på en begynnande bula.

– Hermine Stahlberg köpte ett vapen i november, sa han högt och triumferande.

Jackans slag spände över axlarna och knäppningen var sned som om han hade kastat på sig kläderna. Rödkindad och andfådd fortsatte han:

– Jag har snackat med en av mina små pippifåglar. Den tionde november träffade Hermine en vapenlangare på en krog på Trondheimsveien. Hon behövde ett oregistrerat handeldvapen, helst en pistol. Hon var…

– Sätt dej ner, sa Annmari lugnt. Ta det lugnt nu.

– Det finns inte plats här, sa han. Avtalet var att vapnet skulle skaffas fram och levereras den sextonde november…

– Du uppför dej som en nyutexaminerad, sa Hanne. Sätt dej ner och ta det lugnt.

– Var då?

Det fanns inga lediga stolar. Hanne höll fram sin egen och gick själv och satte sig på avlastningsbordet. En colaflaska välte. Hon ignorerade den växande bruna fläcken.

– Jag ska självfallet skriva en rapport, sa Billy T. Men…

– Rapport, avbröt Annmari. Varför inte ett vittnesförhör? Du har väl förhört den där vapenhandlaren?

– Glöm det nu!

Han viftade otåligt bort henne. Utan att ta av sig ytterkläderna satte han sig hastigt ner.

– Min källa säger alltså att avtalet var att skaffa ett handeldvapen. "Ägnat till beskydd mot stora varelser."

Hans fingrar krökte sig till citationstecken.

– Hermine hade faktiskt sagt så. "Stora varelser." Min källa hade turen med sej, skaffade en Glock och levererade den till

Hermine på toan på samma krog den sextonde november.

– Din källa skaffade en Glock, upprepade Annmari sakta. Betyder det att du har pratat med själva leverantören? Att upplysningarna är förstahands?

– Japp! Som du vet hade jag ju historien tidigare, från Kluten, pundaren som dog i söndags. Eftersom han ljuger värre än biskopen så måste jag… Nu har jag…

– Jag hoppas för din del att den här vapenlangaren sitter i häktet i väntan på ett grundligt förhör, sa kriminalchef Puntvold, märkbart, nästan påfallande, ivrigt.

Det var som om luften plötsligt gick ur Billy T. Han sjönk på sätt och vis ihop, han gled fram på stolen, släppte ner axlarna och böjde huvudet. Sedan andades han djupt och demonstrativt två gånger innan han åter såg upp och sa:

– Det här är vad jag har att komma med: En rapport som refererar ett samtal som jag har haft i dag med en källa, en småvapenhandlare som upplyser att Hermine Stahlberg den tionde november detta år var i kontakt med he… vederbörande. Hermine var ute efter ett handeldvapen av en viss kaliber "ägnat till beskydd mot stora varelser". Affären genomfördes sex dar senare. Rapporten kan vara skriven, undertecknad av mej och lagd på Annmaris bord om tre kvart. Punkt. Jag har inte för avsikt att blåsa min källa. Inte än. Jag har inte för avsikt att ta emot skäll från någon. Jag har inte för avsikt att stanna här längre. Om du tackar ja till mitt erbjudande…

Ett smutsigt, kraftigt pekfinger med naglar bitna till blods skakade mot Annmari.

– …så kan du skicka ett SMS. Ha det.

Han reste sig och gick. Dörren smällde igen efter honom med ett lika stort brak som när han kom tio minuter tidigare.

– Trött, sa Hanne och log lätt mot polismästaren. Bara väldigt trött.

Efter ett ögonblicks tystnad bröt ett våldsamt oväsen ut. Alla pratade i munnen på varandra, rösterna ekade mellan väggarna och ökade i styrka för att höras. Bara Hanne satt eftertänksamt tyst och lät pekfingret leda colan ut mot bordskanten i små floder som droppade mot golvet.

– Jag kan inte förstå annat än att vi måste gå till ett gripande, skrek Annmari och viftade med armarna för att få tystnad. Och det är kanske lika bra att slå till ganska brett. Vi tar in alla tre, va? Hermine, Carl-Christian och Mabelle?

Någon började klappa. Applåden blev efterhand öronbedövande. Annmari log lyckligt. Hanne kunde svära på att polisjuristen var nära att börja gråta.

– Det här är bra, sa kriminalchef Puntvold in i hennes öra; hon hade inte märkt att han stod bredvid henne nu. Det här kan gå fortare än du väntat dej. Fina grejer.

Hanne log vänligt utan att möta hans blick.

– Det var inte så viktigt att lösa gåtan med Sidensvans i alla fall, sa han. Billy T. må man säga har ett bra kontaktnät. Men du också förstås! Du har siktat in dej på Hermine hela tiden, du.

Hanne vände sig för att svara men då var Puntvold redan i fullt samtal med avdelningschefen. Hanne såg sig omkring i rummet, från ansikte till ansikte.

Alla verkade så glada.

Själv kände hon bara ängslan och gick för att ta reda på Billy T.

Hanne hade letat överallt. Ingen hade sett till honom, ingen utom Erik Henriksen som påstod att han hade känt lukten av Billy T. på herrtoaletten för en kvart sedan. Fylla och svett, fastslog han, och undrade vad för slags julaftnar de brukade fira.

Till slut gav hon upp och gick tillbaka till sitt eget kontor.

Hon blev stående på tröskeln några sekunder. Rummet låg i halvmörker men det var ändå något som gav henne känslan av att allt inte var som det skulle. Återigen kände hon det där stråket av rädsla, av en främmande olust vid att vara där, i Huset, på jobbet. Dröjande lyfte hon handen och rörde vid strömbrytaren.

– Hej, hörde hon bakom sig och hoppade högt.

– Herregud, Billy T. Du skrämde mej.

Han gick bort till fönstret.

– Det blir liksom aldrig någon riktig dag nu för tiden, sa han tyst.

– Det är vinter, Billy T. Men nu vänder det. Varje dag blir ljusare nu.

– Jag märker att jag inte tål det så bra längre.

– Vintern?

– Mörkret. Att det aldrig blir riktigt ljust. Bara grått och halvhjärtad dag. Sen kommer kvällen, alldeles för tidigt. Jag blir så jävla trött.

Han satte sig i besöksstolen. Hanne gick bort till honom och strök honom sakta över hjässan. Det stubbade håret kittlade i hennes handflata. I nacken valkade sig fettet i två smala korvar. Hon märkte att han slappnade av, lutade sig tillbaka och blundade. Hon pressade försiktigt hans huvud mot sin egen kropp och masserade honom i pannan.

– Vi åldras, Billy T. Det är inte så farligt.

Utanför fönstret hade alla färger försvunnit. Temperaturen hade stigit till över noll. Träden stod svarta och nakna, knappt synliga i dimman som sakta drev in från fjorden. Vinden hade mojnat. Om en halvtimme skulle det vara alldeles mörkt.

– Jag har låtit mej korrumperas, sa han.

– Du har…

En utryckningsbil svischade ner mot Grønlandsleiret. Blått ljus skingrade dimman i några sekunder innan sirenen försvann mot centrum.

– Titta här.

Han rätade på sig i stolen och drog fram en lapp ur bröstfickan. Hanne tog tveksamt emot den och vecklade ut den.

– En tipskupong, sa hon frågande.

– V75. Hästar. Sju rätt. Värd över hundrafemtiotusen kronor.

– Så... Så bra då! Grattis!

Han reste sig och gick bort till fönstret.

– Riv sönder den, sa han och la pannan mot den kalla glasytan.

– Va?

– Riv sönder den. Jag klarar det inte själv.

– Billy T...

– Riv sönder den!

Hans andedräkt bildade fuktiga pulserande fält på glaset.

– Det här måste du förklara för mej, sa hon.

– Fan också, Hanne. Riv sönder den, säger jag!

– Vänd på dej.

Han blev stående med uppskjutna axlar och huvudet sänkt mellan dem. Nu stödde han sig med skallen mot fönstret. Hanne stängde försiktigt dörren.

– Billy T., jag vill veta vad det här är.

– En V75-kupong.

– Det förstår jag. Men var har du fått den ifrån? Varför ska jag riva sönder den?

– För att...

Äntligen vände han sig om. Hyn var blek och djupa fåror gick från näsvingarna förbi mungiporna och djupt ner över hakan. Han var orakad. Ögonen låg djupt, det var nästan omöjligt att se vilken färg de hade.

– För att jag har fått den av ett praktarsel. Ronny Berntsen, Hanne. Han gav mej den där. Och jag behöver pengarna.

Han slog händerna för ansiktet och vände sig om igen. Mot väggen nu, han dunkade pannan i panelen, gång på gång.

– För helvete, Hanne. Jag behöver pengarna. Riv sönder den förbannade kupongen!

– Billy T…

Hon slog armarna runt hans midja. Hennes huvud vilade mot den breda ryggen. Värmen från hans kropp trängde igenom ytterjackan.

– Det får du göra själv, sa hon. Tills vidare har du inte gjort något fel. Du har inte tagit ut pengarna.

Han reagerade inte.

– Billy T.? Du har inte tagit ut pengarna?

– Då hade jag ju inte haft kupongen kvar, sa han tonlöst.

– Då är allt bra. Men du måste förstöra den själv. Det kommer att vara så viktigt för dej. Efteråt. Senare. Att du själv lyckades sätta gränser. Stå emot.

– Stå emot djävulen, liksom! Har du blivit religiös, eller?

Hanne log och kramade honom hårdare.

– Jag? Är du tokig! Vänd på dej nu.

Han andades friare och vände sig om. Hon drog ner hans blixt-lås och försökte dra av honom halsduken. Han hindrade henne.

– Jag måste gå, mumlade han. Det blir ett himla liv om jag inte kommer till min systers jullunch. Sticker jag nu så hinner jag i alla fall till desserten.

– Du kan få pengar av mej.

De stod alldeles nära varandra. Hanne klappade honom på bröstet, drog jackslagen på plats, rättade till halsduken.

– Jag kan inte ta emot pengar från dej, Hanne.

– Självfallet kan du det. Det är mina pengar. Jag använder nästan ingenting längre, lönekontot bara står där och blir större och större. Nefis betalar allt. Jag har visserligen inte hundrafem-tiotusen än, men jag kan hjälpa dej en bit på väg.

– Det fattar du väl att det inte går. Jag kan inte ta emot pengar från dej. Inte från någon.

– Du är min familj, Billy T.

– Nej.

– Jo, på sätt och vis är du den enda familj jag har. Du kände Cecilie. Du kände mej, för länge sen, innan dom andra, innan… Du kan få hundratusen. Som ett lån.

Plötsligt drog hon sig undan.

– Men du bestämmer naturligtvis själv.

– Har du ont i huvudet?

– Va?

– Jag slog ju dörren rakt i bakhuvudet på dej.

– Å det. Det är bra. En liten bula bara.

Billy T. tog fram en luva från fickan och drog den på sig.

– Du borde gå igenom posten snart, sa han och pekade på inkorgen, ett torn av oöppnade brev och internpost.

– Visst. Vad gör du med kupongen?

Hon höll fram den framför honom och efter ett ögonblicks tvekan tog han den och stoppade tillbaka den i bröstfickan.

– Jag ordnar det här själv, sa han kort.

– Det vet jag att du gör, sa Hanne. Du måste komma ihåg att skriva den där rapporten innan du går.

– Intresset för mina upplysningar var inte precis påträngande, sa han tvärt och tittade oengagerat på listan över de senaste dagarnas gripna som låg överst i högen med post.

– Var inte fånig, sa Hanne. Du gick ju bara. Annmari hann ju inte prata färdigt. Det var applåder där inne.

– Hon har inte gett ett ljud ifrån sej.

– Har du på telefonen då?

Bestört fiskade han upp telefonen ur fickan.

– Oj, sa han. Den är avstängd.

– Gå och skriv din rapport, du. Och förbered dej på att din källa måste bli blåst. Herregud, Billy T.! Han är det mest centrala vittne vi har!

– Hon, mumlade han. Det är en tjej. Och jag blåser henne inte förrän jag måste.

Hanne hastade nedför backen från Polishuset till Grønlands-leiret. Gatan var hal och ett par gånger höll hon på att tappa balansen. Knappt halvvägs hörde hon ropen:

– Wilhelmsen! Hanne Wilhelmsen! Hallå kommissarien!

Hon stannade och vände sig om. Mannen som kom spring-ande efter henne verkade för ung för uniformen. Axelklaffarna avslöjade att han var aspirant på andra året. Tätt krulligt hår stod kring huvudet. Ansiktet var klotrunt med smala sneda ögon och en bred platt näsa. Hade pojken inte varit blond och blek kunde man tagit honom för afroasiat. Han var småväxt också, ovanligt för en polis. Hanne kom på sig med att undra om han var tillräckligt lång för att komma in på Polishögskolan. Men det måste han ju vara.

– Hej, sa han andfådd och stack fram näven. Audun Nathol-men.

Hanne nickade ointresserat och tittade på klockan.

– Du förstår… Jag sitter i tipstelefon. Alltså… Jag tar emot tips. Från allmänheten. Om den där utredningen. Stahlberg-fallet, alltså. Och då…

Han kikade bakom sig och dämpade rösten som om han ville dela med sig av en hemlighet.

– Det kommer mycket konstigt, vet du.

– Ja.

– Ja, det vet ju du.

Han log generat och strök sig över uniformsärmen.

– Men så var det en kille som ringde. Anonymt. Han vägrade att säga vem han var alltså. Men jag skrev av numret från dis-playen. Jag kollade det efteråt. Det var från en telefonkiosk i Maridalen… Du vet just där gatan…

– Det är inte så viktigt, avbröt Hanne.

Grabben svalde och andades djupt innan han började på nytt:

– Mannen hade sett något misstänkt. Någon hade borrat ett hål i isen på en sjö uppe i Nordmarka. Den här som ringde sa att han var ganska konstig. Den personen som borrade hålet alltså. Dagen efter morden. Personen hade helt plötsligt bara varit där. Borrat i isen och dragit igen. Han som ringde menade att hålet var tillräckligt stort för att slänga ner något i. Alltså… ett vapen till exempel.

– Det här måste du ta upp med andra än mej, sa Hanne och började långsamt gå vidare. Jag minns inte riktigt vem som har ansvaret för att sortera tipsen. Guldbrandsen är det väl. Det är i alla fall inte jag.

– Vänta!

Han gav sig inte och följde tätt efter henne vidare nedför backen medan han gestikulerade.

– Jag har faktiskt pratat med polisjurist Skar!

– Annmari? Har du besvärat henne med det här?

– Ja, hon blev lite sur. Men fattar du… Först snackade jag med… Sen… Kan du inte stanna då!

Hanne stannade och mätte grabben med blicken, förvånat, nästan imponerad.

– Jag förstår bara inte vad du vill mej, sa hon lite vänligare nu. Som du säkert vet, eller i alla fall förstår, är Stahlbergutredningen ett ganska omfattande ärende. Både när det gäller personal, taktik och teknik. Förhoppningsvis sitter det någon och har en sorts översikt någonstans. Annmari Skar är väl en av dom. Om du har känslan av att ett tips bör följas upp borde du ändå ta upp det med din närmaste överordnade. Vem är det?

– *Men hör på då!*

Den unge mannen nästan skrek. En äldre kvinna på väg uppför backen stannade tvärt och mönstrade förskräckt paret. När hon såg pojkens uniform rultade hon vidare med styva steg, rädd för att ramla.

– Jag har snackat med tre stycken uppåt i systemet, fortsatte Audun Natholmen ivrigt. Ingen är intresserad.

Hanne log brett när hon svarade:

– Du vet mycket väl att de allra, allra flesta tips vi får in är totalt värdelösa. Du kan inte räkna med att systemet störtar till handling bara för att det ringer en anonym typ och säger att han har sett en konstig vinterfiskare.

Han nickade motvilligt. Irisarna var isblå i de smala springorna och munnen liknade ett barns. Hanne kunde svära på att den darrade, en liten rörelse i underläppen som om han var rörd över situationen, av att kunna stå där i duggregnet med Hanne Wilhelmsen och diskutera Oslopolisens största fall.

– Det fattar du, eller hur?

Hon slog honom på skuldran innan hon stoppade händerna i fickorna.

– Nu fryser jag arslet av mej och jag kommer att få hinkvis med utskällningar när jag kommer hem så sent. Så om det är okej för dej så går jag nu. Jag kan helt enkelt inte hjälpa dej. Annat än att jag kan titta närmare på ditt tips i morgon när det ligger i mitt postfack. Så ska jag se vad jag kan göra.

– Men det var något annat jag tänkte…

Hanne hade börjat gå, mer bestämt nu.

– Men jag skulle bara fråga om…

Hanne vände sig irriterat om för tredje gången. Den här grabben var direkt påträngande.

– Du förstår… jag håller på med dykning. Det är min hobby. Skulle det vara helt fel om jag tog med ett par kompisar och gjorde en liten undersökning där uppe? På fritiden alltså. Eftersom ingen ändå är intresserad av det här tipset?

Hanne tänkte efter. Ett par kollegor passerade dem hastigt

med korta nickar åt Hannes håll.

– Ja, sa hon. Det skulle vara alldeles fel.

Sedan log hon en aning.

– Men det betyder inte att jag inte skulle ha gjort det om jag var du. Jag skulle bara ha hållit knäpptyst om det. Om jag inte hittade något alltså. Men låt bli du. Det är bäst så.

Grabben gapade och såg ut att vilja säga något. Sedan slog han ihop käkarna och stormade uppför backen. Halvvägs vände han sig om i farten och höjde handen.

– Tack ska du ha, ropade han överlyckligt och spurtade vidare.

Annmari Skar hade fått problem med synen. Det flimrade för ögonen och hon visste inte hur hon skulle orka med mötet med pressen som kriminalchef Puntvold hade insisterat på att genomföra.

Gripandet av Carl-Christian och Mabelle hade gått lugnt till. Meningen var att kalla in dem till förhör för att sedan delge dem misstankarna. När de bestämt vägrade att komma med hänvisning till helgen och den nära förestående begravningen greps de i hemmet. Enligt Erik och Silje var bägge mer präglade av apati än ilska. De hade inte ens bett om advokat förrän någon påminde dem om att det kanske var en idé att ordna den saken innan de föhördes.

Annmari mådde dåligt av brist på sömn och fick rena kväljningar vid tanken på vad som låg framför henne. Hon bläddrade i rapporterna från gripandet om och om igen och väntade egentligen bara på den sista. Hermine Stahlberg var uppenbarligen svårare att hitta än brodern och svägerskan. Klockan närmade sig sex på kvällen. Presskonferensen skulle börja klockan halv sju. Vilket betydde direktsändning som förstanyhet i TV2 och i värsta fall tio röriga och vilseledande minuter halvtimmen senare på NRK.

– Hon är puts väck, sa Erik Henriksen och slog knytnäven i dörrkarmen.

– Väck?

Annmari la pappren ordentligt på varandra, kant i kant och strök handen över håret i ett försök att verka samlad och förberedd innan hon åter såg upp på den nyanlände och sa:

– Väck, säger du? Vem?

– Hermine. Borta. Inte hemma. Hon har ju egentligen inget jobb...

Han ryckte på axlarna och dunsade ner i den lediga stolen.

– ...och vad skulle hon gjort där på juldagen. Vi var...

– Vi var helt enkelt för dåligt förberedda, avbröt Annmari uppgivet. Det kallar jag en ordentlig nybörjartabbe. Herregud, Erik, hittar ni henne inte?

Erik skakade motvilligt på huvudet.

– Jag beklagar.

– Beklagar? Det är väl lite sent. Jag fattar inte... Jag kan faktiskt inte ha kontroll på allting, Erik. Jag måste kunna lita på att ni andra också gör ert jobb!

– Det var du som ville ha ett gripande, sa han ilsket tillbaka. Jag har gjort precis det du bad mej om. Vi. Vi har gjort som du sa. Men vi hittar alltså inte Hermine.

Annmari blundade. Salivproduktionen ökade oroväckande. Hon svalde ihärdigt och drack vatten. Till slut klarade hon att se på honom igen.

– När jag säger till om ett gripande så...

– Tre, rättade Erik. Tre gripanden.

– När jag säger till om tre gripanden, började Annmari på nytt. Så förutsätter jag att ni inom polisen gör det nödvändiga förarbetet för att kunna genomföra gripandena så smärtfritt som möjligt och åtminstone...

Rösten blev högre, nästan gäll.

– ...på en polisyrkesmässigt acceptabel nivå!

– Ni inom polisen, härmade Erik. Har det blivit så med dej också? Att du liksom inte är en av oss?

Han mätte henne kritiskt med ögonen. Blicken for över uniformen hon bar eftersom hon redan hade klätt sig för presskonferensen, snuddade vid gradbeteckningarna på axlarna och stannade över vänster bröstficka: POLIS i guld mot mörk bakgrund.

– Jävla jurister, fräste han och Annmari började skratta.

Han bet sig i läppen. Ihärdigt försökte han koncentrera sig på regnet som hade börjat falla.

– Inte vi, sa Annmari leende. Vi två ska inte bråka, Erik. Inte du och jag.

– Nej. Men jag tycker fortfarande att det är du som har ansvaret för att vi inte hade kartlagt dom där människorna tillräckligt noga. Efter min mening så är det tveksamt att gripa någon just nu hur som helst. Mitt i julen och så. Dom får all sympati, du vet. Från dom där ute. Från folk som har det mysigt med familj och julfirande och julklappar och julotta. Och inte kan föreställa sej att någon har tagit livet av halva släkten. Inte nu, Annmari. Inte nu i denna förbannade heliga norska jul.

– Men när det verkar rätt, Erik. När allt vi kan och allt vi vet och alla möjliga tecken tyder på att vi måste haffa dom misstänkta... Vad ska vi göra då? Sitta stilla och vänta på att julen ska ta slut? Vänta på att misstanken ska försvagas, försvinna? För att allt ska bli mer behagligt? För oss eller för dom?

– Nåja...

Erik rufsade sig i håret som höll på att bli för långt. Han reste sig klumpigt. På väg ut från kontoret vände han sig om, tvekade ett ögonblick innan han dämpat, med en innerlighet som stod i underlig kontrast till det lurviga utseendet, fortsatte:

– Jag känner med dej, Annmari. Jag håller tummarna för att

du ska lyckas med det här fallet. Ge järnet och skit i pressen. Dom är ute efter dej vad du än hittar på. Ge fan i det. Och vi ska hitta Hermine åt dej. Ge oss ett dygn och du ska få hennes huvud på ett silverfat.

– Lovar du?

– Jag garanterar. Död eller levande.

Sedan gäspade han långdraget och lämnade henne.

Hanne valde att gå trots att det tog nästan en timme att korsa Oslo från Gamlebyen till Frogner. Dessutom tog hon en omväg. Billy T. hade rätt. När hon såg sig själv i spegeln på morgonen registrerade hon att fettet inte längre la sig där det gjorde i tidigare slappa perioder. Det var dessutom mycket svårare att bli av med.

Hon började promenaden från det invandrartäta området kring Polishuset nedanför medeltidsparken. Det som förr hade varit ett otrivsamt ingärdat ingenmansland höll på att bli en vacker påminnelse om hur en stad en gång växte fram. Nu låg vattenspegeln frusen och grå och de utgrävda ruinerna gick nästan i ett med dimma och smutsig snö. Hon hade blivit våt om fötterna och satte igång att småspringa för att hålla värmen. Trafiken i Bjørkvika, där den evigt planlagda Operan såg ut att aldrig resa sig, var sparsam. Hon närmade sig Jernbanetorget. Barer och pubar låg stängda och låsta med galler för fönstren. Bara på Plattan, en skräpig plätt sydväst om Centralstationen, bedrevs handeln som vanligt. Den trista platsen var huvudcentral för Oslos gatunarkomaner. Pundare och utmärglade, tjockt sminkade flickor bytte varor, pengar och avtalade tjänster medan en och annan tågpassagerare skyddade sig mot synen och gick omvägar omkring dem. Hanne kände igen ett par av stackarna på Plattan, och sneddade själv snabbt en omväg mot Karl Johan. Från Egertorget kunde hon precis skymta silhuetten av Slottet. Lamporna i lindarna längs stadens huvudgata fick glorior av fukt; en allé av disiga ljus som tonade bort. Hanne stannade vid Tanum Bokhandel för att titta i skyltfönstret. Aldrig hade hon upplevt Oslo så tyst. Hon korsade Slottsparken utan att träffa en enda människa.

Snart var hon hemma. Gatorna blev bredare. Husen reste sig ståtligare, tillbakadragna från trottoarerna. Julen var mer dämpad i den här delen av staden. Ljusen var inte skarpa och mångfärgade som på Grønland och grankvistarna i dörrkransarna var äkta.

Hon fumlade för att få syn på armbandsuret mellan handsken och den lite för trånga jackärmen. Tio över fem. Nu var det antagligen klart. Hermine, Mabelle och Carl-Christian Stahlberg var gripna och satt i var sitt förhörsrum i Polishuset. Det var inte nödvändigt för Hanne att vara där. Om allt gick som alla tycktes tro så skulle de få sitta länge i häktet. I veckor troligen, kanske ända fram till huvudförhandlingen, och det första förhöret var ändå bara skådebröd. De skulle känna rädslan av att vara avslöjade, inplockade och inlåsta.

Sedan blev det hennes tur. Det var bestämt att hon skulle förhöra Carl-Christian från klockan nio nästa morgon. Hon höll tummarna för att det inte skulle finnas en enda advokat i staden som var villig att avsätta tio timmar i Polishuset mitt i julhelgen. Fast, så som förhållandena hade utvecklat sig bland Oslos brottmålsadvokater stod de kanske i kö. De verkade beredda till vad som helst för sina femton sekunder i teve. Här kunde det bli tal om åtskilligt mer. Stahlbergfallet kunde bli biljetten till berömmelse, om inte precis ära. Hanne kom på sig med att göra en mental önskelista; en översikt över advokater med integritet och samarbetsvilja, för klientens bästa. Den blev pinsamt kort.

Kruses gate låg öde.

Inga gardiner rörde sig. Inga ansikten drog sig plötsligt tillbaka. Hanne borde trivas med detta, hon borde känna sig hemma bland folk som skötte sitt och nästan inte fanns till för varandra. Frogner var för Hanne en stadsdel där människorna var reducerade till namn på dörrskyltar och där en försiktig nick var allt man kunde vänta sig från grannen. Det borde passa henne att bo på ett sådant ställe.

I stället blev hon förvirrad över bristen på nyfikenhet. Den tog ifrån henne möjligheten att tänka sig hur andra föreställde sig henne. De fanns ju, bakom stängda dörrar och fördragna gardiner, det fanns människor här också, många förstås, men hon fick ingen möjlighet att servera dem halvsanningen om sig själv. Det gjorde henne nervös och spänd när hon var på väg hem, alltid, det ökade när hon närmade sig lägenheten och avtog inte förrän hon kunde stänga in sig bakom den anonyma dörren med tre intetsägande efternamn ingraverade i en mässingsplatta under ringklockan.

Hon rundade sitt eget hushörn. När hon skulle in genom porten ryckte hon till så häftigt att hon tappade pärmen som hon hela tiden hade burit på.

En hund strök mot hennes ben. Den kom fram bakom den låga muren där ett sopskjul av betsat trä hade byggts för bara några veckor sedan.

Hunden var ful och grå. Nacken var överdimensionerad i förhållande till det smala, låga ryggslutet. Ena örat var nästan avrivet. Längs vänstra skinkan lyste ett sår i ljuset från gatlyktan. Djuret haltade kraftigt men hade en anmärkningsvärd fart när det for över gatan och försvann in på en bakgård hundra meter längre bort.

Hanne andades snabbt. Adrenalinet sköt så häftigt ut i kroppen att hon kände värmen krypa tillbaka i de frusna tårna. Hon böjde sig ner för att ta upp pärmen, förvånad över hur skrämd hon hade blivit. Det var förstås tystnaden, och hon hade dessutom gått helt i sina egna tankar när den förskräckliga besten plötsligt dykt upp. Pulsen slog fortfarande tungt när en tanke slog henne; hon reste sig långsamt utan att ha tagit upp pärmen.

Hon hade hört talas om den där hunden. Nefis hade varit på möte med bostadsrättsföreningen någon gång i höstas när det beslöts att bygga ett eget hus för soptunnorna för att hålla råttor och andra djur borta. Men Nefis hade också nämnt en hund.

Det var verkligen ett skrämmande djur och Hanne blev stående en lång stund i tankar utan att märka hur hon frös.

Hon var så lättskrämd nu för tiden och det bekymrade henne.

Alexander sov som tonåringar gör. Han låg nästan tvärs över sängen, på magen, med ansiktet vilande på höger hand och den vänstra armen dinglande utanför kanten. Täcket skylde bara mitten av kroppen. I det svaga ljuset som smög sig in i rummet från hallen kunde Hanne precis skymta den ena skinkan. Pojken sov naken med sockorna på. En gång hade de väl varit vita. Nu var fotsulorna avtecknade i smuts och damm och resåren slapp kring benen.

Alexander sov utan ett ljud.

Vid sängen stod en papplåda och en sjömanssäck med kläder. De hade ännu inte öppnats.

– Han tror inte riktigt på det här, viskade Nefis. Han gör ingenting för att slå sej till ro.

– Vad hade du väntat dej, sa Hanne. Han har varit här i ett dygn.

– Hur var det, sa Nefis, fortfarande viskande fast pojken sov tungt.

– Vadå?

– Att bli utkastad.

– Jag blev aldrig utkastad. Jag blev utfrusen. Det var ännu värre. Eller…

Hon tvingades motstå lusten att stoppa om pojken bättre. Egentligen borde de inte vara här överhuvudtaget. Han hade stängt dörren när han la sig. Alexander var en stor pojke, tänkte Hanne, och hade rätt att kräva privatliv och att få sova i fred för två tokiga tanter som han inte ens kände.

Sakta gick hon fram till sängen. Hon lyfte försiktigt på täcket och la det åt rätt håll, hon täckte över honom och stoppade in kanterna under hans fötter. Den dinglande bara armen lät hon vara.

– Så, sa hon tyst, och sköt Nefis försiktigt åt sidan innan hon stängde dörren.

– Jag måste lägga mej, sa hon. Det blir en lång dag i morgon.

Nefis tassade efter henne till deras eget sovrum.

– Kommer du någonsin att kunna ta en ordentlig semester, frågade hon och svarade själv: Aldrig förstås.

– Jag hade en ledig vecka i somras.

Hanne gick in i badrummet och började borsta tänderna.

– Fem dar, rättade Nefis.

– Ska vi gräla nu?

– Nej. Hur var det?

– Underbart. Ovant. Härligt.

Hanne skrattade med munnen full av tandkräm.

– Jag menade inte semestern, sa Nefis och la sig på den bädda-de sängen utan att klä av sig. Jag menade att bli utfryst.

– Det är för sent, Nefis. Jag kan inte gå in på det nu. Jag har överlevt.

Nefis drog på smilbanden och tog fjärrkontrollen från natt-duksbordet. Hanne gjorde sig färdig, ställde sig naken på golvet och slog ut med armarna.

– Ska du inte gå och lägga dej?

– Jodå. Men först kan du berätta för mej lite om hur det var.

– Nej. Jag orkar inte just nu.

– Då vill jag höra en historia.

Den stora LCD-skärmen på väggen ett par meter från fotändan flackade våldsamt och stumt i en Madonna-video. Nefis tog Hannes hand och drog henne till sig.

– En historia innan vi somnar!

Ibland hade Hanne en känsla av att Nefis trodde att hon var mindre begåvad. Hanne hade för länge sedan förstått att de små berättelser som Nefis ville ha i utbyte för att acceptera Hannes tystnad om de verkliga förhållandena var brottstycken som hon satte ihop till en hel bild av Hannes barndom.

– Den blir inte lång, sa Hanne.

– Lite lång bara…

Nefis drog ner henne i sängen och välte över henne på rygg.

– Nej, log Hanne medan Madonna dansade en spansk dans för döva öron på storskärmen.

– Jo!

– Jag måste fråga dej en sak först.

Nefis låg till hälften över henne nu, en behaglig tyngd mot venusberget och mellangärdet.

– Vänta, sa Hanne. Den där hunden…

Nefis mun smakade oliver och persilja.

– Vänta, sa Hanne och försökte vrida sig bort, hon småskrattade och slog efter händerna som strök henne över låren. Den där jycken ni pratade om i höstas. När ni bestämde er för att bygga det där löjliga sophuset. Vad var det för sort?

Nefis låg på henne nu, med alla kläder på, hon låste hennes armar med sina. Knapparna i hennes blus rispade Hanne på magen. Tungan lekte med örsnibbarna.

– Men lyssna då, Nefis! Den där hunden… Jag vill bara veta om den har varit här länge. Är det någon som äger den?

Nefis hävde sig hastigt upp. Håret hängde mörkt över ansiktet. I motljuset från teveskärmen kunde Hanne nästan inte urskilja hennes drag.

– En hund, Hanna. En vild hund. Någon sa att den har varit

222

här länge, i 'många år. Den är skrämmande, särskilt för barnen. Dessutom rotar den i soporna. Det var någon som ville ringa hälsovårdsnämnden.

– Hälsovårdsnämnden, smålog Hanne. Schysst. Ska du klä av dej?

– Det tänkte jag att du kunde göra, sa Nefis och kysste henne igen.

Hanne knäppte upp henne blus.

Hon hade kommit undan en gång till.

Hon slapp berätta om den gången när hon var fem år och ville sova med ljuset tänt.

Skåpet var fullt av blodsugande fladdermöss, trodde hon, och enda sättet att hålla dem instängda var att låta ljuset vara tänt hela natten. När hon vaknade i ett mörkt hus och till ett tydligt, skrämmande rassel från skåpet i hörnet var det knappt att hon vågade lyfta handen för att tända lampan på nattduksbordet. Glödlampan var urskruvad. Också taklampan hade gjorts oanvändbar. Hennes pappa gjorde det till en vana att mörklägga hennes rum till natten. Först året därpå förklarade Hanne över middagsbordet att fladdermöss levde i hålor, kyrktorn, loft och andra mörka, rymliga ställen och naturligtvis inte kunde trivas i ett litet skåp fullt med kläder och skor. Dessutom visste hon nu att vampyrer inte levde i Norge överhuvudtaget. Pappan nickade belåtet och slutade komma in till henne om kvällarna.

Nu hade Hanne Nefis naken, mjuk och hård och våldsam, överallt.

DEN GAMLA DAMEN på Blindernveien var åter ensam. Sonen hade lämnat henne tidigt på morgonen, han hade ett flyg att passa. På måndag skulle han komma tillbaka till begravningen men dessemellan måste han hem. Det skulle bara fattas. Han hade fru och barn och ett krävande jobb. Sitt eget liv. Så som hon också måste skaffa sig sitt nu när Karl-Oskar var död. En av oss måste gå först brukade hennes man alltid säga. Då bad bägge en stilla bön: Måtte det bli jag. Så blev det han.

Terje hade städat åt henne. Eller det var väl riktigare att säga med henne; långsamt hade de gått igenom lådor och skåp. Det hade varit så fint, nästan vackert, att städa Karl-Oskar ur huset utan att han någonsin skulle kunna vara riktigt borta.

Bara sovrummet hade Terje låtit vara i fred. Ingen annan än hon skulle gå igenom Karl-Oskars mest personliga ägodelar.

Hans pyjamas låg fortfarande under huvudkudden, prydligt hopvikt. Hon satte sig försiktigt på sängkanten och la det slitna mjuka tyget mot kinden.

Kläderna skulle till Frälsningsarmén. Det hade de bestämt tillsammans, för flera år sedan, en av de kvällar när de satt på terrassen och såg på solnedgången över Tåsen. Materiella ting skulle inte romantiseras, ansåg Karl-Oskar, vi skickar alltsammans till någon som behöver det bättre än vi. Kläder och allt annat som inte har någon speciell betydelse för den efterlevande skulle bort. Han var nästan brysk när han sa det, som om han plötsligt fann det osmakligt att prata om bortgång och död.

Den efterlevande det var hon.

Hon la ifrån sig pyjamasen på överkastet, reste sig stelt och gick mot klädskåpet. Halvvägs snubblade hon på något.

En mapp, såg hon, och tog upp den.

Ambulanspersonalen hade varit här inne förstås. De försökte ju få liv i Karl-Oskar igen, den där torsdagen för bara en vecka sedan. Det kändes längre. Det var så svårt att komma ihåg. Mappen måste ha legat på nattduksbordet och fallit i golvet i allt ståhej under upplivningsförsöket. Själv hade hon inte varit på den här sidan av rummet sedan i fredags morse när den lustiga lilla prästen skulle komma och Kristina ordnade mannens säng för sista gången. Då hade hon inte lagt märke till något. Det var kanske inte så konstigt, hon mindes knappt att hon hade bäddat.

Huset var fullt av blommor. Till och med nu, mitt under helgen, hade vänner och bekanta, affärskontakter och avlägsen släkt gjort sig besväret att beklaga sorgen. Ingen hade efterlyst någon mapp. Den var nog inte viktig.

Kristina försökte komma ihåg vad det var för möte Karl-Oskar egentligen skulle gå på den fatala kvällen alldeles före jul. Hon strök händerna mot varandra och vaggade från sida till sida.

Han kunde helt enkelt inte ha sagt det.

Hon skulle ha kommit ihåg det, det var hon säker på.

I nästan femtio år hade hon varit gift med en advokat. Hon rörde aldrig mannens papper.

Kristina la mappen oöppnad ifrån sig på makens nattduksbord. Terje fick titta efter vad som fanns i den när han kom tillbaka. Hon drog djupt efter andan och tassade bort till klädskåpet. Förr eller senare måste hon röja upp och det var lika bra att få det gjort.

Carl-Christian Stahlberg vågade inte lyfta vattenglaset till munnen. I stället satte han sig på sina egna händer. Törsten fick tung-

an att växa i munnen, han smackade för att stimulera salivtill-
förseln. Man hade glömt att ge honom vatten till natten. Kanske
var det med flit. Inte visste han men ryktena gick ju. Tortyr var
självfallet inte något som norsk polis sysslade med, men att låta
folk sitta i en alltför varm cell i tio timmar utan varken vått eller
torrt var i alla fall inte särskilt vänligt. Nå, när han äntligen fick
något att dricka var han mest rädd för att visa hur skrämd han
var. Vattenglaset fick stå.

– Törstig?

Kvinnan som skulle förhöra honom var i början av fyrtioårs-
åldern. Carl-Christian försökte memorera henne, fixera det ova-
la ansiktet med begynnande rynkor kring de stora blå ögonen.
De var inte helt blå förresten, det var som om någon hade lagt en
ring över iris, en kolsvart rand kring det ljusa. Carl-Christian
tänkte motvilligt på en science fiction-film där inträglingarna
från en annan galax smög sig människoliknande omkring bland
lyckligt ovetande jordbor som ännu inte hade upptäckt att främ-
lingarna kunde avslöjas på ögonen, svarta och blå på samma
gång.

Han tittade på den här kvinnan, intensivt. I natt, under alla de
absurda timmarna i ett urinstinkande rum där det knappt fanns
plats till att gå tre steg åt varje håll, hade han känt verkligheten
glida undan. I en glimt såg han sin mamma på sommaren i en
ful klänning som hans far påstod att han tyckte om, den var
blommig och den lille Carl-Christian tyckte att de gula solrosor-
na såg ut som skrattande lejon. Ett milt katthuvud hade växt i
tankarna innan han slog näven i cellväggen så smärtan i knogar-
na förde honom tillbaka till där han befann sig.

Ett ögonblick hade han trott att han sov, det måste ha varit
vid tretiden. De hade tagit ifrån honom armbandsuret så det var
svårt att säga säkert. Han kände sig kall. Snön bländade honom,
han kisade mot en blek vårsol och hade alldeles för stora skidor

som han försökte lyfta när han upptäckte att han stod och pinkade i det uppmurade hålet i hörnet. Frampå morgonkvisten hade han insett att det enda sättet att förankra verkligheten på var att fästa blicken, koncentrera sig på en enda konkret sak.

Kvinnan var egentligen snygg även om Mabelle skulle ha rått henne att banta några kilo. Håret var ojämnt i topparna och kunde knappast ha varit klippt på länge. Men det var blankt och brunt och föll vackert över axlarna. Kläderna var ett kapitel för sig. Carl-Christian försökte tänka på kläder. På mode. På Mabelles modemagasin, på M&M som nu såg ut att kunna gå med ett fint litet överskott. Om inte det här hade hänt. Bara gudarna visste hur allt skulle gå nu. Han vågade inte ens tänka på vad pressen gjorde med dem medan de satt här inne.

– Du ska vara på det klara med att vi gör vad vi kan för att understryka att det här fallet inte är löst, sa poliskvinnan. Inför media, menar jag. Om det är det du sitter och tänker på.

Carl-Christian försökte komma ihåg vad filmen hette, filmen där intränglingarna med de blåsvarta ögonen kunde läsa människors tankar och därför till slut suveränt kasta ut hela vår existens i en gigantisk rymdfärja.

– Är du egentligen villig att säga någonting alls?

Han lyckades inte komma ihåg hennes namn. Han mindes ingenting längre, hur mycket han än koncentrerade sig på annat än törsten, denna förfärliga törst som han inte hade mod att göra något åt, han glömde hennes namn hela tiden, men hon verkade vänlig, en oförklarlig mildhet som förvirrade honom och gjorde det omöjligt att komma ihåg vem hon var och vad han skulle säga.

– Hanne Wilhelmsen, upprepade hon för tredje gången. Jag heter Hanne Wilhelmsen.

Carl-Christian Stahlberg var inte främmande för lögner. Han hade en gång läst att genomsnittsmänniskan ljög fem gånger om dagen. Det tyckte han verkade lite. Själv kunde han gärna nicka instämmande till något som han tyckte var fånigt. Det gjorde honom ingenting att ivrigt instämma med grannarna om saker som han fann totalt ointressanta. Lögnen, ett redskap för att upprätthålla en ändamålsenlig harmoni med omgivningen.

Men lögnen han måste ut med nu var ändå för stor. Den hade ingen början och i varje fall inget slut. Det här var en verklig lögn, så fiktiv och konstruerad att han helt enkelt inte hade en aning om hur han skulle börja. Varje gång poliskvinnan ställde en fråga öppnade han munnen för att svara. Han ville säga något. Han ville vara tillförlitlig, trovärdig. Han ville tillfredsställa den här mörkhåriga kvinnan med lite för trång kavaj, snofsiga skor och farliga ögon. Han ville få henne på sin sida. Men lögnen var för omfattande. Carl-Christian var inte tillräckligt vuxen sin egen historia och stängde därför munnen efter några få och osammanhängande ord.

– Du har naturligtvis rätt att inte uttala dej, sa Hanne Wilhelmsen. Men det vore liksom en fördel om du kunde säga till. Så slipper vi kasta bort tiden.

Plötsligt upptäckte han att hon luktade gott. Någonting snuddade vid honom. En svag beröring mot ansiktet, nästan fysiskt, han slöt ögonen och kände en tung doft som påminde honom om något som nästan var borta. Han log och drog djupt efter andan för första gången på femton timmar.

– Den är turkisk, sa Hanne Wilhemsen och log tillbaka, nu mindes han äntligen hennes namn. Jag har en… väninna från Turkiet som gör den här parfymen själv. Jag har ingen aning om vad hon har i, men jag tycker om den.

Sedan skrattade hon, lite generat, som om de var två främlingar som hade placerats bredvid varandra på en fest och äntligen hade hittat något att prata om.

– Det gör jag också, sa Carl-Christian. Det luktar höst.

– Höst?

Nu skrattade hon igen, hon skakade på huvudet och mätte honom med blicken.

– Jag måste fråga dej igen, sa hon dämpat. Är du säker på att du inte vill ha en advokat?

Han nickade. Han visste inte riktigt. Mest av allt ville han att det här skulle gå över. Att allt var ett skämt, ett *practical joke* som hade gått för långt och snart skulle avslöjas med att någon dök upp med clownnäsa och ballonger. Ett narrspel som skulle sändas på teve så folk kunde skratta åt hur dum han såg ut, hur lätt han hade låtit sig luras. Det skulle han ha tålt. Han skulle ha skrattat åt sig själv, slagit sig på låren kanske, svurit lite och låtsas-slagits med programledaren, för allt var över och självklart tålde Carl-Christian ett ordentligt skämt.

En advokat skulle bara göra allting större. Sannare. Verkligare.

– Du borde verkligen ha en advokat.

Nu böjde hon sig mot honom. Bandspelaren var avstängd. Det var bara hon och han där och ute från korridoren hördes inte längre någonting. Carl-Christian försökte tänka, försökte att ta sig tillbaka dit han skulle vara.

Han var så törstig och skulle ha gett allt för att få veta hur det var med Mabelle.

Mabelle såg egentligen bra ut. Erik Henriksen tänkte att hon kunde ha varit riktigt läcker om det inte var för att håret var en aning för blekt och ansiktet en aning för kraftigt sminkat. Blicken hängde lite för länge vid hans, som om hon trodde att nyckeln till trovärdighet var en fast och orubblig blick. I stället verkade det hela malplacerat flörtigt. Erik förstod inte riktigt när och var hon hade gjort sig i ordning. Det verkade som om hon kom direkt från en skönhetssalong, inte från en natts otrevlig vistelse i en cell i häktet.

Mabelle hade ett våldsamt register. Så mycket var i alla fall klart. Till och med hennes advokat verkade matt av svängningarna mellan vädjan och raseri, gråt och misstro, uppgivet skratt och konstlad likgiltighet inför vad som nu kunde hända; hennes liv var ändå lagt i ruiner tack vare polisens förskräckliga misstag.

Mabelle hade självfallet tagit emot advokathjälp. Än så länge hade hon nöjt sig med sin fasta advokat; en äldre affärsjurist, delägare i en av de halvstora byråerna i Oslo. Han satt stramt i stolen, oklanderligt klädd i grafitgrå kostym och hade omedelbart visat sig vara en samarbetsvillig man. Erik var lättad och inte så lite förvånad. Advokat Gunnar Huse hade marscherat in bara en halvtimme efter att Erik hade ringt. Han var hövlig, på gränsen till vänlig, och hade inga invändningar mot själva gripandet. Visserligen var han vaken och påpasslig när Mabelle var i färd med att säga för mycket, men han verkade inte överdrivet angelägen om att förstöra förhörssituationen. Det fick Erik att skärpa sig och att vara beredd på en lång dag. Efter det här skulle det komma fler advokater. Mannen med den vakna blicken bakom diskreta glasögon skulle knappast hålla dygnet ut. Nästa skulle vara värre. Gunnar Huse hade själv sagt det när han kom, med förtrolig stämma, en aning böjd mot Eriks öra:

– Jag är de unga Stahlbergarnas fasta advokat. Mitt gebit är affärer. Jag ser ingen anledning att protestera mot att min klient blir förhörd i dag men jag vill göra er uppmärksamma på att min firma redan är i gång med att finna en ersättare. En advokat med bättre förutsättningar för att hantera ett ärende av... den här dimensionen och beskaffenheten.

Sedan hade han gett Erik en beklagande blick som om han tvådde sina händer över att vara tvungen att bidra till den uppståndelse som skulle komma, och över den klumpigt hanterade förundersökningen som ett fall som det här genast skulle anklagas för i samma ögonblick som de profilerade brottmålsadvokaterna fick slå klorna i det.

– Vi hade ett helt okej förhållande säger jag ju!

Nu var Mabelle den uppgivna. Hon slog sig för pannan och himlade dramatiskt med ögonen innan hon plötsligt blev den resonerande:

– Jag menar, alla har vi väl bråk inom familjen, eller hur? Dispyter och oenigheter. Med föräldrar och svärföräldrar. Det betyder väl inte att vi vill ta livet av dom, eller hur?

Tvärt brast hon i gråt och åter fäste hon blicken vid Erik, Mabelle blev ett sårat barn, orättvist behandlat.

– Jag förstår ingenting, snyftade hon. Jag fattar bara inte hur det här kunde hända.

Erik slog otåligt pennan mot bordet.

– Hör här, sa han och försökte verka avspänd. Det här leder ingen vart. Du svarar inte på något som jag frågar om. Allt du säger är bara osammanhängande…

Pladder, tänkte han men hejdade sig.

– …bråkdelar av något som inte ens liknar en förklaring. Jag föreslår att vi…

– Vi börjar på nytt, sa advokat Huse bestämt.

Han lutade sig mot klienten och la handen fast över hennes.

– Mabelle, det här är någonting du måste igenom. Polisinspektören här har alldeles rätt. Du är inte skyldig att säga någonting, som vi nu har gjort klart för dej ett antal gånger. Det är likväl min bestämda övertygelse att det skulle tjäna din sak att lämna en förklaring och då vara lite mer… koncentrerad och fokuserad kan man säga. Nu tar du och jag en liten pratstund utan…

Han nickade välvilligt mot Erik.

– …inspektör Henriksen här. Kunde jag få några minuter ensam med min klient?

Återigen det där leendet, nästan medlidsamt, mot Erik som redan hade rest sig.

– Det är klart, svarade han och lämnade dem.

Inte tal om att Mabelle tänkte vänta på ny advokat, tänkte han när han stängde dörren bakom sig. Hon ville ha åhörare, nu som alltid. Så mycket hade Erik redan förstått. Mabelle ville inte för sitt liv tillbaka till en trist och döv cell. Bara hon fick gråta och tigga tillräckligt länge skulle alla förstå att det var hårresande orimligt att hålla henne instängd. Mabelle Stahlberg verkade långt ifrån dum. Antagligen hade hon planerat att vara tyst. Det var självupptagenheten som förstörde för henne, samma egoism som hade hjälpt henne tidigare i situationer när det gällde att vara kvick, alltid i täten, först i kön. Tillbakadragenhet var helt enkelt inte en strategi hon behärskade.

Mabelle vill hem, tänkte Erik och därför skulle hon komma med sin förklaring redan nu.

– Går det bra?

Annmari la en hand på hans axel och han ryckte till.

– Ja, sa Erik. Jag tror faktiskt att vi har lite flax här. Hennes advokat verkar faktiskt att var ute efter…

Han letade efter ett ord men fann det inte riktigt.

– Sanningen, föreslog Annmari.

– Precis, sa Erik förvånat. Men han blir snart utbytt.

– Då får du smida medan järnet är varmt.

Hon gav honom ännu en uppmuntrande klapp på ryggen och gick för att hitta en soffa att sova på. Om inte annat så bara för en halvtimme.

De hade redan tagit tre pauser. Carl-Christian hade i alla fall börjat dricka vatten. Det hade lossat lite på tungan. Han berättade osammanhängande, kort, och så uppenbart lögnaktigt att Hanne kände ett allt starkare obehag vid att mannen vägrade låta sig bistås av advokat.

– Det här pappret, sa hon uppgivet och la för tredje gången en kopia av det omstridda brevet framför honom. Det är alltså bevisligen förfalskat. Har du ingen uppfattning om vem som kan ha gjort det?

– Nej.

– Fick du det med posten?

– Antagligen.

– Har du sparat kuvertet?

– Nej. Det brukar man väl inte göra.

– Men du har alltså mottagit det eftersom det var du som la fram det för rätten.

– Naturligtvis.

– Och du har inte skrivit det själv?

– Nej. Mamma har bekräftat att det är äkta. Hon minns att hon har skrivit under det.

– Carl-Christian Stahlberg, sa Hanne med tryck på varje stavelse. Vi har alltså två skriftexperters ord på att ingen av dina föräldrar har undertecknat det här brevet.

– Mamma bekräftade att det är äkta.

– Men då talade hon alltså inte sanning. Jag tror att hon var ute efter att skydda dej.

– Mej? Jag hade stämt henne.

– Ja, på pappret. Men egentligen var ju den där konflikten mellan dej och din pappa. Jag tror uppriktigt sagt att hon kände ett starkt obehag över alltihop. Sorg kanske. Säkert. Över att dom hon tyckte mest om inte kunde hålla sams. Jag tror att…

Hon gjorde en paus. Hon måste koncentrera sig starkt för att inte visa den stigande irritationen.

– Ingen får ju någonsin veta varför din mor valde att ljuga om den här saken. Men det är ganska närliggande att tänka att hon – när hon nu inte lyckades stoppa den eskalerande konflikten mellan dej och Hermann – i alla fall ville skona dej från att bli gripen för ett brott.

– Brott?

Han såg äntligen upp. Hudfärgen var glåmig men små röda fläckar hade blommat upp på kindbenen.

– Det är ett brott att förfalska dokument, Stahlberg.

– Det är ju inget offentligt dokument! Det är ju bara ett brev! Ett litet struntbrev!

– I samma ögonblick som du lägger ett sånt brev framför en domare och påstår att det är äkta, mot bättre vetande, så begår du ett brott. Det måste väl en man i din ställning och med din utbildning förstå och känna till!

– Jag har ingen aning om vem som har gjort det. Mamma sa att det var äkta. Jag tror henne.

Hanne försökte komma ihåg om hon någonsin hade förhört en misstänkt som ljög mer uppenbart än den här. Carl-Christian Stahlberg mumlade, rodnade och skrapade fötterna mot stolsbenen; han liknade en tjurig och envis tioåring som tagits på bar gärning med att palla äpplen och som påstod att en dubbelgångare måste ha varit i farten i grannens trädgåd.

– Jag vet att du ljuger, sa Hanne Wilhelmsen lätt. Och det har jag aldrig sagt till någon under ett förhör tidigare. Bara så du vet det. Intressant egentligen.

Hon reste sig och sträckte på armar och ben. Hon gick långsamt omkring i förhörsrummet och drog sig i fingrarna. Knäppljuden var enerverande så hon tog en dubbel runda. Till slut satte hon sig igen och sparkade av sig bootsen.

– Så där brukar jag heller aldrig göra, sa hon och ställde dem ordentligt bredvid varandra. Dom är nämligen så hopplösa att få av och på. Men jag förstår nu att vi kommer att bli sittande här länge. Väldigt länge. Och det är en sak du bör veta innan vi fortsätter…

Plötsligt stängde hon av bandspelaren och böjde sig fram. Carl-Christian Stahlberg verkade räddare nu, han drog sig tillbaka mot väggen och reagerade häftigt när Hanne sköt bordet efter honom så att han kom att sitta klämd mellan bordsskivan och väggen.

– Det är obehagligt, mumlade han och försökte skjuta ifrån sig bordet.

– I hela det här huset, viskade Hanne, hans blick var omöjlig att fånga, finns det bara en enda person som överhuvudtaget inför sej ser möjligheten att du inte har gjort det du är misstänkt för. *En* människa, Stahlberg. Jag! Alla andra, och jag menar verkligen *alla andra*, är övertygade om att du är skurken i det här dramat. Jag däremot…

Plötsligt drog hon åt sig bordet igen. Han blev ändå sittande nära intill väggen stel och orörlig, blicken vilande på hennes navel och hon fortsatte:

– Jag anser att det kan finnas andra lösningar. Jag har nämligen en viss… erfarenhet av att det kan vara ganska långt ifrån att planera onda gärningar till att genomföra dom. Jag vet nämligen precis som du…

Hans blick var på vandring nu. Han lyfte sakta huvudet och när blicken för första gången mötte hennes var det ren rädsla hon såg i de stora pupillerna. Mannen var vettskrämd.

– Precis som du, sa Hanne, så vet jag vad det vill säga att önska sin far åt helvete. Det betyder inte nödvändigtvis att man skickar honom dit.

En liten tår lossnade från hans vänstra öga. Droppen tog sig stötvis nedför kinden innan den sköt fart och blev till ett litet fuktigt spår mot mungipan.

– Om jag var du så skulle jag ta chansen, sa Hanne. Den som ligger framför dej här och nu. Du ljuger så dåligt att ett dagisbarn skulle avslöja dej. Resten av gänget här ute…

Hon gjorde en gest mot dörren.

– Dom lever i den underliga tron att den som ljuger om något ljuger om allt. Jag däremot vet att det inte är sant. Nu slår jag på bandspelaren igen och så börjar vi på nytt. Det är upp till dej hur det här går.

Sedan satte hon igång bandet igen.

– Hur länge sen är det som du hörde av Hermine, började hon.

– Det kan helt enkelt inte vara sant! Herregud, den där tjejen har mycket konstigt för sej, men det här... Vad i herrans namn har hon gjort?

Erik Henriksen lät Mabelle rasa utan avbrott. Han måste skärpa sig för att inte uppfatta hela situationen som rent av underhållande. Det var som att vara på teatern, tänkte han, en kabaré där Mabelle spelade alla rollerna. Ganska bra var hon också. Riktigt utmärkt i de mer feminina partierna när hon vädjade till hans manliga beskyddarinstinkt och spelade på ett utseende som han trots alla lögnerna fann mer och mer tilltalande. De hade suttit i det trånga kvava rummet i över fyra timmar nu. Själv hade han börjat bli trött och advokat Huse hade varit tvungen att ta av sig kavajen och lossa en aning på slipsknuten. Mabelle däremot verkade utseendemässigt oberörd. Håret var fortfarande lätt och luftigt nytvättat. Sminket låg som om det var en permanent del av ansiktet. Vid ett par tillfällen hade hon satt på nytt läppstift, diskret bortvänd utan spegel, precist och perfekt varje gång.

Erik öppnade munnen för att till slut avbryta det häftiga utbrottet.

– Vänta, nästan grät hon. Hör mej klart! Hermine är hopplös! Hon ljuger ofta. Det måste vara hon som har berättat det här för er. Det är inte sant! Och hur har ni fått tag i henne? Har ni haffat henne?

Bara språket sprack här och där. Västdialekten kom då och då fram i a-ändelser och i sammandragning av ord som vittnade om en uppväxt långt ifrån rederier och stenrika svärföräldrar.

Erik svarade inte.

– Känner du alltså inte alls till att Hermine skulle ha köpt handeldvapen på den illegala marknaden i november, frågade han i stället.

– Nej säger jag ju! Herregud, handeldvapen? Vad i herrans namn skulle hon med ett sånt. Och i så fall vad har jag med det att göra? Jag vet inte ens vad ett handeldvapen är? Är det en pistol eller något sånt? Vad är det Hermine säger?

– Jag vill bara ha det här glasklart: Du har aldrig hört eller sett eller på annat vis uppfattat någonting som helst som tyder på att din svägerska Hermine Stahlberg har skaffat ett olagligt skjutvapen?

– Nej!

– Carl-Christian förstår sig på vapen.

– Carl-Christian?

– Ja.

– Nej… Jo, du menar det där med den där skytteklubben. Det är så länge sen. Hedersord! Han tyckte inte det var roligt längre. Han var inget bra heller. Vem är det som har dragit in oss i den här hemska historien?

Mabelle började gråta. Det var en stilla och konstfull gråt, en gråt för döda barn och oundvikliga katastrofer. Erik var imponerad. För ett ögonblick kände han ofrivilligt medlidande med den här lilla människan. Hans hand lyftes för att stryka henne över håret. Snabbt drog han den till sig när advokat Huse reste sig och sa:

– Nu tror jag vi drar ett streck. Min klient behöver en ny advokat. Jag kan inte tillåta vidare förhör innan detta förhållande är avklarat.

– Bra, sa Erik Henriksen överraskad. Du har nog rätt.

Mabelle såg äntligen upp. Hon snyftade ett par gånger, torkade tårarna och mumlade otydligt när hon snöt sig i en näsduk som advokaten räckte henne.

– Hermine ljuger alltid, hörde Erik henne ropa när hon fördes tillbaka till arresten.

Hanne lyckades inte befria sig från den dova känslan av tungsinne, ett platt tryck mot mellangärdet som tog ifrån henne aptiten och hotade att få henne att gråta utan anledning. I alla fall fanns det ingen orsak som hon kunde identifiera. Återigen dök faderns död upp i tankarna. Det kunde inte vara det som plågade henne. Inte på det här sättet. De senaste dagarna hade hon mest känt en resignerad tillfredsställelse över att William Wilhelmsen inte längre fanns. Det kunde gå timmar mellan varje gång hon tänkte på honom. Det var som om Alexanders inträde i hennes liv var en slutlig punkt för det som måste ha funnits av sorg över relationer som aldrig kunde repareras. Alexander och Hanne hade knappt pratat med varandra sedan han stod där på julafton, tunnklädd och utstött. Ändå visste hon att det var henne han hade kommit till, det var för att vara tillsammans med henne som han hade slagit sig ner på Kruses gate. Han la sig inte förrän hon väl var hemma på kvällen. Oavsett hur tidigt hon gick upp för att jobba kom han tassande ut i köket iförd en gammal tröja och joggingbyxor; de drack kaffe under tystnad och allt han frågade var när hon skulle komma hem. De iakttog varandra i smyg som om de inte riktigt visste om släktskapet var någonting bra eller kanske något som skulle komma att förstöra allting.

Hanne tog sig för magen och förstod inte sin egen sinnesstämning.

– Inte helt i form, frågade Silje och bankade i onödan på dörrkarmen. Hur gick förhöret?

– Kom in. Bra. Eller dåligt egentligen. Det beror på vilken synvinkel man har. Mannen ljuger. Det är i alla fall klart. Han har förstås ingen aning om vapnet. Hermine har varit påtänd, säger han. Det kan ju i och för sej vara sant men han vimsade fullständigt bort sej när jag frågade var han trodde att Hermine kunde vara nu. Först hade han inte pratat med henne sen han var på sjukhuset. När jag antydde att vi självfallet skulle kolla hans telefonsamtal under dom senaste dagarna kom han plötsligt på att han hade pratat med henne dan före julafton. Jag sa att jag tyckte det var konstigt att han inte visste var systern var på julafton eftersom dom just hade blivit föräldralösa och allt och då blev han bara stum. Så om målet för det här förhöret var…

Hon gned sig i ansiktet med bägge händer innan hon fortsatte:

– …att få karln att snacka sej till ett häktningsbeslut så var det lyckat. Men…

– …det är aldrig Hanne Wilhelmsens mål, sa Silje. Hon vill bara ha fram sanningen hon.

Hon satte sig och fiskade fram en cigarett ur ett tiopaket.

– Bara nu i all stress, viskade hon. Gör det något?

Hanne slog ut med höger hand.

– För all del. Det är snudd på att jag själv trillar dit. Har du förresten varit här inne på morgonkulan?

– Här? Nej. Varför det?

– Ingenting, mumlade Hanne. Det är bara… Varje morgon när jag kommer så är det precis som om någon har varit här.

– Men Hanne! Det händer ju hela tiden! Folk hämtar papper och lägger meddelanden och… Din dörr är ju aldrig låst. Något som du om jag inte minns fel fick skällning av avdelningschefen för i förra veckan.

– Glöm det. Något nytt om Hermine?

– Nej. Vi har varit i hennes lägenhet men det finns ingenting där som kan ge oss någon fingervisning om var hon befinner sej. Vi har visserligen inte hunnit leta igenom den ordentligt, det gör vi i morgon, men det finns i varje fall saker som tyder på att hon inte har rest bort. Hennes pass låg i en låda och alla toalettsaker stod på hyllan i badrummet.

– Jag är bekymrad, sa Hanne.

– Du är alltid bekymrad.

– Det här fallet plågar mej verkligen. Jag har liksom inte… Det är som om jag blir… helt sjuk. Illamående.

– Men det är ju inte heller särskilt trevligt att tänka på att fyra människor blev likviderade. Tillräckligt för att bli illamående.

– Du säger fyra. Men egentligen pratar vi bara om tre.

Plötsligt böjde hon sig fram mot cigaretterna. Hon drog ut en och blev sittande och pillade med den.

– Det är precis som om alla har glömt stackars Sidensvans, sa hon och höll cigaretten under näsan en stund. Det är precis som om han inte betydde någonting. Som om hans död är mindre chockerande än Stahlbergarnas. Bara för att han var en konstig typ som varken hade pengar eller makt. Det provocerar mej faktiskt. Förutom att jag faktiskt *tycker*…

Resolut tog hon Siljes tändare och tände cigaretten.

– …att det är en allvarlig brist i den här utredningen att inte ta reda på vad han gjorde där. På Eckersbergs gate. Dom väntade ju honom, det märktes tydligt. Fyra glas stod på bordet. Tårta och champagne stod klart. Dom skulle kanske fira något.

Hon lutade sig tillbaka i skrivbordsstolen och blåste tre perfekta rökringar mot taket.

– Röka är alltid gott, log hon. Alltid. Blir du inte nyfiken, Silje?

– På Sidensvans?

– Ja.

– Det är klart. Det är vi alla. Och jag slår vad om att vi under spaningen kommer på det. Vi har bara hållit på en vecka! Och det är jul. Det här kommer att ta månader, Hanne, och vi kommer att reda ut det. Till våren har vi Sidensvans liv i en tjock pärm. Varenda liten detalj.

– Men under tiden, sa Hanne. Under tiden förstör vi livet för tre människor. Trots att dom kanske inte har gjort något.

– Uppriktigt sagt…

Silje fimpade ilsket i en smutsig kaffekopp.

– Du tror fortfarande inte att Carl-Christian och kompani är oskyldiga?

– Nej, men vi kan inte veta om… Först måste vi hitta motivet. För att hitta motivet till gärningen måste vi veta varför Sidensvans var där. Så enkelt är det. Och ändå…

Nu var det Hanne som lät arg.

– …har det fan ta mej inte gjorts ett jävla dugg i hans lägenhet! Jag bad om fullständig undersökning av stället för fyra dar sen! Jag vill veta vad som finns i hans dator, hitta almanackan om det finns någon, jag vill ha fingeravtryck, jag vill ha…

– Det kommer, Hanne. Det är jul för helvete!

– Jul…

Hanne förvrängde det lilla ordet, drog ut det till en grimas som om det smakade illa.

– Varför kom du egentligen?

– Ta en cigg till, Hanne. Spänn av. Det verkar faktiskt som om du borde ta semester. Uppriktigt sagt. Ta ledigt! Den här saken går så på räls att det inte skadar någon att du är borta en vecka.

– Varför kom du?

Silje ryckte på axlarna och tände ännu en cigarett.

– Sidensvans nycklar. Dom var inte försvunna i alla fall.

– Va?

– Dom hade bara ramlat ner i fodret.

– Vad är det du säger?

– Jag säger, sa Silje och drog ett djupt bloss. Att det inte är något mystiskt med Sidensvans nycklar. Han hade dom hela tiden. Dom hade bara ramlat ner i fodret.

– Men...

Hanne verkade som fallen från skyarna.

– Jag undersökte det ju själv! Jag har egenhändigt synat rocken i sömmarna efter plånbok och nycklar! Plånboken var ju borta, men...

– Nycklarna låg i fodret. Varför blir du så upprörd över det? Det är ju bara en detalj, Hanne! Den enda anledningen till att jag kommer hit för att berätta det är att du var så upphängd på det där med nycklarna att jag tänkte att det var bra att få det avskrivet.

Hanne svarade inte. Hon satt stel och tyst med blicken mot fönstret. Cigarettaskan växte sakta till en grå pelare som ljudlöst gick av och föll till golvet.

– Okej, sa Silje.

– Okej, mumlade Hanne.

– Då går jag, sa Silje, nästan som en fråga om tillåtelse.

– Okej, sa Hanne utan att ändra ställning.

– Hej då.

Dörren slog igen bakom Silje.

Hanne kunde inte fatta att nycklarna låg i fodret. Hon hade känt efter i fickorna, flera gånger. Hon mindes inget hål. Hon ville minnas att hon hade skakat rocken så som hon gjorde med sina egna plagg, på jakt efter nycklar.

Hade hon verkligen glömt att skaka rocken?

En grabb stod i iskallt vatten till midjan. Mörkret hade redan fallit. Vinden var svag men temperaturen hade sjunkit till under noll. Molntäcket sopade åskanten i öster, det såg ut som om vädret skulle bli sämre. Den unge mannen slet munstycket ur munnen och svor häftigt.

– Det är ju alldeles grunt här! Det går ju för helvete inte att dyka!

Det hade tagit sin tid att såga hål i isen. Eftersom ingen av de tre ungdomarna hade någon erfarenhet av dykning under is hade de dessutom haft besvär med utrustningen. När hålet äntligen var färdigt och den yngste av dem stod klar i den enda torrdräkten de hade fått tag i hade de helt enkelt glömt att kolla hur djupt det var.

– Du kanske står på en sten, föreslog Audun Natholmen; han hade täckjacka och skidbyxor utanpå våtdräkten och hoppades att han slapp hoppa i. Gå lite.

– Gå! Jag har ju för fan simfötter. Gå kan du göra själv!

Den tredje blandade sig i.

– Om det är så jävla grunt kan du väl bara stoppa ner handen.

– Jag fryser.

Audun slog sig för pannan. Han ångrade sig redan. Först hade han försökt att få en av de erfarna i klubben med på uppdraget. Killen hade skrattat hånfullt och undrat om Audun hade en skruv lös. Inte ville han jobba gratis för snuten mitt i smällkalla vintern. Det borde ingen göra.

– Du har gjort tio, femton dykningar, grabben. Inte en av dom under is. Skippa det.

Audun hade mumlat något om att han kanske borde avstå innan han ringde till kompisarna från nybörjarkursen. De hade varken erfarenhet eller tillfredsställande utrustning men äventyrslust så det räckte. Den ena hade dessutom en farbror som var professionell dykare och bortrest över julen, grabben visste var hans nyckel var gömd. Ett litet lån bara och ingen skulle märka något.

– Gör det, sa Audun. Stick ner armen!

– Var då?

Pojken i hålet vrålade och höll på att ramla när han tänkte riva av sig masken.

– Det här orkar jag bara inte.

Med klumpiga rörelser försökte han dra sig upp på iskanten.

Kamraten slog honom på axeln.

– Jävla typ. Du har ju torrdräkt! Rota runt lite med handen då! Det är väl inte så farligt när det är så grunt!

Audun försökte lugna ner dem båda.

– Han gör som han vill, sa han högt. Jag kan prova själv.

Hotet om att bli degraderad hade sin effekt. Grabben i vattnet gled ned från iskanten igen och kämpade med att hitta fotfäste.

– Helvete, fräste han mellan tänderna. Jag tror jag tar av mej simfötterna. Vänta lite.

Han försökte lyfta upp foten på isen. Audun höll honom i armen, den tredje kompisen skakade på huvudet och gjorde en åkarbrasa. Plötsligt gled dykaren bakåt, Audun tappade taget och killen föll på rygg och försvann under vattnet med ett plask.

– Titta, hickade dykaren. Titta här, grabbar!

Rösten åkte upp i falsett och han var nära att trilla i en gång till innan han med en kraftansträngning fick med sig rumpan upp på isen. Han höll höger hand i luften och skrattade gällt.

– Jag hittade den! För helvete grabbar, jag hittade den jäveln!

I handen höll han en revolver. De två andra stirrade som trollbundna på fyndet. Audun visslade långdraget.

– Få se, sa han till slut och drog högtidligt upp en beslagspåse.

– Den är min, skrek grabben. Det måste vara en fet hittelön eller något sånt!

– Lägg av, ropade Audun. Ge mej revolvern nu. Mesamma!

Den tredje blandade sig i:

– Larva dej inte. Ge den till Audun. För fan, det är alltså ett mordvapen!

Den plötsliga tanken att revolvern kunde ha använts till att ta livet av fyra människor fick dykaren att ge sig. Sakta sänkte han armen och räckte vapnet till Audun. Han verkade nästan rädd när han släppte det.

– Är den laddad tror du?

Audun la vapnet i påsen så försiktigt han kunde. När den var väl inpackad i plast riktade han strålen från en ficklampa över pipan.

– MR 73 Cal 357 MAGNUM, läste han långsamt. Med påmonterad ljuddämpare. Jävlar, grabbar! Det här kan vara mordvapnet!

– Men är den laddad?

– Vet inte. Du får leta mer.

– Mer? Jag hittade den ju. Jag vill upp ur den här frysboxen för helvete!

– Lyssna nu!

Audun var ivrigare nu, tryggare, han hade fått nytt grepp om de ostyriga kamraterna nu när de faktiskt hade hittat ett vapen. Han var äldst av de tre och han var polis. Åtminstone nästan.

– Det användes två vapen, sa han. Det ska finnas ett till där nere.

– Det får du i så fall hitta själv, sa dykaren och kröp upp på isen. Jag fryser pitten av mej.

Hundra meter bort i skydd av granstammarna bakom ett litet näs stod en gammal man och följde de stojande pojkarnas arbete. Han hade varit vid tjärnen flera gånger sedan han äntligen hade bestämt sig och varslat polisen. Samma förmiddag hade han röjt i slyet alldeles i närheten. Efter matpausen beslöt han att flytta en trave ved som han hade lagt upp nära vägen, alldeles vid stigen ner till den lilla insjön. De gånger någon hade närmat sig smet han in bakom vedstapeln. Första gången var det bara ett äkta par på skidor. Nästa kom en halvtimme senare med mängder av utrustning. Det måste vara de och han smög sig en annan väg ner till tjärnen. Lyckligtvis hade han varit noga med vägbeskrivningen. De gick rätt på stören som stod fastfrusen i isen.

De förde ett väldigt oväsen. Inte verkade de särskilt erfarna heller och de svor som hamnsjåare. Unga var de också men det var väl gärna de yngsta som fick skitjobben, hos polisen som överallt annars.

När den ene av dem gjorde ett märkligt skutt och kom upp ur vattnet med ett vapen – han hörde att de skrek revolver – pustade han lättad ut. Han hade gjort rätt. Hans instinkt hade talat sant. Han kände glädje över det, en mjuk tillfredsställelse som fick honom att längta hem och in i värmen.

De verkade inte helt nöjda. Rösterna ekade hårt över isen, det var då märkligt att de grälade nu när fyndet var gjort. Mannen i vattnet kravlade upp igen medan den minste av dem slet av sig jacka och byxor och hoppade i.

Den gamle mannen förstod inte detta. Nu hade de hittat det de letade efter. De borde packa ihop sin saker och ta sig till staden. Det drog sig mot sen eftermiddag och blev hela tiden kallare. Själv försökte han böja tårna i skorna för att få liv i dem igen, de kändes stumma och det stack i nagelrötterna.

Han ryckte plötsligt till. Också den mannen hade hittat något. Han kämpade i vattnet och höll något över huvudet, liksom den andre hade gjort med revolvern. Mörkret var ganska tätt nu och fast ljusskenet där borta upprepade gånger svepte över isen var det svårt att se vad det var.

Ett vinddrag i riktning mot honom gjorde det möjligt att höra ropen.

En pistol. Ett vapen till.

Den gamle mannen korkade igen den urgamla termosen och skruvade på plastmuggen. Det var onödigt att stå här längre. Han hade gjort sin plikt mot samhället. Han var mycket nöjd och drog sig tyst in mellan träden.

I kväll skulle han minsann se till att titta på nyheterna.

Hanne Wilhelmsen stod lutad mot räcket längs galleriet på tredje våningen och såg ut i det enorma öppna utrymmet som sträckte sig från första till sjunde planet. Hon märkte det starkt nu, en tydlig vibration, som om detta gigantiska hålrum av outnyttjat utrymme var en lunga, en sakta pulserande livgivande mekanism. Ovanligt många var på jobbet i det stora Huset utan att egentligen ha anledning. De hade inte bråttom. De väntade. En mörkhyad man lutade sig mot sin mopp ute på det tomma golvet framför skranken i bottenvåningen. Vattnet i hinken ångade inte längre. Två polisaspiranter stod vid passfotoautomaten och småpratade, den ena med colaflaskan slött dinglande mellan två fingrar. Bakom den stängda informationsdisken satt en kvinna med en veckotidning. Hon bläddrade ointresserat från sida till sida som om hon egentligen inte brydde sig.

Hanne hade upplevt det förr, men inte ofta. De kontorsanställda som meningslöst traskade mellan rummen med papper som flyttades tillbaka en timme senare, unga polismän som plötsligt skulle använda gymmet mitt i julhelgen, kvinnan från hundpatrullen som fann det lämpligt att värma jycken en timme eller två, de unga osäkra tjänstemännen som skulle göra en helgdagsinsats i högarna med trafiköverträdelser; alla gick egentligen bara omkring och väntade.

– Konstig stämning, sa Annmari.

– Ja, log Hanne som inte hade lagt märke till att hon kom.

– Det är lite… fint på något sätt.

– Mmmm.

– Dom får dom goda nyheterna nu. Att vi har mer än nog för häktning av bägge två. Vi lägger fram häktningsbegäran i morgon. Jag tror knappt någon bråkar om att dom har suttit ett dygn för mycket utan anhållningsbeslut nu mitt i julen. Jag pratade just med Håkon Sand i telefonen och han håller med om att vi låter nyheten sprida sej här i Huset först. Så dom kan känna att väntan har varit värt det. Det är ju bra. Lite lagkänsla liksom.

– Svårt med Hermine, sa Hanne.

– Svårt?

– Att vi inte hittar henne, menar jag.

– Vi vänder upp och ned på stan. Förr eller senare måste hon ju dyka upp.

Hanne nickade tyst och lät blicken följa kriminalchef Puntvold och polismästaren som kom in genom huvudentrén. Polismästaren var civilklädd, jeans och en knallröd tröja med en stor rödnäst Rudolf på bröstet. Han måste ha en elak syster i Amerika.

– Underlig klädsel att ha på sej under en presskonferens, sa Hanne.

– Han byter nog. Han har en timme på sej. Jag läste just den preliminära utskriften av ditt förhör. Tack för att du lämnade banden till utskrift vartefter. Erik tänkte inte ens tanken så hans förhör ser jag inte röken av förrän i morgon bitti. Men det blir bra tror jag. Jag läste rapportskrivarens kommentarer. Grabben kan både tänka och skriva.

Hanne rätade på sig och gned bägge händerna mot korsryggen.

– Egentligen är det Billy T. du ska tacka.

– Jag är faktiskt lite bekymrad, sa Annmari, över Billy T:s metoder. Han kan väl inte tro att han kan skydda en vapenhandlare som är kronvittne i det här målet?

Hanne skrattade hjärtligt.

– Bekymra dej inte för Billy T. Han är ett proffs. Självklart fattar han det. Han vill bara göra saker och ting i sitt eget tempo.

Hon lutade sig åter mot räcket. Annmari granskade henne från sidan. Hanne verkade annorlunda nu. Mindre avvisande. Det här fallet kunde bli ett slags genombrott också för de två. Annmari hade ingen föreställning om att Hanne någonsin skulle bli en vän, men om den tvära tonen kunde försvinna, den enerverande likgiltigheten och det eviga avståndet, skulle det vara mer än nog.

– Det är nästan imponerande som dom ljuger, sa Hanne och log svagt.

– Ja. Har du varit med om något sånt förr?

– Tja, det händer ju. Men i den här skalan, och från folk med en sån bakgrund? Nej. Det är faktiskt ganska fascinerande. Dom måste väl veta att vi kollar telefoner? Det blir liksom så dumt att ljuga om när man har pratat med folk, så ofattbart meningslöst!

– Verkligen.

– Det hela är så absurt att jag börjar undra…

– Nej, Hanne, inte det. Säg inte att du anser att dom kan vara oskyldiga *därför att* dom ljuger så uppenbart. Det håller inte. Det håller bara inte. Jag tycker om din skepsis. Det har jag sagt förr. Det är sunt med skepsis. Men vi vet för mycket nu. Alldeles för mycket för att ha den ringaste tanke på att Stahlbergs är oskyldiga.

– Den tanken ska vi alltid ha. Vad som än händer.

– Inget hårklyveri, Hanne.

– Det är det inte. Jag påpekar en plikt vi har.

Hanne vände sig mot henne. Leendet var nytt. Resignerat och vänligt, Annmari kunde inte riktigt tolka det.

– Du har haft väldigt bra hand med det här fallet, Annmari. Det har gått en vecka sen morden och du går i rätten i morgon med en jättestark häktningsbegäran. Du är duktig. Det måste jag säga.

Annmari försökte höra ironin, en sarkastisk underton. Den fanns inte.

– Tack, sa hon häpet.

– Bara vi finner Hermine. Vet vi något mer?

– Nej. Hon är bara borta. Vi har satt igång full efterlysning. Under tiden har det framkommit att tjejen har en milt sagt… blandad umgängeskrets. Men ingen har sett henne, ingen har hört något. Hon är puts väck.

– Blandad umgängeskrets, upprepade Hanne. Det måste dom ju ha.

– Vad menar du?

– Du vet, började Hanne. I den mån folk från de övre sociala skikten får kontakt med oss så rör det sej om…

Hon avbröt sig mitt i meningen och tittade på Annmari med höjda ögonbryn som en uppmaning att fortsätta meningen.

– Tja, sa Annmari. Ekonomiska brott. Trafikförseelser. Lite familjevåld.

– Inte mycket av det sista, sa Hanne. Dom gömmer sej väl bakom sina tjocka gardiner. Men annars är det ju rätt. Om vi för ett ögonblick…

Hon log, nästan skälmskt.

– …förutsätter att Carl-Christian, Mabelle och Hermine, en eller flera av dom, är skyldiga till morden… Och vi samtidigt förutsätter att det handlar om ett överlagt brott… Då säger det ganska automatiskt något om vad för slags bakgrund man har, vad för slags umgänge.

Annmari såg misstrogen ut och utbrast:

– Det där låter helt fascistiskt, Hanne! Menar du att kriminella anlag är något vi föds med? Hanne då! Det är…

– Inte föds med. Växer upp till.

Hanne var kort i tonen nu som om hon redan var trött på sitt eget resonemang. Efter en liten paus fortsatte hon dock.

– Du måste för det första skaffa vapen. Ett oregistrerat, illegalt och icke spårbart vapen. Hade du vetat vem du skulle kontakta?

– Nej… Jo, jag vet ju…

– Du är polis, Annmari. Du vet hur, men du skulle aldrig ha klarat det. Du har ingen aning om hur du ska manövrera i det landskapet. Men det vet tydligen Mabelle, efter vad jag har förstått av hennes bakgrund. Hermine har trasslat in sej i allsköns skit och elände genom drogberoende. Dom två tjejerna där…

Hon teg tvärt och skakade på huvudet.

– Planerade mord är sällsynta, Annmari. Det vet du lika bra som jag. I alla fall dom helt planerade, dom sen länge planerade. Dom är så gott som frånvarande i vår statistik. Och vi vet bägge varför.

– Varför, frågade Annmari.

– Därför att vi människor drar oss för att mörda när vi tänker oss för. Vi kan göra det i affekt, herregud, det mördas i affekt var femte dag i det här landet numera. Var femte dag! En del mördar för att skyla över ett annat brott förstås, ynkliga pedofiler som står med slak pitt i handen och inser att flickebarnet dom har förstört kanske talar om för mamma vad som har hänt.

– Nu är du väl lite…

– Vulgär? Äcklig? Säkert. Vad jag vill komma fram till är inte att en överklassfamilj med inslag av knarkande medlemmar och tvivelaktiga ingifta nödvändigtvis blir utövare av hemska brott. Jag säger bara att överlagda hemska brott är svårare att genomföra *utan* en sån familjestruktur.

– Menar du detta, Hanne? Menar du det verkligen?

– Inte helt.

Hanne log stort och tittade på klockan.

– Men jag menar det lite grann. Jag måste dra.

– Vänta…

– Vi ses i morgon, Annmari. Gå hem. Sov. Du ser för jävlig ut. Du kan inte gå i rätten i morgon så trött som du är.

– Jag ska vara med på presskonferensen, sa Annmari. Tack för komplimangen. Bredvid den bildsköne kriminalchefen kommer jag att se ut som ett utskitet äpple.

– Nej då. Han ser ganska färdig ut själv. Det gör vi alla. Ha det bra!

Bootsklackarna smällde mot trappstegen när Hanne skyndade nerför trappan. Hennes halsduk blev liggande kvar efter henne, en liten tuva mot det blå golvet. Hon låtsades inte om Annmaris rop, vinkade bara och lutade sig mot de tunga ståldörrarna. De segade sig igen efter henne.

– Hur… Hur har du tagit dej in hit?

Billy T. var mer förvånad än egentligen arg. De senaste åren hade säkerhetssystemen i Polishuset kraftigt förbättrats. Att Sølvi Jotun med sin apparation hade lyckats ta sig ända fram till hans kontor utan kontroll eller följeslagare var obegripligt. Hon stod i dörröppningen, liten, späd och härjad. Allra först kom hostan, Billy T. hörde henne innan han fick syn på henne. Hon verkade sjukare än senast. Ansiktet var uppenbart förgråtet och hon andades tungt medan hon stödde sig mot dörrkarmen. Håret låg klistrat mot skallen, tunt och tovigt. Ett herpesutslag blommade på överläppen. Fuskpälsen var smutsig.

– Din skit. Ditt jävla as.

Det fanns ingen kraft i utskällningen annat än i orden. Hon viskade nästan och Billy T. var rädd att hon skulle falla ihop. Han gick bort till henne och försökte att sätta ner henne i en stol.

– Rör mej inte! Rör mej inte för helvete!

Med förvånansvärd styrka slet hon sig loss från hans grepp. Sedan stapplade hon till stolen för egen maskin och föll ihop som en säck. Varje andetag pep otäckt vid både in- och utandning. Billy T. stängde dörren.

– Jag förstår det. Jag förstår att du inte vill låta dom andra få veta vilket stort arsel du egentligen är.

Hon grät verkligen. Stora tårar rann nedför kinderna.

– Va? Vad är det, Sølvi?

Billy T. blev rådvill stående ett par meter ifrån henne.

– Du sa inget om Oddvar. Du sa inget om Oddvar.

Äntligen såg hon upp direkt på Billy T. Det stack i honom.

– Jag har inte varit så lessen i hela mitt liv, sa Sølvi. Och så in i helvete förbannade på någon. Varför sa du ingenting?

Billy T. förstod plötsligt vad hon menade. Han andades lättare nu men orkade inte riktigt se åt hennes håll. I stället satte han sig på sin plats och började sortera pappersbuntarna som låg i ett fullständigt kaos över hela bordsskivan.

– Du tycker att såna som mej kan man bara ge fan i, sa Sølvi.

– Nej, sa Billy T.

– Jo. Du och alla dom här människorna här inne. Ni tror att såna som jag inte känner nåt. Du också, Billy T. Du som egentligen är okej. Trodde jag. Nu vet jag bättre.

Han visste inte vad han skulle säga. Det hade förstås slagit honom när han hämtade henne på sjukhuset. Han skulle ha sagt att Kluten var död. Men han var ute efter något. Något som var viktigt. För honom, för fallet som han jobbade med. Han visste inte heller om de fortfarande höll ihop. Det var inte hans sak att berätta det. Han brydde sig egentligen inte om henne. Sølvi Jotun var inte hans ansvar och han hade pumpat henne för allt hon var värd utan att berätta något om Kluten för henne.

– Jag visste inte, började Billy T.

Han kom inte längre. Det fanns inte mycket att fästa blicken på. Billy T:s kontor var grått och gardinlöst. Han hade bytt kontor många gånger sedan han höll till i ett nästan hemtrevligt rum med krukväxter som Hanne hade gett honom. Barnteckningarna som förr hade hängt överallt var för länge sedan undanstuvade.

– Du visste inte...

Sølvi väste gråtande fram orden.

– Du visste mycket väl, Billy T. Du visste att Oddvar och jag alltid har hållit ihop. Du skulle ha sagt något. I stället får jag... här går jag omkring och drar på stan och får plötsligt veta att... Av en lodare jag råkade träffa.

Gråten blev allt värre.

– Och inte kan jag jobba heller. Jag kan väl inte böla till mej kunder.

Billy T. hade haft sina aningar. Sølvi måste spä på inkomsterna från vapenbranschen. Till slut hade hon ramlat ner till pundar-tillvarons nedersta trappsteg. Hon gjorde en avsugning för en sil och särade på de utmärglade låren för ett mål mat.

– Jag älskade Oddvar, vet du det! Älskade!

Ordet verkade konstigt i hennes mun. Billy T. kunde inte skratta. Och inte kunde han gråta. Han tog sig för bröstfickan – en impuls, oreflekterad och plötslig.

– Här, sa han och räckte henne V75-kupongen. Ta den här.

– Va?

– Ta den här.

– Vad är det för något?

– Pengar, sa Billy T.

– Pengar?

– Ja. Ta dom. En vinstlott, Sølvi. Du har sett såna förr.

– Hästar...

Gråten övergick i korta hulkningar. Efter en stund böjde hon sig fram och kisade på kupongen.

– Och det är, sa du?

– Det är en V75-kupong, sa Billy T. irriterat. Ta den för fan!

Han reste sig, gick runt bordet, satte sig på huk bredvid henne och tog hennes hand. Äntligen lyckades han se henne i ögonen.

– Jag är ledsen. Jag beklagar. Det var jävligt dumt av mej att jag inte berättade för dej om Klu... om Oddvar. Och jag förstår mycket väl att du inte kan jobba som du har det nu. Med socialen stängd över jul så är det säkert för jävligt. Ta den här. Det här är över hundrafemtitusen kronor, Sølvi. Det skulle hålla dej borta från stritan ett tag. Lite semester, va?

Hon såg sig omkring. Kroppen drog sig tillbaka i stolen. Hon lösgjorde sin hand från hans.

– Är det här någon sån där komplottgrej? Dolda kameran?

– Vem skulle ha intresse av att lura dej i teve…

– Jag har blivit lurad hela mitt liv, sa Sølvi. Ingenting förvånar mej längre. Det ska jag bara säga. Och den här…

Hon vågade tydligen inte röra lappen. Hon såg sig fortfarande om i det kala rummet. Det fanns inga gardiner att gömma en kamera bakom. Inga lömska speglar. Skåpdörren i hörnet var stängd.

– Och varför skulle du ge mej den här?

Nu hade hon slutat gråta. Hon gned baksidan av handen över ögonen.

– Fråga inte. Jag försäkrar att det här är helt lagligt.

– Men hur ska en som jag få ut en sån vinst? Herregud, Billy T. Titta på mej! Det finns inte en bankanställd i hela stan som inte trycker på larmet och får hela ditt gäng till luckan för att haffa mej om jag försöker något sånt.

– Du kan be dom ringa mej, sa han utan att tänka. Här har du mitt mobilnummer. Blir det för mycket trubbel så kommer jag och går i god för dej.

Han reste sig, tog ett papper från bordet, rev av ett hörn och skrev ner siffrorna.

– Det här fattar jag ingenting av, sa Sølvi.

– Det behöver du inte heller. Fattar det inte riktigt själv.

En smal hand sträcktes mot Billy T. Den slöt sig kring kupongen och telefonnumret.

– Tack, sa hon och hostade våldsamt. Kanske tar jag in på hotell. Ett riktigt hotell. Med badkar och grejer.

– Gör inte av med allting på en gång.

– Nejdå. Men du, Billy T…

Hon stod vid dörren nu, på väg att gå.

– Jag är fortfarande förbannad, sa hon lågt och hostade igen. Det där med att inte säga något om Oddvar, det var… Det var… Helt för jävligt.

– Jag vet. Jag vet.

– Så dom här…

Hon tog fram Billy T:s röda termovantar ur fickorna.

– Dom vill jag fan inte ha längre. Du är och förblir en skit. Hej då.

Hon slängde dem på golvet och försvann. Billy T. glodde på dem, två knallröda fläckar mot ett slitet blått linoleumgolv. Sedan plockade han upp dem och kastade dem i papperskorgen.

Han hade fått dem i julklapp från Jenny.

Hanne kurade ihop sig mot blåsten, glad att taxifärden var över. Det lyste från vardagsrummet på fjärde våningen, ett varmt ljus som fick henne att le. Hon skulle ta ett bad. Ligga länge i karet. Med ett glas rödvin. Musik. Hon småsprang längs den låga muren.

– Hanne.

En lång man klev fram från skuggorna under träden vid lyktstolpen på andra sidan gatan.

– Har du tid ett ögonblick?

Hanne saktade farten och kände rädslan gå över i en nästan ostyrbar ilska så tvärt att hon tappade andan. Blixtsnabbt försökte hon komma ihåg när hon sett honom senast. Det var många år sedan. Säkert sex. Kanske mer. Hon mindes inte. Ville inte minnas.

– Kåre, sa hon tonlöst och ångrade sig.

Att använda hans namn var ett erkännande. Ett igenkännande, det var att tillstå att han var någon för henne. Det hade han aldrig varit trots att han hade haft chansen i så många år.

– Hanne, sa han igen, stelt och torrt.

Handen drogs upp en bit ur rockfickan men stoppades snabbt ner igen som om han vid närmare eftertanke inte fann det naturligt att räcka fram handen till sin egen syster.

– Vad vill du?

Hennes röst var skarp, hög. Hon började gå.

– Förresten…

Hon vände sig häftigt mot honom.

– Jag är inte intresserad. Av att prata med dej. Om vad du vill. Hej då.

– Jag måste nästan insistera.

– Det kan du gärna göra. Det hjälper inte.

Hon försökte åter gå ifrån honom. Hon ville springa, men gjorde det inte, hon tvingade sig att gå, snabbt, men hon fortsatte bara gå, och nu var hon lyckligtvis framme vid porten.

Han grep tag om hennes arm.

– Du måste prata med mej, Hanne. Alexander kan inte bo hos er. Han måste hem och du måste prata med mej om det här. Det förstår du väl.

Greppet om underarmen var hårt, gjorde nästan ont.

– Släpp mej, fräste hon.

– Ja. Om du lovar att stå still. Du måste väl förstå och begripa att du inte bara kan ta in en sextonåring i ditt hem utan att prata med barnets föräldrar. Herregud, Hanne, du är…

– Jag pratade med dej på julafton. Det räcker för mej.

Han skrattade uppgivet.

– Pratade? Kallar du den uppringningen för ett samtal?

– Du fick veta var han fanns. Släpp mej.

Han släppte inte, men greppet blev något lösare som om han äntligen förstod att han inte hade rätt att tvinga henne. Hon slet sig loss.

– Ni kastade ut honom, sa hon och gned sig på armbågen. Ni kastade ut er egen son på julafton.

– Det gjorde vi inte. Naturligtvis kastade vi inte ut honom.

Han såg plötsligt mindre ut. Axlarna sluttade i den dyra rocken, ansiktsdragen blev skarpa i ljuset uppifrån gatlyktan. Ögonen försvann under den breda pannan.

– Vi kastade inte ut honom, Hanne. Vi hade bara… Vi grälade…

– Om vad?

– Det har du faktiskt inte med att göra.

– Ni ville skicka grabben till psykolog för att han är förälskad i en pojke.

– Inte därför, Hanne. För att han är så… Alexander är en förvirrad själ. Han är så… Envis. Upprorisk. Jag tror att han är olycklig. Han håller sej mycket för sej själv och det går inte så bra för honom i skolan heller. Vi, alltså… Hege och jag tycker det skulle vara bra för honom att prata med en professionell person. Och dom här homogrejerna…

– *Homogrejerna!*

Hanne måste lägga band på sig för att inte slå honom. Istället slängde hon ut med armarna, upp och åt sidan och tog ett steg tillbaka.

– Där har du det! Var har jag hört det ordet förr?

Hon la pekfingret mot kinden i en demonstrativt tänkande ställning.

– Hmm. Jodå. Nu kom jag på det. Det var väl pappa tror jag. Det var precis det han sa till mej. Eller mest *om* mej då. Jag kan knappt minnas att han någonsin sa något *till* mej. Homogrejerna. *Vad fan är homogrejer, Kåre?*

Brodern strök sig över ögonen. Det var något hjälplöst över gesten, något barnsligt resignerat, aldrig hade fadern gjort något sådant, han var så lik honom annars, som de alla var, både Hanne, brodern och Alexander, alla bärare av universums mest dominanta gener, som modern en gång hade sagt, och ett ögonblick trodde Hanne att Kåre grät.

– Fattar du inte att grabben måste få välja, sa hon för att få slut på den outhärdliga pausen; brodern bara stod där, öppnade och stängde munnen, strök sig över ögonen, krympte i sin rock. Alexander måste hitta sin egen väg. Han är en frisk och stark pojke men han är tonåring. Det ska vara lite jobbigt att vara tonåring.

– Och det vet du, sa han och sträckte på sig. Du som knappt har pratat med honom. Så vitt jag förstår så har du knappt varit hemma sen han dök upp. Det är ganska typiskt för dej måste jag säga. Uttala sej med den största självsäkerhet om en pojke som du just har träffat. Hege och jag ska förstås ge oss. Vi har ju bara känt pojken, skött om honom och älskat honom i sexton år. Jag märker att du inte precis har förändrats.

– Förändrats? Har du någonsin känt mej?

– Jag var tolv år när du föddes, Hanne. Tolv år och pojke. Du kan knappast förebrå mej för att jag inte tyckte det var särskilt roligt med en snorig småunge. Och dessutom… Har du någonsin tänkt på att det kanske inte *bara* är vårt fel allt som har hänt? Att det inte *uteslutande* är mamma och pappa som ska bära ansvaret för att du blev utanför?

– Det där orkar jag bara inte höra på.

– Du är svår, Hanne. Svår och konstig. Det har du varit sen du föddes. Jag minns när du fyllde tre…

Hans skratt, hest, förtvivlat, elakt, fick henne att lyssna igen.

– Mamma hade gjort en fin tårta. Köpt en ny klänning till dej. Den var röd, minns jag. En röd klänning hade hon köpt och jag var tvungen att stanna hemma. Jag var femton år och måste vara hemma på grund av snorungens födelsedag. Mamma hade bjudit några barn från trakten. Du förstörde alltihop.

Orden sved mot hennes rygg. Det här var en historia som hon inte kom ihåg, som inte var hennes. Kåre visste saker om Hanne som hon själv inte hade en aning om. Han ägde en bit av henne, av hennes liv och historia och hon ville inte veta något om det.

– Du klippte sönder klänningen, fortsatte han. Jag minns fortfarande dom smala remsorna av rött tyg. Mamma grät. Du satt stum i en vrå och glodde på henne med dom där ögonen, dina ögon…

– Jag var tre år, sa Hanne sakta utan att vända sig om. Du förebrår mej för något som hände när jag var tre. Fantastiskt.

Återigen hans skratt, hest, nästan desperat.

– Jag kan gärna nämna andra födelsedagar, sa han. Din elfte, tolfte, trettonde. Bara säg ett år. Jag kan fortsätta hela natten med historier om hur du aldrig ville vara en del av oss. Hur du alltid stretade emot. Ville vara annorlunda på liv och död. Om du inte fick din vilja fram så stack du. Du är en som flyr, Hanne. Vilket väl med besked bevisades när Cecilie dog.

Hanne slöt ögonen. Någonting tryckte över bröstet. Lungorna ville inte fungera.

– Ta inte det namnet i din mun, pressade hon fram. Du har ingen rätt att tala om Cecilie.

Det var inte säkert att han hörde det. Det var verkligen omöjligt att andas. Hon måste stötta sig mot muren, han kom närmare, hans steg var tydliga, hon ville gå men fick inte luft.

– Jag var i alla fall på hennes begravning, sa han. Det är mer än man kan säga om dej. Du hade stuckit, så som du alltid gör när saker och ting är svåra.

Hans röst var alldeles bakom henne nu, låg, tätt mot hennes öra, hon kunde känna hans andetag mot kinden:

– Ja, jag var där. Jag ville prata med dej. Ville visa dej att jag var ledsen för din skull. Men du var inte där. Precis som du inte var där när mamma fyllde femtio. Du var nio år gammal, Hanne, och helt klar över att du sårade henne. Du är aldrig där när någon behöver dej. Så kom inte här och säg att jag inte ställer upp för min son. Jag älskar Alexander, jag vill hjälpa honom och jag vill ha honom hem.

Andas, tänkte hon. Andas ut. Andas in.

– Du passade inte in i vår familj, Hanne.

Rösten var mildare nu, mindre ansträngd. Hans hand vilade på hennes skuldra, den brände genom jacktyget, genom ylletröjan, hon kände hans fingrar mot huden och ville skjuta bort dem. All kraft gick åt till att andas, till att tvinga lungorna att dra ut och in, och Kåres hand låg kvar.

– Naturligtvis är det först och främst mammas och pappas ansvar. Dom var vuxna. Men det blev så mycket, Hanne. Av dej. Av trots, egenart. Du ville bara inte. Du skulle alltid tycka, göra och säga något annat än alla andra. *Alltid*. Precis som…

En kraftig regnskur började falla. Bägge tittade upp, instinktivt, som om de inte trodde att det var möjligt för vädret att slå om så snabbt, från duggregn och vindstilla till stormbyar och störtregn på några få sekunder. Hanne kände att det gick lättare att andas.

– Alexander, ropade hon ut i smattret från regnet som trummade mot marken, mot hustaken och Kåres axlar med små dämpade ljud. Precis som Alexander. Han är som jag. Ni kommer att förstöra honom.

Hon började gråta. Hon registrerade det inte först, förstod inte att hon grät förrän regndropparna smakade salt mot tungan.

– Vi ska inte förstöra honom, sa Kåre. Vi ska hjälpa honom. Dom här homo… Den här homosexualiteten han påstår…

– Påstår.

Nu viskade hon. Flämtade fram orden igen:

– Påstår. Så det är vad du tror. Att han har förälskat sej i en grabb för att vara svår och egensinnig.

– Inte precis så. Jag menade inte att säga… påstår. Förlåt. Det var dumt sagt. Men Alexander är ännu för ung för att träffa såna val. Vi måste hjälpa honom på rätt väg, på… Han får det så svårt om han tar fel väg på det området. Det vet ju du, Hanne. Egentligen. Allt blir så mycket lättare om han förstår att det här bara är en episod. En period i livet.

Hanne lyckades vända sig mot honom, klarade att gå baklänges. Hon grät häftig och hade regnet mitt i ansiktet. Kläderna var våta nu, det rann vatten överallt, iskallt vinterregn nedför ryggen, under kläderna, det skvalpade i skorna för varje långsamt steg hon tog, bort från sin bror.

– Och om det inte är en period, snyftade hon. Vad händer om Alexander verkligen är homosexuell och vad har ni redan gjort med honom? Med hans egenart? Med trotset, envisheten allt det som ni anser är fel. Med allt det som liknar mej? Va?

– Hanne… *Hanne!*

Fötterna plaskade mot regnvattnet när hon sprang över gårdsplanen. Jackfickan var hopklistrad av fukt, nycklarna iskalla, hon fumlade och snyftade och fick till slut fram dem. Rätt nyckel gled in i låset.

– Hanne! Du måste…

Broderns rop klipptes tvärt av när porten föll igen. Det tog henne en kvart att hejda gråten. Sedan gick hon uppför trapporna, hem.

FREDAG 27 DECEMBER

– Bra jobbat, Annmari.

Erik Henriksen gav henne en uppmuntrande knuff i sidan och började samla ihop pärmar och lösa papper utan att skapa alltför mycket oreda av allt. Domaren hade redan lämnat rättssalen efter en förhandling som blev kortare än någon hade väntat. Domen löd på häktning av Carl-Christian Stahlberg och Mabelle Stahlberg i fyra veckor, två av dem med brev- och besöksförbud. Utfallet var i samstämmighet med Annmaris begäran. Alla hade inställt sig på en evighetslång häktningsförhandling. Det äkta parets nyutnämnda advokater, två tungviktare från Oslos översta kändisskikt, hade uppenbarligen hittat en annan strategi. Kort redogjorde de för klientens synpunkt: Ingen ville upp i rätten men bägge godtog häktningen för att ge polisen möjlighet att reda upp i detta uppenbara och hårresande missförstånd. Naturligtvis var ingen av dem skyldig, och advokaterna underströk flera gånger att de fyra veckorna var på gränsen till vad de misstänkta kunde gå med på.

– Fajten uppskjuten till nästa runda, viskade Erik. Dom måste ha torterat CC och Mabelle för att få dom att gå med på det här. I alla fall Mabelle!

– Bara vi kunde hitta Hermine, mumlade Annmari tillbaka och hjälpte honom att fylla pilotväskorna. Vi *måste* hitta henne snart.

Journalisterna vimlade omkring i rättssalen. Det var först och främst försvararna de var ute efter men fyra, fem av dem stod redan otåligt och väntade på Annmari, bara hållna i schack av en vaktmästare som ville ge henne möjlighet att plocka undan sina papper. Hon suckade högt och kollade textmeddelanden på sin mobil.

– Jag måste ringa Silje, sa hon lågmält och vände ryggen mot journalisterna. Det är bråttom står det. Ta hand om dom där är du snäll.

– Jag? Jag kan väl inte…

– Jodå, sa hon och slog numret innan hon satte telefonen mot örat och gick några steg mot domarskranket.

– Gick det bra, frågade Silje i andra änden.

– Ja. Fyra veckor. Vad ville du?

– Du måste komma hit. Till Hermines lägenhet.

– Har ni hittat henne?

Nu viskade Annmari med handen för munnen för att skärma av ljudet.

– Nej. Men du måste komma.

– Vad är det?

– Jag vill inte säga det på telefon. Kom då.

– Okej. Det kan ta lite tid.

– Jag väntar. Kom så fort du kan.

Annmari klickade av och stoppade mobilen i väskan.

– Ni kan prata med kriminalinspektör Henriksen här, sa hon och banade väg mellan fotografer och journalister. Men det finns inte mycket att tillägga.

När hon till slut nådde dörren ut till hallen hörde hon Eriks röst:

– Ni hörde vad polisjurist Skar sa. Det finns inget mer att tillägga. Ingenting. Hör ni inte? Det finns inget att tillägga.

Hon log svagt och skyndade vidare. På CJ Hambros plass försökte hon hejda en av de taxibilar som hela tiden passerade. Hon borde väl ha hjälpt honom med väskorna, tänkte hon. Till slut stannade en silverfärgad Mercedes. När hon satte sig i den såg hon Erik rusa nerför tingshustrappan med en väska under var

arm och en i var hand, som en piccolo med en svans av missnöj-
da hotellgäster efter sig. Han stirrade vilt åt alla håll. En polisbil
rullade upp framför honom.

Då får han i alla fall skjuts, tänkte Annmari med ett sting av
dåligt samvete.

Hermine Stahlbergs lägenhet framstod som en underlig bland-
ning av god smak och slarv. Möblerna var strikta och moderna.
Väggar, golv och möbler var ljusa, nästan bleka. Bara i mattor,
tavlor och kuddar fanns det färger. Konstverken hängde luftigt
på väggarna, utan att dominera, utan att överrösta varandra.
Den instängda luften fick Annmari Skar att rynka på näsan. Lä-
genheten kunde inte ha städats på länge. Golven var smutsiga
och bordet i vardagsrummet var matt av damm och cirkelrunda
märken efter glas. I en stor skål låg fyra bananer, nästan svarta.

– Det här ser ut som något en inredningstidning har ställt
samman till ett reportage och sen glömt, sa Annmari.

Silje nickade frånvarande.

– Och någonting säger mej att någon har letat efter något här,
sa hon. När vi kom hit hängde flera av tavlorna snett. Många av
lådorna var inte ordentligt inskjutna. Inne i dom var det bara en
enda röra. Det kan förstås hända att tjejen är en notorisk virr-
panna. Det är ju mycket som tyder på det.

Hon strök fingret över teveapparaten, lyfte det mot ögonen
och gjorde en grimas.

– Men tjejer som Hermine Stahlberg brukar i alla fall ha ord-
ning på sina toalettsaker. Dom var ganska kaotiskt placerade i
badrumsskåpen. Jag menar… det fanns inte något system som
jag kunde känna igen i varje fall. Maskaran låg längst in till ex-
empel. Den använder man ju hela tiden.

Annmari log.

– Det vet inte jag så mycket om.

– Men det här är alltså varför jag bad dej komma. Det låg instucket mellan två böcker om mumier och hieroglyfer. Verkligen en intressant dam, den här Hermine. Det finns en massa böcker här men dom är sprillans nya nästan allihop. Det knastrar när man öppnar dom. Det verkar uppriktigt sagt som dom bara är till prydnad. Titta här.

Annmari tog dokumentet som Silje räckte henne. Hon hade redan dragit på sig plasthandskar och försökte vara så varsam som möjligt med pappret.

– Ännu ett testamente, sa hon tonlöst och bläddrade sig fram till den sista av de tre paginerade sidorna. Daterat tredje december nolltvå.

– Daterat, signerat av Hermann och Turid Stahlberg och dessutom…

Silje pekade på dokumentets sista mening.

– *Med detta annulleras alla tidigare testamenten,* läste Annmari. Men…

Hon bläddrade igen, från första sidan till den sista.

– Det är inte bevittnat…

– Va?

– Titta då! Inga vittnen! Då är det ogiltigt.

Silje tog tillbaka testamentet och bläddrade igenom det. Hon granskade noga varje sida, hon höll upp det framför ansiktet och höll pappret på sned för att fånga ljuset från fönstren, som om vittnet skulle ha skrivit under med osynligt bläck.

– Nu fattar jag ingenting, sa hon paff. Innehållet är ju ganska sensationellt.

– Vad går det ut på, sa Annmari och ville se efter närmare.

Silje ville inte ge henne testamentet. I stället satte hon sig i fönsterkarmen och vinkade till sig kollegan. De lutade sig mot fönstret bägge två, det bleka dagsljuset förstärktes av en balkonglykta alldeles utanför.

– Titta här, sa Silje och pekade. Det fastslås att rederiet ska delas på tre. Eller… Om jag förstår det rätt så ska Hermine, Preben och Carl-Christian ha trettio procent var av aktierna. Då blir det tio över, eller hur?

– Jag klarar att räkna mej fram till det, ja.

– Dom ska Prebens äldste son ha.

– Det innebär att Preben egentligen får fyrtio procent, sa Annmari. Ingen särskilt vettig aktiefördelning, det här. Ingen får majoritet. Men om två av syskonen blir överens kan de rösta ut den tredje. Vad i hela världen…

De teg bägge två. Annmari lyfte ansiktet och studerade dammet som dansade i ljuset utifrån, små partiklar som virvlade runt i ett omärkligt drag.

– Hermann Stahlberg vet mycket väl hur ett testamente ska utformas, sa hon, dröjande som om hon tänkte högt. Det förra hade han ju skrivit för hand. Där var alla formaliteter tillgodosedda. Med vittnen och allt. Varför skulle han lämna ifrån sej…

– Lämna ifrån sej?

– Ja!

Annmari slog ut med handen.

– Han måste ju ha lämnat det ifrån sej. Han bor ju inte här. Och varför skulle han lämna ifrån sej ett testamente som innehållsmässigt är helt annorlunda än det förra och som alltså måste betyda att han har ändrat mening om Carl-Christian för bara tre veckor sen… Och så ser han inte till att det är giltigt? Jag menar… Det ser ju tjusigt ut, på eget brevpapper och sånt…

Hon böjde sig över testamentet i tjockt antikgult papper.

– Och så glömmer han något så väsentligt som vittnen…

– Det kan ju hända att det inte var färdigt än, föreslog Silje.

– Det är ju undertecknat! Det ska ske i vittnens närvaro.

– Han kanske ändrade sej.

– I den familjen finns det ingenting som förvånar mej längre, men om han ändrade sej så skulle han väl inte ha skrivit under. Nej…

Plötsligt gick Annmari ut på golvet. Hon granskade rummet. Blicken vilade på de fyllda bokhyllorna och utan att vända sig mot Silje sa hon:

– Ni hittade det här i en bokhylla, var det så?

– Ja.

– Jag vill ha det här stället upp- och nedvänt. Jag menar det verkligen. Alla böcker ut och kollade. Alla skåp tömda. Tavlorna ska ner. Leta efter ett kassaskåp. Dra ut lådor, gå igenom kläder, gör…

– Jag fattar, Annmari. Vad är det du tror att vi ska hitta?

Annmari sög på en hårslinga och svarade inte. Hon stod orörlig mitt på golvet. Mobiltelefonen ringde men hon lät den ringa färdigt.

– Jag vet inte, sa hon till slut. Jag kan inte förstå annat än att Hermann blev hotad eller tvingad att skriva det här testamentet. Om det nu är äkta. Vi måste få det undersökt. Men låt oss säga att det verkligen är Turids och Hermanns underskrifter… Då såg han till att det inte var giltigt. Det kunde han bara göra inför en person som inte är så vidare bra bevandrad i juridikens värld. Och då pratar jag om någon som verkligen inte hänger med, Silje. Att testamenten kräver vittnen finns det bara en enda i familjen Stahlberg som kan tänkas vara ovetande om.

– Hermine, sa Silje dämpat. Hon verkar ganska desorienterad.

– Just det. Och det är ju här vi är, eller hur? Hos Hermine. Men vart har hon tagit vägen?

De såg sig omkring och lät blicken stanna vid samma bild. Ett färgfoto i en enkel ram av polerat ädelträ stod på ett stramt skåp. Hermann och Tutta Stahlberg omgivna av sina tre barn. Hermine kunde vara runt fem, ett vackert flickebarn med ljusa lockar och små kritvita tänder. Bröderna stod allvarliga på var sin sida av föräldrarna medan Turid tittade fram bakom sin mans högra överarm. Också hon log, mer försiktigt än dottern, ett nervöst nästan beklagande leende.

Hermann tronade mitt på bilden, bara lilla Hermine fick stå framför honom när fotot togs. Han var den ende som såg rakt in i kameran. Flickan tittade snett upp på honom, beundrande, leende.

– En gång var dom en familj, sa Annmari.

– Hit skulle i alla fall inte inredningstidningarna komma, sa Silje och kikade in i badrummet där Billy T. gick igenom hyllor och ett litet skåp över handfatet.

– Va? mumlade han och kisade mot en pillerburk.

– Hermines lägenhet var jätteläcker, förstår du. Rörig men tjusig. Här ser det ju mer ut som en knarkarkvart.

– Dom här pillren hör mera hemma i en kvart, sa Billy T. och hällde ut flera av pillerna i handflatan. Det står C-vitaminer på etiketten men dom här är då inte särskilt hälsosamma…

Lägenheten som Mabelle Stahlberg hyrde på Kampen under namnet May Anita Olsen var fantasilöst möblerad. Ett par stolar från IKEA stod vid ett matbord av faner. Det hade börjat flisa upp sig i bägge ändar. Soffan var sned och en stor fläck avtecknade sig mörkt och tydligt på den ena dynan. Väggarna var nakna bortsett från en färgsprakande tavla över soffgruppen och en gammal sätterikast vid köksdörren. Den var tom. Mabelle hade själv, ganska motvilligt, förklarat att hon bodde där tidigare, innan hon träffade Carl-Christian. De hade aldrig haft någon anledning att sälja den. Hon hävdade envist att lägenheten knappt användes. Hermine hade visserligen bott där vid ett par tillfällen medgav hon, men annars stod lägenheten tom. Att den stod i Mabelles tidigare namn berodde helt enkelt på att de aldrig hade kommit sig för att ändra på kontraktet. Hon kunde inte begripa att stället kunde ha något som helst intresse för polisen.

– Det ser nästan ut som om tjejen har rätt, sa Billy T. Här finns det ingenting. Om vi nu inte ska bråka om dom här pillrena. Det orkar vi väl inte. Fyra Rohypnol, lite Valium och några grejer som jag inte riktigt känner igen. Dom är säkert kvar efter Hermine.

Han gick in i det trånga sovrummet. En dubbelsäng i furu tog upp större delen av rummet. Ett smalt skåp i hörnet var tomt. Gardinerna var fördragna. Billy T. drog försiktigt isär dem. Fönstren kunde inte ha varit putsade på många år och karmen var täckt av smuts från gatan.

– Inte fattar jag vad Hermine har använt det här stället till, sa Silje. Varför skulle hon sitta här och sura när hon har en stor lägenhet i andra änden av stan?

– Det kan finnas många anledningar till det, mumlade Billy T. och började banka i väggarna. Att hon har bekanta hon inte gärna drar med sej till finare stadsdelar till exempel. Hej, hör här!

Knytnäven framkallade plötslig ett annat, dovare ljud mot väggen. Han slog på prov några slag från golvet och uppåt ännu en gång.

– Det finns någonting här.

Han häktade ner ett grafiskt blad, en badande kvinna mot mörkblå kvällshimmel.

– Bingo.

Billy T. flinade brett.

– Känner du någon som kan öppna ett sånt här, Silje?

Kassaskåpet var dåligt monterat. Det glappade mellan metallen och gipsväggen på bägge sidor och anordningen satt tydligt på sned.

– Det här kan antagligen bara ruckas loss, sa Billy T. och fingrade prövande på det enkla låset. Men det är ett jävla jobb att släpa det med oss. Säkert tungt som fan.

– Det är ett kodlås, sa Silje uppgivet. Vi måste få hit någon som kan dyrka upp det.

– Säkert inte nödvändigt, sa Billy T. När är CC född?

– Larva dej inte. Han har väl en bättre kod än så!

Billy T. knackade hårt på skåpet.

– En man som sätter upp ett kassaskåp på det här sättet är tillräckligt klantig för att välja sitt födelsedatum som kod. Sin eller fruns eller ungarnas. Alla varnar för det och alla gör det. Helt enkelt för att vi har så många nummer som vi måste komma ihåg att vi väljer enkla när vi kan. Plocka fram din anteckningsbok då! Nu kan vi äntligen få användning för dina duktiga små flicknoteringar.

Silje drog fram en skär notisbok ur handväskan.

– Sjuttonde augusti nittonhundrasextiosju. Men det kan ju inte vara koden. Du behöver bara fyra siffror. Inte sex.

Billy T. ifflade med kodlåset.

– Ett sju noll åtta, sa han högt.

Handtaget rörde sig inte.

– Vad var det jag sa, muttrade Silje.

– Ett nio sex sju, försökte Billy T.

Den här gången gled metallvredet ned med ett mekaniskt klick.

– Se där, sa Billy T. Vad har vi här då?

Silje böjde sig fram mot skåpet. Det kunde inte vara större än fyrtio gånger fyrtio centimeter. En hylla delade det lilla skåpet i två utrymmen. Nederst låg en grön metallåda. På den översta stod tre pappaskar, en av dem med öppet lock.

– Billy T., viskade hon. Det är ammunition.

– Så klart. Vad hade du väntat dej? Att han förvarade sitt rakvatten här?

– Men...

– Oproffsigt att förvara något sånt på ett ställe som vi självklart skulle hitta? Det beror på vilken sorts ammunition det är. Tar jag inte helt fel så…

Han drog ut den gröna lådan ur skåpet och la den på den bäddade sängen. Locket var inte låsbart. Han öppnade det.

– Titta här då!

Upprymd lyfte han upp revolvern ur lådan mot det starka ljuset från taklampan.

– Det här, Silje, är ett av de finaste handeldvapen som någonsin gjorts. Korth Combat Magnum. Har inte sett på maken.

Han såg ut som om han var frestad att ta av sig gummihandskarna, känna på metallen, låta fingrarna glida över kolven, pröva den tunga känslan av handgjord revolver.

– Den väger bortåt ett kilo, sa han och kände efter, förde handen upp och ner medan han log brett. Det tar fyra månader att sätta ihop den. Ser du den här skruven?

Han pekade med lillfingret.

– Här fininställer man avtryckaren. Titta vad tätt allting sitter! Kompakt och tungt. Och känn på kolven…

Han gjorde inget tecken att vilja ge ifrån sig revolvern.

– Valnöt, mumlade han. Det här är revolvrarnas Rolls Royce, Silje. Kostar uppemot femtusen dollar i USA. Har ingen aning om vad priset är här i landet. Har du sett…

Billy T. vände på vapnet, vägde det i handen ännu en gång, vände det mot ljuset, det sken, skarpt och blått av stål.

– Snubben har vapenlicens, Silje.

– Men det här, sa Silje, hon hade lyft fram den ena asken och tog tag i något som låg längre in i skåpet. Det hör inte till en revolver, eller hur?

Billy T. såg äntligen upp. Han tittade på föremålet som Silje höll emot honom i ett pincettgrepp mellan tumme och pekfinger.

– Det hör till en pistol va?

Billy T. la ifrån sig revolvern, motvilligt och försiktigt packade han in den i en mjuk trasa och la locket på den gröna lådan.

– Ett magasin, sa han. Det där är ett magasin. Och det här…

Han öppnade den ena pappasken.

– …är nio millimeter låghastighetsammunition. För användning med ljuddämpare. Och som överhuvudtaget inte kan användas på den här skönheten.

Hans fingrar knackade på den gröna metallen och han skakade långsamt på huvudet.

– Då sitter Carl-Christian och kompani jävligt illa till må jag säga.

– Det har dom väl gjort länge nu, sa Silje.

Klockan hade redan passerat tre på eftermiddagen när Hanne Wilhelmsen kom gående korridoren fram mot sitt eget kontor. En tjock luva var nerdragen i pannan.

– Wilhelmsen, sa Audun Natholmen uppenbart lättad. Äntligen kommer du.

Han spratt upp ur en stol som han hade dragit in till väggen.

– Väldigt många har letat efter dej, sa han och rynkade den släta pannan när han la märke till hennes svullna ögon. Hur är det? Är du sjuk?

– Ja, ljög Hanne. Ögoninflammation. Har hållit mej hemma. Har du väntat länge?

– Jag har letat efter dej hela dan, sa han. Först nu la hon märke till att han såg sig omkring i ett kör som om han var rädd för något eller någon. Jag måste…

Rösten skar sig. Han svalde ljudligt.

– Wilhelmsen, jag är riktigt illa ute nu.

– Kom in, sa hon och visste inte riktigt om det var nyfikenhet eller irritation hon kände. Du kunde ju ha gått in i mitt rum och väntat. Sitta här i korridoren som en annan besökare.

Han följde så tätt bakom henne att hon kände hans andedräkt i nacken. Så snart de kommit in stängde han eftertryckligt dörren bakom sig, som om han egentligen hade velat låsa den.

– Jag har hittat vapnen, sa han.

Hanne skulle just sätta sig. Ett ögonblick blev hon stående med böjda knän, ansträngt, innan hon dunsade ner i stolen.

– Du har vad då sa du?

– Vapnen, viskade han högt. Jag hittade en Glock och en .357 Magnum. I tjärnen. Den där sjön jag berättade för dej om. Där jag…

– Vad… Vad är det…

Hon slet av sig luvan och slängde den ifrån sig på golvet. Hon öppnade munnen men tankarna ville inte låta sig formas till ord.

– Du sa ju att du skulle ha gjort det, klagade han.

– Jag sa att det skulle vara alldeles galet!

– Men att du skulle ha gjort det och hållit käften!

– Jag skojade. *Jag skojade för helvete!*

Desperat försökte hon samla tankarna. Rationell, tänkte hon, var rationell. Allt hon hörde var skrapljudet från sina egna tänder som gnisslade mot varandra. Audun Natholmen bara satt där som en gänglig skolgrabb med dåligt samvete, för liten för uniformen, ett naket ansikte, ett barnansikte, en valpig parodi på en polisman.

– Du är polis, Audun.

– Studerande, mumlade han.

– Var är dom nu?

Andas, tänkte hon och slöt de brännande ögonen. Andas nu.

– Hemma, sa han.

– Hos dej?

– Ja. Jag har varit så rädd så jag visste inte riktigt… Min kompis säger att han tänker ringa VG för det ligger stora pengar i…

– Vi går.

Allra mest hade hon lust att ge honom en smocka.

Han lunkade efter henne, kuvad och med böjt huvud, men ändå med en barnslig och vild glädje över att kanske ha löst Oslopolisens största mordfall.

Annmari måste ta sig samman för att inte vända sig bort i vämjelse. Som polisjurist hade hon sett tillräckligt med porr för att känna sig tämligen härdad. Hon hade snabbspolat sig igenom oändliga mängder beslag från porrshopar i centrum på jakt efter övergrepp mot barn. När det gällde sexuellt umgänge mellan vuxna fanns det knappast någonting som kunde chockera henne. Det här var ändå något annat. Den unga kvinnan och den mycket äldre mannen var avbildade i en sexuell aktivitet som visserligen inte var Annmari främmande, men som ändå upprörde henne. Hon kände sig fysiskt äcklad.

– Det är bara för att du känner dom, sa Erik Henriksen dämpat när han stod böjd över henne medan hon bläddrade bland fotografierna.

– Jag känner dom inte.

– Du vet vilka dom är. Det gör det värre. Pinsammare. Det skit vi får se efter dom hopplösa razzior som kriminalchef Puntvold insisterar på att göra med ojämna mellanrum handlar ju bara om okända. Namnlösa, nästan ansiktslösa människor. Det här blir så mycket värre. Eller hur?

Annmari nickade omärkligt.

– Men det hjälper lite att dom är dåliga, sa hon. Rent tekniskt, menar jag. Om jag kisar lite kan jag knappt identifiera dom där två.

– Bilderna måste vara tagna med dold kamera, sa Erik och rätade på sig. Nu börjar det bli påfrestande.

Han gjorde en grimas och gned korsryggen.

– När sov du senast, frågade han.

– Minns inte. Tror du det är Hermine som har sett till att dom här bilderna finns?

– Svårt att säga. Dom fanns ju i hennes ägo. Suveränt att du beordrade en grundligare undersökning av hennes lägenhet förresten. Hon hade ett slags hemligt skåp. Hon hade monterat en fanerplatta bakom några hyllor i köket. Bilderna låg innanför, plus en tom påse med rester av vad vi tills vidare tror är heroin. Av erfarenhet skulle jag väl säga att det mest troliga är att det var han som ville föreviga dom. Du vet, för senare återupplevelse och njutning… Det är i alla fall för tidigt att säga var bilderna blev tagna. Vi undersöker förstås saken och eftersom dom hittades hos Hermine… Nej, jag vet inte.

– Fy sjutton, sa Annmari äcklad och vände på bilderna. Inte har jag med att göra vad folk håller på med bakom stängda dörrar och kanske är jag fördomsfull. Men det måste ju vara fyrtio år mellan dom. Och farbror och brorsdotter. Herregud, vilken familj! Mördar och knullar varandra! Usch!

– Är det olagligt det dom gör?

– Nej. Hon är ju vuxen. Men… *Usch!*

Erik skrattade och klappade henne på axeln.

– Nu är du väl lite väl barnslig, jurist Skar.

– Det kan hända. I alla fall…

Hon kastade en snabb blick på klockan. Den visade över halv fem.

– Var är Hanne?

– Jag har ingen aning. Alla frågar efter henne. Mobilen är avstängd. Inte ens Billy T. vet var hon är. Men vad ska vi göra med det här egentligen?

Han pekade åter på fotografierna. De låg i en bunt med bildsidan nedåt nu, ytterst på Annmaris skrivbord som om hon inte ville besudla arbetsplatsen mer än absolut nödvändigt.

– Vi åker direkt hem till Alfred Stahlberg, förstås. Han har uppenbarligen ett närmare förhållande till Hermine än vi trodde.

Återigen gjorde hon en syrlig grimas och la halvt irriterat till:

– Har karln överhuvudtaget förhörts när det gäller Hermines försvinnande?

– Jodå. I telefon.

– I telefon, fnös Annmari. Jag kan försäkra dej om att det inte blir i telefon den här gången. Skicka en patrull. Uniformerad. Jag vill ha hit karln. Nu. Och om han inte kommer med frivilligt så skriver jag ut en anhållan.

– För vad? Vad ska du anhålla honom för?

– Ingen aning. Någonting. *Obstruction of justice*. Men försök med det snälla sättet först. Jag ser väldigt gärna att du åker själv, Erik. Men var i all världen har Hanne blivit av?

– Det undrar jag också, sa Billy T. som stormade in i rummet utan att knacka. Någon hade sett henne vid tretiden men sen stack hon bara.

– Hej, sa Annmari. Du är samma hövliga person som alltid ser jag.

– Lägg av. Vi är alla trötta, Annmari. Det är inte nödvändigt att bli mästrande för det. Titta på den här lilla mojängen. Så blir du nog på bättre humör.

Han la en genomskinlig påse framför henne.

– Ett… Ett magasin?

Annmari pillade på påsen med en penna.

– Det är inte farligt. Inte för oss. Men jag tippar att det inte är särskilt lätt att förklara för CC. Det är ett Glockmagasin, Annmari. Som låg i ett dåligt monterat kassaskåp i Mabelles lägenhet på Kampen. Jag har just fått bekräftelse på att den faktiskt tillhör en Glock. Problemet för Carl-Christian är förstås att han inte har något sånt vapen registrerat på sej och det fanns heller ingenting som liknade en pistol i lägenheten. Revolver, ja, men en legal sån, jag har kollat det också. Men ingen pistol, bara den här plus en hel ask nio millimeter parabellum. Låghastighetsammunition. För användning med ljuddämpare.

Det verkade som om Annmari inte riktigt orkade ta till sig det som berättades för henne. När fyra lik hittades på Eckersbergs gate åtta dagar tidigare inställde sig alla på en spaning som skulle ta månader, i värsta fall år. Mordfall tog i regel tid. Ett fyrdubbelt mord hade hon aldrig tidigare varit med om men hon hade räknat med att spaningen måste läggas upp brett, en långsam och omsorgsfull uppbyggnad mot något som kanske bara resulterade i ett åtalsbeslut i en fjärran framtid. Hon hade legat där i sängen, natten till förra fredagen, varm och sömnlös och vridit sig och grubblat, hon väntade sig en mardröm till process med långa perioder av stillastående och ett och annat bakslag. I stället bar det raka vägen mot ett rekordsnabbt uppklarande.

Uttryckslös satt hon och stirrade på magasinet. Billy T. kliade sig i ljumsken och svor.

– Säg något då! Det här är ju ett ordentligt genombrott! Det blir mycket att göra för ballistikerna och våra vapentekniker en tid framöver men jag sätter en kopp kaffe på att det här börjar bli intressant för dom!

Telefonen ringde.

Annmari tog luren och kraxade ett hallå. Sedan blev hon tyst. Hennes ansiktsuttryck ändrades från irritation till intresse innan hon med misstrogen min sa:

– Då kommer du raka vägen upp till mitt kontor. Vi tar det därifrån. Tack.

Sakta la hon luren på plats.

– Ett vittne, sa hon, har anmält sej. En man som bestämt menar att han såg en kvinna springa över Eckersbergs gate mot Gyldenløves gate förra torsdagskvällen.

– Va?

Billy T. såg vantroget på henne.

– Och så ringer han nu? Åtta dar senare?

– Det var vakten som ringde. Mannen står där nere. Han försökte ringa oss förra fredan men blev irriterad av att aldrig komma fram på linjen. Bara till växeln, sa han och sen blev det tyst när han skulle kopplas vidare.

– Det var ju rena vilda västern här i fredags, sa Billy T.

– Precis. Den här mannen skulle till Italien med sin fru över jul och gav upp hela saken. Kom hem i dag. Efter att ha läst veckans tidningar blev han så chockad att han nu står nere i vakten.

– Chockad?

– Ja, sa Annmari och strök sig långsamt över kinderna. Han har sett bilder i tidningen. Han säger att det var Hermine han såg. I en jävla fart bort från Eckersbergs gate fem. Sprang som en galning uttryckte han sej visst. Sprang som en galning…

Sedan slog hon handflatan i bordet.

– Men var i helvete är Hanne Wilhelmsen?

Hermine Stahlberg var inte död. Underarmen låg blottad och en åder pulserade svagt under huden. Också i halsgropen syntes liv. Silje kände efter för säkerhets skull. Hon vågade inte flytta kvinnan som låg halvnaken på golvet i en skrubb. En flaska tvättmedel hade vält från en hylla över henne. Lukten blandade sig med stanken från urin och avföring. Silje bredde en skotskrutig pläd över henne. Hermine höll hårt i en kanin, ett smutsrosa djur med ett avrivet öra och stirrande, överdimensionerade plastögon. Varsamt försökte Silje lossa greppet. Fingrarna var som fastfrusna i den smutsiga nylonpälsen. Hon lät Hermine behålla gosedjuret.

Erik Henriksen försökte känna efter vad han egentligen hade väntat sig. Tanken på vad som i värsta fall kunde möta dem i Alfreds lägenhet hade varit så frånstötande att han under hela färden dit hade försökt memorera gamla poptexter och floder i Asien.

– Ring efter ambulans, Erik.

Silje gick över golvet och knuffade honom hårt i sidan. Han stod bredbent med händerna lyfta framför sig, fingrarna spretade, det var som om han skulle plocka upp ett barn.

– Ring efter två, insisterade hon. Vi behöver två ambulanser.

– Jag vet inte vad jag hade väntat mej, sa han.

– Erik! Ta fram din telefon och ring efter ambulans. Nu.

Han förstod inte varför hon inte gjorde det själv. Hans händer vägrade att röra sig. Det kittlade kallt under armarna av rinnande svett.

– Hon tänkte gå till polisen, klagade Alfred från hörnet vid köket. Hon ville gå till polisen, fattar ni. Jag hittade ju inte bilderna. Jag letade överallt hos Hermine men jag hittade… Ni förstår väl att jag inte kunde låta henne gå till polisen.

Den korpulente mannen tryckte sig upp i hörnet. Då och då gjorde armarna våldsamma utfall mot ingenting, en komisk parodi på karate.

– Jag har ju inte gjort något fel, sa han högt och skrattade. Ta henne bara. Ta henne med och försvinn.

Ett nytt utfall med styva fingrar träffade Silje i magen, hon hade försökt närma sig mannen.

– *Ring efter mer folk*, skrek hon och tog ett steg tillbaka. *Nu!*

Äntligen lyckades Erik sänka armarna. Munnen var outhärdligt torr. Han bet sig i läppen. Han gjorde såret större, skar framtänderna djupt i det mjuka köttet, kände hur ont det gjorde.

Förundrad kände han smaken av sitt eget blod och letade äntligen fram telefonen.

– Som du förstår så har det hänt saker och ting. Var i hela friden har du varit? Du ser alldeles… sjuk ut. Är det något på tok?

Hanne Wilhelmsen såg faktiskt bedrövlig ut. I sin iver att berätta om dagens händelser hade Annmari inte lagt märke till att kollegans ögon var svullna och rödsprängda. Munnen hade ett nytt resignerat drag, något sårbart som Annmari inte mindes ha sett tidigare. Hela hon verkade nedbruten.

– I går kväll träffade jag ett spöke, sa Hanne med ett glädjelöst leende. Min dag i dag har på ett sätt präglats av det. Men jag lever. Är det inte så man ska säga?

– Var har du varit?

Hanne svarade inte först. Det var en halvtimme till midnatt och kolmörkret stod tätt mot de kala fönsterrutorna. Ett stearinljus fladdrade ytterst på skrivbordet. Det höll på att brinna ut.

– Det där borde du vara försiktig med, sa Hanne matt. Sist höll du på att tutta eld på hela Huset.

– Jag har tagit bort manschetten. Det var den som brann. Var har du varit? Den här dan har varit helt snurrig. Stahlbergfallet rullar på som ett expresslok och jag skulle ha varit betydligt gladare om mina främsta spanare insåg värdet av att vara tillgängliga mitt i…

– Jag har jobbat, sa Hanne. Så mycket fattar du väl. Först sov jag långt in på dan. Efter det har jag gjort mitt.

Hon tog fram två plastpåsar ur sin stora axelväska. Det smällde hårt i bordet när hon la dem mellan sig och polisjuristen.

– Om jag inte tar alldeles fel, sa hon. Så är det här vapnen som användes för att ta livet av fyra människor förra torsdan. Om ett par, tre dar vet vi det säkert. Och det här…

Hon la ett dokument bredvid vapnen.

– …är en rapport från mej. Om hur de hittades. Jag har förskönat historien så mycket som möjligt så inte en lovande, men ganska naiv och för ivrig pojkvasker ska få sin karriär inom polisen förstörd innan den har börjat. Jag ber dej backa upp mej med det. Audun Natholmen heter han. Lägg namnet på minnet.

Annmari rörde sig inte. Hennes blick var fixerad vid Hanne. Ett svagt ljud från hennes andhämtning, kort och väsande, var det enda som hördes.

Hanne la armarna i kors över bröstet, log svagt och blundade.

Vapnen, en pistol och en revolver, inpackade i plast, låg framför henne utan att hon ens vågade se på dem. Stearinljuset fladdrade och hade snart brunnit ut, veken började fräsa. Taklampan blinkade blått och obehagligt. Sedan dog lysröret helt.

– Skojar du, frågade Annmari till slut. Hanne Wilhelmsen, skojar du med mej?

Rösten var ängslig, nästan barnslig.

– Är du sjuk, la hon plötsligt till, rösten skälvde. Hanne! Vad i all världen är det här? Du ser sjuk ut. Var har du fått det här ifrån?

Hanne öppnade långsamt ögonen som om hon vaknade ur en dröm som hon inte ville släppa taget om.

– Det är så mörkt här, sa hon och böjde sig fram mot bordslampan. Så. Det var bättre. Nej, jag är inte sjuk. Jag är…

Med höger hand sköt hon rapporten mot Annmari som inte ville ta den.

– Förklara det här för mej hellre. Berätta.

– Läs, sa Hanne.

Tvekande och fortfarande utan att se närmare på skjutvapnen drog Annmari till sig rapporten. Efter några minuter såg hon upp från det sista arket och la ifrån sig arken ytterst på skrivbordet som om papperen stank.

– Det här är en skandal, Hanne. Dom kan ha förstört alltihop. Grabbarna här har ju överhuvudtaget inte tänkt på att säkra några spår i området. Hur… Hur i helvete kunde han hitta på något så… *komplett idiotiskt*? Och varför har du skrivit den här rapporten som så till den grad gör dej till syndabock? Skriv en ny, Hanne. Den där grabben är färdig i alla fall. Att handla så

282

oöverlagt på grundval av ett tips han har fått i tjänsten, utan tekniker, utan... Det finns ingen som helst anledning att du ska dras med i fallet. Jag förbjuder dej att lämna fram den här.

– Den är lämnad, sa Hanne. Till dej. Nu. Och jag tar på mej skulden eftersom skulden veterligen är min. Jag har försökt tänka efter vad jag sa till Audun. Rekonstruerat det hela. Som det står i rapporten: Jag formulerade mej högst tvetydigt. Naturligtvis menade jag bara att skämta men jag borde ha förstått att grabben skulle uppfatta orden som en sorts... välsignelse.

– Hanne...

Annmari var mer samlad nu, det var som om styrkeförhållandet mellan dem var förändrat. Hon rättade till arkitektlampan och tog fram ett nytt stearinljus ur en låda.

– Jag borde kanske hitta på något annat att göra, avbröt Hanne. I alla fall.

Hon log igen, ett äkta förvånat leende.

– Min tid hos polisen är kanske över. Det finns så mycket annat jag kunde hitta på. Det är rätta åldern. Jag är fyrtiotvå år. Om jag ska göra något annat i livet är det nu jag borde ta chansen.

Annmari satte ljuset i staken och tände det. Sedan reste hon sig och gick bort till Hanne. Hon satte sig på huk. Hanne kröp ihop. Armarna låg i kors över bröstet som en knut.

– Du klarar dej inte utan det här jobbet, sa Annmari lugnt. Och det här jobbet blir otroligt mycket tråkigare utan dej. Jag skulle bara önska... att du kunde vara lite taktisk ibland. När det gäller andra människor. Jag har aldrig förstått varför du på liv och död måste utmana systemet. Jag har inte varit här lika länge som du men jag har hört historier om hur du var. Förr i tiden. Distanserad, ja visst, men följde alltid reglerna. Alltid oklanderlig. Vad... Vad var det som hände, Hanne?

– Jag blev trött. Jag orkade inte mer.

– Med vad? Vad är det du inte orkar?

Hannes ögon började rinna.

– Jag gråter inte, sa hon. Det är bara en inflammation.

Försiktigt försökte Annmari ta hennes hand.

– Jag gråter faktiskt inte, sa hon högt. Det är bara mina ögon som svider så jävligt. Och jag orkar verkligen inte snacka om mitt. Det borde finnas mer än nog för oss att ta itu med där.

Hon nickade mot vapnen.

– Mer än nog, upprepade hon och försökte ändra ställning i stolen utan att röra vid Annmari.

– Dom är verkligen ute efter dej, Hanne.

– Vilka?

– Ledningen. Dom är skitsura. Du har dragit växlar på så många privilegier i det här systemet att tålamodet tryter. Avdelningschefen…

– Han är mest förbannad på dej.

– Det vet jag inte. Det är dessutom inte mej vi pratar om. Avdelningschefen är skitsur över att du aldrig kan jobba i lag, att du alltid ska… Du vet vad jag menar. Vad han menar. Puntvold är också *fed up*. Han har varit på mej inte mindre än tre gånger om att få slippa dej. Bara under loppet av den här veckan.

– Den falska skithögen, sa Hanne ilsket. Han har ju slickat mej i arslet!

– Han anser att du bör ta semester. Att du är utarbetad. Att du har spårat ur med det där tjatet om Sidensvans. Och han är väl inte riktigt ensam om att tycka det.

– Du då, sa Hanne och såg henne i ögonen. Håller du med?

Annmari reste sig och skakade på ena benet.

– Håller med och håller med, sa hon och satte sig igen. Jag håller med om att semester skulle göra dej gott. Det var ju det som var meningen också. Eller hur? Att du skulle ha fjorton dagars ledighet i jul?

– Är Sidensvans ett sidospår enligt din mening?

284

Annmari ville fortfarande inte ta i vapnen. Hon granskade dem bara genom plasten, som om hon fortfarande inte kunde begripa att de hade kommit till rätta.

– Knut Sidensvans är offer för ett förfärligt brott, sa hon. Och som sådant är han definitivt viktig. Men som den här saken nu har exploderat kan jag inte se att det brådskar med att kartlägga just honom. Naturligtvis måste det göras. Men vi har begränsade resurser. Det strömmar in bevis. Det är som om någon har öppnat en fördämning. Vi måste skynda långsamt. Försäkra oss om en stringens i det hela, lägga sten på sten och se till att åtalen när den tiden kommer är så oantastliga som möjligt. Allt har sin tid, Hanne.

– Men lyssna på mej!

Hanne sköt vapenpåsarna åt sidan, ovarsamt och nonchalant med handryggen innan hon lutade sig fram mot polisjuristen.

– Vi borde väl ta hand om dom där så snart som möjligt, sa Annmari och pekade. Dom kan ju inte bara ligga här och…

– Ett brott…, sa Hanne högt, Annmari hoppade nästan till, …har sin alldeles egen karaktär. Ibland tänker jag att ett brott har sin egen… personlighet. Det som har hjälpt mej under alla dessa år är att jag alltid försöker leva mej in i dom. I brotten. Jag försöker…

Hon la handen bakom örat och log snabbt.

– Jag försöker lyssna, sa hon. Till vad dom berättar.

– Och Stahlbergfallet berättar…

– Många saker. För det första att det inte kan vara planerat. Inte så som det genomfördes i alla fall. Självklart kunde någon haft planer den kvällen på att döda ett eller flera av offren, men hela brottsplatsen var för kaotisk. För högljudd. För tydlig. Gärningsmannen eller männen har till exempel haft en vansinnig tur som inte blev sedd, inte hörd.

– Ljuddämpare, sa Annmari och pekade.

– Men tänk på ropen. Skriken.

– Hermine blev ju sedd. Som jag berättade. Sedd springande från brottsplatsen.

– Kanske.

Hanne nickade ivrigt.

– Det är mycket möjligt. Vi vet ju inte säkert att det var hon, men det är mycket möjligt att det är Hermine som har begått morden. Om den här Billy T:s vapentjej…

– Tjej?

– Glöm det. Om vapenlangaren kan identifiera den här Glocken sitter Hermine fullkomligt i saxen. Men hör, Annmari. Lyssna på brottet. Försök att följa mordens logik.

Annmari kom på sig med att lyssna, att hålla andan för att kanske höra en röst, genom väggarna, från vapnen, i sitt eget huvud.

– Hör du?

Hannes blick låste hennes.

– Situationen är kaotisk, sa hon lågmält. Sidensvans har kommit på besök. En väntad gäst. Han ska tas väl emot, med champagne och smörgåsar. Tårta. Far i huset öppnar dörren. Glad kanske. Så blir Sidensvans skjuten.

– Vi vet ju inte…

– Sidensvans sköts först, Annmari. Se nu. Lyssna. Han faller framåt. Hermann…

– Hanne! Vi har inte rekonstruerat det hela än! Man jobbar i ilfart med…

– Hör på, för helvete!

Hanne lutade sig långt fram över skrivbordet nu och tog tag i Annmaris bägge händer.

– Gärningsmannen står i trappan eller vid porten. Han eller hon skjuter Sidensvans. Därefter går vederbörande upp på trappavsatsen och skjuter Hermann. Preben måste ha kommit störtande. Då blir också han träffad. Bara på det sättet kan likens placering förklaras. Sidensvans ännu med rocken på och fötterna över dörrtröskeln. Hermann innanför honom och Preben...

– Jadå!

Annmari slet till sig händerna.

– Det är ju det vi har haft som arbetshypotes, men vad...

– Gärningsmannen går därefter in i lägenheten. Vi har hela tiden trott att det var för att ta Turid. Hon skulle också dö. Men tänk om gärningsmannen inte alls var ute efter henne? Tänk om mördaren bara ville försäkra sej om att det inte fanns vittnen till det hela?

– Men hon...

– Sidensvans sköts *först*, Annmari. Om Hermine är den skyldiga så vill jag veta vad hon hade emot Sidensvans. Som det här fallet låter för mej så berättar det en historia om ett mord som gick fel.

– Fyra mord.

– Som kanske inte skulle ha hänt överhuvudtaget. Att vi idag, åtta dar senare sitter med högar av bevis som kanske redan nu är tillräckliga för en dom borde säga oss något. Har du någonsin...

Hon slog sig hårt för pannan som om smärtan kunde göra tankarna klarare, orden mer övertygande.

– Har du någon gång upplevt att vi snubblar över så många bevis i ett fall på så kort tid? Va? Har du det?

Hanne nästan skrek. Annmari lyfte händerna och hyschade.

– Nej, men...

– Stahlbergs var en trasig familj, sa Hanne, plötsligt lugn. En vacker fernissa som var på väg att spricka ordentligt. Men att familjemedlemmar hatar varandra betyder inte att dom mördar varandra. Vi är skyldiga dom misstänkta att tänka i alternativa banor. Ett tag. Om inte annat så för syns skull. Vi är skyldiga oss själva det.

Mödosamt reste hon sig från stolen.

– Jag måste gå, sa hon. Har en massa post att sortera.

– Nu? Klockan är… halv ett!

– Någon gång måste det göras. Och förresten…

Med handen på dörrvredet vände hon sig mot Annmari för sista gången.

– Om Hermine var i stånd att mörda, sa hon sakta. Vilket hon kanske är. Varför dödade hon då inte Alfred? Varför i all världen dödade hon inte en sån typ i stället?

Sedan ryckte hon på axlarna och lät Annmari sitta ensam igen.

Hanne Wilhelmsen hade tömt den bräddfulla posthyllan i det folktomma förrummet. Inkorgen på hennes rum var dessutom tornhög. I över en vecka hade hon bara precis grovsorterat det hon fick i händerna. Det skulle ta timmar att gå igenom alltsammans. Eftersom hon inte skulle kunna sova i alla fall tänkte hon sitta så länge hon orkade. Hon var tydligen inte särskilt välkommen i Huset längre. Bra att jobba på natten utan att anpassa sig till andra. Ostörd, så som hon helst ville.

Hon var onormal och annorlunda. Envis och utan flexibilitet. Kanske hade hon alltid varit sådan. Kåre kunde ha rätt; det kunde vara något fel på henne, från födseln, något genetiskt kanske, en ärftlig skavank som gjorde henne omöjlig att älska redan som litet barn. I så många år hade hon tänkt att hon valt det annorlunda själv. Och så hade hon bedragit sig. Hon hade inte valt. Hon var defekt.

Hon bet ihop tänderna och skruvade korken av en halvtömd colaflaska.

Det var inte bara hennes fel. Allting var inte hennes fel. En fyraåring ska inte höra att hon är ett hittebarn som blev funnet i en sophög, tänkte hon, bara för att hon inte lärde sig läsa lika tidigt som syskonen. Hennes far skämtade naturligtvis. Men hon var ett barn och trodde honom.

Hanne andades lättare.

Hon hade ett hem, hon hade Nefis. De hörde ihop, de två. Och Marry. Alexander hade kommit, de var en hel familj nu.

Hon började lägga internposten i en bunt, de offentliga kuverten med logga i en annan, och allt som hon inte visste vad hon skulle göra med i en tredje. När allt till slut var sorterat sjönk det inom henne. Tre torn reste sig på hennes bord.

– Herregud, mumlade hon, Jag kunde lika gärna öst vatten med ett såll.

När hon försiktigt försökte skjuta tillbaka två buntar för att få plats att jobba med den tredje så rasade alltihop. Papper och kuvert, lösa ark och kungörelser låg nu i en kaotisk hög på golvet. Huvudvärken blev med en gång värre.

Ett brev hade seglat iväg ända till dörren. En liten stund satt hon tafatt och undrade om hon inte skulle låta allt ligga. Gå hem. Sova. Städerskan skulle ta bort det. Hon var utled på allt-ihop. Någon annan kunde ta hand om den förbannade posten.

Naturligtvis kunde de inte det.

Att börja vid dörren var kanske ingen dålig idé. Tillfällighe-ternas spel var lika så gott som något annat system, tänkte hon resignerat.

Kuvertet som låg för sig själv, innanför tröskeln, var från Telenor.

Hanne rev upp det och lät fingrarna löpa längs de tättskrivna kolumnerna som visade vilka nummer Knut Sidensvans hade ringt den sista tiden. Fem samtal morddagen, över fyrtio den sis-ta veckan. Några av dem ganska långvariga.

Hanne gick tillbaka till sin plats utan att ta blicken från papp-ret. Det rasslade kring fötterna av brev och papper, de täckte nästan halva golvet nu. Hon satte sig långsamt och slog på da-torn. Utskriften uppgav bara numren som Sidensvans hade ringt och blivit uppringd av, inga namn. Hon måste ha glömt att specificera vad hon ville ha. Godkännandet från rätten hade va-rit lätt att få. Att beställa en ny utskrift skulle ta många dagar.

Dataskärmen flackade blått och slog sig omsider till ro.

Sökprogrammet var effektivt.

Den dagen Knut Sidensvans dog hade han ringt Universitetsbiblioteket två gånger. Bägge samtalen var på mindre än två minuter. På morgonkulan hade han haft ett längre samtal med Meteorologiskt Institut. Klockan 13.32 hade han tydligen beställt hem kinamat. Hans allra sista samtal behövde hon inte söka på. Numret var välkänt. Sidensvans hade pratat med någon på Grønlandsleiret 44.

Klockan 14.29 torsdagen den nittonde december, det allra sista telefonsamtalet Knut Sidensvans hade haft var med någon hos polisen.

Det var egentligen inte så konstigt.

Han arbetade med en artikel om polisen. Knut Sidensvans skulle skriva om polisen och hade naturligtvis källor där.

Inte särskilt konstigt.

Det allra sista samtalet i mannens liv.

Återigen kände Hanne den främmande ängslan. Den sjönk i henne, en sorg blandad med rädsla som gjorde henne obeslutsam och fick henne att längta hem. Hon försökte komma på när hon senast hade känt det så, om hon någon gång tidigare hade känt att en sak skrämde henne, verkade hotfull och fick henne att vilja slippa.

När hon kom på det blev hon varm. När hon slog nummerupplysningen märkte hon att händerna var iskalla.

– Åshild Meier, bad hon. I Drøbak. Koppla mej är du snäll.

Förlagsredaktören svarade efter tre signaler, tydligt sömndrucken.

– Alltså, sa hon förvånat när Hanne beklagade tidpunkten. Boken är ganska omfattande. Det blir mer ett verk, ett… Sammanlagt trettio artiklar, faktiskt, och när vi har valt artikelformen i stället för en mer kronologisk ordning, enhetlig…

– Vad skulle Sidensvans skriva om, avbröt Hanne. Jag vill bara veta vad han skulle skriva om.

– Han skulle ta sej an storstadskriminalitetens utveckling, sa Åshild Meier. Från nittonhundrasjuttio fram till i dag. Med Sidensvans sinne för statistik ansåg vi att han skulle vara väl ägnad till att beskriva… trender kan man säga. Han skulle jämföra utvecklingen i Oslo och Bergen med tre utvalda småstäder. Ett omfattande arbete förstås. Flera av artiklarna blir mer som avhandlingar. Men så ska boken inte vara färdig förrän tjugohundrasex. Då fyller Politidirektoratet fem år. Men det vet du ju.

– Hur långt hade han kommit?

Hanne kände att kvinnan i den andra änden borde kunna höra hennes puls och försökte låta bli att låta andfådd.

– Nja…

Åshild Meier drog på det.

– Vi har haft lite problem med att skaffa honom forskarstatus, sa hon. Han är ju inte knuten till någon forskningsinstitution. Det var nödvändigt för honom för att få tillgång till arkiv och sånt. Men Direktoratet ordnade det till slut.

– Så hur långt hade han kommit?

– Inte så långt. Han hade inte skrivit något ännu tror jag. Men efter vad han sa när jag pratade med honom senast så hade han plöjt igenom en ansenlig mängd fall. Varför… Vad gäller det här egentligen?

Hanne svarade inte. Från vänster armhåla rann svetten.

Hon tyckte sig höra steg i korridoren. Det var vanligt med steg i korridoren, tänkte hon, men de här var långsamma och när hon spetsade öronen var de borta.

– Hallå?

– Jag är här, sa hon snabbt. Berättade han överhuvudtaget något om vad han hade hittat för dej?

– Nej…

– Och det är du alldeles säker på?

– Ja!

För första gången verkade Åshild Meier otålig.

– Förlåt, sa Hanne och knep sig om näsroten. Jag är verkligen ledsen för att jag väckte dej.

– Det är okej, sa rösten trött i andra änden. Var det något mer du ville?

– Nej tack. God natt. Förlåt igen.

När hon la på var till och med klicket från telefonen tillräckligt för att skrämma henne. Hon måste hem. Hjärnan behövde vila. Nerverna.

En gång tidigare hade hon känt på det här sättet. Den gången var hon ung och populär, nästan avgudad i sin kyliga behärskning av allt och alla. När hon blundade mindes hon datumet. Elfte oktober nittiotvå. En söndag. Sen eftermiddag. Hon befann sig mitt i utredningen av ett fall som fick dramatiska följder ända upp i regeringen. Utanför sitt eget kontor blev hon nedslagen, plötsligt, oväntat och osett. Slaget hade efterlämnat en huvudvärk som visserligen lättade periodvis, men som under en årstid som nu med varierande temperatur och rå luft gjorde henne deprimerad och sömnlös.

Det var dock inte själva överfallet hon tänkte på.

Det var rädslan från den gången som grep henne. Skräcken från de första sekunderna efter att ha vaknat på sjukhuset kändes plötsligt så närvarande den här mellandagsnatten mer än tio år senare. Hanne försökte förstå sina egna reaktioner. Med fingrarna pressade mot tinningarna räknade hon till tio om och om igen, som ett mantra.

Nu visste hon vad som hade kommit över henne. Det var ängslan över att inte vara beskyddad. Rädslan över att det inte längre fanns skydd för dem där ute.

Nu var det tystnaden utanför dörren som hotade henne.

KLOCKAN VAR TIO I NIO på morgonen. Åter stod Hanne i Knut Sidensvans lägenhet. Hon var ensam den här gången och tog sig tid att känna av den säregna stämningen i det överfyllda rummet. Staplarna av böcker och tidskrifter på golvet bildade en storstad i miniatyr, skyskrapor av kunskap med små gator emellan. Hon gick långsamt från dörren till skrivbordet. Ett steg till vänster, två till höger och sedan rakt fram. Hon tittade på den översta boken i en trave som nådde henne till höften. Den handlade om schnauzerhundar och var på tyska.

Den här gången vågade hon tända arkitektlampan. Försiktigt tog hon fram silikonhandskarna, drog på dem och tryckte på strömbrytaren. Ljuset pekade snett, hon la plötsligt märke till ett pass. Det stack fram bara delvis under en tidning på kanten av det stora arbetsbordet.

Varsamt lirkade hon fram passet, det var knappt hon rörde vid det röda lilla häftet. Hon hade bara sett Sidensvans en gång. Då var han skjuten i huvudet. En hund hade ätit upp delar av örat och tagit för sig av hjärnan. Hon öppnade passet.

Fotot visade en allvarlig man. Han hade ett runt ansikte, det fanns något obestämt över de mjuka linjerna vid hakpartiet. Näsan var liten, pannan bred med högt hårfäste och djupa vikar. En lustig spets av bakåtkammat hår hölls ner mot hjässan av något som måste vara fett eller hårvatten. Sidensvans var varken snygg eller ful. Han såg ganska vanlig ut, en kliché av en tjänsteman. Hanne höll upp fotot mot lampljuset.

Det var ögonen som gjorde honom speciell.

Passbilden var i färg men så pass liten att Hanne måste böja sig fram i ljuskäglan för att se. Sidensvans ögon satt tätt. Det förstärkte det avvisande uttrycket som också munnen bidrog till, kyligt neddragen.

Försiktigt la hon passet ifrån sig och började jobba.

Det första hon gjorde var att fotografera lägenheten. Andra borde ha gjort det, tänkte hon medan hon noggrant såg till att dokumentera den påfallande skillnaden mellan röran på golvet och den pedantiska ordningen på det stora arbetsbordet. Det här var inte hennes jobb. Hon fortsatte i alla fall. Bestämt och målmedvetet, rädslan från natten höll på att övergå i ivrig uppmärksamhet. Det var som om kameran hjälpte henne att se klarare, som om det begränsade området i sökaren gjorde det lättare att koncentrera sig. Sakta sänkte hon kameran. Blicken for över bordet, över buntar med tomma papper, en bok om en gammal mästertjuv och en organisationsplan över Oslo Politidistrikt. Hon lyfte på en tidning och hittade ett särtryck av en artikel om lagstridig användning av häktesförvarande. Under en brevpress av glas hittade hon en krönika i Aftenposten. Författaren var en känd kriminolog och den handlade om polisens nedläggning av åtal mot en känd gärningsman. Hanne mindes artikeln fast den var flera år gammal. Försiktigt ställde hon brevpressen på plats.

Någonting fattades.

Hon visste att någonting fattades.

Även om Knut Sidensvans inte hade kommit särskilt långt i arbetet med artikeln om storstadskriminalitetens utveckling måste han vara på god väg. För mindre än två timmar sedan hade Hanne smilat sig till ett morgontidigt besök i arkivet där alla nedlagda och avslutade fall inom Oslo Politidistrikt var lagrade. En halvsur arkivarie hade låtit sig dras upp ur sängen för att hjälpa till. Det hade bara tagit några minuter att konstatera att Knut Sidensvans aldrig hade satt sin fot där. Hans namn fanns inte i några protokoll. Hannes besvikelse måste ha varit uppenbar. Den gäspande arkivarien strök sig eftertänksamt över håret och tassade på eget initiativ in för att titta i postpärmarna.

– Här, sa han till slut. Så det är därifrån jag har hört namnet. Jag tänkte det, förstår du, när jag såg hans konstiga fågelnamn i tidningen. Den där karln har jag hört talas om, tänkte jag. Men jag kunde inte komma på var. Här.

Han räckte henne ett brev. Det var från Politidirektoratet och daterat tjugotredje oktober. Texten gjorde Oslos polismästare uppmärksam på att Knut Sidensvans under det närmaste året skulle ha behov av tillgång till alla arkiverade fall. Man var tacksam för största möjliga tillmötesgående.

– Kopia till oss, sa mannen och pekade ned över arket. Det är ju ställt till polismästaren. Och så till Bergen också. Du borde ringa Bergenpolisen. Kanske började han där, vet du. Jag *visste* att jag hade hört om den där killen förr.

Sedan gäspade han igen och Hanne lämnade honom. Hon ville bort från Grønlandsleiret, ut från kollegornas synhåll, bort från frågor som hon ännu inte visste svaren på. Inte förrän hon passerade Munchmuseet på väg till Sidensvans lägenhet stannade hon för att ringa sin gamle arbetskamrat Severin Heger. Han hade till sist vågat söka jobb i sin hemstad efter att han kommit ut både som homosexuell och ur säkerhetspolisen med ett brak. Nu var han avdelningschef vid Bergenpolisen och det tog honom bara imponerande nitton minuter att ringa tillbaka:

– Han har varit här, Hanne. Flera gånger.

Hans dialekt var tydligare nu än när han gömde sig i Polishusets översta hemliga våningar. Han skorrade ivrigt vidare:

– Konstig kille, säger dom. Och Hanne… Jag gillar inte att säga det, men mycket tyder på att han fick ta kopior på en del av fallen. Snubben i vårt arkiv kunde inte se poängen med att Sidensvans fick notera hur mycket han ville men inte ta kopior. Så han...

– Severin, hade Hanne avbrutit. Varför i helvete är det ingen från ditt distrikt som har talat om för oss att han har kontaktat er? Här står vi mitt i tidernas mordfall och så tofflar det omkring någon borta hos er som kan sitta med viktig information om ett av offren! Jag blir...

– Det är helg, Hanne. Det är jul för fan!

– Ta reda på vilka fall han tog med sej, Severin. Ta reda på det åt mej.

– Det kan ta tid.

– Så fort som möjligt. Och du...

– Du låter jävligt stressad, Hanne!

– Håll käften om det här. Tills över helgen.

– Men du bad mej ju att ta reda på...

– Så diskret som möjligt. Okej?

Det knastrade i luren när han skrattade.

– Samma gamla Hanne, hör jag. Hemlighetsfull och...

– Över helgen. Snälla Severin. Tack.

Hanne hade brutit förbindelsen innan han hann svara. Då var hon nästan framme vid lägenheten. En granne hade hälsat i trappan på vägen upp som om hon hörde hemma där. Det kändes inte så. Sidensvans rum hade fått en prägel av gravplats, ett dammigt mausoleum över en kunskapsrik man som ingen skulle sakna.

Hanne Wilhelmsens datakunskap låg långt över det som kunde förväntas av en polistjänsteman. Ändå var det hon nu satte igång med fullkomligt oacceptabelt. De hade eget folk till sådant som detta. Kompetenta specialister som visste precis vad de gjorde och inte riskerade att förstöra något. Hanne visste att det fanns ett virus som förstörde apparaten så snart en obehörig försökte ta sig in. Det fanns avancerade program som skulle radera bevis, om de fanns, i hårddisken som hon tänkte starta.

Allt detta var hon klar över när fingret närmade sig påknappen. Hon kunde förstöra allt med ett tryck och hon tryckte.

Apparaten började susa.

Skärmljuset flackade.

Microsoftmelodin dundrade plötsligt ut ur högtalarna, hon ryckte till och drog ner volymen.

Han hade inte ens använt någon kod.

Knut Sidensvans kunde inte ha varit rädd. Han hade inte känt sig hotad av något eller någon. Datorn var en öppen bok och det fanns inga koder, hemliga lösenord eller självutlösande virus. Inga gömda program som kunde skydda det han hade upptäckt och lagrat. Hanne började leta.

Det var svårt att tro.

Datorn var nästan tom.

Hennes fingrar klapprade fortare och fortare på tangenterna.

I mappen *Mina dokument* låg en kort text om rhododendron-plantan och en inskannad artikel om invandrarnas bosättnings-mönster i Oslo. Ingenting annat. Hon öppnade mapp efter mapp. Några hade han själv skapat. De var tomma med intet-sägande filnamn. I mappen *Mina bilder* fann hon ett foto av en röd lyxbil.

Det hade blivit varmt i rummet. Förvånat märkte Hanne att hon fortfarande hade ytterjackan på sig. Hon vrängde av den och la den försiktigt på golvet där det fanns lite plats mellan alla staplar.

Hon öppnade *Outlook Express* utan att koppla sig till nätet.

Brevlådan innehöll sex, sju spam-mail och ett meddelande från Telenor om billigare bredband. Annars ingenting. Hon kol-lade *Skickat*. Tre ointressanta mail. *Utkast*. Ingenting. *Borttaget*. Tomt.

Hon tvekade men inte länge.

Med blicken fäst vid skärmbildens *Inkorg* kopplade hon sig

till nätet. Fyra sekunder senare plingade meddelandena in.

Mottagare var knutsiden@online.no.

Men det var avsändaradressen som överraskade henne.

Mannen hade skickat fyra mail till sig själv.

Som Nefis ibland gjorde.

Hanne svettades, den där kallsvetten igen i stora droppar längs sidan. Törsten fick tungan att verka för stor. Sakta, fortfarande försiktigt för att inte välta något, tog hon sig ut i köket. Sur stank av ruttnande mat slog emot henne när hon öppnade dörren. De borde ha fått dit någon att tömma kylskåpet, att ta bort det halva brödet som låg i en brödburk av genomskinlig plast, motbjudande möligt. De skulle för länge sedan ha undersökt lägenheten. Städat upp. Sett till att ingenting blev skadat eller förstört. Om inte annat så av respekt för den döde, en man som hade levt stilla och sedan blivit mördad i skuggan av andra som var så mycket större än han själv.

Hanne lät vattnet rinna länge. I stället för att leta reda på ett glas i de gammalmodiga överskåpen lutade hon sig över vasken och la munnen till strålen.

När hon reste sig och drog baksidan av handen över hakan kom hon på varför Nefis hade två mailadresser och ofta skickade dokument till sig själv vid arbetsdagens slut. Med slutna ögon kunde Hanne höra hennes röst, sjungande, med den svaga brytningen som nästan var borta nu:

– En extra säkerhet. Om back-upen sviker och maskinen brinner upp i natt så ligger mina jobb på en server där ute och laddas ner i morgon bitti.

Knut Sidensvans var inte rädd för inbrott. Han var rädd för att förlora viktiga dokument.

Hanne stängde kranen. Sedan gick hon in i Knut Sidensvans vardagsrum och öppnade filerna som han hade skickat till sig själv. Det var inte många. Det tog henne tio minuter att få dem utskrivna och sorterade. En halvtimme senare hade hon läst dem. Det tog ytterligare trettio minuter att förstå vad hon hade läst.

Omsorgsfullt vek hon ihop pappren och loggade ut. Pappren stoppade hon innanför byxlinningen innan hon drog på sig jackan. Rädslan från de senaste dygnen, den djupa oro som plågat henne de senaste dagarna och som hon inte hade kunnat förklara, var borta.

Hon svor i stället. Hon hävde ur sig alla svordomar hon kunde komma på, hon svor och förbannade gud medan hon låste dörren. När hon rusade nerför trappan för att så fort som möjligt få tag i en taxi mumlade hon i takt med klackarnas smällande mot betongen:

– *Shit. Shit. Shit!*

Mycket måste göras. Det allra viktigaste var att prata med Henrik Heinz Backe.

Det var en annan kvinna den här gången. Hon var yngre och verkade inte lika vänlig. Carl-Christian Stahlberg undrade om de använde kvinnor för att göra honom mer samarbetsvillig. Sanningsenligare. Han ville vara samarbetsvillig och sanningsenlig men det blev för svårt att komma fram till det som inte var lögn utan att ljuga.

– Hermine köpte alltså ett vapen, insisterade kvinnan. Vet du något om det?

Rösten var ljus med en lätt liten läspning vid s-en. Hon hade ett namn med många läspljud i men han kom inte ihåg vad det var. Det var som om hjärncellerna var förbrukade, han mindes så lite och inga namn. Inte ens advokatens. Han var känd i stora kretsar genom medierna, så mycket visste han. Mabelle måste ha dragit i några trådar. Skarpögd och framåtlutad följde han med under förhöret, men Carl-Christian kom inte längre ihåg vad han hette.

– Va?

– Har du förstått någonting alls av det jag har sagt, frågade kvinnan.

– Ja, sa han.

– Har du någon som helst kännedom om att din syster Hermine den sextonde november i år köpte ett vapen?

– Nej.

Han ville säga ja men det var som om munnen valde sina egna ord oavsett vad han tänkte. Det var kanske bra. Han tänkte så kaotiskt, det vara bara rörigt i huvudet. Lika bra att munnen fick gå på egen hand. Han log.

– Det här är faktiskt inte roligt, sa kvinnan.

– Nej, sa han.

– Jag måste visa dej några foton som vi har hittat.

Foton, tänkte Carl-Christian.

Människan har några foton.

Men bilderna var uppbrända. Det mindes han. De låg som aska inne i spisen.

– Dom kan nog verka… stötande. Det beklagar jag. Men det är viktigt…

Han hade bränt upp alla fotografierna. Det var han säker på. Det var som om hjärnan hade fått en stöt, tankarna föll liksom på plats, på rad, ett sorts system kom över det hela och han log igen. Advokaten verkade irriterad. Han snappade åt sig kopiorna innan poliskvinnan hann lägga dem på bordet.

– Är detta nödvändigt, sa han och höll dem utom synhåll för Carl-Christian. Jag kan inte förstå vad det skulle göra för nytta för någon att min klient blir tvungen att ta ställning till detta.

Carl-Christian förstod ingenting. Bilderna i kassaskåpet på Kampen var borta. Han hade själv förstört dem så som Mabelle hade velat.

– Foton, sa han oförstående.

– Jag måste be att få tillbaka dom, sa kvinnan.

Advokaten gav dem motvilligt ifrån sig. Carl-Christian vänta-de. Nu måste han koncentrera sig. Det här var viktigt. Han hade ju förstört bilderna av Mabelle. De existerade inte längre, de kunde inte vara här, i en tunn bunt på bordet framför honom. Han vågade inte ens se efter. I stället tittade han upp. Blicken stannade på taklampan.

Pappa kunde ha haft en extra omgång. Fotografierna kan ha legat på Eckersbergs gate, i Hermanns skrivbord. Polisen hade hittat dom där.

Kvinnan la handen på hans underarm. Det fick honom att tit-ta ner, förvånat. Det var inte bilder av Mabelle. Det var bilder av Hermine.

När han såg vem som stod bakom henne och efter flera se-kunder äntligen förstod vad systern och farbror Alfred höll på med lutade han sig åt sidan och kräktes.

Ingen sa något. Han spydde över sig själv och golvet men ing-en gjorde något.

Carl-Christian kände ett ljus i huvudet, en tyst vit explosion. Det var som om allt med ens blev så tydligt, alla åren med famil-jen, alla bråken, osämjan, moderns sårade blick och faderns hårdhänta dominans över dem alla, Hermines manövrerande i det oländiga, minerade landskap familjen Stahlberg alltid hade utgjort. Han såg Alfred framför sig, insmickrande och obegrip-lig, lögnaktigt, men ändå aldrig bortstött.

Carl-Christian förstod, som i en uppenbarelse, varför Her-mann hade gett sin dotter en förmögenhet på tjugoårsdagen. Han förstod plötsligt, medan han ännu en gång måste kasta upp, att han kunde ha sett det här för länge sedan. Att allt skulle varit annorlunda om han bara hade velat se.

När han äntligen rätade på ryggen måste han hålla sig i bordsskivan för att inte ramla av stolen. Huvudet kändes lätt, magen tom och varm. Det fanns inte plats i honom för något annat än detta: Han hatade sin far mer innerligt än någonsin. Hatade honom.

– Jag dödade dom, sa han. Det var jag som dödade mina föräldrar och min bror.

Silje Sørensen gapade. Av alla konstruerade lögner, av alla osanningar som den här mannen hade serverat under loppet av sammanlagt över elva timmars förhör sedan gripandet på juldagen, var det här den mest uppenbara. Silje lät blicken glida från Carl-Christian till advokaten i ett försök att begripa. Hon förstod inte hur hon kunde vara så säker och sökte advokatens bekräftelse i ett stammande:

– Varför… Men det kan inte…

– Jag dödade dom, upprepade Carl-Christian hetsigt och nu hade han rest sig.

Sedan grep han den översta bilden och rev den i små små bitar.

– Min pojke!

Damen på Blindernveien sträckte lyckligt ut armarna till en omfamning.

– Du skulle inte komma förrän på måndag! Och så är du redan här.

Sonen ställde sig på knä och lät modern hålla om sig.

– Jag tyckte det blev så länge, mumlade han halvkvävt mot hennes tjocka yllekofta. Jag kunde inte låta dej sitta här ensam. Stephanie och barnen kommer inte förrän på måndag morgon. Jag tänkte att vi två kunde ha ett par dar för oss själva. Nu när alltihop är på lite avstånd.

– Du är så snäll, sa mamman och ville inte släppa honom. Med ditt jobb och allt…

– Det är inte så förfärligt mycket att göra nu i helgen, sa han och kom till slut loss. Det var bara en del saker jag var tvungen att ta itu med. Eftersom det här med pappa kom så plötsligt och jag måste…

– Hela vägen från Frankrike, sa mamman. Du är en snäll pojke, Terje. Komma hela den här vägen två gånger på en vecka. Det är ingen fara med mej. En sån snäll pojke.

Terje Wetterland skrattade och gick ut i köket för att sätta på tevatten.

– Fattas bara, ropade han, det skramlade om koppar och fat. Jag hade dåligt samvete för att jag lämnade dej överhuvudtaget. Vi ska… Vad är det här förresten?

– Vadå, min vän? Teet står i burken med lock bredvid…

– Jag menar dom här pappren som ligger på köksbordet.

– Å, det…

Han var tillbaka i dörröppningen nu.

– Det var bara en mapp som din pappa hade liggande här hemma. Den låg bredvid hans säng. Samma kväll som han…

Ögonen rann över och hon blundade.

– Mamma lilla, sa Terje Wetterland och satte sig vid hennes sida. Vi vänjer oss vid det. Jag ska ordna med lite mer att göra här i Norge så jag kan komma och hälsa på oftare. Vi ska klara det här, mamma.

Snabbt torkade hon sig i ansiktet.

– Det är klart. Jag var rädd att glömma dom där pappren i sovrummet så jag la fram dom. Vill du lägga dom på hyllan i tamburen är du snäll? Så kan du ta dom med dej när du går igenom hans arkiv. För du sa det… Du stannar väl så länge att du hinner ordna med pappas papper?

– Ja, sa han och gick tillbaka till köket. Och hinner ha det trevligt med dej. Ungarna gläder sej väldigt åt att få träffa dej. Dom sörjer så hemskt över farfar. Var sa du att teet… nej, där hittade jag burken. Camilla har gjort en fin teckning som hon säger att hon ska lägga i kistan. Det var helt rörande, hon satt med den i flera timmar i går kväll.

Terje Wetterland sköljde ur tekannan. Gamla teblad hade kilat sig fast i silen. Han försökte pilla bort de grövsta. Till slut gav han upp och ropade:

– Du gör inte te så ofta!

– Är det för gammalt? Har det tappat aromen helt?

– Nej då. Det är bra.

Visselkannan pep. Han ställde kannan på köksbordet, fyllde silen med te och hällde det kokande vattnet över. Silen var fortfarande tät. Vattnet rann över kanten, oväntat, han brände sig och svor dämpat.

– Vad är det, vännen?

– Ingenting, ropade han medan han höll handen under rinnande vatten.

Långsamt såg han en blemma stor som en enkrona växa fram vid tumgreppet. Det sved intensivt.

– *Merde*, viskade han igen och vände sig för att hitta en handduk.

Teet hade runnit ut över bordsskivan och höll på att rinna in bland pappren som delvis hade glidit ut ur mappen. Han tog handduken och slängde den på bordet. Guldgul vätska skvätte åt alla håll. Med ett högt stön tog han pappren och höll dem över huvudet som om han var rädd att tepölen skulle angripa.

– Vad är det? Vad håller du på med där ute?

– Ingenting, muttrade han och blåste på brännsåret. Det är bra.

Pappren såg ut att vara oskadda, bortsett från en ljusbrun strimma och ett par fläckar på översta arket. Terje Wetterland hajade till.

– Vad är det här egentligen, mamma?

– Vad då? Kan du inte komma hit och prata. Det blir så jobbigt med det där skrikandet.

Långsamt, utan att lyfta blicken från pappren, gick han in i vardagsrummet.

– Vet du vad dom här handlar om, sa han och försökte låta bli att låta orolig på rösten.

– Är det något på tok? Är det något farligt?

Modern var inte lika kontrollerad.

– Nej då. Inte något farligt. Men jag tror att jag ska ringa polisen.

– Polisen?

– Ta det lugnt, mamma. Det är bara det att dom här…

Han bläddrade försiktigt med en känsla av att han inte borde. Det var inte hans sak, det var som att läsa andras brev. Men han måste. Han läste, noterade namn och datum, han hade svårt att se klart, glasögonen immade. Han tog dem av sig och läste en gång till.

– Mamma, sa han till slut. Var Stahlbergfamiljen pappas klienter?

Jenny ställde sig framför den stora pölen på trottoaren. Koncentrerat satte hon ihop fötterna innan hon hoppade i. Det skvätte högt. Billy T. svor så det osade och grep dotterns överarm. Han drog henne med sig medan ungen vrålade och sparkade efter hans ben.

– Pappa blir plaskvåt, klagade han. Du får inte göra så där!

– Det gör ont, skrek ungen. Aj!

Han släppte henne och satte sig på huk. Snoret hade torkat under hennes näsa och Billy T. noterade uppgivet att den evigt återvändande inflammationen låg som gult var i ögonvrårna.

– Hör här, lilla vän.

Han tvingade fram ett leende och strök henne över armen.

– Ont, gnällde Jenny.

– Förlåt. Men vi blir så blöta. Nu ska pappa bara ringa ett samtal…

– Nej.

– Jo. Jag ska bara prata lite med Hanne sen ska vi…

– Nej!

Jenny satte igång att skrika. Folk som skyndade förbi dem längs butikerna på Markveien sneglade misstänksamt på honom när han tog tag i overallen över korsryggen och bar henne vidare som en levande bag. Först när han var en bit in på Olav Ryes Plass satte han resolut ner henne.

– Här. Här har du en jättepöl. Hoppa i den. Så ska pappa bara ringa ett enda samtal innan vi går till McDonald's. Men om du blir för blöt så måste vi gå hem igen. Okej?

Jenny vadade ut i den murade bassängen mitt i parken. Blandningen av snö och vatten, hundskit och pappersavfall sprutade för varje steg. Hon skrattade och ställde sig och petade näsan vid den avstängda fontänen i mitten.

– Hanne, sa han lättad när det överraskande nog svarade i andra änden. Jag har försökt få tag i dej hundra gånger!

– Elva, rättade hon. Men jag har egentligen inte tid. Vad är det?

– Du ligger taskigt till. Du skulle ju förhöra Carl-Christian i morse!

– Jag skickade textmeddelande både till avdelningschefen och Annmari, snäste hon. Det måste väl finnas andra i Huset som kan ta ett förhör någon gång!

– Men du måste ju för helvete svara när vi ringer till dej.

– Då hade jag inte fått göra annat. Jag var tvungen att stänga av den.

– Jenny. *Jenny!*

Han slog sig för pannan och jämrade sig högt.

– Det är ditt eget fel. Nu måste vi direkt hem.

Ungen hade satt sig ner. Hon lekte med en okopplad valp som ivrigt slickade henne i ansiktet.

– Tone-Marit är riktigt sjuk, stönade han i telefonen. Jag bara måste hem och ta hand om Jenny ett par timmar. Herregud…

– Ringer du för att säga att jag är *persona non grata* i Huset eller hade du något viktigt att berätta?

– Jag…

När han samma morgon hade vaknat av en svettig dröm och börjat rota i högen av gamla tidningar som Tone-Marit hade lagt i tamburen var det efter en plötslig ingivelse. När han till slut fick fram Aftenposten från fredagen den tjugonde december och hittade artikeln som han mindes från besöket hos Ronny Berntsen blev han orolig. Två timmar senare, på Polishuset, efter att ha ljugit mer än han kunde minnas att ha gjort på många år, blev han på det klara och djupt bekymrad.

– Det där vapnet, sa han och harklade sig. Revolvern…

– Ja?

– Du vet att pistolen…

– Du pratade om revolvern, Billy T.

– Ja. Pistolen kom från Sølvi Jotun. Den såldes till Hermine. Det är vi ganska säkra på nu. Sølvi kände igen ett hack i kolven. Hon sitter i häktet och kommer att mörda mej när hon väl kommer ut. Jag…

– Du måste, Billy T. Du kunde inte skydda henne längre. Vi får se vad vi kan hjälpa henne med senare. Men vad är det med den där revolvern?

– Den är vår.

– Vår.

Hanne upprepade ordet, inte som en fråga, inte med förvåning. Hon konstaterade det bara som om han berättade något som hon länge hade vetat, en vardaglig upplysning som heller inte var särskilt uppseendeväckande.

– Ja, inte precis vår…

Han viskade nästan. Spårvagnen skramlade nedför Thorvald Meyers gate och Jenny hade tagit sig en simtur i slaskvattnet. Valpen viftade förtjust och nappade av henne luvan. Hundägaren verkade inte längre lika vänlig, hon såg förebrående på Billy T. och pekade på ungen som nu var drypande våt.

– Den är ett beslag, Hanne. Den beslagtogs för sju månader sen och borde just nu ligga inlåst precis som ett sånt. Ett beslag. Jag kände igen den från en bild som togs samma dag som morden begicks. Jag har kollat.

Hanne sa ingenting. Billy T. svalde. Tystnaden mellan dem blev tät, behaglig, började likna det förhållande de hade förr, under en tid då de knappt behövde fråga vad den andra tänkte.

– Du är ett geni, sa hon till slut. Vet du det? Ett jävla geni. Kan du bli av med Jenny?

– Nej.

– Kör henne hem till oss. Nefis och Marry kan…

– Jag måste först hem efter torra kläder, avbröt han.

– Skit i det. Nefis kommer på något. Du måste…

Det tog henne bara tre minuter att förklara vad han skulle göra. Han knäppte av henne och stack mobilen i bröstfickan. Så vadade han ut i bassängen. Varsamt lyfte han upp Jenny, la henne till rätta i sin famn, som ett spädbarn, och hon lutade huvudet tillbaka och log mot honom, ett stort leende med kritvita tänder. Han la sitt ansikte över hennes, munnen mot hennes, en barnmun med skratt och spott och rester efter karameller som en söt smak på läpparna. Han kysste henne på näsan, på kinderna, han smaskade och pussade och Jenny skrattade högt och länge.

– Jag älskar dej, mumlade han mot hennes öra och började gå mot bilen. Jag älskar dej ditt lilla vilddjur.

Det tog Hanne tjugo minuter att komma in till Henrik Heinz Backe. Naturligtvis hade han inte öppnat när hon ringde på. Först efter att ha bankat på dörren, kastat sten på fönstren, ropat och skrikit och till slut försökt dyrka upp låset med ett kreditkort och en skruvmejsel möttes hon av ett surt ansikte i dörrspringan. För säkerhets skull satte hon in foten. Efter omfattande övertalning släpptes hon äntligen in.

Lägenheten var tungt möblerad och en svag lukt av otvättad kropp slog emot henne när hon oombedd gick efter honom in i rummet. Rummet präglades dock av en sorts hemtrevnad. Bokhyllorna var överfulla och det låg virkade dukar och löpare på borden. I fönstret höll tre pelargoner i var sin holländsk kruka på att vissna. Soffan var prydd med broderade kuddar. I taket hängde en enorm ljuskrona. Tre av glödlamporna hade gått; rummet var snett belyst. Plötsligt slog det Hanne att lägenheten förstås var som Stahlbergs, bara spegelvänd, hon blev yr av att försöka räkna ut var köket fanns.

– Blommor är inte min starka sida, sa Backe och satte sig i en länstol. Det var min fru som kunde sånt.

Hanne valde soffan, hon hade bra översikt över rummet därifrån och försökte att inte allt för uppenbart granska hans ansikte. Han var inte full. Trots att lukten av sprit var markant när han äntligen öppnade dörren gick han ändå stadigt. Det sluddriga talet var mer ett resultat av de saknade tänderna än hög promille. Han var klädd i grå byxor och en sorts rökrock med vit skjorta under, allt till synes rent.

– Jag har träffat dej förr, sa han och kliade sig på översidan av handen med en förvirrad gest.

– Ja. Jag körde dej hem för en vecka sen. Minns du det?

– Unn var verkligen duktig med blommor, sa han och log. Du skulle sett trädgården här. På våren. Sommaren. Det var så vackert.

Ett gammalt väggur slog tungt.

– Tiden går, sa Backe.

– Du sa att du är pensionerad försäkringskonsult, sa Hanne.

– Det här var min frus barndomshem. Vi flyttade hit femtio-
åtta. Nej…

Han strök bort ett litet leende med handen, förlägen över sin
egen glömska.

– Åttiofem, menar jag. Då flyttade vi hit. Då var mina svärför-
äldrar borta. Bägge två. Tiden går.

– Och innan dess bodde du i Bergen, eller hur?

Han såg upp.

– Bergen. Jajamen. Vi bodde i Bergen i många år.

– Och du jobbade inom polisen har jag förstått?

Väggklockan slog en gång till, slagverket måste vara trasigt.
Backe reste sig och försvann ut i köket. När han kom tillbaka bar
han på ett dricksglas fyllt till kanten av en brun vätska. Han tyck-
tes inte ha för avsikt att erbjuda Hanne något.

– Det är inte lätt att bli ensam efter alla dessa år, sa han och
satte sig i en annan stol. Försäkringskonsult. Det var det jag var.
Nu är jag pensionär.

Den gråblå hinnan la sig över hans ögon. Hanne torkade hän-
derna på byxlåren. Hon knäppte dem och stödde armbågarna
mot knäna när hon lutade sig fram.

– Det här är väldigt viktigt, Backe. Jag skulle önska att du kun-
de svara på mina frågor.

Han stirrade på henne men hon tvivlade fortfarande på att
han egentligen såg henne.

– Du hade ett fall, sa hon prövande. Du hade flera… Jag har
kommit över det här…

Hon stack högra handen under jackan och tog fram pappren.

– Det här, sa hon lugnt och gick runt bordet.

Backe fumlade med glaset. Det skvalpade över och han satt

och gned armstödet med fingrarna i rytmiska cirklar. Till slut såg han upp och tog emot arken.

– Unn skulle ha blivit förkrossad, sa han tyst. Han hade rätt i det.

– Vem, sa Hanne.

– Jag drack för mycket. Jag drack alltid för mycket.

Som för att understryka sitt eget yttrande tömde han halva glaset i ett drag.

– Unn stod ut med mej. Hon försökte alltid. Att få mej att sluta. Men det var så… Hon skulle inte ha tålt det här. Du förstår…

Ansiktet var förändrat, det hade lagt sig ett lugn över dragen.

– Det är dyrt att dricka, sa han med en liten harkling. Jag lät mej övertalas att ta emot pengarna. Jag ångrade mej förstås. Ångrade mej väldigt. Ville ge tillbaka dom. Ville slå larm. Men han hade rätt. Det skulle ta livet av Unn. Jajamensan.

Hans blick gled över arken. Hanne var inte säker på att han verkligen läste. Hon satte sig på huk för att se honom bättre. Han ryckte till som om han plötsligt upptäckte att hon fanns där.

– Men Unn finns inte mer, sa han.

– Det här är så viktigt, viskade Hanne, rädd för att skrämma, rädd för att han återigen skulle försvinna in i en minnesförlust. Vad var det som hände?

– Grabben var bara arton. Fin familj ska du veta. Och fina familjer i Bergen…

Nu skrattade han. Det slog Hanne hur vacker hans röst blev; djup och sjungande.

– …dom är finare än andra dom. Rattfylleri. Körde in i en lyktstolpe. Skitsak.

Resten av groggen försvann.

– Men den borde inte ha lagts ner. Han var ju alldeles ny så först försökte jag i godo. Skickade den tillbaka och sa att det måste ha gjorts ett fel. Men han gav sej inte.

Förvirrat tittade han ner i glaset.

– Jag ska bara hämta mer, sa han, nu var sluddrandet tydligare.

– Vad hände, sa Hanne.

– Han ville fortfarande inte göra något. Fallet skulle läggas ner, sa han. Typiskt rika människor att slippa lättare undan. Såna som dom där…

Han tittade stint på väggen mot Stahlbergs lägenhet.

– …jävla snobbarna där inne. Tror att dom är bättre än…

Backe var på väg att hetsa upp sig ordentligt. Spottet sprutade när han pratade och han slängde ut med höger arm.

– Och mina svärföräldrar, vrålade han. Jag var aldrig god nog för dom. För Unn!

Makans namn fick honom att sjunka tillbaka igen, utmattad. Andetagen blev till ett tungt flås. Han såg igen på glaset och gjorde en ansats att resa sig. Hanne la milt handen mot hans bröst.

– Vänta lite, sa hon vänligt. Sen ska jag hämta åt dej. Vem var det som sa till dej att det skulle ta livet av Unn?

– Det var ju inte all världens massa pengar, sa han som om han inte hade hört henne. Men när jag hotade med att gå högre upp i organisationen började han att hota mej. När inte det heller hjälpte så grät han. Grät! Ha! Vuxna karln…

– Vem, sa Hanne.

– Det ser du ju. Våra namn står ju där. Han hade redan tagit emot pengarna. Jag fick hälften. Jag tog emot hälften. Jag tog emot…

Tårarna rann över.

– Vuxna karln, mumlade han. Vuxna karln grät som ett barn.

Hanne tog hans glas. När hon kom tillbaka med mer sprit hade han redan börjat tala.

– Jag förstod ju att det inte var första gången. Men han lovade att det skulle bli den sista. Jag tog emot pengarna. Tjugofemtusen kronor fick jag. Sen slutade jag. Skammen... Skammen har aldrig försvunnit. Den försvann aldrig. Försäkringskonsult. Det är vad jag är. Tror du att dom dör?

Han såg på henne nu, rakt in i ögonen, en förtvivlad blick som fick henne att vilja stryka honom över håret, klappa honom på kinden. I stället frågade hon:

– Vilka?

– Pelargonerna. Jag har försökt vattna dom. Kanske får dom för mycket. Det var Unn som förstod sej på sånt. Jaja.

Långsamt sjönk han tillbaka i stolen. Klockan slog fem ojämna slag. Det hickade ljudligt i slagverket. Den intensiva lukten av utspilld sprit sved i näsan. Försiktigt lossade hon hans grepp om papperen, handlingar om ett uppenbart felaktigt nedlagt ärende från Bergen nittonhundraåttiofyra. Hon la ihop dem med de tre andra fallen, saker som lika hårresande hade avskrivits trots kända gärningsmän och tillräckliga bevis. Inget av dem var speciellt allvarligt. Ett par rattfyllor och en grov fortkörning. Ett angrepp på en taxichaufför. Saker som kunde försvinna, som lätt kunde stämplas ut och arkiveras. De hade blivit kvar, i det stora arkiven, olästa och osedda, skyddade av Backes skam, skuld och kärlek till sin fru tills de dök upp under Knut Sidensvans granskningar av norsk storstadskriminalitet. Arton år senare.

– Tror du att hon förlåter mej, sa Backe stilla.

Hanne stack tillbaka papperen under byxlinningen och drog på sig jackan. När hon kom till dörren vände hon sig om. Den utslitne mannen verkade så liten i det stora rummet, så malplacerad, som om han bara hade slunkit in, tillfälligt och oägligt. Han lyfte glaset till munnen och drack.

– Det är jag övertygad om, sa hon och nickade. Hon har förlåtit dej för länge sen.

– Bara i fall att, viskade Hermine och försökte hosta.

Lungorna hade inte styrka nog, magmusklerna strejkade. När hon fortsatte att tala kunde Hanne Wilhelmsen höra slemmet vibrera mot stämbanden.

– Bara om du lovar att det är därför du är här.

– Jag svär, sa Hanne och lyfte handen lite, som om hon tänkte avlägga en helig ed.

Läkaren tittade tvivlande från patienten till kommissarien.

– Jag är fortfarande inte säker, sa hon. Och det är uppriktigt sagt första gången jag upplever ett besök av en konstapel som kommer ensam.

– Kriminalkommissarie, rättade Hanne utan att se på henne. Och nu har du tittat på mitt id-kort så noga att det snart går sönder. Dessutom utgår jag ifrån att du inte precis är van vid att vara omgiven av poliser. Med all respekt alltså. Det är inte min mening att vara besvärlig, doktor Farmen. Men det här är otroligt viktigt.

– Snälla, sa Hermine och drack vatten genom ett sugrör. Hon har sagt att det inte ska ta så väldigt lång tid.

Läkaren tvekade fortfarande. Hon strök patienten över pannan, såg henne in i ögonen, kollade instrumenten vid huvudgärden. Händerna var nätta och vana. Hon verkade uppriktigt bekymrad. Återigen mönstrade hon Hanne, som med ens kände sig störd av att hon hade en kaffefläck på tröjan.

– Det är viktigt, sa Hermine. Jag måste verkligen prata med henne.

– En halvtimme är allt du får, förklarade läkaren. Trettio minuter.

De var äntligen ensamma. Hanne kastade en blick på dörren. Blåsan var så full att det var svårt att stå still. Fast rummet hade eget badrum vågade hon inte använda det. Det var knappt att hon tordes dra stolen vid fönstret närmare sängen.

– Är du alldeles säker, sa hon lågt och satte sig, på att det här är okej?

– Du säger att du tror att vi är oskyldiga. Allihop. Både CC, Mabelle och jag.

Hermine lyfte handen och förde den halvvägs mot Hannes. Sedan lät hon den kraftlöst falla som om hon inte orkade lita på någonting längre.

– Jag är helt övertygad, sa Hanne. Om jag lyckas övertyga dom andra beror lite på dej.

– Jag var så full. Du kommer inte att tro det.

– När?

– När allt hände. När jag gick för att…

Hon försökte hosta igen.

– Här, sa Hanne och gav henne vatten från glaset med sugrör. Jag tror att jag helt enkelt ställer några frågor till dej. Så sparar vi tid. Det första jag måste få veta är om du var på Eckersbergs gate torsdagen den nittonde december. Förra torsdagen.

– Ja. Nej. Jag menar, jag gick dit men det hände något. Jag kom inte fram. Jag menar, jag gick aldrig in till mamma och pappa, jag…

Hermine blundade. Hon verkade så liten i den stora sjuksängen. Vänster öga var nästan igenklistrat, blått och svullet. Läpparna var spruckna med stelnat blod i mungiporna.

– Låt oss börja från början, Hermine. Du hade alltså tänkt hälsa på dina föräldrar.

– Ja.

– Hade du vapen med dej?

Hermine nickade försiktigt. En grimas drog över ansiktet som om det var smärtsamt att röra på nacken.

– En pistol, stönade hon. En pistol med ljuddämpare.

– Varför kom du aldrig fram, Hermine?

– Den låg i en lägenhet som CC och Mabelle har. På Kampen.

Den låg i ett kassaskåp där.

– Jag vill gärna veta vad som hände när du kom fram.

– Det var CC:s och Mabelles pistol. Jag köpte ett vapen till dom för att...

Tårarna rann från det skadade ögat. Den smala bröstkorgen hävde sig under täcket, snabbt, en ljudlös gråt gjorde det svårt för henne att tala.

– Slappna av, Hermine. Försök att slappna av. Allt blir bra nu. Bara du lyckas berätta din historia. Försök.

– Jag var bara så förbannad. Så ofattbart förbannad. Mamma ringde mej den eftermiddagen och berättade att pappa skulle ändra allt. Att alla avtal som vi hade gjort, alla löften, alla... Han sket i alltihop. Mamma verkade ledsen som om hon egentligen inte ville... Sån var mamma. Ynklig. Skulle alltid försöka släta över. Hon lät alltid pappa bestämma. Allt. Han regerade oss. Och mamma fann sej i det. Men nu verkade hon faktiskt ledsen. Hon... Mamma tog nog åt sej väldigt mycket av allt det här bråket. Mellan pappa och CC. Men gjorde hon något? Ha!

Ett hostanfall följde. Hanne försökte hjälpa henne. Hon tog tag om Hermines rygg, kände skulderbladen mot underarmen, skarpa, magra. Hon lyfte henne upp och framåt i sängen.

– Det är inte själva hostan som gör ont, sa Hermine när Hanne sänkte henne tillbaka ner på kuddarna. Problemet är att jag har så ont i magen.

– Varför gick du inte in, Hermine?

– Jag tror... I alla fall tror jag nu att mamma egentligen ville att jag skulle komma. Hon sa det inte rent ut, men varför skulle hon ringa och berätta om det där mötet om... Trots att pappa och jag hade grälat förfärligt dom senaste månaderna var det liksom jag som...

Ett försiktigt leende fick en djup spricka i underläppen att börja blöda.

– Jag har alltid varit medlaren. Pappas lilla ögonsten. Så har det i alla fall sett ut för dom andra.

Leendet blev en ironisk grimas.

– Kanske mamma trodde att jag kunde förhindra det hela. Det skulle komma en advokat med papper för att genomföra överlåtelsen av rederiet till Preben. Pappa var så trött på hela konflikten med CC, sa mamma. Han ville inte låta sej hotas längre. Han hade så mycket på CC att han inte längre trodde att stämningarna skulle kunna genomföras. Han hade skaffat en ny advokat, berättade hon. En som inte alls var knuten till rederiet. Pappa var förbannad på sina fasta advokater som han ansåg i allt för hög grad tänkte på CC:s intressen i det hela. Han tyckte att dom brydde sej för mycket om Carl-Christian. Dom skulle nästan fira fick jag intryck av. Den hemska kvällen. Mamma verkade egentligen ganska rädd. Hon var så…

Nu rann tårarna från bägge ögonen, munnen slöts hårt som för att stänga gråten inne.

– Jag var bara så ofattbart berusad. Och så in i helvete trött på alltihop. Trött på pappa, trött på alla hans krumbukter, på att han alltid använde pengar och arv för att hålla oss alla nere, på plats, där han ville ha oss. Jag var skittrött på mamma som alltid ringde liksom hemliga samtal till mej, som om jag skulle ha allt ansvar för att hindra honom att förstöra familjen. Han skrev ett testamente tidigare i höst, det måste ha varit i augusti. Eller september. Mamma berättade om det. Han hade skrivit det själv, sa hon, för att han var trött på firmaadvokaterna som hela tiden tjatade om vad som var bäst för CC. Mamma sa att CC blev helt utan. Jag har aldrig sett testamentet och jag ville inte säga något till CC eller Mabelle. Det var så trist, det var så… helt för jävligt. Pappa hade gjort honom arvlös helt enkelt. Det var då jag började planera det där med bilderna. Såna bilder som… Jag fixade några ganska…

Hennes grepp om täcket blev stramare. Knogarna vitnade. Hela kroppen tycktes stelna, Hanne blev ängslig.

– Slappna av, viskade hon. Det är bara vi två här. Allt ska bli bra nu.

– Att inte någon stoppade honom, viskade Hermine.

– Din pappa?

– Alfred. Jag var bara tio när det började.

Hanne lossade Hermines stela fingrar, ett efter ett och tvingade in hennes hand i sin.

– Det var liksom inte så farligt, sa Hermine. I början måste jag bara titta på honom. När han…

– Gå inte in på detaljer. Det tar vi senare. Jag förstår vad du menar.

– Jag fick så fina belöningar. Pengar. Presenter. Smycken. Det är väl det som har plågat mej mest efteråt, att det…

Plötsligt var det som om hon fick tillbaka krafterna. Med ett ryck satte hon sig upp i sängen. Hon slet till sig handen och dolde ansiktet. Snyftningarna blev till långa ylande skrik.

– Jag hade inte så mycket emot det, snyftade hon. Det är därför det aldrig gick att stoppa. Jag lät det bara hända. Jag var så glad för presenterna och det gjorde liksom inte så mycket, inte i början när han bara… Men sen, efter hand, när jag blev större…

– Det här kan jag bara inte tillåta, sa doktor Farmen bestämt, Hanne hade inte hört henne komma. Jag måste be dej lämna rummet omedelbart.

– Det bestämmer jag, sa Hermine, överraskande fattad.

Hon drog djupt efter andan, torkade ögonen och fortsatte:

– Jag är vuxen och jag sitter inte i fängelse. Du bestämmer inte över mej.

– Jo, insisterade läkaren. Det här är inte bra för dej. Du är mitt medicinska ansvar så länge du befinner dej här. Jag hörde dina skrik långt bort i korridoren.

– Doktor Farmen, sa Hermine långsamt, med späd och motsägelsefull auktoritet, med ens kom rikemansbarnet fram. Jag vill prata med Hanne Wilhelmsen här. Det är av avgörande betydelse för min hälsa att jag får prata färdigt med henne. Så det är faktiskt jag som måste be dej att gå. Nu.

Läkaren stirrade förbluffad på patienten. Sedan log hon, öppet och varmt.

– Det kommer att gå bra för dej, Hermine. Det är jag glad för.

Leendet slocknade tvärt när hon såg på Hanne och förklarade:

– Det här samtalet försiggår på ditt ansvar. Bara så du vet.

Hanne kunde svära på att hon försökte smälla i dörren när hon gick. Det lyckades inte, den gled långsamt igen bakom henne.

– Det värsta är att jag aldrig lyckades ta mej ur det, sa Hermine som om de aldrig hade avbrutits. Det ena gav det andra gav det tredje. Till slut var det som om jag på något sätt hade... accepterat det. Men pappa och mamma...

Hon låg åter kraftlös mot kuddarna.

– Trots att jag inte kan påstå att dom visste om det, var det ganska mycket som tydde på att tanken inte kan ha varit alltför omöjlig. Jag fick... Vet du att jag fick en mycket stor summa pengar på min tjugoårsdag?

Hanne nickade.

– Jag blev förstås jätteglad. Tio miljoner kronor. Jag hade inte ens en aning om att dom hade så mycket pengar. I varje fall inte att ge bort så där utan vidare. CC blev skitsur. Men han skulle ju trots allt överta rederiet. Och Preben var ju borta. Så jag tog pengarna. Jag tog emot dom där pengarna trots att... Pappa sa att... Pappa sa att jag fick pengarna för att vara en snäll flicka och tänka på familjen. Familjens rykte. Jag struntade i det då. Sköt bort det med att han säkert menade att jag skulle uppföra mej ordentligt och inte ränna omkring på stan för mycket. Sånt. Men efteråt har jag förstått att han visste. Han måste till en viss del... En misstanke liksom. En tanke som blev för obehaglig för honom, för vad skulle ha hänt med familjens rykte om... Det var bättre att se till att jag höll käften. Egentligen blev jag mutad. Rätt och slätt. Idiot som jag var... *Idiot som jag är*...

Knytnävarna slog stumt mot täcket.

– Jag bara tog emot och lät allt gå vidare.

– Ända till nu...

– Ända till nu. Men när jag fick veta om det där testamentet i höstas förstod jag att det var dags att göra något. Ta ansvar liksom.

Hon skrattade hest.

– Så jag riggade upp en kamera. I Alfreds sovrum. Jag har alltid haft nyckel. Bilderna blev bra. Jag gick till pappa. Sa att jag skulle sprida dom. Han blev arg. Rasande. På mej! På mej, inte på Alfred.

Det verkade som historien blev lättare att berätta i telegramform.

– Jag stod på mej. Då tiggde han. Och bad. Det var egentligen underbart. Jag fick det jag ville ha. Han fick bilderna. Jag ett nytt testamente. Ett rättvist.

För första gången löstes ansiktet upp i något som kunde likna ett äkta leende.

– Så något kom det ju ut av det hela. Jag har det hemma. Jag har kopior av bilderna också. Dumt av pappa att inte försäkra sej om filmen.

Hanne teg. Hon talade inte om att man hade hittat testamentet. Att det var ogiltigt. Hermines offer var ingenting värt, och förr eller senare måste hon få veta det. Det fick bli senare.

– Fint, sa Hanne.

– Jag måste ha vatten, sa Hermine.

– Och jag måste väldig mycket på toa!

– Det finns toa därinne.

– Det tar bara en sekund.

Hermine följde henne med blicken. Hon kände sig lättare. Sakta förde hon höger hand närmare ansiktet och drog förbandet från såret hon fick när hon skar sig på ett whiskyglas. Det hade börjat läka. Huden var kritvit under plåstret, ljus och fuktigt skrynklig. Men såret hade slutit sig. Det gjorde inte längre så ont att röra tummen. Det begynnande ärret var fortfarande rött. Men det var nästan läkt och det böjde sig när hon spretade med fingrarna.

– Det verkar så länge sen, sa hon när Hanne kom tillbaka, suset från spolningen fick henne att se upp.

– Vad då?

– Jag skar mej. Jag var full. Och hög. För en vecka sen. Innan jag hamnade på sjukhuset. Förra gången alltså. Det verkar så väldigt länge sen. Att jag tog med mej pistolen... Jag fattar inte varför jag gjorde det. Jag var helt speedad. Tog väl med den för att skrämmas, tror jag. Jag har aldrig känt mej så arg någonsin. Det fanns ett vapen och jag tog det med mej helt enkelt. Om pappa inte lät sej rubbas av något annat jag kunde hota med skulle han i alla fall bli rädd för mej nu. Jag vet inte...

– Trodde du verkligen att din far skulle låta sej skrämmas av ett skjutvapen?

– Jag var inte i stånd att tro någonting som helst. Uppriktigt sagt. Jag tänkte inte, okej? Impulshandling, heter det inte så? Jag var i lägenheten på Kampen när mamma ringde mej på mobilen... Mabelle har en lägenhet där förstår du. Jag har fått använda den till... olika saker. CC bryr sej inte om den. Men det finns ett kassaskåp där, något som Mabelle ordnade en gång för länge sen. Bra att ha. Pistolen låg där.

Ögonen började falla ihop.

– Jag är så trött, mumlade hon. Så förfärligt trött. Och jag fattar inte riktigt… Jag har aldrig tänkt på… Jag fixade ett vapen för att Mabelle ville ha det. Hon tyckte att dom behövde det för att skydda sej mot familjen. Efter allt som pappa hittade på… Men varför låg det i så fall i lägenheten på Kampen? Jag har aldrig tänkt på…

– Trodde Mabelle att det kunde bli nödvändigt att försvara sej med *skjutvapen*? Mot Hermann Stahlberg?

Hanne kände sig för första gången under samtalet provocerad. Den här familjen var tillräckligt skruvad för att Hermines berättelse hittills hade verkat tillförlitlig. Logisk, till och med, på sitt absurda vis. För att den var sann. Det sista verkade däremot himmelsskriande lögnaktigt.

Det var det också, tänkte Hanne.

Hermine talade visserligen sanning utifrån det hon visste och fått veta men historien var inte riktig. Inte på den här punkten. Vapnet skaffades aldrig för att skydda någon. Det var en lögn, ett falsarium som bara en nedgången narkoman med försvagat kritiskt sinne skulle tänkas tro på.

Mabelle och Carl-Christian hade planerat att döda Hermann. Kanske också Turid. När Hanne nu var säker, för första gången sedan Billy T. ringde henne för åtta evighetslånga dagar sedan, var det som om hon knappt orkade tänka vidare. Hon kliade sig i handen, borrade in naglarna i den köttiga delen av tumroten. Sedan reste hon sig och gick bort till handfatet på väggen. Hon lät vattnet rinna länge. Det stod en mugg inpackad i plast på en liten glashylla. Hon tog ut den och fyllde den.

Några timmar till, tänkte hon och drack. Du orkar några timmar till.

Mabelle och Carl-Christian hade skaffat ett vapen. De hade smitt planer. De hade motiv, all världens motiv. De var helt säkert i gång med att skaffa sig en möjlighet. Men de var inte klara.

Inte än. Morden på Eckersbergs gate var så brutala, så råa och pekade så övertydligt på det unga paret att de omöjligt själva kunde ha begått dem. Mabelle och Carl-Christian skulle helt enkelt ha gjort ett bättre jobb. De ville mörda Hermann Stahlberg och antagligen skulle de ha gjort det. Med tiden och på ett mycket mer sofistikerat sätt än att göra om barndomshemmet till ett slakthus.

Men någon kom före.

Så måste det vara. Bara så fick allt en mening, ett glasklart sammanhang. Alla lögnerna de två hade serverat; häpnadsväckande lögner, Carl-Christians apati, hans tydliga rädsla för att dras in i nätet av fantasier och planer som höll honom fast; alltsammans gick bara att förstå om det fanns en otäck, farlig sanning att dölja. Sanningen bortom lögnerna var att de inte hade dödat någon. Lögnen var att de aldrig hade tänkt göra det.

Hanne försökte hålla rösten stadig.

– Höll du med Mabelle? Om att Hermann skulle vara... farlig, liksom?

– Höll med? Vet inte. Jag har varit helt väck. Har inte varit så väldigt klar i huvudet om jag får säga det. Det verkade fullt tänkbart för mej. Pappa hade trots allt sett till att Mabelle åkte dit bara för att ha använt sin egen bil. Han hade hittat några jävliga bilder av Mabelle som han hotade CC med. Min pappa är...

Det kunde verka som om hon hade somnat. Huvudet gled sakta åt sidan. Munnen var halvöppen. Andetagen var jämna och lugna.

– Hermine...

Hanne tryckte försiktigt hennes hand.

– Vad hände när du kom till Eckersbergs gate? Varför gick du inte in? Jag *måste* få veta varför du aldrig gick in.

– Va? Oj. Jag somnade nästan. Vatten.

Hanne lyfte glaset till hennes mun igen. Läpparna fumlade efter sugröret.

– Jag blev så rädd, sa hon och strök handen över munnen.

– Av vad, frågade Hanne lugnt fast hon visste svaret.

– Ett djur. En hund. Det var den fulaste, jävligaste… Vet du, sekunderna efter när jag sprang på trottoaren för att komma bort trodde jag att det kunde ha varit en mardröm. Att jag hade snedtänt. Jag är visserligen rädd för alla hundar men den jycken var… Jag tappade pistolen. Jag tappade den där, alldeles vid räcket utanför mammas och pappas hus.

Hanne hade börjat anteckna.

– Gick du tillbaka, frågade hon utan att se upp från anteckningsboken.

– Ja, efter en stund. Jag har ingen aning om hur långt efter. Först sprang jag och sen orkade jag inte längre. Jag var dålig och mådde illa. Blev lite klarare i huvudet så att säga. Av ren skräck utgår jag ifrån. Kände mej som en idiot. Jag var vettskrämd. Tänk om någon hittade pistolen. Med ljuddämpare och allt. Ganska dramatiskt. Med mina fingeravtryck! Även om den inte hade använts till något skulle det inte precis se bra ut att man hittade något sånt utanför mina föräldrars hus när alla vet att vi var mitt uppe i ett svårt familjebråk. Jag tog mej samman och gick tillbaka. Jag hoppades att hunden var borta. Det var den. Men…

– Det kom någon, sa Hanne. Det kom en man.

– Ja. Hur vet du det?

– Berätta.

– Det kom faktiskt två. Jag hade precis rundat hörnet när jag såg en karl som hade stannat framför trädgårdsgången. Det verkade som om han inte riktigt var säker på vart han skulle. Jag var så vettskrämd att jag nästan… Herregud, jag tror aldrig att jag har varit så rädd. När jag vände mej om för att springa, precis när mannen började gå mot ingången till mamma och pappa, så såg jag en typ till. Han kom gående en bit upp på gatan. Den första mannen hade tydligen inte sett min pistol för han böjde sej inte eller... Han stannade inte när han passerade stället där jag hade tappat den. Där den där hemska jycken dök upp. Så jag väntade lite och tänkte att jag skulle försöka i alla fall, att hämta pistolen menar jag, men när jag såg den andra... Du tror väl på mej?

– Jag tror dej.

Hermine sneglade ängsligt på anteckningsblocket.

– Varför antecknar du plötsligt då? Är det inte det dom gör för att avslöja lögner? Notera motsägelser?

Hanne slog ihop blocket och stoppade pennan i väskan.

– Du har inte kommit med några motsägelser, Hermine. Tvärt emot. Vad gjorde den andre? Mannen som kom sist?

– Jag vet inte.

– Minns du inte?

– Jag vet helt enkelt inte. Nu när jag berättar det här är jag inte säker på att han egentligen skulle in i huset. Jag bara... Jag trodde det. Det var något med... sättet han rörde sej på. Han tittade uppåt huset liksom, det var... Jag vet inte. Jag blev i alla fall paralyserad några sekunder. Sen sprang jag. Igen. Vågade inte leta efter pistolen. Stannade inte förrän jag var hemma. Sen dess har jag tänt på. När snuten... förlåt, polisen kom på natten höll jag på att...

Handen som hon strök över ögonen verkade ännu magrare än förut.

– Jag orkar inte mer. Jag måste sova. Sova nu.

Ögonen gled igen. Hon snyftade lätt, nästan ohörbart, som ett spädbarn innan sömnen kommer. Hanne satt kvar några minuter tills hon var säker på att Hermine sov tungt. Sedan tog hon sin jacka och lämnade sjukrummet så tyst hon kunde.

I korridoren satt Annmari och Håkon Sand.

De tittade på henne från varsin obekväm pinnstol, utan att säga något, utan att resa sig.

– Fan också, väste Hanne. Har du skvallrat nu? Tålde du inte att jag tog ledigt i alla fall? Du som närmast tvingade mej att ta semester!

– Jag har inte skvallrat, sa Annmari lugnt. Jag har pratat med Håkon. Som är bådas vår överordnade om du skulle ha glömt det. Ditt uppförande har gjort det tvingande nödvändigt att ingripa.

– Tack för att ni i alla fall inte avbröt mitt förhör, sa Hanne syrligt och började gå korridoren bort. Jag har faktiskt klarat ut det här fallet.

– Hanne!

Hon såg sig inte om men saktade in. Håkons röst hade något nytt i sig, en okänd styrka, snudd på ett raseri hon aldrig hade hört.

– Hanne, sa han igen och hon vände sig om.

– Du kan inte hålla på så här, sa han.

Han stod alldeles framför henne och tog hennes hand. Annmari satt fortfarande tyst sex, sju meter längre bort i korridoren.

– En gång så var det vi tre, sa han lågt, nästan viskande. Du och jag och Billy T. Då kunde du härja runt lite. Det gjorde vi alla. Det var kul. Det var en annan tid. En helt annan tid med andra metoder. Vi två är vänner, Hanne, och av vänner tål man mycket. Annmari är ingen vän. Hon är din kollega. Och överordnad, i alla fall när det gäller dom åtalsmässiga besluten.

– Än så länge har jag inte begärt gripande av någon, sa Hanne bitskt. Och jag tycker det milt sagt är förödmjukande av er att komma hit och... Var det den där harpan till läkare som ringde?

– Hanne! Har du alldeles tappat förståndet!

Deras ansikten var bara några centimeter från varandra. Hans andedräkt slog varmt mot hennes läppar.

– Förlåt, mumlade hon och slog ner blicken. Jag är ledsen, Håkon. Jag vet inte vad som går åt mej.

– Du är trött, sa han resignerat. Men vi får sluta med att alltid skylla på det. Vi är alltid trötta, Hanne. Att vara polis är ett jävla sisyfosarbete. Så är det bara. Finn dej i det. Folk blir trötta på att vi bara klagar, Hanne. Om du inte tål värmen, gå för fan ut ur köket!

Hanne svankade i ryggen, rynkade pannan och såg på honom uppifrån och ned som om hon plötsligt stod framför en främling.

– Lägg av, Hanne.

Nu viskade han och drog henne med sig ytterligare några meter från Annmari.

– Allt verkar ju gå som på räls, sa han. Med dej, menar jag. Du och Billy T. har till och med blivit vänner igen och…

– Håll honom utanför.

– Är det din far… Jag menar är det dödsfallet och…

– Hörde du vad jag sa?

– Va?

– Hörde du inte att jag just sa att det här fallet är löst?

Nu skrattade han. Uppgivet kliade han sig i huvudet och skrattade ännu högre.

– Är det verkligen allvarligt, sa han till slut. Menar du verkligen att CC och Mabelle är oskyldiga? Och Hermine för den delen. Carl-Christian har erkänt, har du klart för dej…

– Silje anser att det är ren och skär lögn. CC skyddar sin syster, tror hon. Där tar Silje fel. Hermine är också oskyldig. Till morden i alla fall. Dom tre Stahlbergarna har gjort jävligt mycket galet men dom har faktiskt inte mördat någon. Ett par småsaker återstår, sen ska du få veta allt. Låt mej bara stöka undan det så träffas vi sen.

– Hanne…

– Du sa det själv, Håkon. Vi är vänner. Du låter mej få den här chansen.

Utan att vänta på svar började hon springa. Det sista hon hörde innan hon nådde fram till de dubbla glasdörrarna till nästa korridor var Håkon som tafatt föreslog för Annmari:

– Vi ger henne några timmar till, va? Några timmar till?

Det blåste rått och fuktigt genom den grunda dalen. Blidvädret de senaste dagarna hade slickat snön från träden, de stod nakna och mörka mot kvällshimlen. Skidspåren var hårda. Snön hade för länge sedan blivit till is i de utstakade lederna med smältvatten på som gjorde det svårt att gå. De hade kört så långt det gick. Till slut var de framme vid en bom där ingen av nycklarna de hade hämtat hos skogvaktaren passade. Billy T. och Hanne måste gå sista stycket. Hanne ångrade att hon inte hade tagit sig tid att skaffa bättre kläder.

– Skridskor skulle ha varit bättre än stövlar, sa Billy T. och höll på att falla.

– Klaga inte. Vi är snart framme.

Hon bredde ut pappret och studerade kartskissen.

– Hur kom du på att kolla kassettbanden i växeln, frågade han. Det är svårt att få gjort utan för mycket rabalder.

– Telefonlistan från Sidensvans, svarade hon. Han hade ringt Oslopolisen flera gånger under en månad, något som var ganska naturligt med tanke på vad han jobbade med. Men jag tyckte det var lite anmärkningsvärt att hans sista samtal i livet var just med oss. När jag upptäckte att han också hade ringt polisen dan innan så ville jag veta vem han frågade efter. Bägge gångerna.

Det blev tyngre att gå. Stigen slingrade sig runt en kulle och blev brantare och brantare. Skogen verkade helt död, bara det monotona suset av vinden i de nakna trädtopparna kunde höras.

– Tror du att han är däruppe, pustade Billy T. medan han kämpade i uppförsbacken. Han kan ju ha stuckit sin väg. Utomlands eller något sånt.

– Jens Puntvold har inte stuckit, sa Hanne. Han väntar oss.

– Jag fattar inte hur du kan vara så säker.

– Motivet, sa Hanne och stannade.

Svetten gjorde att tröjan klibbade mot ryggen men hon var iskall om händerna. Sakta förde hon ihop dem och lyfte dem till munnen.

– Se vad han är för slags man, sa hon och blåste. Han har redan fallit. Äran är borta. När han fick veta att revolvern från tjärnen här inne...

Hon kikade mot väst.

– När han i eftermiddags förstod att manövern med att byta sin egen legala revolver mot en beslagtagen avslöjats visste han att det bara var en tidsfråga. Innan vi skulle komma på resten, menar jag. Att vapnet han hade lagt dit istället för att räkningen efter fotograferingen skulle stämma, var hans eget.

– Grabbarna sa att fotograferingen blev gjord i ett huj, sa Billy T. Men det är vi ju vana vid. Puntvold och alla hans aktioner. Men varför...

– Han måste ha varit helt desperat, avbröt Hanne. Kriminalchefens eget legala registrerade skjutvapen! Som han glassar med varenda gång han sprätter omkring på skjutbanan. Han hade helt säkert planer på att hämta det. Senare. Han skulle nog ha hittat på en anledning.

Hon sparkade i isen och slog händerna mot varandra innan hon stoppade dem i fickorna.

– Vilken vansinnig förväxling den här historien egentligen bottnar i, sa Billy T.

– Ja. Stahlbergs väntade på den där advokaten. Wetterland, eller hur? Knut Sidensvans skulle till Henrik Backe. Det måste ha hänt något som fick Hermann att öppna dörren. Kanske samma sak som hände mej. Att Backe vägrade att öppna. Eller kanske... kanske familjen Stahlberg trodde att det var Wetterland som kom. Silje ringde mej om dokumenten för en timme sen. Hermann hade tydligen bestämt sej för att nu fick det vara nog. CC skulle manövreras ut genom att det mesta av Hermanns egendom splittrades upp. Wetterland hade gjort papperen där nästan allt fördes över till Preben klara. Som förskott på arv helt enkelt. De skulle verkligen fira. Och när Sidensvans kom... Från fönstret i vardagsrummet kunde dom se den lilla stengången framför huset. Det kan förklara den öppnade champagneflaskan förresten.

Hon skrattade lite innan hon la till:

– Även om det ju är artigare att vänta tills alla är på plats. Lite väl ivrigt måste jag säga att öppna flaskan för att man ser gästerna på väg in. Och när Jens Puntvold öppnade ytterporten måste han ha trott att Sidensvans och Backe redan hade börjat prata med varandra. Han såg ju inte Hermann Stahlberg från trappan. Han hade bara hört en bullrig gammal man. Paniken måste ha varit total.

– Han hade ju redan varit ganska skakis i över en vecka.

– Just det. Han måste ha blivit vettskrämd när Sidensvans ville prata med honom första gången. Antagligen förstod inte Sidensvans själv vilken bomb han hade snubblat över. De hade träffats, gissar jag. Puntvold ville gärna se på mannen. Kolla hotet, liksom. Kanske Sidensvans till att börja med bara ville prata. Förhöra sej lite. Sen hade han blivit mer misstänksam.

Skogsvägen planade äntligen ut. Trots de tunga dimbankarna som tömde allt omkring dem på färger och ljus var platsen en pärla. Den lilla dalen öppnade sig just här i en höjd som sträckte sig en kilometer eller så mot en åsrygg längre norrut. Stället var mer som ett småbruk än en egentlig stuga. Två hus, det ena större än det andra, var vackert belägna vid en bäck, de kunde höra porlandet av vatten mot is. Husen var röda och verkade välhållna fast bägge behövde ett lager färg.

De drog sig bort från stigen, in mot tallstammarna.

– Att lägga ner det var verkligen iögonfallande sa hon lågmält medan hon granskade husen efter tecken på liv. Uppenbart i alla fyra fallen men fullkomligt ologiskt när det gäller rikemanssonen som kör rattfull. Småsaker allihop. Just såna saker som lätt kan läggas ner utan att det märks. Ingen frågar efter dom. Om det inte varit för den idoge Henrik Heinz Backe.

– Småsaker, upprepade Billy T. Men att låta sej korrumperas är ingen småsak.

Hanne slog fötterna mot varandra och hackade tänder.

– Definitivt inte. En polis är körd så fort han tar emot mer än en kopp kaffe. Här handlade det om femtiotusen kronor. Och Sidensvans var på det spåret. Han ringde alltså kriminalchefen två gånger till. På eftermiddagen förra onsdan. Det stämmer med tidpunkten för det plötsliga avtalet med Aftenposten om att göra ett jobb om beslagtagna vapen. Sen ringde Sidensvans igen.

En nattskära skrek när den lyfte från ett träd i skogskanten och strök förbi dem.

– Klockan halv tre på morddagen, sa Hanne. Vi kan ju tills vidare bara gissa vad som blev sagt. I alla fall förstod Puntvold att allt som han har jobbat för, alla drömmar... Hela tillvaron stod på spel. Allt som liksom... *var* kriminalchef Jens Puntvold.

Billy T. flinade och värmde öronen med händerna.

– Fy fan vilken situation han har befunnit sej i! Kanske det första skottet helt enkelt var en reflexhandling. Lagrad rädsla och skräck på något sätt. Han måste ju ha varit orolig alla dom här åren.

– Han har nog följt med, sa Hanne långsamt och försökte spana efter livstecken på gården ett par hundra meter bort. Henrik Backe var det enda som har hotat honom. Han har följt med, Billy T. Tro mej. Han har sett den gamle polisen gå under. Bekräftad alkoholism, den begynnande seniliteten. Känt sej mer och mer trygg. Ända tills Unn dör. Garantin för Backes tystnad är borta. Men ingenting är riktigt farligt, inte än. Puntvold känner till Backes tillstånd. Det måste han ha gjort. Men så dyker Sidensvans upp. Det var inte bara Puntvolds professionella karriär som stod på spel. Vi pratar om Puntvolds liv, Billy T. Hela hans tillvaro. Jag har faktiskt inga problem med att förstå att han avfyrade det första skottet mot Sidensvans. Herregud, se bara vad folk tar livet av sej för!

– Att ta sitt eget liv är lättare än att döda andra.

– En del tar livet av sina barn, sa Hanne och stannade igen. Det var först när jag tänkte på män som faktiskt väljer att ta livet av sina egna barn...

Ett kraftigt vindkast fick henne vända ryggen mot blåsten.

– Först då orkade jag föreställa mej att det var möjligt att ta livet av andra för att inte själv falla. För att inte förlora sin ära. När det första skottet var avlossat fanns det ingen väg tillbaka. Alla i lägenheten måste dö.

– Kallar du det här ett... hedersmord?

– Egentligen inte. Efter det traditionella hedersmordet, i den mån det finns ett sånt, står ju gärningsmannen för sin handling. I varje fall inför sin egen krets. Äran uppnås eller återtas genom mordet. Brottet är själva poängen och är därför inget brott i gärningsmannens egna ögon. Det är mer en... plikt. I vår kultur är vi... fegare, kanske.

Hon skakade på huvudet.

– Nej. Inte fegare. Men också hos oss kan mord begås för att bevara äran. Självmord kan begås för att förhindra utredning, förskjuta fokus, förflytta sympati. Mord kan utföras för att hindra komprometterande fakta att bli kända. Fakta som förstör äran.

– Som att den förmodade nästa polischefen i Norge lät sej grundligt korrumperas i början av sin karriär, sa Billy T.

– Som sånt till exempel, ja.

Svagt och långt bort från baksidan av kullen som reste sig söder om den flata höjden kunde de höra ett rytmiskt surrande ljud.

– Hur många kommer, frågade hon.

– Sex man. Beväpnade.

– Fånigt att använda helikopter. Dom är bara sura för att jag ville göra det själv. Så mycket dramatik! Alldeles i onödan. Puntvold sitter där nere och väntar. Han vet att slaget är förlorat. Han har ingen ära kvar att försvara.

Hon log och dunkade honom lätt på skuldran.

– Dom kunde väl kommit till fots. Som vi. Nu hör han dom lång väg.

– Nejdå, sa Billy T. Lyssna.

Det var åter tyst. Bara bäckvatten mot is kunde höras genom vindsuset i trädkronorna. Billy T. la armen kring Hannes axlar. Hon lutade sig tungt mot hans kropp. Så blev de stående och hämtade värme från varandra medan de väntade.

– Har du gjort dej av med vinstkupongen, sa hon mot vinden, knappt hörbart.

– Ja.

– Fint.

– Har han förföljt dej, Hanne?

– Han har nog inte det. Han har bara varit rädd. Knappt sovit. Sökt igenom mitt kontor. Läst mina papper. Ville veta vad jag höll på med. Om jag närmade mej. Det är inte jag som har anledning att vara ängslig egentligen. Det är Jens Puntvold. Rädd för mej. Förfärligt rädd. Att lägga tillbaka nycklarna i Sidensvans rock var till exempel idiotiskt. Jag är hundra procent säker på att jag kollade fodret. Just det var det första som fick mej att tänka inåt. I Huset. I systemet. Inte medvetet kanske men det var då jag blev riktigt orolig.

– Varför tror du, började Billy T. och kysste henne på håret medan han drog henne tätare intill sig, att han tog upp Hermines pistol? Han behövde den ju inte. Det gjorde ju…

– Svårt att veta, sa Hanne.

Hennes blick följde en smal grå strimma från skorstenen, den gick nästan i ett med himlen.

– Reflex. Vad hade du gjort om du fick syn på ett vapen på öppen gata?

– Tagit upp det. Du har rätt, han är hemma. Det är eld i spisen. Vet vi var hans kvinna är?

– Hon är omhändertagen. Kom.

Hanne drog sig ur hans famn och började gå. Stigen sluttade svagt nedåt innan den rundade en dunge och blev bredare, nästan en liten väg fram mot tunet.

– Vänta, väste Billy T., rädd för att ropa. Killarna har inte kommit än. Vänta!

– Puntvold är inte farlig, sa Hanne. Hur många gånger ska jag säga det? Han dödade för att behålla sin ära. Han dödar inte av skam.

Hon vände sig om just när Billy T. tappade fotfästet. Han försökte desperat gripa tag i ett litet träd men missade. Det andra benet gled bort under honom.

– Du ramlar för mycket nu för tiden, sa Hanne. Du får skaffa broddar.

– Hysch, sa han ilsket och försökte ta sig upp. Fan också, Hanne. Nu är du vansinnigt oproffsig. Puntvold har flera vapen! Vänta… Vi ska vänta på dom andra. Dom skulle landa på den lilla fotbollsplanen och vi måste… Hanne! Vänta!

Hon hade börjat småspringa.

När hon kom fram till dörren i det största av husen stannade hon ett ögonblick. Hon kom på sig med att tänka på Cecilie. Hon borde ha hälsat på hennes föräldrar under julen. Varit vid graven med blommor kanske, lyktor och ljus. Minneslunden i hörnet av den stora kyrkogården var alltid så stilla, så välskött. Hanne hade äntligen börjat besöka den. Den gav sådan ro, tänkte hon, det är ro jag vill ha och jag vill hem till mina människor.

Sedan tog hon tag i dörrhandtaget medan Billy T. kom springande på stigen.

Jens Puntvold satt i en stol med ansiktet vänt mot Hanne. När han lyfte vapnet log hon förvånat och tänkte på att Nefis hade blivit så underlig. Hon kunde bli tyst så plötsligt, utan anledning, hon drack inte längre och verkade så sårbar, så ömtålig. Allt skulle i alla fall bli bättre nu när Hanne skulle ha semester. Hon skulle kanske sluta inom polisen. Hon var så egensinnig, så envis. Kunde inte samarbeta längre, inte med någon. Hennes bror hade rätt. Hon var defekt. Det var på tiden att sluta.

Skottet slungade henne baklänges.

Överkroppen vred sig. Den vänstra axeln gick ur led av den kraftiga rotationen. I fallet, i det konstiga fallet som tog sådan tid, hann hon bli förvånad över att hon fortfarande kunde se. Billy T. stod i dörren. Hon såg hans ansikte, förvrängt, och i det kortaste ögonblick innan hon träffade golvet log hon.

– Hade hon bara, började Jens Puntvold och kastade vapnet ifrån sig. Hade hon bara…

Men Hanne Wilhelmsen hörde honom inte.

Och många mil bort längs en låg mur utanför ett nybygge på Frogner strök en skabbig hund. Den var gammal och kunde likna en hyena. Nacken var bred och hög, svansroten låg. Byrackan hade levt hela sitt liv i ett område inte större än femton, sexton kvarter. Många hade försökt ta livet av honom genom åren men han var en erfaren hund, slug och stark, och han kände sitt revir mycket bättre än människorna som bodde där.

Djuret haltade kraftigt. Längs vänstra skinkan lyste en rispa i skenet från gatlyktan, var och bakterier hade ätit sig långt in i köttet. Hunden skälvde av feber och kyla. På tre dygn hade den inte fått något att äta. Krafterna räckte inte till. I alla soprum och bakgårdar hängde lukten av fet mat men han orkade inte öppna locken och välta tunnorna. Bara dryck fick han i sig, regnvatten och halvsmält snö från pölarna på trottoaren.

Lite längre ner på gatan fanns en källare med en trasig lucka. Hunden klarade inte längre att sätta bakbenen i marken. Han linkade över gatan i skydd av skuggorna från stora ekar. Ett gnyende blev till en grov morrning när han måste igenom en reva i nätstängslet. Metalltrådarna skar djupt in i såret som åter började blöda. Han stannade inte för att slicka skadan; han hade redan slickat sig hårlös över flanken. I stället haltade han vidare runt huset, bakom en vedstapel, under en presenning och äntligen, luckan var skev.

Längst inne i källaren på en matta som någon hade slängt, innerst i ett hörn där det droppade vått nedför den iskalla väggen, la han sig ner.

Så somnade han för att aldrig mer vakna.